消失的 草原帝国

# 大辽残照

王樵夫 —— 著

全景式再现了大辽王朝
## 走向灭亡的悲壮历史

内蒙古文化出版社

**图书在版编目（CIP）数据**

大辽残照 / 王樵夫著 . — 呼伦贝尔：内蒙古文化出版社，
2018.6

ISBN 978-7-5521-1513-0

Ⅰ.①大… Ⅱ.①王… Ⅲ.①长篇小说－中国－当代
Ⅳ.① I247.5

中国版本图书馆 CIP 数据核字 (2018) 第 156710 号

# 大辽残照

王樵夫　著

| | |
|---|---|
| 总 策 划 | 丁永才　崔付建 |
| 责任编辑 | 姜继飞 |
| 出版发行 | 内蒙古文化出版社 |
| | （呼伦贝尔市海拉尔区河东新春街 4 付 3 号） |
| 印刷装订 | 三河市华东印刷有限公司 |
| 开　　本 | 710 毫米 ×1000 毫米　1/16 |
| 印　　张 | 24　字　数　330 千 |
| 版　　次 | 2019 年 1 月第 1 版 |
| 印　　次 | 2020 年 9 月第 2 次印刷 |
| 书　　号 | ISBN 978-7-5521-1513-0 |
| 定　　价 | 58.00 元 |

# 消失的草原帝国（代序）

中古时期，中国北方出现了一个庞大的游牧民族，这个游牧民族活动于辽河中上游一带；唐末时期，他们统一了北方诸多游牧民族，建立了强大的地方政权。这个民族就是契丹。

契丹族源于东胡后裔鲜卑的柔然部。契丹，汉译亦作吉答、乞塔、乞答、吸给等，它以原意为镔铁的"契丹"一词作为民族称号，来象征契丹人顽强的意志和坚不可摧的民族精神。历史文献最早记载契丹族开始于公元389年，柔然部战败于鲜卑拓跋氏的北魏。其中北柔然退到外兴安岭一带，成为蒙古人的祖先室韦。而南柔然避居今内蒙古的西拉木伦河以南、老哈河以北地区，以聚族分部的组织形式过着游牧和渔猎的氏族社会生活。此时八个部落的名称分别为悉万丹、何大何、伏弗郁、羽陵、匹吉、黎、土六于、日连。在战事动荡的岁月中，各部走向联合，形成契丹民族，先后经过了大贺氏和遥辇氏两个部落联盟时代，臣服于漠北的突厥汗国。唐太宗贞观二年（628年），契丹部落联盟背弃突厥，归附唐朝。契丹与唐朝之间，既有朝贡和贸易，也有战争和掳掠。907年，契丹建立了政权，成为中国北方一股强大的势力。916年，契丹族首领耶律阿保机创建契丹国。947年，太宗耶律德光改国号为辽，辽成为中国北方统一的政权。

辽朝雄踞北方，与中原的宋朝南北对峙，各占半壁江山，一为南朝，一为北国。辽朝从未将契丹别于中国，据辽史记载，契丹族自称，"辽之先出自炎帝"，与中原汉人同为炎黄子孙，两朝皇帝也常以兄弟或叔侄相称。两朝时战时和，相持二百多年，"澶渊之盟"以后，双方维持了一百多年的和平。

据《辽史》记载：辽的疆域，"东至于浑海，西至金山，暨于流沙，北至胪朐河，南至白沟，幅员万里"。当时辽的国土面积是宋朝的一倍，大致是东临北海、东海、黄海、渤海，西至金山（今阿尔泰山）、流沙（今新疆白龙堆沙漠），北至克鲁伦河、鄂尔浑河、色楞格河流域，东北迄外兴安岭南麓，南接山西北部、河北白沟河及甘肃北界。

鼎盛时期的辽朝五京环列，州县棋布，经济发达，军事强盛，扩大外交，声名远扬。当时欧洲的许多国家就是通过契丹来了解中国的。西欧文献"契丹"就写成Khitay，转写成俄语字母就是Китай（kitai）。所以俄文称中国为Китай（kitai）就是源自契丹。也有人认为CHINA的音译也是源于契丹。

辽朝末期，由于天祚帝荒淫无度，朝政腐败，族属相争，民不聊生，各附属民族纷纷起义抗争。居住在白山黑水之间的女真族，在完颜阿骨打的率领下，起事反辽，使辽帝国迅速走向衰亡，1125年辽为金所灭。辽的余部在耶律大石带领下，逃到了亚洲西部，征服了中亚大片地域，1132年耶律大石称帝，建立了西辽王国。西辽（即黑契丹Karakitai，又称"哈喇契丹"）成为当时中亚地区的强国，使辽朝又在这里延续了九十三年，直到1218年被蒙古帝国所灭。

随着辽朝的灭亡，契丹这个民族也渐渐在人类历史舞台上淡出。这是一种很令人费解的现象。辽朝兴盛之时，契丹族有二百多万人口，可是在短短的几百年间，这个对人类文明有着巨大贡献的伟大民族就神秘地消失了，在今后的历史进程中再也见不到契丹族的影子。

人类文明几千年，时世沧桑，朝代更替已属自然法则，不论哪个民族，可以执掌朝纲，也可以下野为民，无论在朝在野，这个民族的群体是不会消失的，文化是不会消亡的。唯有契丹族，轰轰烈烈地产生了，发展壮大了，又突然地销声匿迹了，在人类的族群中再也见不到他们的踪影。

这在史学上是一个千古之谜。历代史学家为了找到这个谜底，进行了大量的调查研究和大胆推论，认为契丹族的命运大致有这样三种：

第一，居住在契丹祖地的契丹人渐渐忘记了自己的族源，与其他民族融合在一起。

第二，西辽灭亡后，大部分漠北契丹人向西迁移到了伊朗克尔曼地区，被完全伊斯兰化。

第三，金、蒙战争爆发后，部分"誓不食金粟"的契丹人投靠了蒙古，并在随蒙古军队东征西讨的过程中，扩散到了全国各地。

我国史学界还有一种说法，认为居住在内蒙古的达斡尔人是契丹族的后裔。据了解，至今，达斡尔族有许多传说、习俗、语言等，与史料上记载的契丹族有很深的渊源。

最近还有一些信息称，在云南也发现了契丹族的后裔。在云南省施甸县和保山、临沧、大理、德宏、西双版纳等地，发现了十五万契丹人的后裔。

近年来，我国专家通过DNA测定，发现云南这些契丹人后裔与北方辽墓出土的契丹人同源度比较高，并同现今的达斡尔人也有很高的同源度，即有最近的血缘关系，从而解开了契丹族消失之谜。

不论契丹族存在还是消亡，辽文化的历史是不会磨灭的，契丹族对中华民族的伟大贡献是会永远载入史册的。

赤峰地区是辽文化的重要发源地，辽朝的兴起与消亡都在赤峰这片土地上留有深深的印迹。一千年前，契丹人在赤峰市巴林左旗林东镇（辽上京、临潢府）建立了大辽帝国。辽代的五京，在赤峰就有两京，一为辽朝的都城——辽上京，一为辽的陪都——辽中京。辽朝历时三百余年，赤峰见证了它产生、发展、壮大、灭亡的全部过程。契丹民族消失后，直到一千年后的今天，我国还没有一部完整、系统地反映辽朝史实的文学作品，而赤峰地区的作家有责任和义务来忠实地记录下那段非同寻常的历史，为赤峰地区，也为中华民族的文化史填补上这项空白。所以有关方面组织了赤峰市较有实力的几位作家，共同来完成这部历史巨著的创作任务。

《消失的草原帝国》即将出版发行，在这里，我们向那些对本书给予扶持和帮助的人表示最诚挚的谢意，对投入创作的各位作家表示崇高的敬意！

# 目

# 录

第一章　皇后的绯闻 / 001

第二章　血雨腥风 / 025

第三章　皇太子之死 / 040

第四章　延禧继位 / 052

第五章　大辽王朝的掘墓人 / 071

第六章　大漠情缘 / 084

第七章　父妹血仇 / 096

第八章　祸起头鱼宴 / 113

第九章　初露峥嵘 / 129

第十章　联盟反辽 / 142

第十一章　来流河誓师 / 151

第十二章　决战宁江州 / 167

第十三章　缔造大金 / 183

第十四章　直捣黄龙府 / 193

第十五章　天祚帝亲征 / 203

第十六章　章奴反叛 / 213

第十七章　女真仓颉 / 227

第十八章　海上之盟 / 237

第十九章　攻陷上京 / 255

第二十章　文妃蒙冤 / 270

第二十一章　赐死皇子 / 288

第二十二章　篡立北辽 / 298

第二十三章　金太祖殒位 / 312

第二十四章　张觉降宋 / 329

第二十五章　西辽崛起 / 340

第二十六章　辽国灭亡 / 354

附　录 / 364

青牛白马，激荡在家乡大地上的一阕悲歌 / 370

# 第一章　皇后的绯闻

一

大康元年九月，太和宫门外。

一个神情冷峻的青年从太和宫中急急地走了出来。只见他几步跨到车辇旁，侍从急忙掀开车帘，这个青年身手敏捷地跨上去，脸色并没有缓和下来，反而更增添了莫名的怒色。

车马辚辚，匆匆地消失在威严肃穆的宫门之外。

一轮惨淡的夕阳，有气无力地照在了宫殿上的一角飞檐。遥远的天际，云翳骤然聚集在一起，层层叠叠，颜色愈来愈黑，仿佛隐藏着震荡寰宇的惊雷，大有山雨欲来之势。

不知是不是阴天的缘故，天空倏然暗了下来。夜晚真的来临了。

马队在高大宏伟的太子宫前停了下来，青年跳下车辇，大步流星地跨入府门。府里往来穿梭的宫女见到他，都毕恭毕敬地退后施礼，口称"太子殿下"。

在大红宫灯的照耀下，只见青年上身穿一袭长可蔽膝的皂领绛纱袍，下着白裙襦，头戴通天冠，腰悬一口佩绶金饰宝剑。

青年径直奔寝宫而来。早有侍女为他打开玫瑰织锦纱帘。他闯进去，气呼呼地坐在了椅子上。这时从床榻边转过一个雍容华贵、容貌秀丽的少妇，施施然走到了青年的身边，想为他脱去披在身上的皂领绛纱袍，却不想青年将通天冠摘了下来，猛地掼在了地上，嘴里大吼道："佞臣耶律乙辛、张孝杰、耶律燕哥、萧十三等奸党相互勾结，操纵朝政，陷害忠良，祸国乱政，殃及百姓。我大辽江山岌岌可危！"

女人听了，顿时吓了一跳。惊愕了半晌，才不解地问道："耶律乙辛之流结党营私由来已久，不知太子殿下今日为何发如此雷霆之怒？"

"耶律乙辛贪婪无度，不但觊觎我大辽皇位，而且还要陷我母后于不贞不义之中，欲置母后于死地而后快。今日早朝，耶律乙辛上表诬我母后与伶官赵惟一私通成奸，父皇被奸人谗言蒙蔽，不能明察秋毫，盛怒之下，下诏赐母后自尽……"

女人听了这番话，如同五雷轰顶，不禁悲恸万分，泪水顿时顺着俊俏的脸颊流了下来。

原来这个怒气冲冲的青年就是大辽国当今的皇太子耶律浚，他的父皇是正在执政的辽国皇帝耶律洪基，母后则是以诗词歌赋见长的皇后萧观音。耶律浚是皇长子，字耶鲁斡，幼而能言，好学知书。六岁封梁王。八岁立为皇太子。现今已是十八岁，就在五个月前，由父皇下诏，命他兼领北南枢密院事，总领朝政。这意味着他就是未来的皇帝。

这个女人是太子妃萧氏。

"最让人可悲可叹的是，我虽贵为皇太子，堂堂的大辽国未来的储君，却不能救母后于劫难之中，真是上愧列祖列宗，下无颜见我大辽子民。母后啊，你这个无用的儿子，真是窝囊到了极点！"

正说话间，耶律浚猛然拔出悬在腰间的长剑，恨恨地斫在了檀木书案上。书案的一角，被齐刷刷地斩了下来。

耶律浚咬牙切齿地说："耶律乙辛奸贼，我必杀你为母后报仇，否则誓不为人！"

绣帷里立刻传出一个婴儿的哭声。他就是刚刚出生六个多月的儿子阿果。

萧氏急忙跑过去，将他从榻上抱了起来。受惊吓的阿果被母亲抱着，睁着一双泪汪汪的眼睛，看着父亲气得已经变了形的脸，对他而言，他不明白这个崭新的世界究竟发生了什么，也不明白父亲为什么发这么大的火。

外面的乌云越积越厚，几乎压在了宫殿的殿顶上，大有黑云压城城欲摧之势。忽然，一道耀眼的闪电，刺破了厚厚的云翳。震耳欲聋的炸雷，在头顶上骇然炸响。

阿果的哭声更大了。耶律浚拧着眉头看着儿子扭曲的脸。儿子嘹亮的哭声堪与雷声相媲美，有帝王的底气。此时盛怒的耶律浚无论如何也想不到，这个被抱在妻子怀里的儿子，后来竟成了大辽国的皇帝，而且是一个昏庸无道的亡国之君。五十年后，延续了二百多年基业的大辽王朝就断送在这个哇哇大哭的婴儿手里。

狂风裹挟着倾盆大雨，愈来愈猛烈了……

宫苑内的树木花草被刮得东倒西歪，仿佛难以承受这突如其来的袭击。

宫内，灯火摇曳，昏昏欲灭。大辽王朝，在一个婴儿惊恐万状的啼哭声中摇摇欲坠。

## 二

大辽国的皇帝耶律洪基正在后宫休息。

这些天来，他几乎天天在外面行围打猎，晚上则和耶律俨的妻子邢氏住在一起。

耶律俨是耶律洪基手下的大臣，他的妻子邢氏风骚美艳，耶律洪基经常以萧观音的名义把邢氏叫到宫中淫乐，耶律俨不但不恼，还嘱咐妻子要好生侍候。因此，耶律洪基对萧观音更加疏远了，好长时间也不临幸萧观音一次。

开始时，邢氏担心皇后萧观音会大闹后宫，可是她看到耶律洪基对萧观音极为冷漠，而自己的丈夫直截了当地告诉她要好生侍候皇上，千万不要惹皇上不开心，所以精通房中术的邢氏彻底放开了，她和耶律洪基颠鸾倒凤，你贪我爱，整夜缠绵。由于沉湎游猎和过度地纵欲，耶律洪基的身体早已是吃不消了。

耶律乙辛偷偷地潜入后宫，故作惶恐不安地向耶律洪基密奏："陛下……陛下，有一件事牵涉宫闱和陛下的名声，臣不知该不该奏报？"

耶律乙辛是当朝的北院枢密使，在满朝文武大臣中，是最受耶律洪基宠信的大臣。

耶律洪基一听事关自己的名声，霍地站了起来："但照直奏来无妨！"

耶律乙辛装出一副忠心耿耿的样子："今有宫婢单登和教坊朱顶鹤到北枢密院，状告皇后与伶人赵惟一私通成奸，秽乱宫闱，幸亏被臣及时压了下来，臣不知该如何处理，所以特来向皇上禀告。"

耶律洪基听了，大吃一惊，他拧着眉头，严厉地大声斥问："什么，私通成奸？你……你胆大妄为，信口雌黄，竟敢诬陷皇后，辱我皇家威仪！"

耶律乙辛故意结结巴巴地说："臣……臣一开始也不敢相信，但是有皇后与伶人私通的证据呀！"

耶律洪基急忙问："什么证据？快快拿来与朕！"

耶律乙辛急忙呈上一叠纸。耶律洪基打开一看，只见上面写着一首《十香词》：

青丝七尺长，挽作内家装；不知眠枕上，倍觉绿云香。

红绡一幅强，轻阑白玉光；试开胸探取，尤比颤酥香。

芙蓉失新艳，莲花落故妆；两般总堪比，可似粉腮香。

蜻蜒那足并？长须学凤凰；昨宵欢臂上，应惹领边香。

和羹好滋味，送语出宫商；安知郎口内，含有暖甘香。

非关兼酒气，不是口脂芳；却疑花解语，风送过来香。

既摘上林蕊，还亲御苑桑；归来便携手，纤纤春笋香。

凤靴抛合缝，罗袜卸轻霜；谁将暖白玉，雕出软钩香。

解带色已战，触手心愈忙；哪识罗裙内，销魂别有香。

咳唾千花酿，肌肤百和装；无非瞰沉水，生得满身香。

耶律洪基认出确实是皇后萧观音的字体，举国上下，除皇后外，还有谁能写出这等工整娟秀的小字呢？耶律洪基看了一遍，有些不解地抬起头来问道："这首诗尽管香艳了些，即便是皇后所写，但这与她同伶人通奸有何关系啊？"

耶律乙辛急忙说："陛下有所不知，皇后与赵惟一勾搭成奸后，就有感而发，写下了这首淫词，来追忆二人两情中欢好时的场景。"

这样的词天下文人皆可写成，怎么能诬陷是皇后所写呢？耶律洪基一听，觉得耶律乙辛小题大做，神情中不免流露出一丝愠色。

耶律乙辛急了，他结结巴巴地说："陛下……陛下，您接着往下看，下……下面还有一首诗，那……那可是证据啊！"

耶律洪基一看，果然在《十香词》的后面，还附着一首《怀古诗》：宫中只数赵家妆，败雨残云误汉王。惟有知情一片月，曾窥飞燕入昭阳。

耶律洪基自言自语地说："宫中只数赵家妆，败雨残云误汉王。惟有知情一片月，曾窥飞燕入昭阳。这分明是皇后借诗讽喻赵飞燕以色祸国，这有啥大惊小怪的，皇后一向是喜欢作诗的呀！"

耶律乙辛听了，马上摇唇鼓舌地说："陛下没看见'宫中只数赵家妆'和'惟有知情一片月'两句诗中，嵌有'赵惟一'三个字吗？皇后明着是骂赵飞燕以色误国，暗里却是在表达她对赵惟一的思念之情。这正是皇后与赵惟一通奸的铁证呀！"

耶律洪基仔细一瞅，果然诗里嵌有"赵惟一"三个字，顿时气得脸色煞白，醋意大发，怒火立刻就上来了："胆大包天，妄为犯上！朕的女人，也是尔等鼠辈随意动的吗？"

巧舌如簧的耶律乙辛接着说："赵惟一得到了这首诗，喜不自禁，在外面向同僚朱顶鹤炫耀，朱顶鹤夺过了这首词，让媳妇清子去问皇后的侍女单登，单登害怕事发后受到株连，乘闲暇时向皇后谏言，皇后知道私通之事败露，狠狠地鞭笞了单登并将她贬到外院值班。但朱顶鹤与单登都知道此事，假使为皇后隐瞒，有朝一日丑事败露，必然再受到株连，所以冒着死罪向臣如实告发。"

耶律乙辛说完后，又急忙递上《奏懿德皇后私伶官疏》，奏折称：

"大康元年十二月二十三日，据外直别院宫婢单登，及教坊朱顶鹤陈首。本坊伶官赵惟一向邀结本坊入内承直高长命，以弹筝琵琶，得召入内。沐上恩宠，乃辄干冒禁典，谋侍懿德皇后御前。忽于咸雍六年九月，驾幸木叶山，惟一公称有懿德皇后旨，召入弹筝。于是皇后以御制《回心院》曲十首，付惟一入调。

自辰至酉，调成，皇后向帘下目之，遂隔帘与惟一对弹。及昏，命烛，传命惟一去官服，著绿巾，金抹额，窄袖紫罗衫，珠带乌靴。皇后亦著紫金百凤衫，杏黄金缕裙。上戴百宝花簪，下穿红凤花靴，召惟一更放内帐，对弹琵琶。

命酒对饮，或饮或弹，至院鼓三下，敕内侍出帐。（单）登时当值帐，不复闻帐内弹饮，但闻笑声。（单）登亦心动，密从帐外听之。闻（皇）后言曰："可封有用郎君。"惟一低声言曰："奴具虽健，小蛇耳，自不敌可汗真龙"。（皇）后曰："小猛蛇却赛过真懒龙。"此后但闻惺惺若小儿梦中啼而已……

院鼓四下，后唤（单）登揭帐，曰："惟一醉不起，可为我叫醒。"（单）登叫惟一百通，始为醒状，乃起，拜辞。（皇）后赐金帛一箧，谢恩而出。其后驾还，虽时召见，不敢入帐。

（皇）后深怀思，因作《十香词》赐惟一。

故敢首陈，乞为转奏，以正刑诛。臣唯皇帝以至德统天，化及无外，寡妻匹妇，莫不刑于，今宫帐深密，忽有异言，其有关治化，良非渺小，故不忍隐讳，额据词并手书《十香词》一纸，密奏以闻。"

耶律洪基也深谙文学之道，他按着奏折里详细而露骨的描绘，脑子里想象萧观音与赵惟一偷情时的情景：

……赵惟一遵萧观音之命进入皇后大帐，萧观音将她自己作的《回心院》交给赵惟一谱曲弹奏。皇后在帘下观看，自辰至酉，曲调谱成后皇后非常高兴，亲自与赵惟一隔帘对弹。曲美情浓之际，二人互送秋波，惺惺相惜。

良宵苦短，不觉便到了黄昏时分，二人犹不过瘾。乐不可支的萧观音星眼微酡，面带春色，命侍女点上蜡烛，连夜弹奏取乐。皇后香闺，芳香氤氲，暖气袭人，皇后萧观音让赵惟一脱去外面的伶官服，仅剩里面的窄袖紫罗衫。赵惟一腰上系一条七宝珍带，头戴着绿巾，金抹额，足蹬珠带乌靴。萧观音也换上了透明的紫金百凤衫，杏黄金缕裙。头上梳着百宝花髻，摇曳欲坠，风姿娇柔可人。

随后，萧观音将赵惟一召入内帐，二人执酒对饮，间或共弹琵琶。一直到院鼓敲了三下，此时夜深人寂，萧观音命内侍出帐休息；婢女单登当时在外帐，听不见内帐里弹奏饮酒之声，只听到隐约依稀的娇声笑语。

单登心下生疑，蹑手蹑脚地来到帐外侧耳偷听，只听皇后萧观音娇喘吁吁地说："太爽了，奴家从没有这样享受过！没想到你这个小小的伶官，却有着这番硬功夫，真可以封为有用郎君啊！"

而赵惟一则低声回答："下官的东西虽然猛健，却也不过是一条普通的小蛇，自然敌不过皇上的真龙。"

萧观音却万分满足地娇笑说："甭小看了这条小蛇，它虽小，却是又猛又硬，能征善战，赛得过真懒龙！"

单登好奇地向里偷窥，只见内帐的床下散乱地扔放着萧观音的红凤花靴和一双男人穿的珠带乌靴；床头的右侧，一件窄袖紫罗衫赫然地压在了杏黄金缕裙上，萧观音又黑又长的头发顺着床边耷拉下来，随着床不停地摇晃着……

　　一会儿，传来萧观音一声长叹，随后便听萧观音埋怨道："是啊，皇上是真龙，可是懒惰无为，还时常出去偷腥，害得奴家好久没有这样爽过了！"

　　红烛影摇，呻吟声不断，此后隐约听到低弱的就像小孩子在梦中啼哭的声音。过了好大一会儿，单登听见帐内没有了动静，慌忙跑回原处侍立。

　　等到院鼓打了四下，只见萧观音一脸绯红，整衣而出，恢复了皇后威仪，唤进单登来，命她将帐子揭开，说："赵惟一酒醉，你去把他叫醒。"

　　单登一连喊了赵惟一好几遍。赵惟一装出一副突然从沉醉中醒过来的样子，连忙从帐子里爬了出来。皇后这时也绾起了头发，并赐给他一篓金帛，赵惟一跪地叩头谢恩，恋恋不舍而出。

　　美艳多情的萧观音日后非常思念赵惟一，因此作《十香词》赐给了他。

　　……

　　皇帝被戴上了一顶大绿帽，千古罕有。耶律洪基看完了耶律乙辛的密奏，又拿过萧观音抄写的《十香词》反复看了几遍，他想到皇后正值虎狼之年，近日又幽旷已久……

　　婢女单登？耶律洪基想起来了，单登不是前些天贬到外院当值的那个美艳的宫女吗？她本是耶律宗元家的奴婢。清宁九年六月，耶律宗元叛乱被平息后，单登被召入宫中侍奉耶律洪基。但是皇后萧观音向耶律洪基谏言说单登是叛臣之家的婢女，在皇帝的身边不安全，故此贬到外院去了。

　　听了耶律乙辛的密奏，耶律洪基恍然大悟，原来是单登发现了萧观音与赵惟一的奸情，才被萧观音找了一个堂而皇之的借口贬到了外院，而自己竟被蒙在鼓里。

耶律洪基一遍遍地看着《奏懿德皇后私伶官疏》，其中的"小猛蛇却赛过真懒龙"一句，如同一把钢刀刺入耶律洪基的心，让他颜面尽失，羞辱不堪。耶律洪基勃然大怒，立即传皇后萧观音前来对质。

萧观音以为皇上回心转意，召她入宫重修旧好，她高兴地急急前来，没想却是遭到迎头一棒。耶律洪基把耶律乙辛的密奏和《十香词》往桌子上一拍，厉声喝道："你这个淫荡的贱人，看看你和伶人赵惟一做的好事！"

萧观音如同五雷轰顶，她立即明白是中了单登的奸计，便急忙辩白没有此事。

"看看你写的好诗！'解带色已战，触手心愈忙；那识罗裙内，销魂别有香。'分明是写赵惟一与你通奸时的猴急之态！"耶律洪基早已气得是声色俱厉。

萧观音哭着辩解："臣妾托国家之福，赖皇上宠爱，身居后位，天下再没有哪一个妇人比我更尊贵了。况且臣妾生育了皇储，近日又添皇孙，儿孙满堂，怎会做淫奔失行、遭千古唾骂的妇人呢？"

耶律洪基将《十香词》摔到她面前："这难道不是你亲手所作的淫诗？明明是你的字迹，你还有什么可抵赖的？"

萧观音回答："这是宋朝皇后所作，我不过应单登的请求为她抄写一遍罢了！况且我大辽没有'亲御苑桑'之事，如臣妾作诗，哪能有如此诗句？"

耶律洪基说："汉族女人教养深厚，且宋朝皇后何等人也，怎能作出大胆露骨的淫诗艳赋？再说作诗无所谓有，无所谓无，实是虚实相间。如诗中的凤靴也是宋朝的服饰，你现在不也是正在脚上穿着吗？"

萧观音急得直哭，她苦苦哀求说："此诗真是单登骗臣妾所写！"

耶律洪基听了更加生气，皇后的聪慧和善辩都是出了名的，自己经常被她教训得说不出话来，直到此刻，手里分明抓着她偷奸的把柄，她却还在狡辩。

耶律洪基愈加愤怒："你一向冰雪聪明，怎能中婢女下人拙劣的圈套？！如此淫秽的《十香词》，分明是你为赵惟一那个贱人所写。现今又有单登、朱顶鹤的状告佐证，你竟然还敢抵赖？！"

耶律洪基越说越气愤，顺手抄起铁骨朵（辽代兵器）狠狠地打在了萧观音的头上。由于猝不及防，萧观音被打得栽倒在地，晕厥过去。

"来人啊，将这个贱人给我拖出去，囚禁冷宫，命北院枢密使耶律乙辛和宰相张孝杰一起审理此案，查清奸情，凌迟处死！"暴跳如雷的耶律洪基看着被打昏过去的萧观音，气急败坏地喊道。

皇后与伶人秽乱后宫，闹得朝野上下一片哗然，大臣们众说纷纭。皇太子耶律浚听说父皇命耶律乙辛和张孝杰审理此案，更是叫苦不迭。

萧观音在冷宫中，头部的伤还在刺入骨髓地疼着。她想到自己一直提防着单登，最后还是毁于其手。她恨单登妖言惑众，同时恨自己疏于防范，轻信了小人的谎言，以致有今日之祸。可惜一切都晚了。

才华出众、性情贤淑的萧观音因为一首诗，不但让自己丢失了性命，而且使大辽王朝陷入一片腥风血雨之中。

## 三

一件皇后的绯闻，让大辽国的朝野上下一片哗然，酿成了一件当朝皇后被诛的冤案，从而引发了令无辜的太子和无数忠臣为之含冤丧命的历史悲剧。

对当今社会的影视界来说，很大程度上，没有绯闻的明星，不是明星。而在封建社会的后宫之中，有了绯闻的皇后则意味着无法继续总领后宫，母仪天下，甚至还有生命之虞。

这件绯闻的女主角是耶律浚的母后萧观音，她出身于辽代最显赫的后族外戚大家族——萧和家族。萧和的曾祖父萧阿古只是当年与辽太祖耶律阿保机一同出生入死打天下的开国重臣。萧和在辽圣宗时期任过中书令，死后被追封为魏国王。而萧和的长子萧孝穆在辽代被视为国宝级人物，曾担任南京留守、北院枢密使等要职，死后被追封为晋国王。而萧观音就是萧和的亲孙女。

萧观音姿容冠绝，风神娴雅，严明端重，而且才华出众，擅长写诗，精通音乐，能自作歌词，尤擅长弹奏琵琶。重熙十二年，耶律洪基被晋封为燕赵国王，纳年仅十四岁的萧观音为妃；清宁元年十二月，耶律洪基继位后册封萧观音为皇后。萧观音长得美艳无双，而且聪慧绝伦，才色俱佳，由此博得了皇帝的恩宠。当时的辽国百姓中流传着这样一句话：孤稳压迫，女古华革，菩萨来做特里蹇。特里蹇在契丹语中就是皇后的意思。用现在的话翻译过来就是：头戴玉，足蹬金，皇后是观音。

但是，就是这样一位富有才情、美丽贤淑的旷世才女，却因为奸人的谗言，最终导致含冤殒命的惨剧。

当时辽国的属地尽为大漠，四季多寒多风，辽人因为所处的地理位置、气候变化的缘故，长期以来形成了秋冬违寒，春夏避暑，随水草而畋渔的生活方式。每年正月上旬，皇帝起牙帐至鸭子河泺，将牙帐置于冰上，凿冰取鱼。当河中冰化之后，乃纵鹰鹘捕鹅雁。晨出暮归，弋猎不止。夏无固定场所，多去吐儿山避暑。七月上旬，到伏虎林伏虎射鹿，夜半，令猎人吹角效鹿鸣，既集而射之。冬天则去永州东南三十里的广平淀。此地东西二十余里，南北十余里。地甚平坦，四望皆沙碛，木多榆柳。其地饶沙，冬月稍暖，皇帝率北、南大臣于此共商国是，时出校猎讲武，兼受南宋及诸国礼贡。如此一年四时，各有行止居住之所，辽人谓之"四时捺钵"。

皇帝四季捺钵时，契丹大小内外臣僚并应役次人，及汉人宣徽院所属官员都随同前往。汉人枢密院、中书省、枢密院、御史台、大理寺等各衙门均选人数不等的官员随从。宰相以下的其他官员，都要在中京居守，行遣汉人一切公事。每一年从正月上旬开始，皇帝便收拾起了牙帐，率领着众多贵族与营卫骑军，来往于五京之间，游走在大辽帝国茂密的森林与青翠的草海之上，开始了他们快乐的打猎生活。春赏花，夏纳凉，秋猎鹿，冬捕鱼，一年四季，周而复始。

由于这种四时捺钵的习俗，皇帝大多沉溺于射猎之中，有时竟然到了荒废朝政的地步。耶律洪基自然也不例外。耶律洪基极善骑射，酷爱打猎，所骑骏马名为"闪电"，顾名思义，此马驰骋起来，风驰电掣，瞬息百里，其他的马根本无法追上。萧观音不但吟诗作词，而且对朝政和皇帝的起居安危也十分关心。特别是她看到耶律洪基经常跨马拈弓、远入密林深谷驰猎，有时单人独骑远驰，随从近侍被远远甩在后边，不免焦虑不安。一是因为皇帝整日驰猎会导致朝政荒废，二是因为单人独骑远入孤山僻谷，则有身临险境之忧。一日耶律洪基驾幸秋山，射伤了一只斑斓猛虎，正猎到兴头，他不等亲军侍从在身后护卫，单人独马急追逃逸的伤虎而去。萧观音大惊，恨不得自己身生双翼追他而去，无奈自己身为女性，鞍马不熟，况且又是在深山恶水之中，她急忙命令随行护卫的勇士们快速前往护驾。好在耶律洪基有真龙天子之神威，自有万灵护佑，安然猎虎而归，但是却把萧观音吓出了一身冷汗。

回到皇宫，夤夜就寝时，萧观音婉言相劝："妾以今日之猎观之，圣上行止有失沉稳，几乎身涉险地。妾以微芥之躯，进金玉良言，只望圣上以后不要纵马行猎，应当多多勤于政务，如此则是臣妾之幸，亦是我大辽万民之幸！"

耶律洪基听了，面呈不悦之色，气哼哼地说道："皇后为此事已多次劝谏，朕非不谙世事的稚子，何必一再唠叨！"

"獐狍鹿兔倒不可怕，但是密林之中常有虎狼熊豹出没，一旦侍从救援不及，伤及皇上龙体，而当今太子年幼，则大辽国延续了百年的社稷将交付与谁？"

耶律洪基一声不吭，萧观音接着劝道："我大辽国历朝历代以来，皆有奸佞之徒伺机篡权夺位，一旦山林中伏有贼人，圣上则凶多吉少了！"

萧观音的这些劝谏，不知说过多少次了，耶律洪基早已听烦。他气冲冲地从榻上跳下来，到外宫休息去了。

萧观音心里万分委屈，泪水不可遏止地流了出来。

萧观音一夜未眠，她伏在案几上，奋笔疾书。

次日，她吩咐侍女将一卷书函送给了耶律洪基。而此时的耶律洪基还没有从昨晚的愤怒中平息下来。他展开书函一看，是一首《谏猎疏》：

"妾闻穆王远驾，周德用衰，太康佚豫，夏社几危，此游畋之往戒，帝王之龟鉴也。顷见驾幸秋山，不闲六御，特以单骑从禽，深入不测，此虽威神所届，万灵自为拥护，倘有绝群之兽，果如东方所言，则沟中之豕，必败简子之驾矣。妾虽愚暗，窃为社稷忧之。唯陛下尊老氏驰骋之戒，用汉文吉行之旨，不以其言为牝鸡之晨而纳之。"

"朕乃九五之尊，连打猎的自由都被妇人掣肘，岂不贻笑天下？"耶律洪基见又是阻挠他行乐的进谏，心中更生厌恶，恨恨地将《谏猎疏》撕个粉碎。

萧观音连夜写的这首《谏猎疏》，既含有对耶律洪基荒废朝政的忧虑，又流露出作为妻子对丈夫的关心爱护。但是耶律洪基非但不领情，反而更加疏远和冷落萧观音。

耶律洪基刚继位时，还是非常有作为的。耶律洪基仰慕中原文化，崇尚佛教，颇有诗情才气，他一继位就下诏："朕没有什么才德，今天做了皇帝，居于百姓之上，朕怕大臣对朕有不信之心，亦怕赋税妄加于百姓；朕忧虑赏罚不够分明，上恩不能及于民，下情不能达于朕，所以凡我辽国士民，皆可直言劝谏，对的则择用，不对的亦不怪罪！"为了发展文化，他下诏颁行《史记》、《汉书》，开科取士，一次就录取进士一百三十八人。同时他为了表示信任大臣，还作《放鹰赋》给大臣们。遗憾的是，他没有把励精图治的精神坚持下去。后来，他疯狂地迷上了上山打猎，而且昏庸好色。

耶律洪基的所作所为越来越与圣主明君的标准背道而驰，萧观音看在眼里，急在心上，她从当上皇后的那一天起，便发誓要学习唐太宗的妃子徐惠向皇帝直言进谏的美行懿德，备受冷落的她仍然痴心不改地向耶律洪基进谏，岂不知此时的耶律洪基早已有了新欢，对萧观音的进谏已经是由怒转恨了。

耶律洪基越来越耽于玩乐，一年有大半的时间都是在宫外山林旷野中度过的。

在晨昏之际，苦雨纷落之时，独守空房的萧观音只能以吟诗作曲打发寂寥无聊的时光。

一日，夜深人静，寂寞的萧观音在幽怨企盼中，忽然想起唐玄宗时，杨贵妃与梅妃争宠，梅妃失宠后，遂命宫院为"回心院"，希冀玄宗回心转意。精通诗文的萧观音在心灰意冷之余，亦用此曲作为词题，写下了流传千古的《回心院》，重现昔日与耶律洪基云雨缠绵的脉脉温情，力图唤起夫君旧情：

　　扫深殿，闭久金铺暗。游丝络网尘作堆，积岁青苔厚阶面。
扫深殿，待君宴。

　　拂象床，凭梦借高唐。敲坏半边知妾卧，恰当天处少辉光。
拂象床，待君王。

　　换香枕，一半无云锦。为是秋来辗转多，更有双双泪痕渗。
换香枕，待君寝。

　　铺翠被，羞杀鸳鸯对。犹忆当时叫合欢，而今独覆相思块。
铺翠被，待君睡。

　　装绣帐，金钩未敢上。解却四角夜光珠，不教照见愁模样。
装绣帐，待君贶。

　　叠锦茵，重重空自陈。只愿身当白玉体，不愿伊当薄命人。
叠锦茵，待君临。

　　展瑶席，花笑三韩碧。笑妾新铺玉一床，从来妇欢不终夕。

展瑶席，待君息。

　　剔银灯，须知一样明。偏是君来生彩晕，对妾故作青荧荧。

剔银灯，待君行。

　　热熏炉，能将孤闷苏。若道妾身多秽贱，自沾御香香彻肤。

热熏炉，待君娱。

　　张鸣筝，恰恰语娇莺。一从弹作房中曲，常和窗前风雨声。

张鸣筝，待君听。


　　而耶律洪基白天照旧畋猎无度，晚上则是与邢氏整夜恣意偷欢。他已无心情和时间去体味萧观音诗中苦闷、彷徨而又充满柔情和希望的情感。

　　哀婉之余，痴情的萧观音痴心不减，她发挥自己精通音律的特长，自制其曲，把《回心院》谱成了如泣如诉、意味蕴藉的曲子，用琵琶、古筝等乐器演奏。萧观音幻想有朝一日，希望用曲韵哀婉、复杂高妙的《回心院》，打动薄情寡义的耶律洪基，重新赢得他的专房之宠。

　　当时宫中乐队教坊中，一般的伶人都不会演奏萧观音谱写的乐曲。皇后萧观音在郁闷中想起了赵惟一，她的心情顿时舒畅了许多。她哪里想得到，就是她的这个突如其来的念头，让她和皇太子耶律濬白白地送了性命。

　　赵惟一是宫里乐队教坊中技法高超的伶官。他长得体态修长，仪表俊美，温文儒雅，玉树临风，精通各种器乐，是教坊中首屈一指的人才。唯独他能把这首幽怨之词演绎得丝丝入扣，荡气回肠。

　　萧观音珍爱自制的词曲，见汉人赵惟一理解得如此透彻，演奏得如此精妙，自是万分赏识。当时宫禁十分宽弛，男女界限不严，萧观音遂把赵惟一召进宫中演奏《回心院》。而赵惟一孤身塞外，尽心演奏起来，仿佛置身于乐曲之中，浑然忘我，早已忘了载不动的乡愁。高山流水，曲韵依依，萧观音与赵惟一相处久了，颇有知己之感。

　　当时有个宫婢叫单登，她本是耶律宗元家的奴婢。清宁九年六月，耶律宗元叛乱被平息后，单登被召入宫中侍奉耶律洪基。单登颇有姿色，她幻想凭借自己侍奉耶律洪基的有利机会，接近皇帝并赢得他的欢心，企图与耶律洪基交欢生下一男半女，不但改变了自己的身份地位，如果命好的话，还可以当上皇后。但是皇后萧观音向耶律洪基谏言说："单登是叛臣之家的婢女，怎么能够让她待在皇上的身边，一旦她为了旧主，借机刺杀您怎么办？"

耶律洪基不相信地说："单登只不过是一个手无缚鸡之力的女流之辈，怎么能刺杀朕呢？

"食人之禄，各为其主。谁能保证女子中没有像豫让那样的忠于主子的刺客呢？"萧观音执意将单登从耶律洪基的身边调到外院充当杂役。

此时的单登看到赵惟一因演奏《回心院》而得到皇后的欢心，心里的妒火益发炽盛。她又想起自己因为萧观音进谏而被遣到宫廷外院，再也不能到宫里为耶律洪基弹筝，自己企图为耶律洪基生子的美梦彻底破灭了，妒火进而变成了不可遏止的复仇怒火。

一次萧观音在木叶山，傍晚召赵惟一进帐弹奏《回心院》。萧观音与赵惟一对弹，并饮酒助兴，一直到夜间三更，单登进帐去更换蜡烛时，见萧观音身穿紫金百凤衫、杏黄金缕裙，脸颊羞红，目光迷离，醉态可掬；而此时的赵惟一已经脱去官服，只穿着一件窄袖紫罗衫，单登看在眼里，心下起疑。而萧观音仍然沉浸于音乐给她带来的快乐之中，只有音乐才能将她从烦恼中暂时解脱出来，她完全没有察觉单登的反常表情。

皇后与伶人共同切磋技艺，本来应当成为当时的乐坛佳话，可惜这种清音高雅的艺人趣事，却被心理阴暗又心存嫉妒的单登嗅出了肉体的味道。

四

单登知道，仅凭自己的力量想要达到复仇的目的，简直比登天还难。

不甘心的单登夜不能寐、辗转反侧之际，她终于想起了当朝的北院枢密使耶律乙辛。

耶律乙辛是五院部人，自幼家贫如洗。耶律乙辛的母亲在怀孕时，夜里梦见与一只羚羊相搏，拔其角尾。早晨找巫师解梦，巫师说："这是个吉兆。'羊'字去角尾为'王'字，你怀的这个儿子有帝王将相之命。"不久，生下了耶律乙辛。

耶律乙辛长大后，身长八尺，相貌堂堂，但他外表和善，内心却狡诈多变，有大奸大佞之象。耶律乙辛在辽兴宗执政时，一开始只是文班小吏，掌管太保印章。后来当朝皇后见他风度翩翩，如同很有修养的老成官员，于是向皇帝举荐，由此升迁为护卫太保。耶律洪基继位后，因耶律乙辛是先朝老臣，一有重大朝事，常将他召来帮助计议决断。不久擢升为北院同知，历枢密副使。清宁五年，为南院枢密使，改知北院，封为赵王。

清宁九年，驸马都尉萧胡睹与皇太叔耶律宗元阴谋篡位，但是由于南院枢密使耶律仁先在朝，德高望重，是他们谋反的主要障碍，所以他们想把耶律仁先调到京外做西北路招讨使。耶律洪基征询耶律乙辛的意见。耶律乙辛奏曰："耶律仁先乃先帝旧臣，不可遽离朝廷。"耶律洪基采纳了他的意见。不久耶律宗元起兵叛乱，因耶律仁先在朝，果断采取了措施，平定了叛乱。耶律洪基想起耶律乙辛昔日的劝谏，加上他在平叛时处变不惊，拜他为北院枢密使，晋封魏王，并赐号"匡时翊圣竭忠平乱功臣"。咸雍五年，耶律洪基下诏赐予耶律乙辛遇有四方军旅事务，可以相机行事的特权，耶律乙辛在朝中炙手可热，权倾朝野。

从此，耶律乙辛的私欲开始膨胀，他想起自己出生前的异兆，认定自己非久居人下之人，将来一定能当上皇帝。

而此时的太子耶律浚对耶律乙辛、张孝杰等专权朝堂、惑君乱政的言行早已深恶痛绝。

耶律浚自幼聪慧好学、知书达理，精于骑射，六岁封梁王。耶律洪基于辽咸雍元年正月，在上京五銮殿召集文武百官，明示立皇太子诏书，册封梁王耶律浚为皇太子，入主东宫。这就确立了耶律浚的储君地位和皇位的继承权。

不久，耶律浚又兼领北南枢密院事，总领朝政后，修明法度，疏理朝纲，提拔颇有才干的定武军节度使赵徽为南府宰相，不断遏制耶律乙辛、张孝杰奸党专权乱政行为，博得了朝野上下的一片赞誉。

权柄旁落的耶律乙辛不仅感到失落、愤懑，而且还深深怀着担心新君继位后清算旧账的忧虑。

耶律乙辛等人视皇太子耶律浚为眼中钉、肉中刺，早就想将他置于死地而后快。

奸佞狡诈、怙宠擅权的耶律乙辛还是一个出了名的色鬼。太师耶律适鲁有一个妹妹叫耶律常哥，自幼长得清纯俊秀，风度气质俨然有成人之风。且擅长诗文，熟读古今通史，能够正确品评前朝古人的得失。长大后，操行修洁，发誓终身不嫁。

咸雍年间，耶律常哥写了一篇文章来评述当今的时政：“君以民为体，民以君为心。人主当任忠贤，人臣当去比周，则政化平，阴阳顺。欲怀远，则崇恩尚德；欲强国，则轻徭薄赋。四端五典为治教之本，六府三事实生民之命。淫侈可以为戒，勤俭可以为师。错枉则人不敢诈，显忠则人不敢欺。勿泥空门，崇饰土木；勿事边鄙，妄费金帛。满当思溢，安必虑危。刑罚当罪，则民劝善。不宝远物，则贤者至。建万世磐石之业，制诸部强横之心。欲率下，则先正身；欲治远，则始朝廷。”耶律洪基看了，对耶律常哥的文章赞不绝口。

耶律乙辛非常爱耶律常哥的才华，多次向她求诗。耶律常哥憎恶耶律乙辛为人奸诈，对其置之不理，但耶律乙辛还不死心，厚着脸皮，多次向她表达爱慕之心。耶律常哥被其纠缠不过，遂草草地写了一首回文诗给他。耶律乙辛从诗中看出了嘲讽挖苦之意，只好断了求爱之心。

单登有个妹妹叫清子，年轻风骚，美艳好淫，嫁给教坊的小头目朱顶鹤为妻。耶律乙辛见她风情万种，媚态十足，远胜过他府中的那些妻妾，不禁垂涎欲滴。清子见耶律乙辛平步青云，且风度翩翩，自然也是怦然心动。耶律乙辛稍使勾引手段，便让本已有意的清子春心荡漾，神魂颠倒，二人一拍即合，勾搭成奸。耶律乙辛经常到清子家里鬼混。清子的丈夫朱顶鹤因为耶律乙辛是当朝权贵，巴不得向他邀宠，所以对他们的苟合偷奸视若无睹，因而耶律乙辛与清子更加肆无忌惮，两个人经常在一起偷情。单登也经常到妹妹家里，在清子面前信口雌黄，借以发泄对皇后的怨恨和对赵惟一的忌妒。

单登对妹妹说，皇后与赵惟一肯定有私情，不然以赵惟一的实力，怎么能专宠于前？

"天助我也！"耶律乙辛得知此事后，高兴得差点跳起来。他决定通过诬陷皇后萧观音，达到废掉太子的目的。他让清子将姐姐单登叫来，三个人聚在一起，商议如何将皇后置于死地。单登和清子乃女流之辈，风月场上卖俏行奸是内行，但对于构陷皇后这样的大事却没了主意。耶律乙辛毕竟是当朝的权臣，阅历丰富，他眯缝着一双狡黠的眼睛，沉吟半晌，便虚构出一段莫须有的艳事来，并教单登如此如此，其中淫秽下流的语言，就连放浪形骸的清子听了也不免脸红起来。

单登听了，如获至宝，兴冲冲地回后宫去了。

耶律乙辛一把搂住清子说："我设计了如此妙计，可谓是费尽心机，你拿什么来赏我啊？"

清子佯装不懂，媚态十足地摊开双手说："奴家没有什么好东西可以赏大人的呀！"

耶律乙辛伸出手，一把抓住她的酥胸说："这不就是最好的赏物吗？"

清子不置可否，只是妖媚地一笑。

耶律乙辛早已按捺不住。二人滚在床上，宽衣解带，立时巫山云雨起来。清子心中暗想，此计一旦成功，不但为姐姐出了一口恶气，而且还为情人篡权扫清了道路。

清子记得曾经有一次，二人苟且之后，耶律乙辛摇头晃脑地对她说了一件奇事：小时候，耶律乙辛去放羊，有一天中午，父亲迭剌来找他，发现耶律乙辛正在睡懒觉。父亲生气地将他叫醒，耶律乙辛却揉着眼睛，不高兴地说："我正做梦，一个金甲神人拿着太阳和月亮给我吃，我把月亮吃完了，正在吃太阳，刚吃了一半，就被你叫醒了，真可惜啊！"他的父亲听了，认为耶律乙辛不是凡人，从此就不再让他放羊了。

清子听到这个奇怪的梦，想到当前耶律乙辛的地位，心里认定他确实是当皇帝的命。世上有谁敢以日月为食？不用说，当然只有皇上一人！

有朝一日，耶律乙辛若登了皇位，那么她尽享荣华富贵的日子也就不远了。

想到这儿，清子大展媚功，在枕席上大呼小叫，尽情卖弄，将耶律乙辛撩拨得神魂颠倒，愈加丑态百出。

清子哪里知道，耶律乙辛只是贪图她的肉体和美貌。她只不过是他随时泄欲的工具。她和姐姐单登，亦不过是耶律乙辛操纵政治棋盘上的两颗棋子而已。

第二天一大早，耶律乙辛又来了，他交给清子一首诗，让她马上转给单登。老谋深算的耶律乙辛深知仅凭单登几句子虚乌有的谎言，不足以置皇后于死地，弄不好还会弄巧成拙，祸及自身。为了万无一失，他利用萧观音擅长诗词这一点，让张孝杰以女人身上的十种香气为题，写了一首描写男女狎昵淫秽的《十香词》。就是这首香艳至极的《十香词》，让美貌绝伦的旷代才女萧观音失去了年轻而宝贵的生命。


# 五


连日来，萧观音的眼皮老是跳。她用手支着头，伏在书案上看书。昨晚，她又失眠了，翻来覆去地睡不着，索性下床走出寝宫，月光下，只有她一个人，四周静得可怕，萧观音倒吸了一口凉气。她看着皎洁的月亮，心里翻腾起一阵阵伤感。从前的夜晚，她和耶律洪基形影不离，二人如胶似漆，俪影双双；而今地上只横着一个斜长的影子，那是她孑然一身的身影。

"春来草色一万里，绝色红颜正愁余。"她在心里自怨自怜。

她返转身，不想一个人在外面待着。不知为什么，越是明亮的夜晚，她越觉得无比地凄凉。床，显得越来越宽了。风，拍打着窗棂，发出吱吱呀呀的声音。萧观音侧耳细听，却好像是女人的笑声，还有她熟悉的耶律洪基的笑声。

宫外，在另一个寝室里，肯定是一幅春光旖旎的浪漫场景……她在心里凄然无望地想着。

耶律洪基已经好久都没有踏进这个房间了。一天、两天……一开始，她还掐着手指算着，可后来竟然算不过来了。但是她始终在期盼着，总有那么一天，内侍们会慌慌张张地跑进来，大声地喊着："皇帝驾到，请萧后侍寝！"可是，漫长的等待，换来的只是无边的绝望。

这些天她大多数的时间都用来演奏《回心院》，那个叫赵惟一的伶官，每次都是低头走进她的房间，走的时候，也是躬身低头而退。想起他，萧观音不禁笑了，心里涌上一股暖意。赵惟一是一个谦和有礼、温润如玉的男人，精通音律，长得也很养女人的眼，皇后在心里暗忖。他那修长白皙的手指在琴键上划过，会奏出优美动听的旋律，听了会让人发呆、痴想，那奏出的音符，仿佛是敲打在她的心扉上发出来的。

自从她嫁入皇家，就立志做一代贤后，为萧氏家族争光，名垂青史。她看过不少书，像《列女传》、《历代皇后传》，历史上有好多烈女，许多贤后，但也有许多误国乱政的嫔妃皇后，像赵飞燕就是最典型的一个。赵飞燕无后妃之德，以女色败坏汉家帝王基业。

萧观音看着照进窗内的月光，发誓无论受到丈夫怎样的误解，也一定要做一位帮助耶律洪基创建宏伟帝业的皇后。孤枕难眠的萧观音浮想联翩，即兴写下了一首《怀古诗》："宫中只数赵家妆，败雨残云误汉王。惟有知情一片月，曾窥飞燕入昭阳。"

萧观音还是耐不住寂寞的长夜，不知不觉地睡着了。迷迷糊糊的，她看见一只斑斓猛虎吼叫着扑向了耶律洪基，她披头散发，站起来大喊，让她的皇帝丈夫快跑，可是他怎么也跑不动，猛虎的血盆大口马上就要咬到他了，但不知为什么，始终只差那么一点点。她急了，她跑了过去，挡在了丈夫的身前，猛虎一口咬在了她的脖子上，鲜血立时就喷了出来。她惊恐地大声惨叫，却把自己给喊醒了，原来做了一场噩梦。

已经是下半夜了，月亮完全被乌云遮住了，屋子里漆黑一团。

萧观音浑身冷汗淋漓，再也睡不着了。

会不会大祸临头？萧观音隐约觉得她的脖颈还在疼，丝丝缕缕地，却一直疼到她的骨髓里。

第二天，她还在疑虑，郁郁寡欢，一直想着那个噩梦。

恹恹地，萧观音拿起了一本古诗，好长的时间里，她除了弹奏《回心院》，就是在书中消遣时日。自幼她便喜欢读诗，写诗，她在诗中寻找着独属于她的快乐。

门，在她的身后被轻轻地推开了。

她回头一看，是前一段时间被贬到外院当值的婢女单登，她干什么来了？

单登跪在萧观音的面前，毕恭毕敬地呈上一张纸，萧观音疑惑地展开，上面密密麻麻地写着一首《十香词》：

青丝七尺长，挽作内家装；不知眠枕上，倍觉绿云香。

红绡一幅强，轻阑白玉光；试开胸探取，尤比颤酥香。

芙蓉失新艳，莲花落故妆；两般总堪比，可似粉腮香。

蜻蜓那足并？长须学凤凰；昨宵欢臂上，应惹领边香。

和羹好滋味，送语出宫商；安知郎口内，含有暖甘香。

非关兼酒气，不是口脂芳；却疑花解语，风送过来香。

既摘上林蕊，还亲御苑桑；归来便携手，纤纤春笋香。

凤靴抛合缝，罗袜卸轻霜；谁将暖白玉，雕出软钩香。

解带色已战，触手心愈忙；哪识罗裙内，销魂别有香。

咳唾千花酿，肌肤百和装；无非瞰沉水，生得满身香。

香艳异常的诗，让萧观音读后不免脸红心跳，她疑惑地问："这诗写得过于轻浮，甚至有些淫荡了。这是什么人写的？"

单登马上说："这是奴婢从外面得来的，据说是宋朝的皇后写的，外面的士子闺秀们都在竞相传抄呢！今天特意拿来，求皇后抄写一份赐给奴婢。"

"真没想到，宋朝的皇后也会写这样的东西！"谙熟诗词的萧观音拿起来，又在心里默读了一遍，沉吟半晌说："尽管浪荡了些，不过文学功底还是有的。"

单登说："确实是香艳了些，但这种闺中诗，于奴婢一个粗人来说，收藏这样的东西也不为过。"

单登说完，见萧观音半晌不语，忙极力讨好地说："如果皇后您能用您的一手精致的小字抄录了这首词，那么词是宋朝皇后所写，字则是我大辽皇后所书，真可谓是辽宋联璧了！"

昨晚的梦让百无聊赖的萧观音心情压抑，此时听了单登的恭维，不禁有些手痒，便做了个顺水人情，于是提笔将《十香词》抄写了一遍。而站在她身后的单登终于放下心来，心花怒放，脸上露出得意的诡笑。

萧观音哪里知道已经中了奸人的奸计！

抄完后，萧观音见纸尾还有一块空余的地方，便随手将她昨晚作的《怀古诗》也写上了。

单登拿着萧观音亲自书写的诗词，到了清子的家里，等在那里的耶律乙辛见大功即将告成，三人不免弹冠相庆。

耶律乙辛奸笑着对单登说："只要你和朱顶鹤到北枢密院去告赵惟一与皇后萧观音通奸乱宫，余下的事嘛，就全看我的了。"

单登和朱顶鹤当然敢去北枢密院去告，因为站在他们眼前的这位朝廷大员就是当朝的北院枢密使，堂堂的一把手。一人之下，万人之上，就连当今皇上都让他三分！何况事成之后，耶律乙辛大人还许他们以高官厚禄呢。

于是，出现了本文开头悲惨的一幕……

# 第二章　血雨腥风

一

大辽北院枢密使衙署。

公堂上，北院枢密使耶律乙辛和宰相张孝杰正襟危坐。公堂下，犯人赵惟一、高长命五花大绑，跪在堂前。多日的严刑拷打，已经让本来就很清癯的赵惟一面容憔悴。除了身体遭受酷刑之外，赵惟一还在心里为皇后萧观音担忧，他无法猜测皇后现在面临着何等险境。是他连累了她，赵惟一承受着巨大的心理压力，几乎有些不堪重负了。他想起萧观音的美丽，想起萧观音的才情，想起萧观音的温柔，但更多地，他会想起她俊俏的面庞上时隐时现的愁容。过去的岁月里，两人对弹琵琶时，在优美的旋律中，他无数次捕捉到皇后忧郁的眼神和不经意的长叹，每一次都让他的心紧跟着一阵阵地抽搐。他从《回心院》里，揣测到皇后叹息的缘由，他为皇后身为女人感到悲哀，是啊，人生莫做女儿身，百年苦乐由他人！古人说得好呀。他为皇后担心、焦虑，但是这一切都是多余的，他救不了皇后，他强烈地感受到一个普通男人的卑微和无奈。

头一阵阵晕眩，赵惟一低着头，皇后能知道他的这些心事吗？

赵惟一早已把生死置之度外，只要不牵连了皇后，就是被千刀万剐又有何惧？

假如皇后是一个男儿，肯定是一个君临天下、以文治武功著称于世的皇帝，抑或是一个威风八面、气吞万里如虎的将军。最次也是一个风流倜傥、以诗文闻名天下的浪漫诗人。在皇后萧观音面前，赵惟一常常感到自己的卑微与渺小，尽管皇后注视他的目光是亲切的，是欣赏的，他也明显察觉出皇后对他有好感。但是，这个大辽国的皇后带给他的是一种无形的压力，她是那么才情出众，那么高高在上，注定让他今生只能永远仰视而已……

北府宰相张孝杰仍旧在愤怒地咆哮着，耶律乙辛眯着眼觑着他。他喜欢眯起眼来看别人，这样不容易让别人看清自己的真实想法，同时揣测起别人来也会从容不迫。这是多年涉身险象环生的官场之中的耶律乙辛对别人的一种设防，也是对自己的一种有效保护。耶律乙辛深悉张孝杰与自己一样，是一个善于阿谀奉迎、投机钻营的人。张孝杰是辽国的汉人高官，科考时中进士第一名，官至北府宰相，封陈国公，在汉官中最受皇帝的恩宠。他能把官做到这么大，就是他擅长溜须拍马的缘故。耶律乙辛想起有一年秋猎，耶律洪基在一次狩猎时射死三十只鹿，兴奋异常，大宴随从官员，在酒酣之际吟诵《诗经》中的《黍离》诗：

彼黍离离，彼稷之苗。行迈靡靡，中心摇摇。

知我者，谓我心忧；不知我者，谓我何求。悠悠苍天，此何人哉？

彼黍离离，彼稷之穗。行迈靡靡，中心如醉。

知我者，谓我心忧；不知我者，谓我何求。悠悠苍天，此何人哉？

彼黍离离，彼稷之实。行迈靡靡，中心如噎。

知我者，谓我心忧；不知我者，谓我何求。悠悠苍天，此何人哉？

张孝杰闻言，马上跪倒在地："今天下太平，陛下何忧？富有四海，陛下何求？"

张孝杰的奉承话，句句挠着皇帝心中痒痒肉，耶律洪基听后龙颜大悦，不禁捻须哈哈大笑，是啊，朕富有四海，一言九鼎，还有什么奢望呢！

耶律洪基高兴地说："唐朝皇帝有贤相狄仁杰，而朕有张孝杰。依朕看，此二人皆有经天纬地之才，忠君报国之义，鉴于张爱卿身为汉官，却能勤勉敬业，一丝不苟，为国尽忠，不逊于我契丹臣属，特赐国姓，以彰其功！"

张孝杰马上匍匐在地，口呼万岁。

张孝杰由此得到了耶律洪基的宠幸。

耶律乙辛想：皇后萧观音被打入冷宫了，那个所谓的皇后的情人赵惟一就跪在他的面前，他还在坚持着，只要他违心招供，那个高傲的皇后即使再嘴硬也会被处死。想到这儿，耶律乙辛不禁有些惋惜，因为皇后的美貌和才情。一个女人，尤其是一个后宫中的女人，不要天天叫嚣着去帮助皇帝建功立业，那是男人们做的事。女人，只有尽心尽力地在床上侍寝，去博得男人的宠爱，这样才不会给别人留下攻击的口实和机会。

昨天，他又跑到了清子的家里，在第一时间里把喜讯通知了她。自然，他又得到了清子一次丰厚的奖赏。清子，他的这个小情人，在他的身下婉转承欢，千娇百媚，对他来说，简直就是一桌丰盛而精美的人体盛宴。权倾朝野的耶律乙辛已经身陷情海，离不开这个精灵一般、能将男人的骨髓吸干的小妖精了。

"枢密使大人，犯人赵惟一、高长命拒不认罪，您看……"张孝杰尖细的声音将他从艳情的回忆里拉了回来。

"你、你？"耶律乙辛一惊，遂马上奸诈地反问张孝杰，"哦……你说怎么办？"

"我看施用酷刑，尽钉、灼、烫、烙之刑，不信他们不招！"张孝杰脱口而出，看来他早已胸有成竹了。

耶律乙辛马上换上一副面孔，赞赏地说："犯人赵惟一与皇后私通一案，有劳宰相大人多多费心。所有事宜，悉听尊便，我还有其他公务，恕提前告退。"耶律乙辛站起身，往衙外走去。

耶律乙辛相信，这个亲手炮制出无比香艳的《十香词》的北院宰相一定会撬开赵惟一的嘴巴，此时此刻，他的心情比自己还要急切，因为他们二人是一根绳子上的蚂蚱，蹦不了你，也跑不了他。一旦赵惟一拒不认罪，那么他们则犯了诬陷皇后的死罪，谁也逃脱不了干系！

"将犯人赵惟一、高长命戴上手铐脚镣，大刑伺候！"耶律乙辛刚走到大堂的门口，身后就传来了张孝杰声色俱厉的吼声。

耶律乙辛明白，就是再坚硬的骨头，只要让这些毒如蛇蝎的狱卒施以酷刑，也会人说鬼话。用不了多久，赵惟一就会按照他和张孝杰等人事先设计好的情节，写出符合他们阴谋所要的供状，到那时，皇后就会丧命，而扳倒皇太子也就指日可待了。

耶律乙辛得意地摇着头。去哪儿？他的心里再清楚不过了。清子魅惑的眼神在牵引着他的脚步。

清子玉面素手，眼神却是狐媚善睐的。

清子长身细腰，在床上是善于腾跃的。

清子，真是一个尤物！耶律乙辛一边走，一边在心里赞叹不已。

## 二

耶律洪基有好几天都没有出去打猎了。那匹举世无双的宝马"闪电"在厩里"咴儿咴儿"地叫着，它渴望在草原山野间纵横驰骋的快感。草原是它实现生命价值的疆场。

耶律洪基把自己关在了深宫里，闭门不出。连朝政都荒废了。遇到大臣们有特别要紧的事，则要到宫里奏明。其他事务都托付给了北院枢密使耶律乙辛。多亏这个北院枢密使了，耶律洪基感到庆幸，耶律乙辛在不辞辛苦地为朕收拾着这些烂摊子，真是上天赐予朕的忠臣啊！

耶律洪基的胸口在揪心地刺疼。祸起萧墙，皇后秽乱后宫，事情过去几天了，他现在仍然接受不了突然而至的羞辱。

萧观音，这个与他同床共枕多年、共同抚育皇太子的当朝皇后，如今却与伶人通奸！耶律洪基感到莫大的羞耻。

"萧观音，你贵为当朝皇后，一人之下，万人之上，你还有什么不满足的呢？"耶律洪基的胸口疼痛难忍。

想当年，你为朕生下了皇子耶律浚，使朕后继有人，可谓大功一件，但是朕对你也不薄呀！你的一家老小尽受朕的封赏，凡你娘家在朝为官者都备受宠爱。朕无论是出外行军打仗，还是去狩猎，也一定要带你一同随行。你我夫妻形影不离，恩爱非常。由此你在后宫的地位无比地尊崇，可谓是宠冠后宫了。你还有什么所求呢？

是啊，皇后才貌俱佳，是大辽国举世无双的美女诗人。但是，朕每有诗作，不都是交给你，二人诗词唱和，夫唱妇随吗？

满腔怒火的耶律洪基回忆起与萧观音曾经的恩爱。清宁二年八月，他率大臣、妃嫔等人在秋山打猎，当走到伏虎林时，耶律洪基突然想起大辽国流传的一个典故，说是有一年秋天，辽景宗到林中打猎，这里的虎特别凶猛，经常伤害居民牲畜。可是这次，老虎见到景宗皇帝，乖乖地趴在草地上，浑身颤抖着不敢抬头看他，辽景宗见状也没有射它。后来这片树林就开始叫伏虎林了。想到这儿，耶律洪基遂命皇后萧观音赋诗以助猎兴。萧观音略一思索，开口吟道："威风万里压南邦，东去能翻鸭绿江。灵怪大千惧破胆，那教猛虎不投降。"

此诗气势雄浑，彰显出萧观音女中豪杰的豪气和北国女子的飒爽英姿。锦句出玉口，在场的辽帝辽臣，无不叹服。

耶律洪基听了萧观音这首脱口而出的诗句,拍手叫绝,命人誊录之后,出示群臣说:"皇后的诗气象宏阔,直压须眉,真可谓女中才子也。朕借助皇后的诗言,定能伏得虎豹。"

第二天耶律洪基亲率精骑驰至伏虎林附近,正巧碰上一只斑斓猛虎从林中蹿出,耶律洪基说:"我一定射得此虎,以不愧对皇后的好诗。"遂于马上拈弓搭箭,正中虎额,一箭毙命。群臣皆呼:"皇上神勇!"耶律洪基兴致勃勃地对众臣说:"朕今日射得此虎,皆赖皇后诗作之力也。"

昔日刻骨铭心的恩爱,全被皇后"偷情"一事搅得踪影全无。旧日的欢爱,今日的耻辱,一起涌上耶律洪基的心头,搅得脑袋都大了。

耶律洪基摇了摇头,努力让自己镇静下来,事关皇后,不得有半点儿的草率与鲁莽。他突然想起,耶律宗元的妻子常以自己貌美自矜,皇后萧观音曾告诫她:"你身为贵家妇,何必如此炫耀自己的美貌呢?"

聪慧贤惠、举止端庄的萧观音连别人身着艳装、以美貌自矜都看不惯,而现在却为何做出这种有失国体、贻笑国人的丑事?难道与朕的冷淡有关吗?

萧观音呀萧观音,朕是九五之尊,有着至高无上的生杀予夺大权,朕无论想做什么,都是无可非议的!即使是朕冷淡了你,你也不能红杏出墙,春光外泄呀!

萧观音,是你负了朕!耶律洪基在心中恨恨地想,萧观音,你让朕无颜见大辽子民,那你也休想活在世上!

老臣适鲁来了,他是大辽国的太师,是来进谏的。须发苍苍的适鲁说:"萧后人有玉德,诗若诗仙,文艺修养、贞洁操行无懈可击,堪为母仪典范。此次与伶人偷情之事,必是奸人所诬。皇后哪能做出如此有违后德之事!望圣上传旨,命萧后出冷宫,重司皇后之位!"

余怒未消的耶律洪基一声不吭。

适鲁接着说:"萧后姿貌端丽,性情聪慧洁素,内治有法,莫干以私。一旦废后,则会引起后宫争宠。依老臣观之,耶律乙辛暗结张孝杰、耶律燕哥等人，朋比为奸，他们真正的目的是想通过废皇后而废皇太子。"

"好啦，好啦！"耶律洪基不耐烦地摆着手，"你退下吧，朕会三思的。"

适鲁却上前一步，据理力争："皇上圣明，依老臣之见，耶律乙辛谋害皇后，实谋大辽皇位也！"

适鲁又提到了耶律乙辛，耶律洪基知道，太师适鲁的妹妹耶律常哥与耶律乙辛有过一段难以说清的感情纠葛。他痛恨大臣们在处理国事的时候感情用事。

耶律洪基把耶律乙辛写的《奏懿德皇后私伶官疏》扔了过来，说："你看看吧，看看皇后是如何与赵惟一通奸的！"

适鲁捡了起来，当读到"惟一低声言曰：'奴具虽健，小蛇耳，自不敌可汗真龙。'（皇）后曰：'小猛蛇却赛过真懒龙。'此后但闻惺惺若小儿梦中啼而已……"时，也不禁臊得脸色发红。

殊不知，大奸臣耶律乙辛诬陷萧观音，是冒着家族被诛的危险的，所以他深知落棋虽险，但一出手必置皇后于死地，否则借他一百个胆儿也不敢轻举妄动。耶律乙辛在写《奏懿德皇后私伶官疏》时，可谓费尽了脑汁，词语极尽香艳之能，对虚构的偷情细节描写得丝丝入扣，有声有色。且遣词造句再三斟酌，笔法老辣，从而铸成了千百年来"说不清楚"的风流案。

"你退下吧，朕累了！"耶律洪基愠怒地斥退了适鲁。


三


高长命挨不过耶律乙辛等人的严刑拷打，被迫招认，赵惟一与皇后通奸，是他从中牵线搭桥的。耶律乙辛、张孝杰心中大喜，弹冠相庆。

南府宰相萧惟信性情坚毅沉稳，忠贞不阿，在耶律宗元之乱时，他协助耶律仁先在滦河行宫击败叛兵，事后被赐为竭忠定乱功臣。萧惟信见耶律乙辛权势熏天，朝中官员皆求自保，无人敢言，便匆忙赶到北院枢密使衙署，严正地对耶律乙辛、张孝杰说："皇后贤明端正，德化宫中，并且生有皇太子，贵为国母，怎么能以叛臣耶律宗元的家奴的一句话而动摇皇后的地位呢？公等身为国家大臣，应当烛照奸宄，洗雪冤诬，烹灭此辈，以报国家，以正国体。通过刑讯逼供得到的供词，怎么能算得其情？公等要三思而行啊！"

耶律乙辛、张孝杰哪里肯听，他们立即上奏。耶律洪基一看自己真的被戴上了绿帽子，恼羞成怒，马上下令诛灭赵惟一九族，斩高长命，籍没他们的家财，并敕令皇后萧观音自尽。

萧观音的儿子耶律浚和女儿齐国公主耶律几里披头散发，痛哭流涕地跪在父皇的面前，乞求代替母亲去死。耶律洪基大声斥责说："朕君临天下，统辖亿万庶民，却不能防闲一个妇人，岂不成了徒具人面的禽兽，怎么能神态安然地南面称君呢？"

萧观音在冷宫里接到耶律洪基命她自尽的敕令，乞求再见皇上一面。一会儿，侍卫们返回来传旨，皇上不想与她见面，并严令她从速自尽。萧观音血泪交迸，悲痛欲绝，她为了辩白自己的冤情，写下了忧愤满纸的《绝命词》：

"嗟薄祜兮多幸，羌作俪兮皇家。承昊穹兮下覆，近日月兮分华。托后钧兮凝位，忽前星兮启耀。虽衅累兮黄床，庶无罪兮宗庙。欲贯鱼兮上进，乘阳德兮天飞。岂祸生兮无朕，蒙秽恶兮宫闱。将剖心兮自陈，冀回照兮白日。宁庶女兮多惭，遏飞霜兮下击。顾子女兮哀顿，对左右兮摧伤。共西曜兮将坠，忽吾去兮椒房。呼天地兮惨悴，恨今古兮安极。知吾生兮必死，又焉爱兮旦夕。"

写完《绝命词》后，萧观音关上宫门，跪在地上，深情地对着耶律洪基居所的方向三拜九叩，以白练自缢。一缕芳魂，恋恋而去。

当年萧观音出生时，她的母亲梦见一轮明月入怀，她伸手欲抱时，明月却升上浩渺的天空，不想突然从黑云中蹿出一条黑狗，一口把光华四射的月亮吞到肚子里。萧母正在惊诧之际，只见一把明晃晃的宝剑从空中直落而下，正中她的怀中，顿时腹中大疼，结果萧观音降生了。满月后，萧家请萨满来卜吉凶，萨满预言：此女日后贵不可言，一定会光耀门庭，但恐有血光之灾，难得善终！

谁知，三十多年后，萧观音不幸的人生悲剧竟然真应了萨满的谶语。

皇太子耶律浚跪在萧观音的尸体旁，痛不欲生，他大声疾呼："杀我母后者，耶律乙辛、张孝杰之流也，他日如不诛此二贼，枉为太子！"

这一天，是大康元年十一月初三。山川呜咽，愁云黯淡。还没有消除怨气的耶律洪基诏令剥去萧观音的衣装，用苇席包裹裸尸送回娘家，并削去皇后封号。

萧观音死时年仅三十六岁。当年萧观音被册封为皇后时，发生了一件怪事。行册封礼时，萧观音从后宫中走出，刚坐到座位上，忽然刮起一阵大风，掀开帘卷，将一块白练吹到她的脸上，萧观音拿过来一看，只见白练上写有"三十六"三个字。萧观音心里非常疑惑，当时跟随在左右的大臣们说，"三十六"是上天昭示皇后您可以敦领三十六宫之意。萧观音听了非常高兴。等到萧观音含冤而死，人们想起这件事，才悟出这三个字是暗指萧观音只有三十六岁的寿数。

## 四

皇后萧观音既死，皇后的位置就空了下来。

耶律乙辛、张孝杰等人为了进一步控制耶律洪基，开始积极地为他补选皇后。耶律乙辛故作讨好地向耶律洪基进言："皇后之位不可久旷。皇帝和皇后，就像天与地一样，哪能只有天，而没有地呢？"

耶律乙辛见耶律洪基沉吟不决而又充满渴望的神情，紧接着说："驸马都尉萧霞抹的妹妹萧坦思，年轻貌美，俏丽多姿，远非萧观音可比。依臣之见，可以纳入后宫为后。"

耶律洪基听说萧坦思年轻貌美，早已心驰神往。

耶律乙辛之所以极力推荐萧坦思，一是因为萧坦思的妹妹萧斡特懒是自己的儿媳妇，二是因为萧坦思的哥哥萧霞抹是他的死党，一旦萧坦思当了皇后，她能不感恩戴德听从他的指挥吗？把自己的心腹之人安置在耶律洪基身边，既可以随时了解皇帝的动静，又能通过枕边之言向皇帝施加影响；再者萧坦思若能为耶律洪基生个儿子，一旦将来这个儿子登基，谁还会去翻原来的皇后被诬陷的冤案。

大康二年六月二十三日，耶律洪基册立萧坦思为皇后。一人得道，鸡犬升天，萧坦思的父亲萧别里剌由祗候郎君升为赵王，叔叔萧余里也由西北路招讨使升为辽西郡王，哥哥萧霞抹升为柳城郡王。

萧观音被诬害后，朝廷上下对耶律乙辛极为不满。禁军护卫萧忽古看透了耶律乙辛的诡计，他埋伏在桥下，准备在耶律乙辛过桥的时候杀了他。谁知他刚藏到桥下没多久，就下起了暴雨，把桥给冲坏了，萧忽古仰天长叹："非吾不杀奸贼，此乃苍天不灭奸贼，天数如此啊！"

萧忽古是当时大辽国有名的勇士，他性情忠直，健捷有力，年轻时被补录到禁军。咸雍初年，他跟随招讨使耶律赵三去征讨番部。番部派使臣来辽营请降，其中有一个能徒步跃上驼峰的来使，在两军谈判时，番部使臣令此人表演，意欲展示番部将士的骁勇善战。在场的人观看后都惊诧不已。耶律赵三环顾左右问谁能如此，萧忽古挺身而出，他不像番部勇士那样用手扶着驼峰，而是身披重铠，平地一跃凌空而上，令番部使者大为惊骇。耶律赵三见萧忽古如此勇健，遂将自己的女儿嫁给了他。耶律洪基听说后，召他为禁军护卫。

后来，萧忽古在耶律乙辛打猎时，又要乘隙刺杀他，被身边的亲友力劝方止。

同知南院宣徽使、北面林牙萧岩寿，性情刚直。皇后萧观音被诬陷赐死后，萧岩寿见耶律乙辛与张孝杰过从甚密，就向耶律洪基密奏："自从皇太子总领国政之后，耶律乙辛内怀疑惧，心不自安，又与宰相张孝杰过往甚密，恐有阴谋，谋害太子。依臣拙见，不可让这些人久居朝廷重要职位。"

耶律洪基听后有所醒悟，于是把耶律乙辛改任中京留守，调出京城。因为萧岩寿与耶律浚素有往来，耶律乙辛认为萧岩寿是受皇太子耶律浚的指使，所以更增加了对皇太子耶律浚的怨恨。

耶律乙辛在赴任时，假惺惺地哭着说："微臣乙辛无罪，只是因谗言被贬。我去之后，请众位大臣好生效忠皇上！"

耶律乙辛的死党萧霞抹将此话转告给了耶律洪基，耶律洪基听了大舅哥的话，又深为后悔，反而怀疑萧岩寿不忠。

不久恰逢耶律乙辛的生日，耶律洪基派遣近臣耶律白斯本送去寿礼，耶律乙辛私下求耶律白斯本转告耶律洪基："今奸人在朝，陛下孤危。臣身虽在外，却一直为此操心，望皇上保重龙体，则是江山之幸，大辽之幸！"

耶律洪基听了大为感动，再次派人赐给耶律乙辛一副车辇，以示不忘之恩，并告诉他："不要再徒劳无益地去想那些无谓的忧虑，不久朕就会把你召回来。"

大康二年，耶律洪基聚百官廷议，想要下诏重新召回耶律乙辛，大多数的大臣因惧怕耶律乙辛的权势，不敢说出内心真实的想法。只有契丹行宫都部署耶律撒剌上前直言奏道："萧岩寿进言耶律乙辛有罪，不可为朝廷重臣，因此陛下将他调出。如果萧岩寿所奏不实，则当治罪；如果是事实，则不应该再将奸臣重新召回。而今没有任何理由，又要将耶律乙辛召回，恐让天下人生疑。"

耶律洪基听后没有采纳，执意要将耶律乙辛召回。耶律撒剌反复进谏，耶律洪基仍置之不理。左右大臣见耶律洪基态度坚决，都害怕耶律乙辛回朝后报复，哪里还敢劝阻！

耶律洪基下诏，召耶律乙辛回朝，仍为北院枢密使。耶律乙辛回朝后，倚仗耶律洪基对他的信任，利用自己手中的权力，大肆报复，他将萧岩寿流放到乌隗路，降为顺义军节度使。萧岩寿虽然被放逐民间，但是仍然忧虑大辽王朝的江山社稷，他看到耶律乙辛回朝后大权在握，身后谄媚跟随的佞臣非常多，忧心忡忡地说："陛下重用耶律乙辛来管理国家，无异于以狼牧羊，大辽国的国运将衰，灭亡的日子为时不远了！"

一天，耶律乙辛在上朝时遇见了耶律撒剌，凶狠地上前质问："我与你无冤无仇，皇上与群臣廷议召我回京时，为何你不同意呢？"

耶律撒剌义正词严地说："这事关乎江山社稷，与个人恩怨没有关系，我只不过是秉公直言而已！"

耶律乙辛重掌北院枢密使的大权后，权力越来越大，更加横行霸道，朝中大臣竞相依附于他。一时之间，耶律乙辛府前车水马龙，往来拜谒的人如蚁附膻。宿卫太保萧十三狡黠过人，擅于揣摩耶律乙辛的心思，每有朝事议决，均看他的眼色行事，所以颇得耶律乙辛的赏识。不久，萧十三在耶律乙辛的举荐下，由宿卫太保升迁为殿前副点检的要职。北面林牙耶律燕哥，狡佞而敏。耶律乙辛回京后，以耶律燕哥为耳目，凡是他在外面的所闻所见都向耶律乙辛报告。耶律乙辛向皇帝推荐他，耶律洪基也认为他有才能，遂封他为左夷离毕。耶律乙辛重用小人，辽西郡王萧余里也、耶律合鲁、萧得里特、萧达鲁古等人纷纷前来依附，均被其委以重任。耶律乙辛提拔萧余里也为北府宰相，兼知契丹行宫都部署；提拔耶律合鲁为南面林牙；提拔萧得里特为北面林牙，同知北院宣徽使事；提拔萧达鲁古为旗鼓拽剌详稳。而那些不依附耶律乙辛的忠臣，却都被贬到外地做官。北院枢密副使萧速撒在耶律乙辛回朝后，一直没有到他的府上去拜访，因此耶律乙辛在心中视他为异己，一直苦寻机会欲将其铲除而后快。

皇帝的昏庸是滋生奸臣的土壤，腐败必然亡国。皇帝不能明察耶律乙辛之奸，反认他是忠臣而倍加信任，当初耶律乙辛谏言留耶律仁先在朝，讨伐耶律宗元，并不是真正地为了江山社稷，而是包藏祸心，待时而动。一旦专权，又得张孝杰、耶律燕哥、萧十三等人为心腹，更加肆无忌惮。耶律乙辛及其同党结党营私，耍奸弄权，为了打击异己，以致谗谤肆行，朝中忠良之士被贬斥放逐殆尽。由于耶律洪基的昏庸纵容，朝野上下大兴谤讪之风，出现了群邪并兴，谗言竞进，忠臣人人自危的混乱局面。

## 五

皇太子耶律浚在母后被赐死后，见耶律乙辛权力日炙，父皇除了耽于酒色游猎，并且还开始崇尚佛教，一有时间便念经拜佛，对奸党的倒行逆施置若罔闻，以致朝野奸佞肆行，心中忧虑万分。母后生前为耶律浚挑选了耿直好义、博古通今的耶律引吉当他的老师，并常教育他要习文练武，将来要做个贤明的君主。母后已经含冤而去，但是她的话始终犹在耳边，耶律浚每时每刻都在期盼有朝一日能匡扶朝政，扶正祛邪，清除奸党，为九泉之下的母亲报仇雪恨。

耶律浚睥睨小人，喜欢与朝中的忠良之士交结，因此萧岩寿、耶律撒剌、耶律挞不也、萧速撒、萧挞不也、适鲁、萧兀纳等敢于仗义执言的大臣与皇太子交往甚多。

皇后萧观音被害死后，耶律乙辛内心不安，黑夜里他多次梦见血头血脸的萧观音向他索命，常被噩梦吓醒。伸手不见五指的寝室里，他独自睁着一双惊恐万状的眼睛，苦苦地思索着对策。

"杀我母后者，耶律乙辛、张孝杰之流也，他日如不诛此二贼，枉为太子！"皇太子耶律浚的愤怒呼号，时时响在耶律乙辛的耳边。

罪孽深重的往事，一次次拷问着他做人的良知。举国上下，谁都无法知道，权倾朝野的耶律乙辛在每一次吓醒后，淋漓的汗水浸透了他身边的锦棉锻被。魂飞魄散的他只有在女人的身上，用片刻的疯狂来消解和麻醉他内心无边的恐惧。他是大辽国的北院枢密使，掌握着全国的军政大权，一人之下，万人之上，有多少朝中重臣、才华过人的学士、漂亮的女人都在仰他鼻息，在他的卵翼和施舍下苟且偷生。皇后死了，可她的儿子还在，并且是那么优秀，那么富于远见，具有常人所不具备的、非凡的文韬武略。他的每一个阴谋，都受到了皇太子耶律浚的有效抵制，他切身感受到一种无形的敌意和压迫，每当在朝中与耶律浚相见，他甚至不敢正视皇太子光明磊落、充满仇恨的眼神。他别无选择，他只有往前走，只有去和皇太子斗，与那些集结在皇太子身边的大臣斗，才是他唯一的出路。只有像杀萧观音一样，把这些仇敌都杀了，他的心才会高枕无忧，才会有闲情逸致，放心地去享受与妻妾们以及小情人清子疯狂交媾的愉悦。

耶律乙辛知道，自己的倒行逆施激起了众怒，朝中有识之士已经察觉了他谋权篡位的野心。萧忽古，那个以矫健勇猛而著称于朝的禁军护卫，几次都想乘隙谋杀他。耶律乙辛想起，就在一年前的那次，多亏那座桥被洪水及时地冲断了，这可是他上下朝时必走的桥啊，否则——他不敢想象后来的惨状。

但是耶律乙辛在惊骇之余，又有几丝庆幸，由此事看来，他是有大福的人，是受上天保佑的，否则苍天为什么偏偏在那个时候下起了暴雨？桥又为什么偏偏在那个时候被冲断呢？耶律乙辛坚信，他是食日月的人，注定是要做皇帝的，只要诛杀了皇太子，耶律洪基没了接班人，那么皇位就顺理成章地落到了他这个北院枢密使的头上。

耶律乙辛想到这儿，嘴角露出了一丝得意的狞笑。这令人心悸的狞笑，只在他奸诈的脸上停留了片刻就不见了，取而代之的是由恐惧带来的凝重与肃杀之气。

就在几天前，萧忽古仍然要置他于死地，他联络了北院宣徽使耶律挞不也又一次行刺他，幸亏他早已进行了严密的防范，对手的计划以失败告终。事发后，他命人把萧忽古打入大牢，可惜的是，最后也没能结果了他的性命。萧忽古的铮铮铁骨顶住了酷刑的折磨，他始终不认罪，耶律撒刺、萧岩寿等大臣多次上奏具保，况且他的岳父耶律赵三是大辽国的招讨使，能征善战，手握重兵。耶律乙辛只好按照萧十三的计谋，暂时把他流放到荒僻的边疆，等以后有机会再杀了他。至于萧忽古的同谋耶律挞不也，乃一介文官儒生，手无缚鸡之力，不足为虑。耶律乙辛最怕的就是勇冠三军的萧忽古。他怕，如果哪一天萧忽古锋利的刀上流着淋漓的鲜血，那么他的项上人头也就不复存在了！

……

暗室的门被轻轻地推开了，来人的脚步是小心翼翼的，显得心事重重。

每天耶律乙辛回到家，就把自己藏在暗室里，因为他在朝廷里树敌太多啦。

进来的人是他的心腹、殿前副点检萧十三。

獐头鼠目的萧十三不学无术，却狡诈狠毒，诡计多端，善于为耶律乙辛出谋划策。一向以才高八斗、风度翩翩自诩的耶律乙辛虽然在心里非常讨厌他，但萧十三经常出入他的府第，极力巴结。况且在目前与皇太子耶律浚争斗的关键时期，耶律乙辛需要这样的打手和奴才。

萧十三蹑手蹑脚地凑到耶律乙辛的跟前，诡秘地说：“现在皇太子耶律浚仍旧总领朝政，天下臣民的心都归属于他。枢密使大人您素来没有根柢之助，且现在又身负诬陷皇后之怨，若有朝一日太子当了皇帝，大人您与在下将到何处安身呢？”

耶律乙辛不免长叹一声：“不瞒你说，我也为这件事时刻忧虑啊！”

萧十三说：“既如此，我们应当好好计议才对。现在是时候了！”

于是，耶律乙辛连夜将张孝杰、耶律燕哥、萧得里特等人叫来，一起商量谋害太子的阴谋。

张孝杰说：“欲害太子，应当从他的亲信入手，曲径通幽，最终达到加害太子的目的。”

耶律乙辛想起当初耶律撒剌不同意他调回京城一事，现在仍然还在心里恨他。对，就从他身上下手！几个人商量了一宿，最后决定由护卫太保耶律查剌去诬告耶律撒剌、萧速撒、萧岩寿、耶律挞不也、萧挞不也、萧忽古、耶律敌里剌、适鲁等八人欲拥立太子谋反。

皇太子耶律浚哪能知道，在这月黑风高的夜里，一场谋害他的阴谋正在紧锣密鼓地进行着。

# 第三章　皇太子之死

## 一

次日，太和宫中。

耶律洪基正在处理朝政，他的心情非常好，自从纳了新皇后萧坦思，几乎是天天葡萄美酒，夜夜美女笙歌。萧坦思玲珑乖巧，婉转娇啼，擅长在耶律洪基的身下曲意承欢。她从来不像萧观音那样去劝谏皇上，在她的心里，时刻都盼着能早日生下龙子，将来也能当皇太后，所以颇受耶律洪基的宠幸。

看着奏折的耶律洪基想起萧坦思的万种风情，渐老的身躯里便是一阵阵的血脉偾张。

可是，耶律洪基的好心情马上就被破坏了。护卫太保耶律查剌的一个密奏，马上让他的心悬了起来。耶律查剌在奏折里称："近日护卫亲军们查到一个可靠的消息，契丹行宫都部署耶律撒剌秘密联合北院枢密副使萧速撒、北面林牙萧岩寿、宿值官耶律敌里剌、北院宣徽使耶律挞不也、同知汉人行宫都部署萧挞不也、禁军护卫萧忽古、太师适鲁等八个大臣，预谋僭废陛下，拥立太子耶律浚为帝。"

耶律洪基看了，犹如当头棒喝。自从登基以来，他最怕的就是篡权夺位。历代王朝，有多少皇帝是在和平环境中继位的，大多都是在父子兄弟、权臣们互相残杀的血雨腥风中，仓促登上皇位的。他还清楚地记得震惊全国的"宗元之乱"。清宁九年七月，皇太叔耶律宗元就是为了抢自己这个皇帝的位子，与其子楚国王耶律涅鲁古勾结外臣萧胡睹、陈六等人发动叛乱，从而引发了一场血战，好在后来在大臣和兵将们的誓死护卫下，终于平息了这场叛乱。时至今日，耶律洪基还记得当时两军决战时血流成河的场景。在寻欢作乐时，偶尔，他还会闻到当年那股浓烈的血腥。这种味道，让他清醒地知道时时刻刻都有人觊觎着他的皇位！

耶律宗元是朕的亲叔叔啊，可他为了抢这个皇帝的宝座，不是也像外人一样毫不迟疑地向朕举起了屠刀吗？难道，现在又轮到朕的亲生儿子了吗？

自古皇位之争，无论亲疏远近。

耶律洪基知道，至高无上的皇权，无论对谁都有着强烈的、令人无法抵御的永恒诱惑。

耶律宗元之乱，给他带来的是一个无法解开的死结。

从此，耶律洪基学会了提防。

耶律浚，尽管是朕的亲生儿子，可是他也有着常人一样的七情六欲，有着对至高权力的疯狂追逐……耶律洪基思忖着，他的心逐渐冷硬起来，他下定决心，无论是谁，只要图谋不轨，就会斧钺加身，罪不容赦。宁肯错杀一千，也要防患于未然。

耶律洪基冷冷地传旨："查，一查到底！"

耶律乙辛这次失算了。他们只想着如何去诬陷皇太子，却拿不出太子谋反的证据。他们被上次诬陷皇后的胜利冲昏了头脑。查来查去，负责查案的官员也没有查出耶律撒剌等人谋反的蛛丝马迹。

耶律洪基手下有一名德才兼备、善于体恤民情的官员叫萧文，素知皇太子的才能人品，一眼就洞悉了耶律乙辛等人的阴谋，上表劝谏耶律洪基不要听信耶律乙辛的谗言。

萧文任西南面安抚使，自幼博古通今，喜怒不形于色，以才干著称于朝，曾立断多年未果的积案，却无丝毫差错。无论讼案多少，皆能处之不乱，井然有序。高阳境内土沃民富，掌管那里的官员却强行搜刮民脂民膏，百姓深受其苦。萧文到任后，立刻废止了原有的苛捐杂税，大兴农桑，崇尚礼教，一时百姓赞誉有加。因所辖之县遭受蝗灾，大家都在想办法怎么去捕杀，而萧文则说："蝗是天灾，只是一味地去想捕杀又有什么用呢？"他命手下官员反躬自省，蝗虫却不捕而去。偶有未去者，却不吃田地里的青苗，而是散落在草地上，被喜鹊、乌鸦所食。又逢天旱，萧文亲自设坛求雨，雨果真就下了起来。待到淫雨霏霏，连日不开，萧文设坛祈祷，大雨马上就停了。因此耶律洪基将他升为唐古部节度使。

可是耶律洪基心里怕呀，他再也经不起耶律宗元那样的折腾了。尽管没有确凿的证据，但是为了以儆效尤，耶律洪基还是下诏把耶律撒刺贬到外地任平军节度使，贬萧速撒为上京留守，贬太师适鲁为镇州节度使，余下的人各鞭笞一百后流放边陲。

耶律乙辛心里这个怕呀，他怕耶律洪基发现了他意欲谋害太子的事实，好在耶律洪基实在是太昏庸了。耶律乙辛在害怕的同时，也感到万分庆幸，耶律洪基不但没有惩罚他们诬告的罪责，反而还把同党萧十三提升为殿前都点检，兼同知枢密院，并且下诏鼓励大臣们检举谋反篡逆者，无论检举是否属实检举者均可加官晋爵。

可是他心仪的女人耶律常哥却离开了上京，因为他的哥哥适鲁被贬到镇州去了。耶律乙辛听说耶律常哥经常粗茶淡饭，就在离开上京时，她仍然穿着一身缀满补丁的布衣。耶律乙辛多么希望她能留下来，留在他的身边，可是遭到了她的断然拒绝。

耶律乙辛不解地问："你何必如此苦着自己呢？你若能留下来，我会让你锦衣玉食，过上无忧无虑的生活！"

耶律常哥却不屑一顾："皇后无辜被害，今皇太子耶律浚无罪被诬，我怎么能像大人您一样可以美食华服，安然入寝呢？"

耶律乙辛白白地抛出了一片痴情，却得到了耶律常哥的冷嘲热讽。他把耶律查剌、萧十三、耶律燕哥等人叫到了他的府上，咆哮如雷，把他们狠狠地骂了一通。

牌印郎君萧讹都斡善于察言观色，他看出耶律乙辛急切想把诬陷太子的虚妄之言变成让耶律洪基相信的事实，于是他联合祗候郎君耶律挞不也一起入朝，假装向皇帝自首说："先前耶律查剌状告耶律撒剌等人拥立皇太子为帝的事都是真的，臣也参与了其中的阴谋。我们密谋先杀掉耶律乙辛，逼迫皇上您退位，然后立皇太子耶律浚为帝。现在我们二人担心以后阴谋败露，因念皇上是有道明君，有慈善宽厚的胸怀，所以冒死前来，望皇上恕罪。"

"拥立太子谋反"是要株连九族的，人人避之唯恐不及，有谁肯把诛族之罪往自己身上揽呢？亲眼看到平日鞍前马后的侍从主动来自首，头脑简单的耶律洪基信以为真，下诏命令耶律乙辛、耶律仲禧、萧余里也、张孝杰、杨遵、耶律燕哥、抄只、萧十三等八人鞫治此案。并杖击皇太子耶律浚，囚之宫中待审。耶律乙辛一伙奸党逆臣利用耶律洪基授予他们鞫治所谓"太子谋反案"的权力，打着皇帝的旗号，把平日与他们政见相左的朝臣幕僚全部牵连到这一冤案中，借刀杀人，排斥异己。他们把流放到外地的萧岩寿、萧忽古抓回来，与耶律挞不也、萧挞不也一起囚禁起来，施以酷刑，刑讯逼供、诱供，强迫他们写出低头认罪的供词。

而后，耶律乙辛、张孝杰把用严刑逼供得来的供词呈奏耶律洪基，昏庸的耶律洪基不辨真伪，大发雷霆，下令大开杀戒。耶律乙辛、张孝杰恐怕耶律洪基生疑，三伏暑天，他们给涉案诸人戴上重重的枷锁，脖子勒上细绳，紧得几乎喘不出气来。耶律乙辛把这些所谓的犯人押到堂前，耶律洪基诘问他们为何谋反，这些忠直的大臣连气都喘不出来，人人不堪其苦，只求速死，哪里还有说话辩解的份儿。耶律燕哥趁机走到耶律洪基的面前上奏说："这些奸臣逆党都招认了，没有什么话可辩解的。"

盛怒的耶律洪基下诏："叛党耶律撒剌等人相互勾结，谋立太子，罪在不赦，尽斩不留。"同时，惊怒之余的耶律洪基派人把皇太子耶律浚囚于别室，命耶律燕哥负责审理此案。

耶律乙辛、张孝杰等人假借耶律洪基的旨意，连日大开杀戒。罪恶的屠刀，挥向了这些敢于仗义执言的股肱大臣。大康三年六月三日，杀宿值官耶律敌里剌等三人。四日，杀耶律挞不也等二人。五日，派人去外地杀耶律撒剌等十人及耶律撒拨等六人。七日，杀萧挞不也及其弟萧陈留。萧挞不也因与耶律挞不也是朋友，平日里多有往来，耶律乙辛因此嫉恨他，所以他令萧讹都斡诬告他也参与了阴谋废皇帝而立皇太子一案。他禁不住酷刑，亦含冤招供认罪。道宗皇帝传他审问，萧挞不也竟然昏聩不能自辩，遂被杀。十一日，杀东京留守耶律同黑不。

因萧速撒被贬为上京留守，皇上不再召他回来审讯对质，由耶律乙辛派遣使臣去上京杀萧速撒及其诸子，并籍没其全部家产。萧速撒性情沉稳刚毅，素有威名。此时正值盛夏，萧速撒被杀后，尸体被弃置于原野，容色经被数日不变，如同活人，秃鹫、乌鹊不敢近前。

而后耶律乙辛、张孝杰等人为了清除异己，又派人到外地去杀害所谓的太子亲信，已经被流放到新疆的耶律撒拨等六人也被杀。随后又大肆杀戮，仅在皇帝夏天捺钵的黑山、兔儿山一带就杀了三十一人之多。

由于被杀的人太多，侥幸得免的人怕招来杀身之祸而不敢埋葬死者，横陈的尸体在光天化日下溃烂，以致地上满是腥臭之气，数里可闻，经久不散。

朝中大臣噤若寒蝉，人人自危。大辽国的土地，被笼罩在一片血雨腥风之中。

二

皇太子耶律浚被囚禁在宫中，坚贞不屈，誓死不招，他哪里有篡权夺位之心！耶律洪基派耶律燕哥去审问他。耶律浚满腹委屈地向耶律燕哥辩解说："皇上只有我一个儿子，现在已被立为储君，身居一人之下、万人之上，我还有什么可奢求的呢？身为皇太子，我岂敢做这种谋反作乱的事情？大人您与我同是皇族兄弟，应当念我是无辜之人，在皇上面前替我申冤。" 耶律浚言辞恳切，句句在理。并写了一封申辩状，求耶律燕哥替他转交父皇。

心怀鬼胎的萧十三知道后，阴险地对耶律燕哥说："如果将太子之言如实上奏皇上，那么不仅你我与枢密使大人共谋的大事前功尽弃，而且你我也死无葬身之地了。"

耶律燕哥急忙问："那么我们应该怎么办啊？"

萧十三则狡诈地说："应当把皇太子的申辩状偷换成认罪状，才能置皇太子于死地，你我大事可成，从此大辽江山才能尽在你我掌握之中。"

耶律燕哥对萧十三的阴谋赞不绝口。

耶律洪基看到伪造的皇太子认罪状，信以为真，勃然大怒，于大康三年六月八日，下诏将皇太子耶律浚贬为庶人，赶出太子宫，押往上京囚禁。

失魂落魄的耶律浚被押出宫门，仰天长叹："我究竟犯了什么罪，以至沦落到如此地步！"

"你这个阴谋篡国弑君的叛臣贼子，还不快快上车，徒自聒噪什么？"气势汹汹的萧十三上前叱喝这位昔日的皇太子，将囚车的车门一脚踢上，喝令凶恶的侍卫锁紧车门。

耶律浚指着萧十三破口大骂："耶律乙辛、张孝杰二贼害我母子，皇天不佑。你等奸人助纣为虐，必遭天谴！"

耶律浚坚贞不屈，一路骂声不绝。

随车负责押送的是耶律乙辛的亲信萧得里特，一路上，他下令不许耶律浚离开囚车，饮食便溺都在囚车之中，皇太子备受凌辱。萧得里特催促手下官差日夜赶路，风雨不得迟误。押解到上京后，这帮奸贼用砖石垒砌了一座坚固阴冷的囚所，将已废为庶民的耶律浚与太子妃等人分别囚禁起来，禁止外人探视。并派重兵把守，而这些人都是耶律乙辛平日豢养的杀人凶手。

吴王萧韩家奴乃大辽国的老臣，老成持重，素有威望，在平息耶律宗元之乱中，因战功显赫，被封为平乱功臣。曾历任南京统军使、北院宣徽使、殿前都点检、西南面招讨使。大康初年，封吴王，赐白海东青。皇太子耶律浚被耶律乙辛僭废，幽禁于上京。萧韩家奴日夜忧虑，数次上书力陈其冤，均如石沉大海。其实这些写给耶律洪基的书信都被耶律乙辛半道截获。

做贼心虚的耶律乙辛清醒地认识到，皇太子虽被囚于上京，但仍是他的心腹之患。毕竟他是皇帝唯一的亲生儿子呀！假如有一天，耶律洪基心血来潮，突然提出要见儿子，那么他的阴谋就会完全暴露。善于察言观色的萧十三向耶律乙辛进谗："卑职闻虎毒尚不食子，况当今皇帝乎？望大人尽早决断，以免将来有杀头之祸！"

看着几案上萧韩家奴为耶律浚申冤的奏折，忐忑不安、惶惶如热锅上的蚂蚁的耶律乙辛又想起，近日来，南院宰相萧惟信也在为太子之冤上下奔走呼号。

这些人不能等闲视之，耶律乙辛在心里嘀咕。萧韩家奴、萧惟信都是当朝的元老，为大辽的江山社稷曾经血战沙场，是大辽的股肱之臣啊！

"萧韩家奴、萧惟信等人都是舍得一身剐、敢把皇帝拉下马的亡命之徒，假如他们闯进宫中，直接面见皇上，那你我的小命也就玩完了！"萧十三见耶律乙辛犹豫不决的样子，仿佛看到了身首异处的末日，一时口不择言，顾不上再假装斯文了。

"大人，是到该下手的时候了！"萧十三举起手，在空中狠狠地做了一个砍头的手势。

耶律乙辛的目光变得阴鸷可怕。

# 三

月亮升起来了，高高地挂在遥远的天空上，看上去，竟然是那样遥远、凄清……

形容枯槁的耶律浚站在囚牢狭小的窗前，一双呆滞无助的眼睛凝视着天上的月亮。

时值隆冬，数九寒天，寒风从窗户缝中挤进来，打在耶律浚消瘦苍白的脸上，让身陷绝境的皇太子的心中更加凄凉。自从入狱以来，耶律浚始终都在掐着手指计算被关押的时间，他抬起头，嘴里嘘出一口凉气，他想，如果没有记错的话，此时大约是大康三年的十一月了。耶律浚心中想起，两年前，也是在十一月，他的母后萧观音被害死。而今他又身陷囹圄，时刻都有性命之忧。

母仇未报，枉活人世！耶律浚一想起母后萧观音，顿时五内俱焚，肝肠欲裂。

耶律浚早已将自己的生死置之度外。他决心豁出自己的性命，与仇人血拼到底。但是在被囚禁的一百多天里，他时刻都在担心太子妃和儿子阿果的生命安危！儿子才刚刚出生几个月呀！小儿何辜，牙牙未语，竟与手无缚鸡之力的母亲成了阶下囚！焦躁万分的耶律浚时刻都在盼望着父皇能早日识别忠奸，一纸赦书，救他们于缧绁之中。

终日望穿双眼，前路茫茫，没有一丝来自父皇的消息！

耶律浚绝望了，朦胧中一件往事浮在眼前：自己七岁那年，随父皇在野外打猎时，碰到十只野鹿，他拈弓搭箭，一连射死了九只，博得了在场众大臣的一片喝彩，父皇高兴地说："祖先骑射绝人，威震天下，皇子虽幼，却不坠祖宗之遗风。如此聪慧的皇子，是上苍恩赐给朕的啊！"

父皇慈爱的话语犹在耳边，而他们父子二人却相隔千里之遥，耶律浚清瘦的脸上流下辛酸的泪水。

一切灾难，皆为耶律乙辛、张孝杰所致。耶律浚咬牙切齿，如不杀二贼，誓不为人！

耶律浚哪里知道，此时的耶律乙辛已被加封为魏王，赐于越封号；张孝杰也因在迫害皇太子同党的过程中出谋划策居多，耶律乙辛上奏称张孝杰忠于社稷，昏庸的耶律洪基许他有放海东青鹘的特权；耶律乙辛的哥哥耶律大奴、弟弟耶律阿思分别被定为北、南院枢密使的候选人；就连诬告皇太子谋反篡位的护卫太保耶律查刺也被加封为镇国大将军，定为突吕不部节度使的候选人；印牌郎君萧讹都斡不仅被封为始平军节度使，耶律洪基还打算将二女儿赵国公主耶律里许配给他。

父皇老了，耶律浚在心里想。他只有自己这个儿子，也只有自己的血管里流着父皇的血液。总会有一天，父皇会想起他，高贵无比的内心世界里一定会生出舐犊之爱，那么他就会从这个阴冷潮湿的囚牢里被解救出来，母后的千古之冤就会大白天下！

耶律浚年轻的脸庞上现出一丝苍白的微笑。他仰起头看着天际高悬的月亮，拳头紧紧地攥在一起，沉浸在对未来的幻想之中……

一大片乌云遮住了月亮。囚牢里更加幽暗了。

"哐啷"一声，牢门被粗暴地踢开了，在寂静的冬夜里显得非常刺耳。牢门外杂陈着几个斜长的身影，被冻得蜷成一团的耶律浚揉了一下眼，才看清站在最前面的是上京留守萧挞得。耶律浚想起来了，就在自己当年被封为皇太子，总领天下朝政时，萧挞得还特地专程从上京赶到太子宫中祝贺。

萧挞得一见耶律浚，便大声喊道："皇上圣旨在此，请皇太子速速接旨！"

耶律浚喜不自胜，几步便跨出囚牢，跪在地上。萧挞得宣旨："太子耶律浚被奸人所诬，废为庶民，今皇上圣明，识别忠奸，敕令太子官复原职，速速回京就职！"

匍匐在地的耶律浚一听，大喜过望，眼泪"哗哗"地流了下来。

突然，萧挞得的身后蹿出一个人，只见他抽出藏在衣服中的短刀，径朝耶律浚刺来。耶律浚在泪眼蒙胧之际，恍惚认出他是耶律乙辛的身边近侍直长撒把。此时跪在地上的耶律浚哪里还躲避得及，正被刺中左肩。

耶律浚急忙从地上爬了起来，与直长撒把打斗在一起。

原来是耶律乙辛乘耶律洪基冬捺钵离京之机，派他们的心腹死党萧达鲁古和直长撒把一起偷偷潜往上京，与上京留守萧挞得秘密会合，欲将耶律浚杀死灭口。

耶律浚拼命抵抗，站在一边的萧达鲁古见直长撒把一时难以取胜，便手持长剑，乘隙直刺耶律浚的后心。耶律浚急忙转身，情急之下，竟用双手紧紧抓住锋利的剑刃，鲜血顿时喷薄而出。萧达鲁古见状，猛然一声暴喝，发力直刺，耶律浚的手指竟被生生切断。十指连心，耶律浚负疼不过，惨叫狂奔，凶狠的萧达鲁古和直长撒把在身后紧追不放，刀剑齐下，耶律浚竟被砍翻在血泊之中，血肉飞迸，溅得石墙上下血迹斑斑。而身中数十刀的耶律浚瞪圆双眼，至死仍大骂不止。

杀人凶手萧达鲁古原是耶律宗元的旧部勇士，耶律宗元谋反事发后，他投靠了耶律乙辛，被提拔为旗鼓拽刺详稳。耶律乙辛见萧达鲁古性格奸诈、凶狠毒辣，特命他与直长撒把一同来杀太子。

上京留守萧挞得不忍看见耶律浚临死时的惨状，他掉头掩面，摆着双手，命萧达鲁古把耶律浚的头割下来，装进盒子里带回京城向耶律乙辛交差。

# 四

冬天的广平淀。

耶律洪基冬捺钵的大帐里，灯火昏黄。

一阵又一阵的狂风在帐外"呜呜"地吼叫着。耶律洪基躺在床上，神思恍惚，醉眼迷离。耶律洪基感觉到自己真的老了，朝中的事，他没有心情去管，当皇帝有什么好？耶律洪基在任免朝官时，懒得去费脑筋，每每会用掷骰子的方法去定。有邢氏在身边，她的丈夫耶律俨自然会中头彩，谋得肥差。

耶律洪基老了，他失去了妻子萧观音，儿子耶律浚现在囚禁在上京。耶律洪基感到自己体力不支，再加上崇信佛教，他没有心情再去打理朝政了。而今大辽国内民怨沸腾，女真部日渐强盛；而外有大宋朝虎视眈眈，边乱不断……一件件的烦心事让耶律洪基头疼不止，他想，当皇帝有什么好，过几天将儿子下诏召回，将来就把皇位传给他，自己的烦恼也就彻底解除了。好在眼前有他的大臣耶律乙辛，由他来支撑大辽国的危局，假如没有他，耶律洪基真不知该怎么活下去。

大辽的江山万万不能失传呀！耶律洪基在心里一遍遍地想，冬捺钵结束后，马上就把儿子招回来，他仍旧是大辽国的当朝太子，这样我大辽的基业就会永传，我才对得起大辽国耶律家族的列祖列宗！

正在昏昏欲睡之际，御帐的门突然被人推开了，狂风裹挟着雪花扑进大帐，只见披头散发的萧观音从帐外急急地闯进来，她一改以往的贤淑有礼，用手指着床上的耶律洪基，咬牙切齿地说："臣妾因受奸臣所诬，含冤而死，皇上有失察之责。你已经对不起臣妾，万万不得再对不起我的儿子，今奸臣耶律乙辛欲害太子，你可要尽心保护，若儿子有三长两短，我定生啖你肉，以解心中之恨！"

耶律洪基大吃一惊，慌乱地从床上爬起来，只见帐中空无一人，床头一灯如豆，摇曳欲灭。

耶律洪基心中生疑，推开御帐的大门，只见外面狂风呼号，寒彻入骨，满身是汗的他不禁打了一个冷战。

天上月色晦暗，冥星闪烁，遥远的野外传来猫头鹰阴惨惨的唉鸣，吓得耶律洪基马上关上帐门。他扑到床边，粗重地喘着气，就在神魂未定之际，一个近侍急慌慌地闯了进来，他结结巴巴地说："皇上……皇上，大事不好了，上京留守萧挞得派人奏报，皇太子耶律浚病死牢中，已经撒手西去了。"

"什么？什么……儿子……儿子撒手西去了？"

耶律洪基一听，顿时惊得目瞪口呆。他捂着胸口，惨叫了一声，昏厥倒地，不省人事……

# 第四章　延禧继位

## 一

耶律洪基斜倚在龙榻上，四肢倦怠，最近身体越来越不好了，干什么事都非常吃力。原来的他是多么年轻骁勇不知疲倦啊，整天骑着宝马"闪电"，去追猎那些凶猛的虎、豹、熊，还有善于奔跑的野鹿、獐子，晚上回来大宴群臣。那时，他的酒量好大呀，常常喝到很晚，一醉方休。可是现在头一沾到枕头就犯困，睡醒了，也是迷迷糊糊的。

皇后萧坦思又命内侍去传萧胡笃了。萧胡笃的曾祖父萧敌鲁是大辽国赫赫有名的太医，他一瞅病人的脸色就能知道是什么病，朝廷大臣的家里，多少疑难杂症都被他治好了。从此他家世代做太医，这一代传给了萧胡笃。皇后萧坦思传萧胡笃来就是给耶律洪基诊病，当然她也要看！当了皇后这么长的时间，她还没能为皇上生一个儿子。即使生不出儿子，哪怕生一个女儿也行啊。萧坦思不死心，她做梦都想为耶律洪基生一个儿子。耶律洪基也是，他急需一个人来接替他的皇位。他唯一的儿子耶律浚离他而去了，上京留守萧挞得说他是病死的。假如他现在活着，耶律洪基会把皇位传给他。可是儿子等不及了，他纠集了一些大臣要废掉父皇，提前登基。

儿子，你为什么这么心急，朕不是已经封你为皇太子了吗？耶律洪基心里有些怨恨儿子。

耶律浚死了以后，耶律洪基才有些想通。也许是那些大臣在背后怂恿儿子吧！但是身为皇子，是不能随意听从别人怂恿的。因为皇位是朕的，朕给你，你才能要；朕不给你，你不能抢！所以当时他听到这个消息，肺简直都要气炸了，他没有细想，就下诏将儿子押到了上京囚禁，把那些蓄意谋反的大臣全杀了。

可是，儿子病死了。他的皇位继承人没了。

有子万事足，无子徒伤悲。此身终老去，后事托与谁？耶律洪基在心里徒然悲叹！

萧胡笃来过多少次，耶律洪基已经记不清了。耶律洪基只知道自从萧坦思进宫后不久，宫里就开始充斥着一股浓重的中药味。萧坦思求子心切，每当她吃下一服药，时刻都期待着奇迹的发生。有时她会不自觉地摸着自己的肚子，希望它能在某一时刻出人意料地隆起来。

耶律洪基担心，萧坦思给他生下一个带着中药味的皇子。吃了这么多的药，恐怕生下的皇子也是一个病秧子。耶律洪基又想起了死去的耶律浚，他可是神武过人，小的时候，遇到十只鹿，他一连射死九只，颇有祖宗的遗风呀！耶律浚不但精于骑射，而且聪颖能干，总领朝政后，朝野上下一片赞誉之声。因为他有一个好母亲，从小那个以诗文见长的母亲给了他良好的启蒙教育。

可是耶律浚死了，皇后也死了。只有他一个人孤零零地活在人世上。耶律洪基感到是那样孤独，萧观音活着的时候在他的耳边唠叨，让他烦不胜烦。而现在，在寂静无人的夜晚，耶律洪基想起她过去的那些唠叨，竟是无比亲切。

他老了，看着自己每况愈下的身体，在深夜里，他一个人无数次地喟然长叹。

尽管如此，耶律洪基还得坚持着好好地活着，大辽王朝的江山社稷等着他去管理，他不能轻易地交付别人。现在最要紧的事，就是要生一个儿子。他醉心于皇后萧坦思亲热，他还涎着脸与侍妾们求欢，年迈的他越来越贪恋床笫之欢了。他想，我要让宫里的女人们为我生下儿子，生好多好多的儿子。在我死了以后，在这个世上多留下几个耶律洪基的儿子，让我的血脉在大辽国皇家的子嗣里永远地传承下去。他把床当成了战场，没黑没白地和萧坦思纠缠在一起，每次都是汗水淋漓，大喘不止。白天，他两眼紧盯着萧坦思的脸色，紧盯着她的腹部。萧坦思整天抚着肚子在他身边绕来绕去，可是她的肚子却是一泓死水，有几次好像是变大了，最后却证明这都是两个人痴想过度的幻觉。他盼着萧坦思有一天会像当年的萧观音一样，开始莫名其妙地呕吐。他抱着萧坦思的身体，她的身体在他的眼前毫不遮掩地张开着，他仔细地端详着，试图从她年轻丰满、有着极强生命力的身体里寻找到他最大的希望。

耶律洪基真的老了。他和萧坦思在床上交媾，汗水从他那花白的头发上滴落下来，掉在绣有龙凤图案的席褥上，这疲倦的汗珠里蕴含着耶律洪基全部的渴求，全部的期望。

可是，春天的种植并不完全意味着秋天的收获，尽管土地是丰腴的，是结实的，可是种子的衰老，归根结底，让一次次耕种终将是徒劳无功，而且是令人绝望的徒劳无功。耶律洪基和萧坦思仿佛从纷落的汗珠里看到了无奈、尴尬与辛酸。

但是，耶律洪基还在不知疲倦地耕耘着，他期待着意外的收获。他也不允许萧坦思有一丝一毫的消极与怠慢，其实萧坦思不用他去加油鼓励，她也在拼着命地承接着来自当朝皇帝的雨露恩泽，并让它们在自己的身体里尽量长时间地驻留。

这样，总该怀孕了吧！

耶律洪基一次次地去拜佛，他封赏了几个僧人，让他们享受大辽国的俸禄。他希望佛能赐子嗣给他。

耶律洪基去烧香，去抽签，他期待着佛能给他一个启示，一个预兆。

可是这个启示、预兆还没有来！

......

门响了，萧胡笃退了出去。他与皇后说了些什么，耶律洪基一句也没有听清，他只觉得自己恍恍惚惚的，他都快绝望了。但他还是强抬起头，微弱无力地吩咐了一句，敕令萧胡笃想尽办法，遍求天下良方，无论如何也要让他的龙体强壮起来。

他要重振当年的雄风！

因为他又要纳妃了。皇后萧坦思见自己生不出儿子来，多次在枕席上对他说，她的妹妹萧斡特懒不仅长得美艳动人，而且还特能生儿子，天生就是一个生龙子的命。耶律洪基听说后一直犹豫不决，萧斡特懒已经嫁给了耶律乙辛的儿子耶律绥也，确实是一连生了两个儿子。从这点看，她还真有生儿子的命啊。可是耶律乙辛是他最信任的大臣呀，他怎么能强占大臣的儿媳呢？

可是皇后萧坦思说，耶律乙辛为了让皇帝早日得子，他同意让儿子离婚，将儿媳嫁给皇帝。

耶律洪基的心里万分感动。耶律乙辛，多好的大臣啊。他的全部牺牲，都是为了朕啊！为了朕的万里江山啊！耶律洪基想到这儿，不禁热泪盈眶。

其实耶律洪基不知道，这又是耶律乙辛的一个阴谋，是他指使萧坦思这么说的。耶律乙辛见萧坦思一直没能为皇上生出儿子，他的计划眼看就要落空，所以他为了达到永久执掌朝政的罪恶目的，才不惜拿儿媳妇做赌注。

耶律乙辛让儿子与儿媳离婚，然后把儿媳送到宫中。

萧坦思趴在耶律洪基的耳边，偷偷地告诉他，妹妹不但能生儿子，而且还精于房中术。只要和她来上一次，从此，男人就会永远也忘不了她。萧坦思还鼓励他：皇上，您就尽情地去临幸吧，普天之下，莫非王臣。您是皇上，天下所有的女人都是您的。

是呀，都是朕的，都是朕的……

朕是皇上！朕是皇上！

耶律洪基在喃喃自语中迷迷糊糊地睡着了。

## 二

皇后萧坦思的妹妹萧斡特懒进宫好长时间了，耶律洪基强逞精神，一次次地临幸她，可是她的肚皮并不比姐姐争气，看上去也是一副波澜不惊的样子。最后弄得耶律洪基也索然无味了。

僧人守志对耶律洪基说："佛能普度众生，能救人于大灾大难之中。陛下只有皈依佛门，才能求得贵子。有子继位，方能德化万物，福荫大辽子民。"

耶律洪基想，既然佛能救人于大灾大难之中，那么就求佛赐朕一个皇子吧，也好长大后继承大统。

守志又对他说："陛下要有诚心，方见成效！"

于是耶律洪基下诏，颁行《御制华严经赞》，封僧人守志、志福加守司徒，僧人圆释、法钧并守司空。耶律洪基为了在全国倡行佛教，亲手御书《华严经五颂》出示群臣。

可是萧坦思姐妹俩的肚皮还是一潭死水一样。

守志又进言："僧人越多，则为陛下祈子的人越多，那么陛下早日生下龙子的希望就会越大。"于是，耶律洪基下诏准许春、泰、宁江三个州的佛教信徒三千余人一次性受戒为僧。

可是，一晃一年过去了，萧坦思姐妹俩丝毫没有怀孕的迹象。耶律洪基彻底绝望了。

# 三

被奸贼追杀的皇孙

在民间艰难地生活

狂风掀翻了树冠上的鸟巢

传来幼鸟思归的悲歌……


这个李氏女子献唱的是一首什么歌呢？

耶律洪基感到有点奇怪，她的歌里仿佛含着某种寓意，好像是要告诉他一些什么内情！

耶律洪基凝神细听。哦，这首歌的歌名是《挟谷歌》，耶律洪基听清了，一开头，这首歌好像就为当年的皇太子悲伤，说什么"皇族贵胄，祸死贼手"。不对呀，皇太子耶律浚不是祸死贼手，他是病死的呀！心怀疑虑的耶律洪基耐心去听，李氏女子唱到后来便是"幼女孤儿，寄养他乡"，耶律洪基的心中猛然一凛，难道、难道耶律浚还有儿子和女儿活在世上？

耶律洪基赶紧屏退左右，急急地问："你的这首《挟谷歌》是什么意思，如实向朕奏来？"

只见李氏女子不慌不忙地跪在地上："民女有实话要向陛下禀告，但请陛下先赦民女唐突之罪。"

"好，朕赦你无罪。"

李氏女子遂说出了一件让耶律洪基又惊又喜的事情……

耶律洪基怎么也想不到，他竟然还有一个孙子、一个孙女现在被萧怀忠收养在家里。

耶律洪基已经派人去接孙子、孙女了。

耶律洪基站在宫门口，他等不及了，他要到宫门口来接他的孙子。

苍天有眼，尽管朕的儿子没有了，但朕还有孙子，朕没有绝后啊。

多年的虔诚求佛终于灵验了。上苍保佑，佛爷保佑，朕大辽二百多年的基业终于可以传下去啦！

耶律洪基喜极而泣。

远远地，走过来一群人。慢慢地，终于能够看清了，是他派出去接孙子的侍卫们。

侍卫们簇拥着两个孩子，正向他走了过来。

他老远地就伸出了手，伸向了他的孙子。

男孩和女孩"扑通"跪在了他的面前。

耶律洪基伸出了手。他的手哆嗦着，他把那个男孩子抱了起来，搂在了怀里。

"告诉朕，你叫什么名字？"

"启禀皇爷爷，孙儿叫耶律延禧，小名阿果。"

"那位是？"耶律洪基用手指着小女孩问。

"是孙儿的妹妹耶律延寿。"

"你的父亲是……谁？"

"启禀皇爷爷，孙儿的父亲就是皇爷爷的儿子，曾经的皇太子耶律浚啊！"延禧的表情怯怯的，但是他吐字清晰，声音干脆利落。

"你——你的父亲到底是谁？"耶律洪基乍一听，都有些糊涂了，他不敢相信自己的耳朵。

"孙儿——孙儿的父亲是……耶律浚呀！"幼小的延禧有些害怕了。

耶律洪基想起了他的儿子耶律浚，他的心抽搐着，他抱着耶律延禧，老泪纵横地说："朕的孙子，朕的亲孙子呀！朕再也不能失去你了！"他把耶律延禧搂得更紧了。

耶律延禧瘦小的身躯在耶律洪基的怀里缩成了一团。

耶律洪基的眼泪肆意横流。他的嘴唇哆嗦着，满腹忏悔地说："孙儿受苦了，爷爷对不起你！爷爷对不起你！"

耶律洪基抬起泪水纵横的脸，对身边的侍卫说："传朕的旨意，厚赏萧怀忠全家，召萧怀忠入朝任职。"

## 四

日升月落，大辽王朝在惨淡的余晖中又度过了几个春秋。

储君的位置一直空着，究竟谁能成为皇位的继承人，朝野上下议论纷纷。耶律乙辛提议立宋国王和鲁斡的儿子耶律淳。群臣没人敢发表意见，只有北院宣徽使萧兀纳坚决反对。

萧兀纳魁伟简重，善于骑射。清宁初年，他的哥哥萧图独因为有事入宫拜见耶律洪基，耶律洪基问他的族人里有谁可堪大用，萧图独说弟弟萧兀纳才思敏捷，而且足智多谋。因此耶律洪基召他入朝，补任为祇候郎君。不久又升迁为近侍御史，护卫太保。大康初年，晋封为北院宣徽使。

萧兀纳进谏说："舍弃自己的嫡孙不立，就是将自己的江山社稷交与外人。"

耶律洪基听了犹豫不决，此后没有再提立储之事。

不久，耶律洪基命萧兀纳做了耶律延禧的老师，命他教耶律延禧学习朝中礼仪及未来执掌朝政之策。

在耶律乙辛虎视眈眈的目光里，耶律延禧摇摇晃晃地长成了一个英俊的契丹少年。

大康五年，正月。

一年一度的春捺钵又要开始了。

耶律乙辛一直在发愁，好好的，却突然冒出来一个皇太子的儿子，当初不都是斩草除根了吗，却怎么被萧怀忠那个老东西偷养在家里？气得他想去大骂萧达鲁古等人办事不力，可是他最后还是没有去。因为驸马都尉萧讹都斡自从谋害太子后，居功自傲，又以当朝驸马自居，朝中每有政事朝议，多与耶律乙辛政见不合，这会儿去找萧达鲁古，怕他与萧讹都斡联合起来反对自己。耶律乙辛明白，这个谋逆篡国的集团如果出现内讧，谋害皇太子的事就会大白天下，那么他的脑袋就会搬家了。

其实有一个人比耶律乙辛还要担惊受怕，这个人就是亲手杀死皇太子的萧达鲁古，他因杀太子有功，经耶律乙辛力荐，擢升为国舅详稳。自感罪孽深重的萧达鲁古担心杀太子的事一朝事发，所以在出入宫禁时常身藏短刀，一遇特殊情况，便立即自杀谢罪。

耶律乙辛知道，自己背负的血债太多了。皇太子耶律浚被杀后，耶律洪基想起昔日父子之情，悲从中来，便召太子妃回京询问太子的死因，耶律乙辛抢先一步，派人伪装成盗贼，在半路截杀了太子妃。

好好的，怎么就突然冒出来一个千刀万剐的萧怀忠。什么萧怀忠，分明就是一个"萧坏种"，气得耶律乙辛在心里直骂。

其实，现在已经五岁的耶律延禧，对久历政治风雨的耶律乙辛来说，是最大的一个威胁。假如有朝一日他当了皇帝，就会重新翻出那桩迫害皇后、皇太子的老账。耶律乙辛多年的苦心经营就会全部付之东流。

天无绝人之路。机会来了，耶律洪基不是要去春捺钵吗？如果把他的宝贝孙子耶律延禧找个借口留下来，等皇帝走了，一个五岁的孩子就好对付了，寻一个机会，"咔嚓"一下砍了他的头，像以往那样编个借口骗过去，就会又一次天下大吉！

耶律乙辛装出一副慈善的样子，晃着脑袋，假惺惺地对耶律洪基说："春捺钵一路大漠荒野，多风多寒，转徙奔波，车马为家，皇孙年幼体弱，还是把他留在京都，以免发生意外。"

心系皇孙安全的耶律洪基觉得有理，点头同意。

萧兀纳听说后，急忙闯进宫中，直言进谏："臣私下听说皇上采纳了耶律乙辛的意见，在车驾出游时要把皇孙留在宫中。皇孙尚幼，假若所托非人，保护不当，一旦有个三长两短，那么皇上就真的要断子绝孙了。如果非得要把皇孙留下的话，那么臣请求留下来保护皇孙，以防不测之祸！"

耶律洪基听了，不禁出了一身冷汗。他觉得萧兀纳说得有理，不怕一万，就怕万一。朕的宝贝孙子不能再失去了，他可是大辽江山唯一的继承人啊。

捺钵的队伍去往黑山的广平淀，在行进的途中，耶律洪基突然发现，护从的官员大多都紧随在耶律乙辛的马后，而自己身后的随从却寥寥无几。耶律洪基猛醒过来，他意识到，耶律乙辛已经培植了大批的党羽，形成了足以与自己抗衡的势力。从此，耶律洪基开始怀疑耶律乙辛，并逐渐洞悉了他与张孝杰等人的奸诈。

## 五

耶律乙辛谋害太子的罪行终于东窗事发。

萧讹都斡娶了耶律洪基的二女儿赵国公主后，被封为驸马都尉、始平军节度使。后来在朝中议事时与耶律乙辛多有不合，两人互相衔恨。萧讹都斡见耶律洪基昏庸，又依仗自己是当朝的驸马都尉，竟然仿照皇帝的规格为自己制作了车辇服饰；耶律乙辛以此为借口上奏耶律洪基，状告萧讹都斡僭越皇权，企图谋反篡位。萧讹都斡因此被判凌迟处死，他在临刑时后悔地说："以前我状告耶律撒剌谋立太子一案，都是奸贼耶律乙辛指使我干的。现在老贼耶律乙辛恐怕事情败露，是杀我来灭口的！"

耶律洪基下诏：削耶律乙辛一字王爵，由魏王降封为混同郡王。贬萧十三为保州统军使。三个月后，耶律乙辛入朝谢恩，耶律洪基当天就把他遣了回去，并改任他为知兴中府。

耶律洪基知道他亦为奸佞之徒，在将耶律乙辛逐出朝廷后，即将他贬为武定军节度使。这一年，张孝杰又因贩卖私盐及擅改诏书罪被削爵为民，流放安肃州，后病死于乡里。当年张孝杰科考及第，到寺庙里拜佛，忽然一阵疾风将他的幞头吹了起来，当飘在空中与浮屠一般高时，突然风止掉在地上而碎。有一位在场的老僧说："此人必然会骤然发达显贵，然而却不得善终。"张孝杰的下场，竟然与这位僧人说的一模一样。

张孝杰久在宰相之位，贪婪无度，一次他在饮酒时向亲戚炫耀说："无百万两黄金，不足为宰相家。"张孝杰年少时家中非常贫困，当了宰相后，与耶律乙辛狼狈为奸，结党营私，把持朝政，凡想升官的人，必须给他们送礼，一时之间二人门下贿赂不绝。张孝杰来者不拒，中饱私囊，而今他的家产却全部被没收，分赐他人。

大康六年三月，耶律洪基册封耶律延禧为梁王，加守太尉，兼中书令。皇后萧坦思生不出儿子来，见耶律延禧被封为梁王，心生嫉恨，耶律洪基将萧坦思贬为惠妃，出居乾陵。并将她的妹妹萧斡特懒赶回了娘家。她们的母亲燕国夫人削古见两个女儿落到如此下场，遂怀恨在心，以巫蛊之术诅咒耶律延禧，事发被杀。萧坦思也因此被贬为庶人，囚禁于宜州。耶律洪基为了孙子耶律延禧的安全，特派了六名旗鼓拽剌（勇士）随身保护他，并诏令如有不轨之人接近耶律延禧，当场格杀勿论，不用奏报。

大康七年冬，耶律乙辛出卖宫中禁物败露，并以"鬻禁物于外国"的罪名被削去官职，按律当斩，但因为他的死党耶律燕哥为其求情，免去死罪，浑身挂满大铁链，囚禁于来州。

耶律洪基知晓了皇太子耶律浚的真正死因，追悔莫及，下诏追封耶律浚为昭怀太子，并以天子礼仪将其移葬于玉峰山。大康九年，耶律乙辛看到大势已去，私藏兵器，密谋投奔北宋，事发后被皇帝下诏缢死。当初皇后萧观音被耶律乙辛诬陷，用一条白练悬梁自尽，如今耶律乙辛也是由一根绳子送上西天，结束了他奸诈弄权、罪恶多端的一生。

# 六

皇后萧观音和太子耶律浚被害案中，被株连的大臣官阶品级之高，人数之多，有史以来，实属罕见。耶律乙辛等奸臣排除异己，陷害忠良，党争之乱给强盛的大辽国造成严重的内耗。而作为一国之君的耶律洪基老迈昏庸到了不可思议的地步，当年在耶律乙辛、张孝杰等人害死皇太子后，大摆筵席弹冠相庆，不辨忠奸的耶律洪基竟然在酒宴上对其二人大加赞赏："耶律仁先、耶律化葛因有大贤大智，受到了先帝的重用。朕有耶律乙辛、张孝杰两位大臣，其智德贤能不在耶律仁先、耶律化葛之下，朕重用贤人，堪与先帝媲美。"

耶律洪基知道妻子之贤、儿子之才，却不能辨耶律乙辛之奸。他最亲近的人，莫过于萧观音和耶律浚。奸臣杀其亲人而不知，忠臣直言进谏而不悟，真让人为之扼腕痛惜。

时至今日，耶律洪基才如梦方醒。他见皇后萧观音、皇子耶律浚均被耶律乙辛施奸计害死，痛悔自己被其蒙骗，忧思忏悔，日夜追忆当年与萧观音一起抚育子女，诗词唱和，夫妻恩爱；儿子年少聪慧，文武双全，全家其乐融融。而今两个亲人与自己阴阳两隔，黄泉陌路，而自己也已是黄昏暮年，虽身居皇位，亦是表面的繁华，与天涯孤旅无异。

往事历历在目，耶律洪基每每想起，都是痛悔不已。

好在皇孙耶律延禧尚在，耶律洪基感到万分庆幸。是萧兀纳及时地发现了耶律乙辛的阴谋，从而避免了又一场悲剧的发生。

耶律洪基为了表彰萧兀纳的忠良，遂封其为兰陵郡王。朝中大臣亦叹服萧兀纳的慧眼识奸，称其与古代的社稷大臣无异，耶律洪基又授予萧兀纳殿前都点检之职。耶律洪基对王师儒、耶律固等大臣说："萧兀纳忠良淳厚，功勋卓著，虽狄仁杰辅佐大唐、耶律屋质拥立穆宗，也不过如此而已。你等应该将他的耿耿忠心转告给燕王延禧，让他知道萧兀纳是大辽的忠臣，在朕百年之后，当以父事之。"

耶律洪基将对皇后和太子的未尽之爱，全部倾注给了他的孙子。大安七年，已经是燕国王的耶律延禧被加封为天下兵马大元帅，加尚书令，总领北南枢密院事。

耶律洪基一直对自己没有能明辨耶律乙辛之奸而深深痛悔，他告诫耶律延禧说："皇孙在储君之位，朕一心一意为你治理整顿天下。你不要忘记祖宗淳厚之风，以勤修道德为孝，明信赏罚为治。将来你有朝一日君临天下，当修身养德，亲贤远小，一定要记住朕所犯的弥天大错。"

耶律延禧急忙跪在地上说："皇爷爷教训的是，孙儿都记住了。"

耶律洪基取出太祖、太宗当年东征西讨时穿的铠甲，指着上面累累的箭创枪痕，对耶律延禧说："太祖奋自荒陬，驰驱中夏，涨幽、燕而胡尘，吞八部以高啸，雄亦盛矣。太祖之兴，燎灰灼原矣！太宗承祖父遗基，擅遐陬英气，控弦鸣镝，径入中原，攻城略地，亲冒箭矢，浴血奋战，方创我大辽基业。孙儿当思我大辽江山来之不易，切勿禽色俱荒，嬖幸用事，委任非人，而使我大辽江山倾颓矣。"

寿昌六年十二月，耶律洪基在医巫闾山听完僧人志达所讲的佛法后，回到宫中不久，就大病不起。耶律洪基知其大限已近，便把耶律延禧传到病榻边，苦心叮嘱说："大辽与北宋通好已有多年，现在女直部日渐强大，久怀不臣之心，暗图我大辽久矣。孙儿性情急躁刚直，千万不要与北宋断交而起兵乱，否则女直乘隙起兵，我大辽则岌岌可危！"

女直，不就是那个蜗居北部一隅的一个小小部落吗？他们哪敢以螳臂之力，撼我大辽百年江山！耶律延禧心里不屑，但表面上却是连连点头答应。

女直，就是当时大辽国所属的女真部，辽人因为避辽兴宗耶律宗真之讳，所以称其为女直。

女真世代居住于白山黑水，东濒大海，南邻高丽，西接渤海，北近室韦。其地为肃慎故地，方圆有数千公里，人口有十多万户，分为许多部落。其地多山林，田地适宜种麻谷，土特产有人参、蜜蜡、北珠、生金、细布、松实、白附子，山禽有鹰、海东青之类，野兽多麋鹿、野狗、白豞、青鼠、貂鼠。五代时成为辽国的附属，大辽国对女真实行分而治之。他们把女真的强宗大姓强行迁到混同江之南，编入契丹国籍，称为熟女真。另一部分则留在混同江之北，称为生女真。辽国为了加强对女真的统治，分别在长春路设东北统军司，在黄龙府设兵马都部署司，在咸州设详稳司，来管辖女真各部。

11世纪末，生女真中的完颜部逐渐强大。完颜家族凭借部族武装，从景祖乌古乃到穆宗盈歌时期，经过两世四主的努力，终于建立起以完颜部为核心的女真军事部落联盟。女真部常为大辽边境之患，或臣于高丽，或臣于契丹，叛服无常。大中祥符三年，大辽发兵征讨高丽，而女真部与高丽联合共抗大辽。女真士卒不满一万，但是弓矢精强，人人骁勇善战。女真士兵将水泼在城墙上筑成冰城，坚不可摧，契丹大败，丧师而还。至耶律洪基时期，女真完颜部更加强大。

重病中的耶律洪基想起，有一年，完颜部派了一个叫完颜阿骨打的人到上京朝拜。在酒席上，辽国的一个官员与完颜阿骨打下双陆棋博弈时，这个辽国官员语言轻慢，完颜阿骨打竟然拔刀相向。小国使者，竟敢咆哮辽国朝堂！辽国的官员们纷纷要求杀了完颜阿骨打，耶律洪基为了展示自己大国君王的胸怀，最后还是赦免了他，但是耶律洪基却永远记住了这个身长八尺、状貌雄伟的完颜阿骨打，他知道，这个沉默寡言、喜怒不形于色的人，有朝一日必将成为大辽王朝的心腹大患。

耶律洪基每每想起完颜阿骨打，想起完颜阿骨打怒睁欲裂的双眼和高高举起的长刀，不禁胆战心惊。

耶律洪基知道，这个完颜阿骨打少有大志，从七岁开始便练习射箭，箭术过人，在女真部中素有威名。有一年，辽国的一名银牌使者到完颜部催贡。酒足饭饱后，由完颜部酋长劾里钵陪着在部落里散步，突然看见一名十岁的男孩手持弓矢，一问方知是劾里钵的儿子完颜阿骨打。辽国使者早就听说他嗜好舞枪弄刀，尤其擅长射箭，年纪虽小，却是完颜部有名的神箭手。于是执意要求他表演一番，以证虚实。完颜阿骨打见空中恰巧有几只燕雀飞来，便迅速从箭囊中抽出三支箭，斜身向上，"唰唰唰"一连射出，未等人们看清楚，三只燕雀已应声落地。辽国使者矍然惊赞不已，他对劾里钵说："令郎好箭法，真乃奇男子也！"

从此，完颜阿骨打"三箭惊辽使"的故事在辽国境内广泛地流传开来。

耶律洪基常常在心里暗暗地问自己：难道是朕错了吗？难道真像大臣们说的那样是放虎归山吗？

对于女真的崛起，耶律洪基始终是抱着一份警惕之心的。可是现在他老了，这一次大病不起，恐怕再也熬不过去了。看着诺诺连声的耶律延禧，耶律洪基在心里想，孙子是那些强悍的女真人的对手吗？应该没问题吧？孙子的身躯里，多少也流淌着我大辽先祖的男儿血液呢！倘若有儿子耶律浚在，朕就完全放心地撒手西去了！耶律浚，可是上苍派来延续大辽基业的龙种，可惜竟惨死在朕的手里！

想到这儿，耶律洪基一声长叹，两行老泪流了出来。

耶律洪基看了耶律延禧一眼，转过头对病榻旁的萧兀纳、耶律石柳等大臣叮嘱说："有朝一日，皇孙延禧如有轻举妄动之举，你等当力谏阻止。"

寿昌七年正月初一，耶律洪基拖着病入膏肓的龙体，强打精神，在清风殿接受朝中百官及诸国使臣的朝贺。当晚，天呈异相，有白气如练，自天而降。北有青红黑白之气，相杂而落。西北骤起黑云，疾飞有声。善观天相的萧兀纳入宫表奏："太祖耶律阿保机患病将亡时，有大星陨于帐前。太宗耶律德光崩于栾城，深夜有声如雷，起于御幄之侧，大星陨于旗鼓前。今依臣观之，此为凶兆。"

耶律洪基听了，心中大为骇异，病情愈加严重。两天后，耶律洪基在前往混同江的途中，驾崩于行宫，终年七十岁，谥号道宗。

耶律洪基少年时性格沉静，举止严毅，每次入朝，兴宗皇帝都会为之敛容。他刚继位时，纳谏求言，劝农兴学，救灾恤患，粲然可见。晚年却忠奸不分，耽于游猎，荒废朝政，为了保得皇位，他下诏悬告讦之赏，朝野群邪并兴，谗言竞进，以致祸及骨肉，忠臣被陷，皇基颓危。

几天后，耶律延禧奉遗诏，仓促地在耶律洪基的灵柩前继承了皇位，群臣上尊号为天祚皇帝。当月有流星照地，赤气起于东北方，一直绵亘到西方，中途又出白气，二气将散，复有黑气在旁。有相士说，这些怪异的气象都是大凶之兆。

耶律延禧继位后，为祖母萧观音昭雪申冤，追谥为宣懿皇后，与仁圣大孝文皇帝耶律洪基合葬于庆陵。耶律延禧追封父亲耶律浚为大孝顺圣皇帝，庙号顺宗，母亲为贞顺皇后。下诏召还被耶律乙辛诬陷而流放在外的大臣，恢复他们的官爵。三月丁卯，下诏将奸臣耶律乙辛、张孝杰、萧得里特、萧十三剖棺戮尸，将他们的妻妾、子女、奴婢、家产等分赐给被他们迫害的大臣。萧十三的两个儿子萧里得、萧念经，萧得里特的两个儿子萧得末、萧讹里也因罪被杀。并且，天祚帝命北院枢密使耶律阿思和萧奉先一起清查耶律乙辛的其他党羽。

也是这一年，北宋宋徽宗建中靖国改元。

同年，女真部节度使杨割死，传于兄之子乌雅束。

## 七

永昌宫中，大红的宫灯在微风的吹拂中，发出朦胧而暧昧的光亮。

一个身长六尺、面色白皙的男人抓着一个女子的手，向豪华的床榻走去。女子低眉垂目，粉嫩的面庞现出欲罢不能的娇羞。她那彷徨失措的手被男人牵着，只有顺从的份儿。

这是怎样的一个女子？她有十三四岁的模样，却是一个美人胚子。袅娜的身材，端庄的气质，绝美的容貌，让宫中的其他美女顿然失色。她就是国舅大父房的二女儿萧瑟瑟。

萧瑟瑟聪慧娴雅，自幼工于笔墨，善于作诗，是大辽国有名的美女。

原来在不久前，天祚帝耶律延禧到大臣耶律挞曷里家里饮酒，酒酣耳热之际，他突然发现席中有一美女，肌肤胜雪，蛾眉似月，黑发如云。耶律延禧一见，顿觉目眩神迷，他忙问这位美女是谁。耶律挞曷里急忙回答说是他的妻妹萧瑟瑟。天祚帝听了，不住地偷看萧瑟瑟，再也无心喝酒了。

耶律挞葛里见状，忙让萧瑟瑟上前为天祚帝敬酒。萧瑟瑟手若柔荑，秋波流转。耶律延禧目不转睛地看着她，萧瑟瑟不胜娇羞地低下头，白皙的脸上飞出一片红晕，耶律延禧神魂俱散。

当晚，耶律延禧怏怏而归，夜不成寐，脑子里全是萧瑟瑟倩丽多姿的身影。没过几天，他终于按捺不住对萧瑟瑟强烈的思念，于是一道圣旨，将萧瑟瑟传到宫中。

此时的萧瑟瑟是羞涩的、懵懂的，也是含情脉脉的。她的手被当今的皇帝紧紧地握住了，不容她拒绝。对方是富有四海的男人，是九五之尊。普天之下，莫非王土。天下的人都是他的子民，当然也包括她们这些女人。有多少女人做梦都想得到他的临幸，哪怕是短暂的一夕之欢！

他，刚刚继承了大辽皇位的阿果，大名叫耶律延禧的当今圣上，就这样牵着她的手，把她领进了他的寝宫，进而又把她领到了龙榻上，在这被华丽丝绸围拢的床帷里，是他休息的地方，也是他和皇后缠绵的造爱之所。而今他把娇弱的萧瑟瑟拽来了，还让她坐在了上面。此时萧瑟瑟低垂着头，平日里流光激滟的眼神因为即将上演的艳事而显得有些迷离，有些暧昧，有些渴望。

耶律延禧静静地站在榻旁看着她，他在用一种居高临下的眼神欣赏着她，自从在耶律挞曷里家里一眼瞅见她，他的心便全被她给牵去了，从此让他在漫漫长夜里为她辗转反侧，为她彻夜不眠。四周是静悄悄的，萧瑟瑟诧异于这种难挨的静谧，她抬起头来，正好与天祚帝专注的眼神相对接，四目相视，她从中看到了渴望和鼓励。

耶律延禧俯下身去，将脸贴在了萧瑟瑟的脖颈处，他嗅到了一种甜丝丝的味道。这种味道鼓舞了他，也诱惑了他，他情难自抑地将她拥倒在衾枕上。他伸出了手，轻轻地解开了她的罗裳，一直到解开染有她淡淡体香的白绢内衣。他还是第一次为女人解衣服，以往每次都是由那些宠妃为他宽衣解带，假如有兴趣，他会歪倒在榻上，看着宠妃们一件件褪下自己的衣服，然后露出她们光洁圆润的胴体。不知为什么，今天他的手竟然有些哆嗦，有些紧促，如同他此时此刻的喘息。

在他们的身后，帐帘悄然无息地合上了。

帐外，红烛似乎异常光亮，它跳跃着，欢快地舞蹈着，一种暧昧的红色氤氲了纱幕中的整个空间。

萧瑟瑟僵硬地躺在天祚帝的怀里，本能的羞涩和未曾有过的体验让她不知如何迎合这种场面。她的懵懵懂懂并没有让他有丝毫的不满，反而让他更加兴趣盎然，更加急不可待。

耶律延禧开始用手、唇去感受她的精致的胴体，他的手指划过萧瑟瑟洁白无瑕的皮肤……萧瑟瑟顿时全身一阵阵战栗，她的手紧紧地环住他的腰，希望以此来止住这种震颤。

烛影摇曳，暗香浮动。他顾不得这些了，还有什么比怀中这个美女更具吸引力的呢！他感到无法控制自己的情绪，开始去吻她那娇嫩的嘴唇，一阵咂咂有声的吸吮，让他更加斗志昂扬，亢奋地进入她的身体……

他不知疲倦地腾跃着，如入仙境般的快感和愉悦使他不知餍足。

突然，耶律延禧停止了动作。他发现一滴眼泪正悄然滑入她的鬓间。

"怎么了？"他关切地问道。

萧瑟瑟嗫嚅道："但愿圣上能永远地记住臣妾，不要欢愉之后，便弃之如敝屣，使妾有白头之叹！"

耶律延禧顿时释然了，他用嘴轻轻地吻去她脸上未干的泪痕，语气坚定地说："你放心，朕已决定册封你为贵妃，留在宫中，永结欢好。"

萧瑟瑟不敢相信，她问道："此话当真？"耶律延禧回答："若违此言，愿遭天谴！"

萧瑟瑟放心地一笑："既如此，妾愿足矣！妇复何求？"

她笨拙地承欢，初次带来的疼痛因渐渐地适应而有了激情与欲望，身体由原来的僵硬而变得柔软，他们彼此的体温都在升高，几乎要点燃对方。

一宵恩爱，两情欢悦，鱼水之欢，不必细述。

从这一天开始，天祚帝耶律延禧便将萧瑟瑟留在宫中，同床共枕达数月之久。

1103年冬，皇太叔和鲁斡上表："圣上藏匿民女于后宫，传出去恐为天下耻笑，有伤圣德国体，望圣上以礼选纳，以正其名，则女子幸甚，国家亦幸矣。"

耶律延禧正有此意，于是下诏："萧氏瑟瑟知书达理，聪慧娴雅，工于文墨，久侍后宫，深契朕意，册为文妃。"

耶律延禧喜欢萧瑟瑟年轻的身体，他躺在她的身边，萧瑟瑟的身体发出一种清香，就像是春天里刚刚钻出地面的青草，像春天的杏花烂漫时的幽香，沁人心脾。

耶律延禧在杏花的幽香中，醉了……

# 第五章　大辽王朝的掘墓人

## 一

天祚帝耶律延禧继位之初，诛杀奸党，为冤死的众位大臣平反昭雪，因此朝政显出了清明气象。

但是，这种大好的局面并没有维持多久。天祚帝之所以清除奸党，一是为了给祖母、父母报仇；二是为了清除自己执掌皇位的障碍。当皇帝的时间一长，在手下佞臣的唆使和阿谀奉承之下，天祚帝骨子里沉湎酒色、嗜好畋猎的本性逐渐显露出来。

春天刚一到，他急忙下诏，让萧胡笃带上大队随从，陪他到鸳鸯泊去春捺钵。鸳鸯泊水深淖广，生有各种鱼类。周围有数十万亩的草原，栖有成群的鹿獐狍兔。春天来临，迁徙的鹅雁重新聚集到这里。因而，鸳鸯泊成了大辽著名的春捺钵之地。

天祚帝率领文武百官，来到鸳鸯泊，在鸳鸯泊的四周设下牙帐，安营扎寨。捕猎时，天祚帝在文武百官的簇拥下，站在上风处观望，身穿墨绿色衣服的侍从们，携带刺鹅锥、锤等捕鹅工具和鹰食，相距数米，分列在湖泊四周。一发现天鹅便举旗示意，由骑兵飞马报告给天祚帝。然后擂鼓将天鹅惊起，侍从们骑马挥旗把天鹅驱赶到天祚帝所在之地的上空，这时，侍从急忙把蒙在海东青头上的绣花锦帽摘下来，由天祚帝亲自放出海东青。海东青最善于攻击天鹅，放飞时如旋风一样直上云霄，搜寻到目标后，居高临下，箭一般直扑天鹅，用利喙将天鹅啄落。军士们便蜂拥而上，用刺鹅锥向坠地的天鹅猛刺，并取出鹅脑来喂海东青，以示慰劳。军士们谁抢到第一只天鹅，就会得到皇上的赏银。

皇帝每次猎得第一只天鹅，都要大宴群臣，名为"头鹅宴"。

万里草原，晨曦乍露，万骑奔腾，人声鼎沸，野兽奔突，珍禽翔集。耶律延禧率领千余骑随从，架着海东青，马后跟着鹰背犬。这种有名的猎犬据说是在雕巢里生的。据说在女真人居住的北方有一种黑色的雕，每到春天产卵时，当地的鹰坊官就会派人去看巢里有几个卵，如果有三个卵，就派兵把守，出壳时必有一个是犬，名为鹰背犬。鹰背犬能够紧随着天上的海东青的影子行动，每当出猎时，上下联动，配合默契，没有猎物能逃脱。因此所获猎物是其他猎犬的几倍，只不过这种猎犬太罕见了。

春来草色一万里，芍药牡丹相间红。鸳鸯泊的四周弥漫着浓浓的水汽，在蓝天白云与广袤草原之间，数不尽的鸳鸯在湖面上嬉戏，这里牧草丰盛，水域辽阔，气候凉爽，鸟类繁多，是理想的捺钵胜地。

无数匹骏马在草原上奔驰，捺钵的队伍兵强马壮，弓弯如月，箭似流星；天鹅四起，海东青从天而降，用利喙和利爪袭击被它们紧盯的目标。半空中，毛血乱飞，鹅鸭落地。晚上，一轮皓月当空，穹庐数百顶，篝火绵延数十里，皇上照例要举行"头鹅宴"，皇上和大臣们吃着天鹅肉，喝着进贡的美酒，乐不思蜀。

身着貂锦羊裘的大臣们拿着皇上的赏银，互送酒果表示祝贺，还把鹅毛插在头上，饮酒作乐，纵情狂欢。

海东青体小而健俊。它虽然大小如鹊，但天性凶猛，可捕杀天鹅、小兽及狐狸。它堪称北国世界的空中霸王，常在天空进行迅速的直线飞行，发现猎物后则将两翅一收，突然急速俯冲而下，径直冲向猎物。海东青性情刚毅而勇猛，其体虽小，其力却大，俯冲而下，如千钧击石；其翔速之快，如闪电雷鸣。

"好玩，好玩！"天祚帝摸着勇猛矫健的海冬青，哈哈大笑。

好玩是好玩，但是辽国君臣谁也没有想到，正是这爪白体健的海东青，日后成了大辽王朝国破家亡的"索命勾魂鸟"。

二

北府宰相、太傅萧兀纳被贬官了，降为辽兴军节度使。因为天祚帝耶律延禧继位不久，就开始大兴畋猎之风，他沉溺于捕鹅哨鹿的愉悦里，那只整天架在侍从臂膀上的海东青，成了他的爱物，他从海东青啄杀天鹅时翅羽纷飞、毛血四溅的场面中，得到一种畅快淋漓的快感。

萧兀纳，这个先帝御封的老师，岂能听之任之！

萧兀纳想起了先帝的临终嘱托。先帝虽去，但他的嘱托却言犹在耳。萧兀纳要尽一个老师的责任，何况他还是当朝的北府宰相，先帝临终托孤的大臣呀。先帝在位时对他颇为赏识，曾将他比作唐朝的狄仁杰、大辽国的耶律屋质，这两个人，都是挽狂澜于既倒的忠臣，青史有名，多少人都将这两个人当作出仕的楷模，当作他们宦途跋涉的奋斗目标。萧兀纳对此念念不忘，大安初年，先帝为了表彰他的功绩，下诏要将赵国公主嫁给他，可是他上表推辞了。萧兀纳认为，自己夙兴夜寐，鞠躬尽瘁，所做的一切事情，都是一个臣子应尽的责任，他哪敢奢求皇帝的赏赐和公主的垂爱呢？何况他的家中还有糟糠之妻。

一国之君，就怕遇不到忠于职守、敢于直言进谏的大臣。

最近朝中发生了一件令忠臣痛心的事情。永兴宫太师萧胡笃善于察言观色，他见天祚帝喜欢捺钵捕猎，便不失时机地大谈纵禽之乐，来奉承、迎合天祚帝，所以深受皇上的宠爱，最近被加封为殿前副点检。如此下去，岂不会国政隳废？大臣们都心怀忧虑。

于是萧兀纳上书进谏："臣虽不才，有幸得以侍奉陛下，今又有幸得以伴陛下读书，臣日夜思虑，当效唐朝大臣房玄龄、杜如晦等人，尽犬马之劳，裨补圣明。

臣听说唐太宗射猎，唐俭进谏阻止；唐玄宗牵鹰出猎，韩休上表阻止：二帝无不欣然接纳。而今陛下以纵马畋猎为乐，愚臣觉得此行不宜有三，故而不避斧钺向陛下言明。我认为君臣同戏，竞相争猎，君得臣愧，他负你喜，此一不宜也；跃马挥刀，纵横驰逐，争先取胜，不顾上下尊卑之分，有失人臣之礼，此二不宜也；陛下轻万乘之尊，图一时之乐，万一有衔勒之失，如何向大辽社稷交代？此三不宜也。倘若陛下不以臣言迂腐，今后少于畋猎，勤于朝政，则是天下之福，群臣所愿也！"

天祚帝看着奏章，脸色慢慢地沉了下来。他的心里涌起一阵不快，心想：朕没当皇上之前，天天害怕耶律乙辛、张孝杰等人加害，每闻草木之声，便如芒在背，惶惶不可终日；而现在当了皇上，本以为可以为所欲为，谁知还是有人来管教，耳边终日不得清静，朕这一辈子咋这么苦呢？

天祚帝想起，在他从恩人萧怀忠家里被接回皇宫不久，他的皇爷爷耶律洪基就给他请了这个整天唠唠叨叨的老师，说什么要为他"裨补圣明"；萧兀纳，这个一脸严肃、不苟言笑的老师，不是今天教诲他不要出去行围打猎，就是明天督促他读什么《四书五经》，再不就是告诫他以国事为重，少近女色。天祚帝恨恨地想：人生得意须尽欢！喝酒、围猎、女人，都是人生欢乐曲中高亢的音符，缺一不可呀。如今当了皇帝，这个萧兀纳仍然以老师的身份不失时机地唠叨，多次在大臣面前直言忤旨，叫人实在忍耐不下去了。他找了一个借口，将萧兀纳派出去，任辽兴军节度使。哈哈，这个差使好呀，他不是整天都在唠叨着让朕整军备战吗？那就让他去为朕备战吧！为了安慰他，也为了不给大臣们留下"忘恩负义，驱逐老师"的口实，仍旧给他保留了太傅的名号，表明他还是朕的老师。

萧兀纳离他远去了，天祚帝的耳边清静了好多。萧胡笃说得对，打猎好啊，春来草原，花红柳绿，莺歌燕舞，在大臣们的簇拥下，在一碧万顷的草原上纵马疾驰，拈弓搭箭，搏虎逐鹿，多么无拘无束！这些年来，他活得实在窝囊！就在他刚出生几个月不久，他的皇祖母就被害死了。父亲的脸上多了许多忧郁，从此家里笼罩在一片愁云惨雾之中。每当这个时候，母亲总是报以无奈的叹息。谁知祸不单行，没过几年，他又痛失双亲，可怜当时他还不满三岁，就在别人的家里寄养着。寄人篱下，他找不到身为皇子皇孙的优越感，而后被召回宫中，也是胆战心惊。他的皇爷爷对他是疼爱的，可是疼爱的同时也潜伏着不可预知的灾祸，皇爷爷不是同样疼爱他的父亲耶律浚吗？可父亲最后也没有逃脱身首异处的悲惨命运。自古伴君如伴虎。何况，当时手握重权的耶律乙辛还在身边虎视眈眈，时刻都想要他的命。耶律延禧始终感觉有一双阴鸷的眼睛在紧盯着他。在他的眼里，树影摇曳的宫殿里总是危机四伏。一到傍晚，每当听到外面的风雨声，他都会认为是千军万马向他杀来。从此他学会了噤声，学会了弯腰碎步走路，学会了躲在宫里一隅，尽量少出现在耶律乙辛的视线里。现在好了，他的皇爷爷死了，把皇位传给了他，他成了大辽国一言九鼎的皇帝。他下诏诛杀了耶律乙辛及其党羽，再也不会有人对他构成威胁。他终于可以大声说话了，也可以昂首挺胸地走路了。

于是，他开始尽情地去狩猎！祖宗传下来的四季捺钵制，真是太好了，搏虎杀熊，钓鱼射雁，真是既惊险，又刺激。

萧兀纳，他现在忙啥呢？醉眼迷离的天祚帝突然想起了他的老师。管他呢，人生得意须尽欢，还是喝酒打猎吧。


内府的犀角不见了。这是属国进贡献大辽国的贡品，珍贵无比。看管内府的王华着急了，他睡不着觉，如此贵重的东西，由他看管着，突然就没有了，这是要杀头的呀！

怎么办？王华在手足失措、六神无主之际，突然想起了一个人——萧兀纳。王华在心里想：在先朝时，只有萧兀纳能随意出入内府，这珍贵的犀角怎么丢了呢，会不会被他偷走了？看来这事只有往他身上赖了，谁让他有随意出入内府的特权呢！再说了，萧兀纳是两朝重臣，又是当今皇上的老师，尽管他现在被贬为辽兴军节度使，但是他还是皇上的老师呀！

人家的一条大腿也比自己的腰粗！但是也不能说是他偷走了，就说他借走犀角未还。偷可是好说不好听呀！王华终于有了主意，要想自己活命，只有拿他来做挡箭牌了。王华向天祚帝报告说，萧兀纳借走了犀角，据为己有，迄今未还。

萧兀纳自从被贬为辽兴军节度使后，就开始在他的辖区里征募兵勇，日夜操练兵家攻防之术，并且在与女真接壤的边境上修建堡垒，以防将来女真来攻。

皇帝的诏书来了，萧兀纳以为是重要的军国大事，不想却是皇上下诏来质问他为什么私藏犀角，侵占国宝不还。萧兀纳委屈呀，他上表为自己辩解："老臣在先朝，先帝下诏准许老臣每天取十万吊钱作为自己的日常经费，尽管如此，老臣也未尝妄取一分，而今我身为两朝老臣，岂有借走犀角不还之理！"

天祚帝更加生气了。又是先帝，耶律延禧讨厌他提起先帝。萧兀纳张嘴就是"先帝"，闭嘴则称"老臣"，这显然是以先帝老臣自居，拿先帝压朕呀，难道你真的以为你就是狄仁杰、耶律屋质了吗？朕偏偏要拿你是问，拿你这个先帝御封的老师是问！朕偏要杀杀你的傲气！这样，看看还有谁再敢来朕的耳边聒噪？天祚帝下令夺去萧兀纳的太傅封号，降为宁边州刺史。


# 三


大辽国幅员万里，拥有五京六府，五十六州二百零九县，境内有五十二个部族，宋、西夏等六十个属国臣服多年，自太祖开基创业到现在已延续了二百多年。

一直以来，辽国倚仗大国之威，对女真进行残酷的压迫。特别是天祚帝继位后，更是加重了对女真的剥削。辽国贵族每年都要向女真索要贡品，开始索取的是马匹，后来还要强征北珠、海东青、良犬、貂皮等。这些贡品，有的竟不是本地所产，女真人被迫到外地购买。辽国在临近生女真的宁江州等地，设置榷场，强迫女真人将北珠、人参、生金、松实、白附子、蜜蜡、麻布等土特产品拿到榷场上去卖，辽人在交易中低价强购，横加勒索，百般凌辱；更有甚者，还经常以武力强行掠夺，并戏称为"打女真"。

辽朝皇帝酷爱猎鹰和猎犬，捕海东青于女真之城，取细犬于萌骨子之疆。天祚帝继位以来，尤其喜爱北珠，将其定为宫中国宝。此珠洁白无瑕，晶莹圆润。因此辽朝贵族也以拥有此珠为荣，朝中上下竟成奢侈之风。北珠产于女真境内大海中的河蚌体内，大的如弹子，小的像梧子。每年八月中秋，月色如昼，北珠在河蚌体内慢慢生长，到十月，北珠真正长成。而此时北方寒冷，海面上早已冻了一尺多厚的坚冰，无法凿冰下水捕蚌。海上有天鹅以河蚌为食，食蚌后将珠藏于嗉囊之中。而海东青恰恰是捕捉这种天鹅的能手。海东青产于女真东北的五国，五国东邻大海，因此得名曰"海东青"。

辽朝从皇帝到贵族，都渴望得到海东青，"玩鹰"成了皇戚贵族的一种时尚。

辽国为了向女真强征海东青，特设鹰坊，有数千装备精良的兵勇，他们身佩皇帝赐予的银牌，美其名曰"银牌使者"。这些银牌使者深入女真境内，强行劫掠海东青，女真百姓稍有怨言，轻则杖责，重则被杀，死人事件经常发生。并且他们每到女真境后，一定要美姬艳妇陪侍枕席之间。起初，还是由女真部族首领指定中、下等人家的未嫁女孩陪宿，后来银牌使者络绎不绝，他们仗着大国的权势，一味去挑选美貌女子，不管对方是否出嫁，也不管是否出自女真贵族之家，即使是五国酋长的女儿、妻子、妃嫔，只要他们一眼看中，便会强行霸占、恣意玷污。女真人只能屏息敛气，敢怒而不敢言。日久天长，银牌使者愈加骄横，索求无度，引起了女真人的强烈愤恨。

除此之外，辽人经常以各种借口掳女真人为奴隶，并大肆抢掠财物。

公元986年，辽枢密使耶律斜轸率兵侵入女真境内，一次就掳掠女真人十余万口，马二十余万匹。

而一个人，一个出生在白山黑水的英雄，一个顶天立地的女真男人，他用刀挑破了大辽国延续了二百多年的国脉；他一生纵横捭阖，东征西讨，用鲜血和汗水维护了女真人的尊严。

他就是完颜阿骨打。

完颜阿骨打，出生于女真完颜部。完颜阿骨打出生时，女真族各部之间交战频繁，外部受辽国的欺压。其祖父、父亲及叔父终日东征西讨，经常是人不解甲，马不卸鞍。完颜阿骨打的童年就是在这种动荡和纷乱中度过的。

就是这个犹如海东青一样的女真英雄，率领女真各部，从白山黑水出击，挟海东青搏击长空、捕杀天鹅之势，一举剪灭了辽、北宋两个强大于自己数倍的封建帝国，问鼎中原，开辟了一个幅员万里的辽阔疆域。

完颜阿骨打有着传奇的人生。

咸雍四年，有状如粮仓般的五彩祥云屡次出现在完颜部的上空，辽国司天监孔致和上奏耶律洪基说："这是上天以异相告诉世人，此地当生异人，他将来会创建无人能比的千秋大业。"

异人？千秋大业？耶律洪基心存疑虑，他害怕这个天呈异相的异人长大后威胁到辽国的统治，命令孔致和用巫术来破坏，孔致和无奈地说："天意如此，并非人力所能改变！"

七月一日，完颜部酋长劾里钵的二儿子完颜阿骨打降生了。

完颜阿骨打降生时，大帐上空又出现了五彩祥云，帐内红光闪烁，经久不散。按出虎河的河水激越翻腾，森林中的野兽也为之举头长嗥。

完颜阿骨打出生后，天空上屡次出现的五彩祥云再也没有出现。

# 四

直屋铠水，纥石烈部的营帐内。

腊醅、麻产兄弟俩相对而坐，桌案上杯盘狼藉，垂头丧气的麻产大口大口地灌酒。

醉醺醺的腊醅不满地指责他："都怪你当初不听我的劝告，擅自向完颜部开战，以致落得今日之惨败。"

原来，纥石烈部自恃部族众多，剽悍威猛，所以常与生女真中最强大的完颜部为敌。卧榻之侧，岂容他人鼾睡？完颜部哪里容得下他们如此嚣张，多次出兵围剿。纥石烈部的麻产不甘失败，领兵占据直屋铠水，修缮营堡，招纳亡命之徒，企图利用险要地形，负隅顽抗。完颜阿骨打佯装正面进攻，背地里却出兵突袭麻产的老巢，将他们的妻儿老小和财产劫掠一空。

腊醅忧心忡忡地说："这回可好了，老家被抄，妻子儿女尽在敌人之手，生死不测，你我兄弟有何面目苟活人世？"

麻产狠狠地将酒杯摔在地上，朝腊醅大声地嚷道："你休要啰唆个没完，一味地长他人的志气，灭自己的威风！我就不信，区区一个完颜阿骨打，能将我麻产大王怎么样？"

腊醅说："这个完颜阿骨打，你可不能小瞧了他。此人是女真部落中首屈一指的英雄，他的威名在白山黑水到处传诵着，无人不知，无人不晓。他在随父亲劾里钵围攻窝谋罕城时，尽管是第一次上战场，但勇猛异常，人不戴盔，马不挂甲，来往冲杀于敌阵之中，全军上下都钦佩不已。并且他的臂力奇大无比，能拉开常人无法拉开的硬弓。你难道忘了活离罕家请客时发生的那件事吗？"

"活离罕？"麻产摸了摸后脑壳，经腊醅这么一说，他才想起有一年，纥石烈部的活离罕在家里请客，在喝酒之前，前来参加宴会的人看到南面有一个高高的山岗，于是众人相互比赛往那里射箭，可是没有一个人能把箭射过山岗去。而完颜阿骨打拈弓搭箭，一箭射去，远远地越过了山岗。完颜阿骨打的叔叔谩都诃是当时善于远射的高手，也赶不上完颜阿骨打射得远。

腊醅说："近年来，完颜部对相邻部落采取软硬兼施的策略，军事实力日益壮大，他们早就对我部存有兼并之心，现在正好找到了吞并我部的口实，这回完了，我部灭亡的时刻到了。"

麻产端起一大碗酒，仰头一饮而尽："我纥石烈部有数千青壮男儿，都是弓马娴熟、不惧死亡之士，难道还惧他一个完颜阿骨打不成？"

腊醅摇摇头说："此言差矣！完颜部多智勇双全之人，他们每逢大敌当前，皆能以一当十，浴血奋战。况且完颜阿骨打在部落中颇有威望。有一年天气大旱，部人流离失所，饿死的不可胜数，有的人被迫当了强盗。当时部落召开联盟会议商讨对策，有许多人主张将那些强盗都抓起来处死，而完颜阿骨打则力主从宽处理，且对那些负债累累的人，延缓追索他们的债务，以免他们卖掉妻子儿女来还债。部落里的人知道后，都非常感谢他，人人皆为其用。现在的完颜阿骨打，可以说是振臂一呼，应者云集，非你我所能敌也！"

麻产仰天大笑："哥哥，在你的眼里，完颜阿骨打简直就是一个神人了！"

腊醅心怀惧意地说："听说这个完颜阿骨打出生时，天空出现了五彩祥云，帐内红光闪烁，族人都说他是金甲战神再世。有一次他出营偷袭，在勒马回营时，敌人派精兵追杀。突然前边有一座高崖挡住去路，完颜阿骨打跃马扬鞭，犹如腾云驾雾一跃而过。而后面的追兵却怎么也翻不过那座高崖。你说，难道完颜阿骨打不是有神人相助吗？"

麻产将酒碗重重地摔在了地上，气势汹汹地说："有朝一日，我把这个金甲战神再世的鸟人生擒活捉，让哥哥看看我的厉害！"

腊醅心虚地说："可能你我兄弟都不是他的对手。"

麻产右手一拍脑门说："对了，我们可以去向乌春、窝谋罕求援啊！"

因为情绪过于激动，本来就是豁唇的麻产五官挪位，更显得狰狞吓人了。

幽僻的古道上，芳草萋萋。

古道两侧峭壁林立，古木森森，一两声孤鹰的长唳，为幽谷平添了凄冷的肃杀之气。

一匹马狂奔而来，口吐白沫，全身淌汗。马上的人犹嫌马跑得不快，他抡圆了马鞭，拼命地抽打着马屁股。

马上之人披头散发，一边打着马，一边神色惊慌地频频回顾，汗水淋漓的脸上露出万分恐惧之色。

拐过山角，一条浩浩荡荡的大河从山谷穿过。河岸两旁的沼泽地上长满了郁郁葱葱的芦苇。只见马上的这个人从怀中抽出一把短刀，右手起落之间，刀子便狠狠地插进了马的后臀，这匹马负疼不过，一声长嘶，四蹄扬起，疯了似的向深山里狂奔而去。

马上的人却突然撒开马缰，双手抱头，身形缩成一团，从马背上骨碌碌地滚了下来。他从地上爬起来，来不及四处细看，便一猱身钻进了芦苇丛中。

身后有打马声由远而近地传来。

急追而来的正是完颜阿骨打，他骑着一匹赭白马，跑到芦苇丛边，还没等马站稳，便飞身而下，向芦苇丛中急追而去。

完颜阿骨打在芦苇丛中仔细地搜查着。突然，他的脑后有鸣镝声呼啸而来，他猛然侧身回头，伸出右手，迅急地抓住了一支劈面射来的利箭。

远处的芦苇丛中，有一个人影晃动了一下。

完颜阿骨打将这支箭搭在弓上，一箭射去，只听芦苇丛中 "啊呀" 一声。完颜阿骨打蹿上前去，只见一个人血流满面，抱着头倒在地上，利箭正中他的头部。

这时后面追上来一支队伍。他们纷纷从马上跳到地上，将那个受伤的人五花大绑，捆成一团，然后扔在了完颜阿骨打的马前。一个士兵走过来，扳起他的脸，完颜阿骨打仔细一看，这个人生得獐头鼠目，酒渣鼻下长着一个豁唇。

看到这个豁唇，完颜阿骨打断定他就是纥石烈部麻产大王。

"哈哈哈，麻产大王，你不是扬言要生擒活捉我吗，现在你怎么成了我的阶下囚？"

完颜阿骨打哈哈大笑。

原来麻产、腊醅向窝谋罕求援，窝谋罕派婆诸刊率领一百一十七个姑里甸兵前来助战。麻产占据暮棱水，依山水之险与完颜阿骨打展开决战。完颜阿骨打率领能征善战的完颜部勇士将他们团团包围，攻破城堡，将腊醅和婆诸刊生擒活捉，麻产见势不妙，一个人扔下了手下人马，独自逃命，完颜阿骨打随后打马紧追。

完颜阿骨打追到半路，只见前面有一人骑马拼命狂奔。完颜阿骨打随后紧追，那个人不慎跌于马下，原来是麻产手下的一个逃兵，这个逃兵说麻产刚刚从这里逃走。这时劾鲁古从后面赶来，二人追到一个岔路口，完颜阿骨打命劾鲁古向东追，完颜阿骨打自己向西追，在路上发现麻产仓皇逃遁而弃的铠甲，完颜阿骨打断定麻产就在前面，于是循迹急追而来，最后将麻产捉住了。

麻产瞪着眼睛，长着豁唇的嘴气得更加歪斜了，他气哼哼地说："完颜阿骨打，我原想与你决一雌雄，不料却被你俘虏，今天你大功告成了。"

完颜阿骨打骑在马上，看着狼狈不堪的麻产，笑着说："古时有诸葛亮草船借箭，而我比诸葛亮更胜一筹，不但能借箭，而且还能还箭！亲爱的麻产大王，我还你的这一箭，不知是否锋利？不知大王您是否中意？"

沮丧万分的麻产无言以对。

完颜阿骨打命令手下将麻产押回完颜部的大营。

大队人马向山外逶迤而去。

就在即将走出山口时，对面的山坡上传来一阵刀戈交错之声。完颜阿骨打急忙打马跑到队前，只见山坡上，几个身穿辽国服装的壮汉正在围攻一个年轻的女真男子。女真男子的身后，一男一女倒在了血泊之中。这个女真男子手使一把钢刀，寒光凛凛，在太阳光的辉映下，反光四射，刺得人眼花缭乱。完颜阿骨打知道这是一把罕见的宝刀。

完颜阿骨打抬起手，示意大队人马停止前进。

完颜阿骨打骑马站在队前，静心观望对面山坡的局面。只见这个女真男子刀法凌厉，对方无法近身，彼此尚能打个平手。但是对方人多，时间一长，这个女真男子在对手的夹击下，已逐渐不支。这时，一个明显是头领模样的人，趁男子与他人力博之际，从后面突袭，持刀向女真男子兜头砍去，眼瞅着这个女真男子就要人头落地，命丧黄泉。就在万分紧要的关头，完颜阿骨打暴喝一声，一抖马缰，直冲而去……

# 第六章　大漠情缘

## 一

宁江州榷场。

榷场上的人川流不息，他们大多是女真各部的百姓，带着稀有的人参、生金、松实、白附子、蜜蜡、麻布等土特产品，来榷场与辽国、西夏、高丽等国的商人进行交易。

来来往往的人摩肩接踵，各种叫卖声此起彼伏，热闹非凡。一个年轻男子牵着一匹高头大马，在集市上边走边看。

这个年轻的男子名叫纳兰飞雪，女真完颜部人，他来到榷场主要是想卖掉一颗父亲珍藏多年的北珠。几年前父亲在混同江打鱼，捞上了一个硕大无比的河蚌，在河蚌的体内发现了这颗晶莹剔透、洁白润泽的北珠，父亲爱不释手，一直珍藏到现在。因为最近父亲日夜咳嗽不止，后来竟然咯血了。纳兰飞雪心里焦急万分，只好忍痛拿出这颗北珠，打算换一些药物回家，为父亲治病。

北珠是女真境内的一种名珠，辽国将北珠定为女真进贡的贡品。每年四月至八月，女真人成群结队，乘坐独木舟来到河汊幽谷，选好地点，潜入水中，捞取河蚌。采珠的人赤身扎入深水中，将河底的河蚌捞出，送到河岸上，岸上有家人点燃篝火，采珠人一上岸，便马上围在篝火边喝酒取暖。岸上的妇女、孩子把河蚌一一撬开，寻找北珠。由于长年的过度捕捞，河蚌日趋减少，而北珠更是罕见，往往寻遍好几个河汊才捞到几个河蚌，而从成百上千只河蚌里，也难以寻得一颗上好的北珠。女真人侥幸寻得北珠后，欢天喜地，放在特制的鱼皮袋或桦皮盒里保存。一旦被契丹人看到，便被低价收购，甚至强行抢走。

熙熙攘攘的人流中，有两个身材窈窕的美丽女子格外引人注目，从她们的衣着打扮来看，显然是主仆关系。只见女主人身穿一套粉红色丝绸左衽窄袖短衣，衬得一张满月似的脸蛋光彩照人。她前额边沿的头发已经剃去，而头部中间的长发分成数绺长发结成细辫，然后用丝绢在头顶上扎在一起。

女子明亮的双眸顾盼生辉，敛眉凝神间隐约有桀骜不驯之气。纳兰飞雪看见她的腰上挂着一枚上乘的翡翠，能够佩戴如此饰物的，绝非是一般的大家闺秀。纳兰飞雪心下生疑，一直悄悄地跟在身后察看。

这个女子的身后跟着的女孩身穿淡青左衽上衣，面容清秀，身姿袅娜，举止落落大方，一看便是出于贵族大户人家。这两个女人在集市的摊位前走走停停，却没有买任何一件杂货。纳兰飞雪心中纳闷不已，暗自揣度她们的身份。

正在这时，前方的集市突然一阵大乱，纳兰飞雪抬头望去，只见一队辽国兵将横冲直闯而来，一些摆摊卖货的人避之不及，竟被他们踢翻在地。奇怪的是，这些辽兵辽将竟然护送着一匹通体雪白的宝马。只见这匹宝马眼若铜铃，耳小蹄圆，尾轻胸阔，通体雪白，无一根杂毛，长于养马驯马的纳兰飞雪知道，眼前这匹马绝对称得上一匹日行千里的宝马良驹。

一个将军模样的辽将走到一个摆摊的老叟面前，伸出青筋暴露的大手，将一棵上乘的百年人参抓在手中。老叟见状，忙上前阻拦，却被他一脚踢翻在地。

不远处，两个美丽的女人听到老叟的哭叫声停住了脚步，目不转睛地看着眼前发生的一切。

只见这个辽将头戴兜鍪，身着紧袖铠甲，足蹬长靴，腰下挎剑，神情冷漠，对老叟的哀求置之不理。

老叟不甘自己的人参被抢走，他爬了几步，死死地抱住辽将的大腿。

辽将抽身不得，不禁勃然大怒。正僵持之际，从辽兵队伍中走出一个人来，纳兰飞雪一看，此人完全是一副西夏人的装扮。只见这个西夏人走到辽将的身边，附在他的耳边说道：“将军，不要与这老不死的纠缠不休，而误了你我的大事。一旦宝马‘追电’有个闪失，你我可担当不起！”辽将听了，不免犹豫不决。

原来西夏国王听说天祚帝刚登基不久，为了表示祝贺，特意从西夏选了一匹宝马，进贡给他。因为这匹白马奔跑如风，日行千里，所以起了一个好听的名字“追电”。而这些辽兵就是专门护送宝马“追电”去辽国的。

“大爷如想要人参，就给小人一点儿银子，也好养家糊口，求大爷可怜可怜小人吧！”老叟连声哀求。

辽将本想拔腿就走，不想被这个老头死死地抱住了大腿，不禁恼羞成怒：“大爷向来都是白吃白拿，哪有给钱的道理，我看你是活腻了！”他脚下发力，猛然将老叟踢出数米之远，随即拔刀在手，直刺老叟的胸膛。

老叟惨叫一声死去。

远处，那个身穿淡青左衽上衣的女孩被吓得叫出声来。

辽将抽出刀，冷笑着，在老叟的衣服上擦拭着刀上的鲜血。他转过头欲走，一个人冷冷地挡住了他的去路。

这个人正是纳兰飞雪。

辽将看到眼前这个年轻人，修长的身材尽管有些文弱，但是他的双眼怒视，一看就是有深厚武功的人。他的肩膀上，竟然还架着一只白色的海东青。

辽将知道，这种白色的海东青最为凶猛异常，当猎物出现时，它盘旋上空，然后收紧双翅，如离弦之箭直中猎物。一般的飞禽见到它都会逃走，或者恐惧得筋麻骨酥，不能动弹。

辽将知道来者不善，他退后几步，拉开了一副决斗厮杀的架势。

纳兰飞雪不发一言，他双眼冒火，怒视着辽将。

辽将心里胆怯，他一声招呼，队伍中又蹿出几个武官打扮的人来，将纳兰飞雪团团围住。

纳兰飞雪慢慢地解下挂在腰间的宝刀。宝刀出鞘，光芒四射，惊得四周的辽兵辽将不禁纷纷后退。

"好刀！好刀！"这名辽将也不由得连声赞道。他哪里知道，这是一把宝刀，刀名叫冷艳夺魂刀，乃是纳兰飞雪的师父特意用深山老林中的百年松木制成上等木炭，用燕地的陨石冶炼而成。夜晚将此刀放置于暗处，则星汉灿列其上。这把宝刀，就连刀鞘也是用西夏犀牛角制成的。在当时，契丹的马鞍，西夏的宝剑，高丽的美色，皆为天下第一。

辽将见来了帮手，胆气稍壮，他哈哈大笑："刚刚抢得百年人参，不想又遇到了千年难遇的宝刀，看来大爷今天有的玩了！哈哈哈……"

他突地一跃而起，手中的刀划出一道闪亮的弧线，斜劈纳兰飞雪的肩头。纳兰飞雪轻轻地偏了一下头，躲过了致命的一击。

辽将见偷袭不成，恼羞成怒，"唰唰唰"连砍数刀。拥上来的辽兵辽将见首领动了手，也不怠慢，便一拥而上，各挥兵器齐向纳兰飞雪身上袭来。

只有向前，不容后退！事到如今，纳兰飞雪全力应付。他手中的冷艳夺魂刀上下翻飞，化作一团银色的光盾，将自己罩在其中。但听叮叮当当之声大作，如同无数珠玉打落在金盘之上，煞是悦耳。而就在这动听的打击声中，辽兵的第一轮攻势被纳兰飞雪悉数化解。

这些辽兵在首领的指挥下开始了第二轮围攻，包围圈愈来愈小。纳兰飞雪不待敌人布好阵势便突然出击，锋利的刀刃如神龙般卷起死亡的电光，直刺敌方的咽喉！鲜血从辽兵的喉间绽开数朵血花，直飞空中，化作一片凄艳的血雨。有几个辽兵在他的刀下已经丧命。

厮杀了一会儿，纳兰飞雪手下稍慢，一个辽将的剑尖从他的颈上滑过，他真切地感受到刀剑的冰冷。一种死亡的恐怖瞬间笼罩了他的全身。

对方人多势众，如此打下去，自己必定凶多吉少，纳兰飞雪心中自忖。他的大脑飞快地旋转着，思虑片刻，便有了主意。他暴喝一声，手中的宝刀倏然向领头的辽将刺去。辽兵见首领遇险，纷纷上前援救，合围之势立时大变，留出了一个空当儿。

他一跃而出，跳出了辽兵的包围，手中的冷艳夺魂刀左挑右刺，直奔那匹白色宝马而来。守护着宝马的几个辽兵猛然间见纳兰飞雪向他们杀来，早已吓得神魂俱散，纷纷抱头鼠窜。

纳兰飞雪奔到宝马的身边，一跃而上，手里一抖马缰，宝马一声长嘶，急驰而去。

"追！"辽将见西夏进贡的宝马被抢走了，慌了神，大手一挥，辽兵纷纷上马，随后紧追。

纳兰飞雪骑在马上，耳边呼呼生风，周围的景物一掠而过。他在心里叹道，真是一匹宝马。他催马疾跑，辽兵辽将逐渐地被甩在了后面。

天空渐渐地暗了下来。风却越来越大了，隐隐地，透着一种莫名的寒流，远处传来一阵阵风吼，纳兰飞雪知道，草原刮沙尘暴的日子要来了。

果然，狂风夹杂着沙尘呼啸而来，天一下子暗了下来，伸手不见五指。

纳兰飞雪突然想起了北珠，急忙将手伸进囊中寻找，可是这颗如同生命一样重要的北珠却不见了,纳兰飞雪顿时惊出了一身冷汗。

可能是遗落在打斗的现场了，可是现在后有追兵，又恰逢百年不遇的沙尘暴，返回去寻找是不可能的了。纳兰飞雪心中焦急万分。

一瞬间，漫天而来的风沙就将纳兰飞雪吞没得无影无踪。

# 二

　　四周风沙弥漫，天地一片昏黄。

　　纳兰飞雪勒紧缰绳，几乎把身体全贴在了马背上，双脚紧紧地蹬住马镫，尽力让自己平衡下来。

　　不知跑了多久，突然，前面传来战马的长嘶，纳兰飞雪心里顿时一紧，疑心是那些辽国兵将追上来了。他勒住马，小心翼翼地靠上前去，只见前面模模糊糊的有一个人，骑着一匹青骢马，在漫天肆虐的风沙中，模样甚是狼狈不堪。

　　在这荒漠上，还有人同处在这种恶劣的天气之中，纳兰飞雪不禁心生同病相怜之感。他打马上前，只见青骢马的背上驮着一个女子，她竭力拉住马缰，可青骢马全然不听她的指挥，在弥漫的风沙中失控地乱跑乱撞，马上的女子被颠簸得摇摇欲坠，她俯下身来，手胡乱地向前抓着，吓得脸色惨白。

　　女子眼看马上就要摔下来了，纳兰飞雪急忙纵马上前。突然，一只兔子被急奔的马蹄惊起，从藏身的草窠里箭一般地蹿出，青骢马骤然受此惊吓，两只前蹄猛然腾空直立，本来就左摇右晃的女子在毫无准备的情况下，两手脱缰，整个人被抛在了半空中。只见纳兰飞雪急驰过去，探身一把抓住她的衣服，使劲将女子拉到马背上。纳兰飞雪一手抓紧缰绳，一手揽住了女子的纤腰，将她拢坐在自己的胸前。

　　女子吓得魂飞魄散，意识全无，双手紧紧抱住纳兰飞雪。随着纳兰飞雪将马逐渐驭缓，她从惊魂中醒转，却蓦地感觉到有一丝久违的体温从后背传来，让她在尘沙飞扬的天气中有了一种难言的温暖。她蓦然惊觉到了异样。她回过头来，发现自己依在一个男人的怀中，慌忙撒开双手，满面羞红，一边扭身挣脱着，一边低低地唤道："快放开我！快放开我！"

马仍然狂躁不安地奔跑着，只是风沙逐渐地小了。纳兰飞雪目视前方，淡淡地说："这荒野大漠，难道你想下去找死吗？"

女子听了，犹豫片刻，便乖乖地顺从了。她一反刚才的拘谨，重新靠在纳兰飞雪的怀里，一双柔若无骨的小手牢牢地环抱住纳兰飞雪的手臂。

一缕若有若无的清香钻入纳兰飞雪的鼻孔，沙尘渐渐地小了起来。四周摆脱了浊黄，视野清晰了许多。

纳兰飞雪终于看清了女子的面容。女子身穿粉红色左衽窄袖丝绸短衣，足蹬乌色皮靴，五官精致绝美，尤其是一双温婉柔美的眼睛，犹如荡漾着一池春水，而略略向两边翘起的嘴唇，却又显示出一种决绝与刚毅。

女子发髻高绾，按当时的风俗，显然已是结了婚的人。

女子柔嫩的手掌令纳兰飞雪的心头微微一颤，他不由得感到喉咙发紧，双目发涩。

这时，一声尖利的鹰唳从空中传来，纳兰飞雪抬起头来，一个小黑点自遥远的天际划来，转瞬间黑影越来越大———一只海东青从远而近，像一条优美的弧线，直扑女子而来。"艾尼尔！"纳兰飞雪长啸一声，猛然抬起左手，只见那只矫健凶猛的海冬青落在了他的左手臂上。它敛翅息羽，歪着头看着刚才抓着主人手臂的女子。显然怪她侵犯了它的栖息之地。

女子细眼瞅去，只见这只海东青浑身雪白，腹部稍微白里泛黄，喙钩曲尖锐，脚趾强健有力，一双眼睛炯炯有神。

纳兰飞雪梳理着"艾尼尔"的羽毛，刚才一阵突如其来的沙尘，将它刮得无影无踪，自己正为它的去向担忧，却不想它自己找回来了。

女子看着纳兰飞雪爱惜的眼神，她知道，凡是本领高强的男人，大多都有一只自己驯养的海冬青，它是主人行围打猎的好帮手，也是男人心中的爱物。

这个拥自己入怀的男子，好像在哪里见过，女子默默地回忆。思忖中，她恍然大悟地点了点头，泛红的脸庞上遂盈盈一笑。

女子想起来了，眼前的这个男子，不就是自己在宁江州榷场上看到的那个路见不平、拔刀相助的年轻人吗？一股敬意从心中油然而生。

纳兰飞雪看着女子复杂的表情，心中不免有些奇怪。

# 三

前面是一望无际的沙漠，如丘陵般起伏着。纳兰飞雪和女子骑着马向前跋涉，天际一丝云彩都没有，气温越来越高，阳光炙烤着沙漠。纳兰飞雪看见一条蜥蜴蜿蜒爬行在沙砾上，它翘着尾巴，左冲右突，仿佛停留片刻，就会被毒辣的阳光烤焦似的。

纳兰飞雪的喉咙冒了烟，皮囊里仅有的一点儿水已经分几次给救下的这个女子喝了，他认为，他有责任和义务好好照顾她。现在目前最重要的事，就是找到水源。纳兰飞雪看得出，嘴唇苍白的女子也在尽力忍耐着，没有表露出一点儿不适。可是要想走出这茫茫大漠，可不是一天两天的事。如果不能及时找到水源，他俩只有葬身沙漠了。纳兰飞雪看看身边的女子，想起了家中年迈的老爹和没有成年的妹妹，不由得一阵心酸。

女子跌倒在沙地上，她顿足不前，实在是支撑不住了。

她无力地抬起头，嘴里终于嗫嚅出一句："渴。"

纳兰飞雪站在她的面前，他希冀用自己的身影为女子遮蔽一片阴凉儿，然而这都是徒劳的。

尽管男人的身材修长，可此时正值中午，只有一截短短的阴影。女子勉强抬起头，无力地看了面前英俊男人一眼，便低下了头。

她的心里充满了感激。

到哪儿才能找到救命的水呢？纳兰飞雪举目眺望，映入眼帘的全是那绵延的荒芜漠野。绝望像鬼魅一样牢牢地攫住他的心。

"艾尼尔"飞了回来，落在了纳兰飞雪的手臂上。它瞪着一双血红的眼睛，盯视着主人的脸，然后长唳了两声，重又展开双翅飞走了。它在东南面的天空上旋转飞翔，沉闷的天空上传来它竭力的唳鸣。

纳兰飞雪似有所悟，他搀扶起奄奄一息的女子，跌跌撞撞地朝着"艾尼尔"盘旋的地方走去。中间不知歇了几次，终于快到了。这平日里只是一个时辰就可走完的路，此时对他们而言，艰难如登天之路。

　　呈现在纳兰飞雪眼前的是一片沙湖。一片广约百亩的沙地突兀下陷数米，四周沙地不规则地隆起，内拥一泓微波荡漾的湖水。沙拢碧湖，湖蕴细沙，波光粼粼的湖水，就像一颗璀璨的明珠，镶嵌在广袤无际的沙漠中。

　　纳兰飞雪惊喜地撒开趔趄欲倒的女子，连滚带爬地到了湖边。他将湖水撩在自己的脸上，惬意地摇着头，摇落了脸上沁凉的水珠。他捧起水欲喝，却马上放下了，他像想起了什么。他爬了起来，蹲在地上，用手撩开水面上的浮游物，掬起一捧水，急忙跑到了歪倒在地上的女子跟前，将水送了她的嘴边。

　　一个黑影急飞而来，"艾尼尔"宽大有力的翅膀重重地击在了他的手上。手心里那少得可怜的水洒落在沙地上，"唑啦"一声便消失得无影无踪。

　　纳兰飞雪重又跑到湖边，捧起了水。当然，同样被"艾尼尔"破坏了。纳兰飞雪恼怒地站起身，捡起湖边的一块砾石，朝"艾尼尔"狠狠地掷了过去。"艾尼尔"轻捷地躲开了。

　　"艾尼尔"扑到他的身边，叫了两声，又返身飞走了。

　　纳兰飞雪朝"艾尼尔"飞走的方向走去，在数十米远之外，赫然看见湖面上横陈着一条巨蛇的尸体。巨蛇黑质而褐章，显然是一条有着剧毒的蛇。毒蛇附近的湖面，还漂浮着几只野山鸡、野兔的尸体，显然它们是喝了浸过毒蛇的湖水给毒死的。

　　纳兰飞雪明白了"艾尼尔"的心思，他感激地向"艾尼尔"做了一个手势，这是主人与海东青之间特有的表达方式。纳兰飞雪向远处走去，他终于找到了湖水的源头。

　　一阵饕餮般地狂饮，女子终于抬起头，长出了一口气。

女子弱不禁风地依偎在纳兰飞雪的怀里。

湖水的东岸是一片茂密的杏树林，正值开花的季节。那一树纷繁的杏花，重重叠叠，似一个小女人低垂着慵懒倦怠的俏丽面庞，缀成一幅花团锦簇的景象。一阵微风拂过，点点残花袅娜地散落在地上。

女子站起来，走到杏树边，探出头，轻嗅着散溢清香的杏花。她从沙尘的劫难中摆脱出来，显现出女子爱美的天性。

纳兰飞雪看着她唇边袭上一抹笑意。他见过许多女孩子，但如此柔顺纯真的实在太少了。他们默默地站在杏树旁，女子温柔的秋波里有一丝暧昧的笑意。

纳兰飞雪将她轻轻地揽在怀里，女子半推半就，她似乎并不厌烦他的无礼举动，只是有着少许的犹豫不决，少许的思虑和迷惘。她睁着一泓秋水般的眼眸，看了他一眼，便羞涩地垂下头去。

纳兰飞雪轻轻地吻着她的嘴唇。女子吐气如兰，她的嘴里带有一种少女特有的甜甜的清香，起初她还是笨拙地被动接受，最后却是激烈地回应了。

纳兰飞雪看见她的唇角有一粒小得几乎不为人所见的黑痣。

她闭着眼睛，仰着头，享受着突然而至的爱抚。

许久，他放开了她。

他牵着她的手，踏着松软的细沙，分花拂枝，穿行在杏花之间。纳兰飞雪不住地回头看她，阳光下的她活泼而轻灵，巧笑倩兮，却让陷身大漠中的纳兰飞雪莫名其妙地生出一种虚幻缥缈、不可把握的感觉。

一对蝴蝶翩翩起舞。

忽然一阵大风吹来，两只蝶儿上下翻飞着，朝不同方向各自飞去，一会儿便不知去向了。

沙湖里竖立着一些干枯的苇丛，湖中心部位还有举着枯藕的荷枝，纳兰飞雪想，假如此时是初夏时节，湖中自是另外一种景象：新苇如茂林修竹，郁郁葱葱；荷花亭亭玉立，宛若绿伞密布。微风吹来，婆娑起舞，天水一色，苇花绽放，莲蓬丰实，鱼肥鸟集，既具江南景色之柔秀，又有西北风光之雄奇。沙漠、湖水、芦苇、野鸟、荷花有机地结合在一起，构成独具特色的秀丽景观。如此美景，看来自己是无福消受了，纳兰飞雪暗自笑了。

"看，快看呀！"女子指着前面跳跃起来。

纳兰飞雪在前面领路，光顾着脚下的磕磕绊绊，却不想在他的眼前突兀挺拔起一座几百米高的沙坡，倾斜地陡立着，举目仰视，令人头晕目眩。他们二人从沙坡后绕过去，爬到了坡顶，纳兰飞雪抓住女子的手，从沙坡向下滑，但见沙山悬若飞瀑，人乘流沙，如从天降。突然传来一阵"嗡……嗡……"的轰鸣声，犹如金钟长鸣，直刺耳鼓，吓得女子急忙扑到纳兰飞雪的怀里，双手紧紧地搂住他的脖子。这种"嗡嗡"的声音，令纳兰飞雪怀疑又要刮沙尘暴了。两个人搂抱着，从坡顶上翻滚而下，一口气骨碌到坡底。

女子还在死命地抱着他，二人脸儿相偎，互相摩擦着，最后连嘴唇也粘到了一起，仇人劫掠一般，就像要把对方生吞活剥似的，连手也不老实，竟然都探到了对方的衣服里，不安分地游走。纳兰飞雪抓住她胸前饱满的风景，他感觉女子的乳房大得难以捕捉。除了硕大之外，还有不可言说的滑润、柔软和让人感到亲近的温热。女子的白色窄袖短衣不知是被谁剥掉的，也许是她自己吧！里面的那一抹红色的胸衣，也早已飞到了一边。女子肌肤胜雪，高翘挺拔的乳房上炫耀般地顶着两颗精致的红樱桃，以及她的纤巧秀美、玲珑别致的腰身，简直是妙不可言。

纳兰飞雪情不自禁地伏了上去，女子搂住他的腰，以便让他更紧地贴伏于她。在坡底的柔沙上，在大漠渐没的夕照里，在疯狂的迷醉中，他的喘息和女人的尖叫混杂在一起，飘过微波荡漾的湖水，传到了大漠深处。

肉体交融，激情四射，女子的手指深深地嵌进纳兰飞雪肩背的肌肉，方才空前绝后地浑然忘我，此时才觉出有一丝隐痛。女子的乌色皮靴静静地卧在几米外的沙土上。

让人恐怖的"嗡嗡"声已经消失了。纳兰飞雪想起来，这里就是父亲所说的"响沙"吧。小时候，他听父亲说过，在沙漠深处有一处奇怪的沙坡，人从坡上滑下来，顿时会有一种类似钟鼓的乐声，当地人都称之为"响沙"，没想到自己今天竟然遇到了。

女子美目微阖，慵懒地伏在纳兰飞雪的怀里，娇喘吁吁。

纳兰飞雪紧紧拥抱着女子，突然他的手碰到了一件硬物，纳兰飞雪拿过来一看，原来是女子的腰上挂着一枚上乘的翡翠。纳兰飞雪猛然想了起来，他惊问道："你……你就是在宁江州榷场上那个美丽的贵妇人吧？"

只见这个神秘的女子不置可否地一笑。

"跟随你的那个侍女呢？"纳兰飞雪急忙问道。

"这沙尘暴一刮，暗无天日的，不知被刮到哪里去了！也不知她是否还活着。"女子担心起来，偎在纳兰飞雪的怀里。

空旷的天空上，一轮硕大的落日隐没在遥远的地平线下。黑暗，顿时笼罩了整个大漠。

大漠上的黑夜真正来临了。

一缕摇摇晃晃的孤烟升了起来。熊熊的篝火映照着两个相爱的人的面庞。

一夕凉夜，风冷水寒，纳兰飞雪望着一弯残月，伤心地拥女子入怀。他说："假如天若有情，你我缘分未了，他日当有缘一晤，也好了你我今生之憾！

女子心中五味杂陈，只是执手而视，无语凝噎，唯有频频点头而已。

# 第七章　父妹血仇

## 一

辽阔的草原上，绿草泛青。最先长出的报春花在和煦的春风中摇曳着。

纳兰容儿静静地坐在草地上，手托着腮，静静地看着父亲。

纳兰老爹站在几十米远的地方，佝偻着身躯，臂膀上架着一只矫健的海东青。海东青是父亲的爱物。父亲天天都在捕鹰、驯鹰、熬鹰，他的时间几乎全用在了驯养海东青的身上。

一大早起来，父亲就来到山坡上训练海东青。纳兰容儿知道海东青的重要性。因为父亲说过，只要把海东青驯好了，才能向大辽国的银牌使者交差，才能不受银牌使者的鞭笞和辱骂；如果能多驯出几只上等的海东青来，还可以到榷场去换些银两，一则可以补贴家用，二则可以为哥哥娶一个媳妇。

哥哥纳兰飞雪几天前到榷场去了。他带着一颗北珠去交易，至今还没有回来。父亲一边在训练海东青，还一边不时地抬头向远方眺望。哥哥何时能回来呢，纳兰容儿也不知道，看见父亲难受的样子，她也盼着哥哥早点买药回来。

父亲又把海东青高举起来。他的手向上一举，手上蹲着的那只眼神锐利的海东青一跃而飞，扶摇九天。纳兰老爹一声呼哨，它就会在高空中马上收拢起翅膀，头朝下急速地俯冲而下，在快要到达地面的时候，它会及时地展开翅膀，稳稳地落在纳兰老爹张开的手臂上。

海东青优美的身姿把纳兰容儿看呆了。父亲是方圆几十里尽人皆知的驯鹰高手，人们都称之为"鹰把式"。说起驯鹰，纳兰老爹总是一套一套的，滔滔不绝。那些关于养鹰、驯鹰的事，还真有些说道。

父亲说，九死一生，难得一名鹰。驯鹰有许多说道，先说"围鹰"，就是捕鹰，行话叫"拉鹰"。每年秋天，鹰把式们就准备上山拉鹰了。一大早吃完饭，鹰把式们带上"鹰网"，带上做诱饵的鸽子以及斧子等工具。来到山上的捕鹰场地，行话叫"鹰场子"。鹰把式们一般都有固定的鹰场子，旁边不远处还有一个鹰窝棚，鹰窝棚就是一个大坑，上面用树枝伪装起来，鹰把式们就在这里藏身。先把鹰网架上，架网是非常重要的工作，需要有经验的鹰把式来架，因为网的扣劲大容易伤着鹰，扣劲小又扣不住鹰。网架好后，鹰把式们就藏在鹰窝棚里，网下面露着当诱饵的活鸽子。当有鹰来抓鸽子时，鹰把式们一收网便将鹰扣住了。

不同的鹰也有不同的叫法。当年的鹰叫"秋黄"，两年的鹰叫"坡黄"，三年以上的叫"三年龙"。秋黄最有驯养的价值，它有耐力，动作敏捷，因此它被列为捕获的最佳选择。

围鹰后首先要让鹰开食。有的鹰脾气大、性子烈，被捕到后，往往以死抗争。鹰把式就得日夜守护着，直到鹰开始进食。进食后就开始让鹰吃"手食"。鹰是吃肉的，鹰把式将肉放在手上让鹰自己来吃，就是不能喂猪肉，吃了猪肉鹰就喘，什么也不能干了。鹰能吃手食之后就进入重要的驯鹰环节了，这叫作熬鹰。

这些驯鹰的知识，纳兰容儿都是听父亲说的。

熬鹰是一件非常辛苦的活儿，等到把鹰熬好了，人也熬迷糊了。但却能进一步增进人与鹰的感情。接着，父亲还要架着鹰到处走，专找人多、热闹的地方，这样可以训练鹰不怕生人。鹰把式们称之为"溜鹰"。

最后是"过拳"，让鹰吃"跑食"。父亲站在远处，手上拿着鲜肉，以吸引鹰飞着去吃，此为"过拳"。过拳的目的就是让鹰仅受驯鹰者一人驱使。

鹰驯好了，就可以到山野之中"放鹰"了。主人站在高处观望，让人用棒敲打树丛将野物轰出，俗称"赶仗"。发现有猎物跑或飞出，鹰会立即尖叫着俯冲下去捕获住猎物，主人要尽快拿走猎物，只给鹰吃一点儿动物的内脏，不可喂饱，所谓"鹰饱不拿兔"，就是这个道理。

在这些猎鹰中，神俊最属海东青。此鹰体形较小，比一般的鹰、秃鹫都小得多，但爆发力惊人，凶猛异常，尤其善捕天鹅，放飞时，旋风一般直入九霄之上。

有一天，纳兰容儿发现父亲的手掌流着淋漓的鲜血，忙不迭地要给父亲包扎，可是被父亲拒绝了。只见父亲走到"艾尼尔"的身边，让它啄食手上不断流出的鲜血。原来父亲特意用一把刀子划破了手，用自己的血来喂鹰，父亲告诉纳兰容儿，这样驯出来的鹰平时蒙着眼，到用时，卸下眼罩，鹰就会闪电出击！遇人杀人，遇鬼杀鬼。除了主人，谁也不认。

每年辽国的皇帝都要派人到女真部落索要海东青，所以女真人总是想办法捕捉海东青。海东青逐渐成为家中的一员，人与鹰之间有着不可割舍的情愫。海东青以一种特殊的灵性深受鹰把式的喜爱，尤其是经过细心驯养的，很快便成为鹰把式狩猎的好帮手。

纳兰容儿痛恨辽国银牌使者的恶劣行径。如果没有他们的横征暴敛，父亲就不会如此地过度操劳，积劳成疾。

她想起父亲讲过的故事。父亲曾对她讲，残暴贪婪的辽国皇帝，年年逼迫女真部落的"鹰户"为他们捕捉海东青。并且以鹰户的妻子、儿女为人质，如不按时交鹰就砍杀活埋。鹰户中有个老鹰达（即鹰户的头领），为了解救本部人的危难，带领一子一女，到很远的北方的享滚河的源头捕鹰，结果老鹰达和儿子被冻死在山上。女儿在神人的指点下，用太阳的七彩神光照化了鹰山上的冰雪，使山上的海东青向南移居，这样，鹰户就比较容易捕捉到海东青了。老鹰达的女儿在一次雪崩中丧生，变成了一只洁白敏捷的海东青。

站在山坡上的父亲发出一阵剧烈的咳嗽，肩膀颤抖着，一副非常痛苦的样子。纳兰容儿看着日益苍老、满脸皱纹的父亲，她希冀自己有一天能像故事里的老鹰达的女儿一样，能为女真人做点好事。只要能让族人不再为了捕捉海冬青而发愁，自己变成许许多多的海东青，她也心甘情愿，在所不辞。

"哥哥也该回来了！"纳兰容儿看着又一次飞到天空中的海东青，在心里默默地想。

哥哥要是回来了，就给父亲带回治病的药了。

相依为命的父亲吃了药，就不会咳嗽，也不会咯血了。一想起父亲咳出的那鲜红的血，纳兰容儿就开始害怕。

# 二

太阳升得老高了。天空没有了飘浮的沙尘，显得格外澄澈碧蓝。

纳兰飞雪抢来的"追电"宝马也吃得饱饱的，它看着吃过了早饭的新主人，"咳儿咳儿"地叫着，摇着头表达着友好。

尽管丢失了北珠，但得到了这匹马，也实在是一大收获。自幼习武的纳兰飞雪喜爱宝马，那天在榷场上一见到它，就生出强烈的占有欲。所以他在临逃走时顺便抢走了它。

纳兰飞雪用手指爱惜地梳理着马鬃，"追电"宝马回过头，目光温和，惬意地打着响鼻。

女子站在远处看着纳兰飞雪的一举一动。

纳兰飞雪抽出冷艳夺魂刀，用自己的衣襟耐心地擦拭着刀刃。擦完后，把它倒插在沙土中，锋利的刀尖直指青天。

女子感兴趣地跑过来，她看见刀锋在阳光的照射下，发出夺目的光芒。一只蝴蝶从湖边飞了过来，它把闪耀着光芒的刀锋误当作了泛光的湖水，轻巧翩翩地想停在上面，却没有站稳，柔韧的身躯在那锋利的刀锋上一划，便身首异处了。

"啊，此刀如此锋利！"女子看到纷落而下的蝴蝶翅羽，大为惊叹。

"是的，此刀奇快无比，可以削铁如泥，堪称兵器中的绝品！"纳兰飞雪得意地说。

"真是一个宝物！如此宝刀，得遇你这样一个武功高强而又风流潇洒的男子汉，也算得上是人刀合璧了。"

纳兰飞雪听到她如此文绉绉的夸奖，哈哈大笑起来："辽人欺我女真人太甚，有朝一日，飞雪愿尽平生之力，用这口宝刀，取辽虏项上人头，雪族人之辱，亦不负此宝刀矣！"

女子听了，脸色突然由红变白，一副无比骇然的表情。

湖面上有水花飞溅之声，原来是通体雪白的"艾尼尔"从远处连绵起伏的沙丘上空飞了过来，瞄准了一条在水面上游动的鲢鱼，然后以迅雷不及掩耳之势俯冲而下，犹如一支闪光的银镖，直直地射向那条足有十多斤重的鲢鱼。这条鲢鱼还没反应过来，就被"艾尼尔"一双有力的爪子击晕。"艾尼尔"收不住身，又往前飞了几米远，复又飞转来，它的利爪紧紧抓住漂浮在湖面上的鲢鱼，然后振翅飞到了湖岸上，尽情地享受丰盛的早餐。

站在岸上的两个人都看呆了。

纳兰飞雪看出了女子目光中的好奇。他高兴地说："'艾尼尔'就是辽国贵族梦寐以求的海东青，颜色纯白为上品，白而杂它毛者次之，灰色者又次之。"

女子这时才发现，"艾尼尔"连爪子都是纯白色的。

"最可贵的是，'艾尼尔'金眼白毛，具有王者之气。"纳兰飞雪接着说，"'艾尼尔'是我父亲苦心驯养而成，不但骁勇善战，还颇通人性，擅长与主人配合作战，非一般海东青所能比。"

"你看它在空中滑翔的姿势真美，一副空中霸主之态！"女子指着在空中盘旋的"艾尼尔"，发出由衷的赞美。

纳兰飞雪说："做人当如海东青，因为海东青展翼高飞日行两千里，爪喙尖锐，凶猛有力，远远超过其他鹰类。试想，海东青在白云蓝天之上，苍茫大地、狡兔猾狐尽收眼底，一旦发现猎物，箭一般穿过去，然后击倒，何等气概，何等畅快！还有，海东青历经磨难、坚强隐忍、眼观全局、决策精准、快速反应、收放自如的精神，无不为人所神往。有人说，鹰是孤性之王。在风云际会的茫茫草原，吾辈当站得最高，望得最远，始终视强族如无物，决胜于千里之外。"

"哈哈，你就像一个睥睨天下的帝王，真的让人崇拜。"女子深情地说。

"只有把自己想象成鹰，长成鹰那样一双坚韧厚实、力量十足的翅膀，久藏的意念才会变成现实。"纳兰飞雪接着说，"可是要做一个人世中的鹰是何等不易。萨满告诉我，真正的鹰要经历重重磨难。鹰从出生开始，它就要和兄弟们争斗，胜者生存，败者死亡；未等完全长大，母鹰就将幼鹰推向悬崖，为避免摔死，幼鹰不得不用尽浑身的力量飞起来；为了不被饿死，刚学会飞的幼鹰不得不自己捕食。鹰还有一重磨难，便是熬鹰。熬鹰是残忍的。七天七夜里，它不能进食，不能睡觉。不仅如此，还要给鹰'拿膘'，鹰过胖，飞行和捕猎时就会失去敏捷性和灵敏度。鹰把式们将麻线搓成小轴，外面包上切得薄薄的肉片。鹰吞食后，肉很快被消化了，但这时的麻线轴上却沾上了剩余的脂肪，再用绳子拽出来，往往都要带出黄亮亮的鹰油。这样做，既起到了减肥的作用，也能使鹰的肌肉强健，便于捕获猎物。如此反复，直至鹰疲惫不堪、奄奄一息。然而，它经历了生与死的煎熬，奇迹出现了。熬过之后的雏鹰，非但没有倒下，反而更加矫捷轻灵，双爪更加有力。鹰的每一次成功，都需要经过痛苦的蜕变，也正是历经磨难，当猎物出现时，它才能傲视苍穹，显示出一种异常的冷静和凶猛。它不愧是天空的王者，苍穹的霸主。"

"女真人有句话叫'鹰狗无价'，特别是鹰，在女真人的心中，它不仅是狩猎的工具，而且是他们忠实的朋友，更是女真人精神的象征。"纳兰飞雪继续说："父亲曾经说过，眼神是最让人生惧的武器。有着鹰一样眼神的人焉能不成功？父亲告诉我，等到你拥有鹰一般令人生惧的眼神，那你就真的长大了。据说人与鹰相处久了，也就具有了鹰一般的目光，犀利与锐利。天生的强者只有经历痛苦的煎熬才能成为真正的鹰神。"

听到这里，女子抬起头来。她仔细端详着纳兰飞雪的眼睛，真的，她从他的目光中分明看出犹如刀锋般锐利的眼神。

纳兰飞雪说："父亲告诉我，每当暴风雨即将来临的时候，海东青都要展翅高飞，因为暴风雨能赐予它们力量。听父亲说，海冬青是拯救先祖的神灵，是女真人的图腾。神鹰赋予了女真人生命，也给予了女真人无所畏惧的勇气。"

女人问："你的父亲是……"

"父亲就是一个驯鹰的高手，是有名的鹰把式。女真人不仅各个善于骑马射箭，而且还善于养鹰、驯鹰。"

"你知道为什么女真人要祭鹰神吗？"纳兰飞雪问，女子听了不解地摇了摇头。"天初开的时候，大地像一块巨大的冰块。一只母鹰从太阳里飞过，把光和火装进羽毛里。从此，冰雪融化，世界有了生灵。可是母鹰太累了，羽毛里的火不小心掉出来，燃烧了整个森林，彻夜不熄。神鹰用她巨大的翅膀盖火，烈火烧毁了它的翅膀，神鹰终于死去。这便是萨满神。"

纳兰飞雪情绪高涨，他的目光深邃而虔诚："鹰神是女真氏族强大的守护神。萨满在请鹰神的仪式虔诚而唱：'你受天之托，展开神翅蔽日月，乘神风呼啸而来。你能在悬崖峭壁上飞旋，神风荡野；你能在无边的森林中，看穿千里；你振翅高飞，所向披靡，是阖族永生的神主。'"

父亲说过，鹰神被人们永生祭奠，是因为它的付出为它带来了荣耀。

直到那时，纳兰飞雪才终于明白了父亲为何如此崇拜鹰，如此向往草原。草原成就了鹰，也成就了女真族，以海东青为图腾的女真人必将给草原带来无与伦比的荣耀。

"搏风玉爪凌霄汉，瞥日风毛堕雪霜。九死一生真男子，铁骨坚韧海东青。"女子见景生情，轻吟出一首歌颂海东青的诗句。

女子羡慕地说："要是能见一见你的父亲多好呀！我也想看他驯养海冬青，我更想做一个像海东青那样搏击长空、傲然万物的女人！"

女子的一双明眸中充满了无限的憧憬。

纳兰飞雪看到女子一副神往的样子，笑着对她说："你还没看到我们哨鹿的场景呢。哨鹿是我的拿手好戏。从小时候起，我就和父亲、妹妹经常哨鹿。每到发情季节，公鹿和母鹿相互鸣叫，寻找情侣。鹿是争偶性动物，一鹿鸣叫，众鹿接踵而来。猎手身披鹿皮，头戴鹿头皮帽，口衔用桦树皮制成的口哨儿，模仿吹出呦呦的鹿鸣，引鹿而至，然后射杀之。"

"这也太惨了。"女子听了，脸上现出悲戚之色。

"没办法呀！族人以鹿肉为食，何时有了其他吃的东西就好了。"纳兰飞雪点点头说，"我们现在也驯养马鹿了。鹿茸是补身祛病最好的良药。鹿喜食盐分，根据鹿这个特点，猎人在鹿常出没的地段撒少许盐水为诱食，也可以捕到鹿。冬季，鹿成群活动。猎手们只盯住一只鹿，穷追不舍。当鹿累得摇晃身子时必须停止追赶。此时鹿耷拉着耳朵，闭着眼，腿发直，如再追，即使捕获了也必会死掉。此时猎人让鹿慢慢行走，待鹿缓过劲儿，再伸竿套鹿。刚套着的鹿，浑身汗淋，猎人就地生火，把鹿身上的汗烤干，否则鹿会冻死。猎人套获活鹿后，即可带回驯养。捕鹿的方法很多呢，另外还可以窖鹿、打红围，只不过打红围要更加残忍，一听到这个名字就知晓当时的血腥场面了……"

女子捂住了耳朵："太惨了，我不愿听了，我不愿听了……"

这时，突然传来一阵杂沓急乱的马蹄声，远处烟尘四起。纳兰飞雪知道，这是群马奔腾扬起的尘土。纳兰飞雪抬头望去，发现这队人马朝他们所在的地方驰来。及近时，纳兰飞雪看清是一队辽国的兵将。他马上意识到他们是冲着他抢来的这匹"追电"宝马而来的。他急忙抽出背在身后的冷艳夺魂刀，挡在了宝马的面前。

马队在他们身边盘绕一圈后，将他们团团围住。女子见状大惊失色，她急忙躲藏纳兰飞雪的身后。纳兰飞雪执刀在手，做好了誓死一拼的准备。这时，围在前面的几个领头的将军却慌忙下马，齐刷刷地跪在了地上。

"臣等接驾来迟，乞文妃恕罪！"一个领头模样的将军不断地磕头请罪。

"免礼，耶律章奴将军，站起来吧！"躲藏在纳兰飞雪身后的女子不慌不忙地走了出来，神情有些倨傲。

"文妃？……文妃？她是……是辽国皇帝天祚帝的文妃吗？"纳兰飞雪惊呆了，他不敢相信自己的耳朵，这个和自己邂逅且有过肌肤之亲的女子，竟然是辽国皇帝天祚帝耶律延禧的宠妃！竟然是那个以诗著称于世的萧家美女萧瑟瑟！纳兰飞雪猛然醒悟过来，难怪一说起反辽、杀辽人她就会倏然变色。

纳兰飞雪一时如堕五里雾中。

原来是天祚帝春捺钵来到宁江州，文妃萧瑟瑟自然是随驾跟从，捺钵的主要内容无非就是打猎喝酒。时间一长，文妃觉得无聊至极，便与手下的一名侍女私自溜出捺钵大营。宁江州榷场在当时是辽人与女真交换商品的重要榷场，在辽国久负盛名，当时高丽的纸、墨、米、铜、人参、粗布，西夏、回鹘的珠、玉、犀、乳香、琥珀、镔铁器、马、驼和毛织品，辽国的鞍马、弓箭、皮毛、丝织品等，除各国的皇帝、贵族相互朝贡赠送外，大多都要拿到榷场上交易。所以文妃带着这个侍女去榷场上散心，回去的路上却突遇百年不遇的沙尘暴，在狂风中与侍女失散的文妃慌不择路，这才有了与纳兰飞雪在大漠上的奇遇。

"谢文妃。"那个叫耶律章奴的将军站起身来。他恭敬地低头退后了几步，然后慢慢地抬起头，扫视了纳兰飞雪一眼，转瞬就把目光盯在了"追电"宝马的身上。

"此马何来？"耶律章奴认出了这匹宝马，脸色瞬间大变，他急速地抽刀在手，朝前跨上一步，用刀指着纳兰飞雪厉声喝问。

耶律章奴的随从们也快速将兵器拿到手中，呼啦啦地把他围了起来。

且说"追电"被纳兰飞雪抢走后，辽国负责护送的官员就是这个牌印郎君耶律章奴。这匹宝马是西夏进贡给天祚帝的，事关当今皇上，耶律章奴哪敢怠慢，急忙带领人马在宁江州榷场周围寻找，不想与纳兰飞雪冤家路窄，更令他万万没有想到的是：竟然在这里遇到了失踪的文妃。

立功的时候到了！既找到了被抢走的宝马，又替皇上找回了失踪的宠妃，天上掉下来的大功啊！耶律章奴激动万分。只不过耶律章奴心中万分疑惑，高不可攀的文妃为什么和这个抢马的强盗混到了一起？

耶律章奴弯着腰，紧握着刀，一双阴鸷的眼睛死死地盯住纳兰飞雪。纳兰飞雪也执刀在手。两人都缓慢地转着圈子，不肯贸然出手。

冷艳夺魂刀反射回来的太阳光，刺在耶律章奴的脸上，他眯缝着眼，揣测着对方的武功和身份。

耶律章奴看出对方使用的是一件绝好的兵器。

"将军不要动手！"萧瑟瑟一声娇叱，闪身挡在了耶律章奴的面前。"快走！"她急急地向身后的纳兰飞雪挥手喊道。

"裨将何在？"耶律章奴见萧瑟瑟拦住了他，遂急忙大声喝道。

"末将在！"一名裨将持刀而出。

耶律章奴吩咐道："护卫文妃！"

那名裨将将萧瑟瑟拦在了身后。

耶律章奴突然身影一晃，急速地扑到纳兰飞雪的面前，持刀直劈而下。纳兰飞雪还没有从惊诧之中回过神来，就猛遭此击，只好矬身弯腰，随即右手执刀向上迎去。耶律章奴知这是宝刀，自然不敢硬拼，便是一声狞笑，转手向纳兰飞雪的胸膛搠来。纳兰飞雪大吼一声，腾身跳出两米之外。

这几招快如电光石火！趁他们二人互相持刀喘息之机，与耶律章奴同来的那几个将军看清了纳兰飞雪的面容，他们大声喊道："这厮就是偷马的盗贼，不要放过他，上！"于是刀剑齐出，将纳兰飞雪团团围住。纳兰飞雪使出浑身解数，尽力化解，不敢有一丝一毫的怠慢。尽管如此，仍是险象环生。正在酣斗间，突然传来萧瑟瑟的几声惊叫，纳兰飞雪一听，不知那边发生了什么事情，方寸大乱，哪里还有心思打斗。

既然这个女子是辽国的皇妃，自己还有什么贪恋之处。对方人多势众，时间一长，自己肯定是要吃亏的。心中念头一定，纳兰飞雪便有了打算。

纳兰飞雪瞅了一个空当儿，快跑几步，纵身一跃而起，便稳稳地落在了马背上。他一抖缰绳，趁着"追电"宝马一个回旋之机，向萧瑟瑟望去，只见几个辽国的兵将牢牢地护卫着她。她焦虑复杂的目光里，有深切的不舍、眷恋和无奈。

"追电"宝马一声长嘶，撒开四蹄，绝尘而去。

萧瑟瑟挣脱开辽兵的包围，紧追了几步，张嘴欲喊，却停住了，只有那只高举起来的手还在机械地摇晃着。

始终在天上盘旋的"艾尼尔"也拍着翅膀，向消失在远处的纳兰飞雪追去。

## 三

纳兰容儿的心情又好了起来。刚才她和父亲给这只正在练习飞翔的海东青起了一个好听的名字：艾玉儿。因为这只鹰全身莹白，就像晶莹剔透的玉一样。哥哥带走的那只海东青是父亲在她刚出满月时捕到的，所以叫"艾尼尔"。父亲向她解释说，"艾"同"爱"，而"尼"，当时人都喜欢把女孩子称为"妮子"，从这个名字，纳兰容儿就感觉到父亲是多么爱她。

纳兰容儿看着浑身雪白的"艾玉儿"，欢快地唱着："拉雅哈，大老鹰，阿爸有只海东青，白翅膀，飞得快，红眼睛，看得清，兔子见它不会跑，天鹅见它就发蒙……"

时至初春，大地泛绿，混同江边水结束了一冬的封冻，淙淙地流淌了起来。今天早晨起床后，太阳老早就从地平线上升了起来。纳兰容儿把土窑打开，拿出窑藏了一冬的白菜、萝卜、土豆。女真习俗，每年的秋末冬初，都要在家院中背风处挖的土穴中储藏蔬菜，可以保鲜到第二年的春天。父亲这些天来一直咳嗽不止，纳兰容儿早就想给父亲做上一顿美味佳肴了。可是贫寒人家，也不过是这几种普通的蔬菜而已。因为女真居住的北方不产生姜，到燕地才有，每两价格高达逾千，即使是富贵人家，也只有在贵宾来时才切上数丝放在碟中，视为珍品。家里没有生姜做调料，为了让父亲能多吃些，纳兰容儿特意爬上榆树撸了几把榆钱，用水淘过后，放到炖好的土豆白菜里，口感滑滑的，略带着一股淡淡的甜味儿，不亚于珍馐美味呢。主食也无非就是炒面和粥，纳兰容儿为了给父亲补充点营养，还特意用野猪肉炖了一锅酸菜。哥哥在离开家之前，在山上打死了一头野猪。

眼瞅着就快要到中午了，纳兰容儿已经做好了饭。她坐在山坡上，手托着腮，一边看父亲驯鹰，一边想心事。

山坡上刚长出地面的青草中夹杂着一簇白芍药，在微微的春风中摇曳着。纳兰容儿想，等过几天，天气再暖些，采些白芍药的嫩芽回来，为父亲炒上一盘。这种菜味道脆美，普通人家多用来款待贵宾。

"艾玉儿"一会儿飞了起来，一会儿又从辽阔的高空上直落而下，落在了父亲的肩膀上。今天天气好，连"艾玉儿"也懂事似的配合父亲想多练一会儿。

遥远的天际飘过几个小黑点，渐渐地大了，后来看清了是几只鹰，在父亲的头上方盘旋着，最后落了下来，和正在练习飞翔的"艾玉儿"一唱一和地鸣叫着，像是久违的朋友寒暄着互致问候。纳兰容儿一看，这几只鹰是几天前父亲放飞的。鹰户有一个讲究，每到万物孕育新生命的春天，都会遵古俗将豢养的老鹰放归山林，让它们生儿育女，俗称"送鹰"。可是有感情的鹰留恋主人，还会飞回来，一连几次都送不走。

父亲看到老鹰又飞回来了，异常兴奋，他抱起身边的一只老鹰，高兴地把它放在悠车上，长满硬茧的手爱抚地梳理着鹰毛。女真人经常去林中狩猎，担心睡在地上的孩子被蛇鼠虫蚁伤害，就把孩子放在用松木做的悠车上。这种悠车两端呈半圆形，就像小船一样，用绳子挂在两棵松树上。久而久之，形成了睡悠车的习俗。女真人有句俗语，"养个孩子吊起来"，说的就是这个意思。

那是纳兰容儿小时曾经睡过的悠车。母亲在她满月后便病死了，是父亲将她抚养成人的，父亲、哥哥和她三个人相依为命。好在她和哥哥都长大了，父亲再也不必为他们操心了。不久的将来，哥哥娶了嫂子，这个家就会更加幸福了。纳兰容儿畅想着美好的将来，想到了自己有朝一日，也会爱上一个男人，迟早要出嫁，她的脸就不由得一阵阵发红。

纳兰容儿的思绪被一阵杂乱的马蹄声打乱，她抬起头，远处驰过一队人马，由于马跑得太快，尘土飞扬，夹杂着粗暴的叱马声。纳兰容儿急忙站起身来，她分明看到眼前的这伙人竟是辽人打扮。

纳兰容儿惊恐万状，躲藏已是来不及了。一个首领模样的辽人跳下马来，他围着纳兰容儿转着圈，一双色眯眯的眼睛在她的身上游移着。他浪声浪气地大笑说："女直这地方好呀，不但产俊鸟，还产比俊鸟更让人销魂的美女！"他趁纳兰容儿不备，一边口中胡言，一边伸出手在她的脸上捏了一把，"妞儿，你今天好福气，晚上可以陪大爷我睡觉喽！"纳兰容儿身子一扭，挣脱开他的魔爪。"哈哈哈，好厉害呀，你放心吧，妞儿，大爷我绝对会保你满意的。"辽将毫无顾忌地淫笑着。

"啪！"一记重重的耳光打在了辽将的脸上。他毫无防备地捂着脸，"哇哇"地怪叫着。

一个渤海人打扮的黑脸壮汉见状走了过来。他阴沉着脸，把刀狠狠地抵在了纳兰容儿的咽喉上："不识抬举的臭女人，我们将军喜欢你，是你的造化。既如此，就让你这个臭娘儿们尝尝宝刀的厉害！"他说着话，刀尖突然下移，挑断了纳兰容儿袍襟的衽带。纳兰容儿的左衽短衣敞开了，露出了白皙丰满的胸脯。

"不要伤害我的女儿！"纳兰老爹气喘吁吁地跑了过来，他抓住黑脸壮汉的手，苦苦地哀求道，"大爷开恩吧，小女年幼无知，望大爷恕罪。"

"老不死的东西，我不但要你的女儿，我还要你的海东青呢！"黑脸壮汉朝他的手下挥了一下手，那些人便饿虎扑食一般抢上前来，将鹰架上的"艾玉儿"抓在手中。

这只海东青可是纳兰老爹的爱物，他扑上前去，奋力阻挠。

黑脸壮汉使劲踢出一脚，纳兰老爹被踢出几米远。

"爹！"纳兰容儿跑了过去，抱起了父亲的脑袋。纳兰老爹的嘴里流出殷红的血。

"你、你个畜生！"纳兰老爹手指着黑脸壮汉，厉声喝骂。

刀挟着风声呼啸而来，纳兰容儿紧拥父亲在自己的怀中，用自己的全身护住了父亲。刀，深深地砍在了她的后背上。纳兰容儿惨叫一声，疼得滚落一旁，鲜血喷溅了一地。

"你还我女儿！你还我女儿！"纳兰老爹红了眼，他挥舞着双手，朝黑脸壮汉扑了过来。

"我跟你拼了！我跟你拼了！"纳兰老爹猛然停住了脚步，他身子趔趔趄趄，一把刀贯通了他的腹部。纳兰老爹手指着黑脸壮汉，轰然倒下。

罪恶的刀，又向纳兰老爹的头部砍来。只听得有兵器激烈碰撞的铿锵之声。一把冷艳夺魂刀挡住了刀的去向。

纳兰老爹睁开眼睛，只见纳兰飞雪和黑脸壮汉打成一团。

原来是纳兰飞雪匆忙赶了回来，却还是晚了一步。

纳兰飞雪千里迢迢地赶回来，却不想看到了这番惨象。他瞪圆双眼，双手抡刀，向黑脸壮汉连连砍去。黑脸壮汉横拦竖挡，仓皇接住了纳兰飞雪致命的几招。纳兰飞雪看出对方是一个渤海人，却和辽国的兵将们混在一起，最醒目的是他的脸上有一条又深又重的刀疤，从右侧的嘴角向耳后斜伸而去，整个一张黑脸看上去更显丑陋狰狞。二人一来一往，缠斗在一起，一时难分胜负。看来这个黑脸汉子的功夫也是上流水平。纳兰飞雪明白了，正因为他的武功高，才成为被辽人看重的一条狗。

那些辽兵辽将一拥而上，与纳兰飞雪打在了一起。纳兰飞雪却是越战越勇，有几个辽兵受了伤。

这时，那个首领模样的辽人看出黑脸壮汉已经是体力不支，便悄悄转到纳兰飞雪的背后，趁他与黑脸壮汉酣斗之际，抡刀向纳兰飞雪兜头砍去。

一股寒风直袭纳兰飞雪的脑后，纳兰飞雪知道遭人偷袭，倏地一个旋身，双手握刀，硬碰硬地接住了对方的狠招。

就在这命运攸关之际，只听到远处传来一阵急速的马蹄声，一个高大魁梧的男人骑着赭白马，拎着一把雪亮的精铁乌罡刀，从对面的山路上冲来，截住了黑脸壮汉等人的攻击，缓解了纳兰飞雪身处绝地的危机。

纳兰飞雪见有人相助，勇气倍增。他两眼血红，拼命狂砍，招招都向对方的致命之处。辽将们见他如此拼命，又来了一个强大的帮手，占不到便宜，一声呼哨，打马纷纷后撤。

来帮忙的那个人在后面一路追杀，辽人四处狂奔。纳兰飞雪追出不远后，心中挂念父亲，便急急地打马返回。

纳兰老爹捂着腹部的伤口，吃力地挪到女儿的身边，声泪俱下："容儿，容儿！"

纳兰容儿早已听不见父亲的声声呼唤了。她正值豆蔻年华，却惨遭辽人的杀害。

纳兰老爹悲恸至极，眼睛圆睁，大声叫骂。

"妹妹，妹妹，你醒醒呀，你快醒醒啊……"纳兰飞雪摇晃着纳兰容儿的身体，他发现妹妹孱弱的身体逐渐变得僵硬了。

一口鲜血从纳兰老爹的嘴里喷了出来。仇恨的叫骂声断断续续，越来越小了。他的头也垂了下来，气息若有若无。

"爹，爹！"纳兰飞雪摇晃着纳兰老爹的身体，疯狂地呼喊着。他希望把父亲从去往天国的路上叫回来。

半晌，纳兰老爹挣扎着睁开眼，纳兰飞雪紧紧地抓住父亲的手，怕再次失去他一样。

纳兰老爹的嘴唇嗫嚅着，纳兰飞雪将耳朵贴在了父亲的嘴边："雪儿，记得要杀辽人，给你妹妹报仇啊！"

纳兰飞雪哽咽着点了点头。

"雪儿，记得你是女真人的后裔，你要像海东青那样傲视群雄，搏杀千里，为我女真人报仇……报仇雪恨！"

纳兰飞雪跪在父亲的身边，他大声地说："爹，我一定为我女真报仇！爹，您放心，一定会的！"

纳兰老爹听了，脸庞露出一丝放心的微笑，头歪向了一侧。

"爹！爹！"一声声凄厉悲恸的呼喊，在山峦间久久回荡。

"艾尼儿"凌空飞来，落在了纳兰老爹的头上方。它立在那里，不停地转着头，看着悲恸欲绝的主人和死去的纳兰老爹。

纳兰飞雪站起来，走到一棵树下，高高举起冷艳夺魂刀，狠命地朝树上砍去。凛光一闪，冷艳夺魂刀在空中带着呼啸闪过，一根粗大的树杈便落在地上。纳兰飞雪斩钉截铁地发誓："有朝一日，一定让辽人的头颅就像这棵树一样。不灭辽贼，誓不为人！"

不知什么时候，那个前去追击辽人的男人返了回来，站在旁边一言不发。此时他走了过来，拍了拍纳兰飞雪的肩膀："跟我走吧，一起去杀辽人，为我女真人报仇雪恨！"

"你——你是？"

"我是完颜阿骨打。"

"你……你是完颜阿骨打？你就是完颜部的完颜阿骨打？"纳兰飞雪不敢相信自己的耳朵。他早就听说过这个草原上人人传颂的英雄。

"是的，我是。"对方坚定地点了点头。

"好。太好啦！"纳兰飞雪兴奋地喊了起来。

完颜阿骨打伸出了手，纳兰飞雪也伸出了手。两个强悍男人的手坚定而有力地握在了一起。他们几乎是异口同声地说："共图大业，振兴女真，消灭大辽！"

空旷凄凉的草原上，完颜阿骨打和纳兰飞雪一同打马而去。

夕阳下，草原的尽头，飞奔着两匹骏马的背影。

# 第八章　祸起头鱼宴

一

天庆元年，九月。

辽中京来了一群特殊的客人，他们是宋徽宗派遣来的使者，使团由端明殿学士郑允中担任正使，太尉童贯担任副使。

童贯等北宋官员与辽人衣饰各异，且饮食习惯不同，天祚帝在设宴款待时，辽国的大臣们见他们不擅饮酒吃肉，且举止斯文，遂相聚在一起，指着童贯嘲笑说："一个被阉割了的宦官，竟然是宋朝的重臣。他们如此软弱不堪，手不能挽强弓，由此可见宋朝的人才不过如此。"

天祚帝贪恋珍玩玉帛，而宋朝所进贡的珍珠玛瑙，都是世上的珍奇之物，还有江浙的髹藤、书柜、床椅等物品，用料考究，制作精美，天祚帝一见便爱不释手。所以准许宋使们在中京城中随意行走。天祚帝哪里知道，就在他反复把玩、啧啧赞叹之时，却有一双鄙夷的眼睛在睨视着他。

童贯眯着眼，他看见天祚帝一副酒色过度的模样，不禁心中暗喜。早就听说大辽皇帝昏聩无能，沉湎酒色，唯以射猎、饮酒为能，今日一见果然如此。童贯在心里暗暗高兴：真是天助我大宋，让大辽有这样一个昏君，我大宋王朝收复燕云十六州的日子为期不远了。

还有一个人也在盯着天祚帝仔细观看。这个人就是使团中的陈尧臣，

113

他已将天祚帝的相貌牢记在心。

原来，郑允中、童贯这次带人出访辽国，肩负着特殊的使命。此番来访名义上是友好访问，实则受宋徽宗的指派，来打探辽国的军备实力。大辽自天祚帝继位起，国力江河日下，尽显颓势。消息传来，宦官童贯等人开始秘密制订征辽计划。经过一番分析，童贯断定：大宋定可轻易破辽。恰好宋徽宗继位后，也想做一个有为之君，想收复燕云十六州，他见天祚帝荒于朝政，酒色无度，由此更加坚定了出兵收复的决心。但是多数大臣认为征辽计划有很大风险，因此反对的呼声很高，双方僵持不下。经过磋商，双方共同制订了一条妙计：决定以辽国皇帝天祚帝的面相来决断是否出兵辽国。其实陈尧臣的真实身份是一名画师，他以使臣的身份，混进宫中谒见天祚帝，目的是将其相貌牢记于心，回到驿舍后立刻作画带回大宋。

于是宋徽宗特派宠臣童贯等人来辽打探虚实。

说起燕云十六州，那是在后晋天福元年，后唐河东节度使石敬瑭反唐自立，向契丹求援。契丹出兵扶植他建立晋国，辽太宗耶律德光与石敬瑭约为父子。作为条件，两年后，石敬瑭把位于今天北京、天津以及山西、河北北部的十六个州献出来，使得辽国的疆域扩展到长城沿线。燕云十六州，又称"幽蓟十六州"。地势险要，易守难攻，历来为兵家必争之地。长城要隘山海关、喜峰口、古北口、雁门关都在这一带。燕云十六州一失，中原北部边防从此几乎无险可守，胡人铁骑纵横驰骋于繁华富庶的千里平原，昼夜即可饮马黄河，导致中原赤裸裸地暴露在北方民族的铁蹄之下。由此可见，燕云十六州这一天然屏障，对宋朝的安危乃至兴亡有着重大影响。宋朝开国之后，面对辽人铁骑由燕云十六州随时便可疾驰而至的威胁，宋太祖赵匡胤不忘收复燕云，曾打算用金钱赎回失地。太平兴国四年，宋太宗赵光义移师幽州，试图一举收复燕云地区，在高梁河展开激战，宋军大败，宋太宗中箭。之后北宋与辽进行了长期的战争，一直未能夺回此地。景德元年，北宋真宗抵澶州北城，与辽国在澶州定下了停战和议，史称"澶渊之盟"。之后宋辽边境长期处于相对稳定的状态。此后数百年中，收复幽云十六州成为每一个中原王朝梦寐以求的理想。

童贯是北宋的大宦官，性情奸诈狡猾，权倾朝野，显赫一时。他是中国历史上握兵时间最长、掌控军权最大、获得爵位最高、第一位代表国家出使、唯一一位被册封为王的宦官。他的一生充满了传奇色彩。

就是这个在《水浒传》中统领80万大军，去梁山泊镇压宋江起义军，中了十面埋伏，被杀得只身逃回汴京的枢密使童贯，为人却极有度量，出手相当大方，尤其是后宫妃嫔、宦官、宫女、能够接近皇室的道士、天子近臣等等，都从他那儿得到不少好处，因此好评如潮，宋徽宗耳边经常听到关于他的好话。更重要的是，童贯心细如发，对皇帝的心理极具洞察力，每每能够事先预知皇帝的兴趣、意图，从而大获皇帝的欢心。

童贯净身入宫时，是拜在同乡、前辈宦官李宪门下做徒弟。李宪是神宗朝的著名宦官，在西北边境上担任监军多年，颇有战功。童贯读过私塾，跟随李宪出入前线，打下了军事上的根基。加上他曾经十次深入西北，对当地的山川形势相当了解。宋徽宗入继大宝时，已经48岁的童贯正处于一个人的人生经验、阅历、精力臻于巅峰之际，于是大得宋徽宗的宠幸。宋徽宗封他为内廷供奉官，到杭州设明金局收罗文玩字画，第一次为他打开了上升的通道。内廷供奉官这个职位尽管不高，却是一个很有油水的差使。童贯到了杭州后，并没有像他人一样疯狂地去为自己捞取好处，而是老谋深算地与贬居此地的蔡京交往密切，朝夕相处。一年后，蔡京坐到宰相的位子上，主持国政之后的一项重大举措，就是向宋徽宗推荐童贯监军西北，让他去收复青海、甘肃地区的四州之地。童贯担任监军后，率大军进发到湟川，然而，即将开战之际，突然接到皇帝手诏。原来是皇宫失火，皇帝认为是不宜征战之兆，急令退兵罢战。谁知童贯见战机成熟，断然决定拒不奉诏，看完手诏后，他若无其事地折起来塞进靴筒。毅然决然地继续挥师西进，果获大胜，连复四州。在庆功大会上，他慢悠悠地拿出皇帝的那份手诏，传示军中将领观看。众将一看，无不大吃一惊。领军主将惶恐地问他为什么要这样做，童贯回答说："当时我军士气正盛，如果停兵罢战，今后的仗还怎么打？"主将又问："如果打败了可怎么办？"童贯说："这正是我当时不给你们看的原因。打败了，当然由我一人去领罪。"一听此言，众将领一下子呼啦啦跪倒在地，无不感激佩服。

这场胜仗，对于北宋极其重要。北宋已经许久没有军事上的胜利与辉煌了，童贯此举深得徽宗赏识，破例被任命为景福殿使、襄州观察使。班师后，在京城朝野上下，童贯受到英雄般的热烈欢迎。

嗣后，童贯常年主持西北军事。并率兵连打几场胜仗，相继收复了积石军、洮州等地。政和元年，童贯官封太尉，领枢密院。从此，童贯位列三公，手握重兵转战于西北边陲，与夏、辽、金周旋十多年。从此，童贯成为名副其实的朝廷柱石，撑起了大宋朝曾经多次险些垮下来的西北战局。

也就是在这种形势下，童贯获得了宋徽宗的赏识，以副大使的身份，代表宋徽宗出使辽国。其实这也是童贯早就盼望的。原因是这段时间西线无战事，童贯静极思动，想到东北方的辽国去看看是否有什么机会。

尽管此时童贯如日中天，然而，这毕竟是代表皇帝与国家出使辽国，因此，还是有大臣提出异议，认为让一个宦官代表皇帝出使，实在有碍观瞻，会让辽国小看，以为偌大一个宋朝无人可派。谁知，徽宗皇帝却为童贯骄傲自豪地辩解道："契丹人听说我朝有一个童贯，屡屡打胜仗，很想见识一下。正好就此派他去考察考察辽国的情形。"于是，特意加封童贯为检校太尉，以端明殿学士郑允中为正使，以童贯为副使，以贺正旦的名义前往辽国。然而正是宋徽宗皇帝的这一次轻率行为，为北宋的灭顶之灾和黎民百姓的家破人亡，埋下了隐患，此为后话。

在辽国盘桓数日后，童贯带人返回宋朝，一天晚上，住在卢沟河的驿舍，深夜有燕人马植前来求见。

马植的祖辈是燕京人，当年石敬瑭将燕云十六州割让给辽国后，就成了辽国的属民，从此他家世代都在辽国为官。马植在辽国任光禄卿，因自己人缘不好，为同僚所排挤，且又是燕地旧人，始终得不到天祚帝的重用。当他看到女真人日益强大，已经对辽朝构成了强大的威胁，而辽朝却不思进取日益腐败，便想为自己谋取一条后路。因此，看不到政治前途的马植一听是北宋能征善战的童贯来了，急忙在夜间求见，自言有灭辽良策。

童贯暗自思忖：马植是辽国官员，反倒要向宋朝献灭辽之策，他的葫芦里卖的是什么药呢？他吩咐小吏把马植领进驿舍。

这是一个月光皎洁的夜晚，只有淡淡的云，却丝毫也不影响月亮流泻下来的如瀑一般的银辉。窗外虫声唧唧，屋内灯影摇曳。

马植一见童贯，慷慨陈词地说："大宋乃天朝大国，皇上圣明，万民恭顺，马植本为汉人，心仪大宋久矣，却报国无门。辽国本是夷狄禽兽之流，现天祚帝荒淫无道，辽国已是苟延残喘，奄奄一息，马植一心弃暗投明，希望大人明察小人的心迹！"

童贯却是满脸的笑容中透着虚伪，他慢条斯理地说："我大宋与贵国通好已达百年之久，燕云之地乃祖宗割让给贵国的，当今皇上岂能因弹丸之地毁两国之盟约，而招引兵乱？"

马植一听此言，诧异地抬起头来，只见童贯手拈胡须，正微笑地看着他。宦官哪来的胡须？马植的心里更加惊讶了，他早就听说童贯是个宦官，与蔡京一起狼狈为奸地把持着北宋的朝政，不想站在他面前的这个北宋的高官不但长有胡须，而且身材高大魁伟，皮骨强劲如铁，双目炯炯有神，面色黢黑，一眼望去，绝对是一个阳刚之气十足的美男子，哪里像是阉割后的宦官。其实马植只知童贯是个宦官，却不知童贯年近二十岁才净身，所以才有如此伟岸、飘逸的男人气象。

马植站起身，愤然作色："大宋君臣夙兴夜寐，时刻都在思虑收复燕云之地，此事天下有识之士，无人不知，无人不晓。宋使出使辽国，亦有觊觎窥探之心，大人您既然没有推心置腹的诚意，那么在下就提前告退了。"

童贯见马植要走，急忙拉住他说："先生不要生气，我本在辽地，异国他乡，又身负匡扶社稷的重任，岂可轻与他人乱谈国家大事。今日见先生乃有识有谋之士，愿听先生的复燕妙计！"

马植说："当今天下之计，不仅大宋欲除燕复国，女真人对辽也是恨入骨髓，如果宋朝能派遣使臣从登州、莱州渡海去同金人结盟，与之相约，南北夹击共灭辽国，辽国灭亡便指日可待！如此祖宗基业可复，幽燕之地理所当然就会完璧归赵啦！"

"先生真是一个深谋远虑且识时务的才俊之士啊！"童贯听罢，顿时喜出望外。

一夜密谈。第二天，辽国的官员马植失踪了，而宋朝首都汴京的大殿上则跪着一个新加封为秘书丞的人，他就是童贯大力举荐给宋徽宗的辽国官员马植。

宋徽宗赵佶在大殿召见马植，问他为何要叛辽归宋。

马植赶紧抓住机会表白耿耿忠心："臣名马植，族本大宋子民，素居燕京霍阴，自远祖以来，即出仕为官，臣虽披裘食禄于辽国，但犹不敢忘记脚下的土地乃我大宋的疆域，多年来无时无刻不在挂念着自己的故国，以至于日夜嗟叹。臣虽位卑人微，但时刻都以光复我大宋河山为己任，从而使失散百年之久的燕云十六州早日沐浴大宋朝泱泱传承的华夏文明。现在天祚帝嗣位以来，排斥忠良，任用群小，女真侵凌，民罹涂炭，宗社倾危，亡国之日，指日可待。马植虽愚戆无知，度其事势，辽国必亡。马植日夜筹思，偷生无地，感念古时圣人'危邦不入，乱邦不居'之语，欲举家贪生南归圣域，得服汉家衣裳，以酬素志，伏望察马植忱诚，荷蒙皇上开恩，允我前去与女真人商谈灭辽之策，则不胜万幸！"

宋徽宗坐在龙椅上，不动声色地看着跪伏阶下的马植，他的心在上下翻腾。

马植的一席话打动了徽宗的心。

马植慷慨陈词，继续向宋徽宗陈述他的联金破辽的大计："辽国天祚皇帝耽酒嗜音，斥逐忠良，任用群小，远近生灵悉被苛政，万民罹苦，辽国已是天年将尽，愿陛下心念旧民身遭涂炭之苦，收复中原昔日之疆土，代天行道，以顺伐逆。王师一出，旧地百姓必当壶浆来迎。愿陛下速诏天下，万一女真人得志，战端一开，则先发者制人，后发者制于人。所以臣以为事不可待，陛下宜早作定夺！"

太师蔡京在一旁上奏："皇上，臣以为，自古招徕有谋之士，乃国之盛德。何况又恰逢即将对辽国用兵之际，马植归明，且有智勇兼具之才，宜当留用。"

宋辽媾和多年，先皇们夺回燕云十六州的豪情已经成了不能实现的梦想，这个叫马植的人让徽宗突然之间看到了梦想成真的可能。天祚帝昏庸无能，北方女真已经兴起于白山黑水之间，辽国必亡。宋朝复燕有望了，徽宗可以圆先皇们的梦了。宋徽宗心中暗想，与女真结盟共击辽国，收复大宋的河山就在眼前。

收复燕云十六州，建立一个完整统一的大宋，是大宋历代皇帝念念不忘的大事。无论谁收复燕云十六州，他都将成为大宋有史以来最伟大的皇帝，而徽宗赵佶自然不想错过这桩足以名垂青史，告慰天地祖宗的丰功伟绩。

宋徽宗大喜，他重重地赏赐：马植国姓赵，名良嗣，秘书丞之职。待收复燕云之地，还会重重有赏！

马植跪在地上，叩首谢恩："功名利禄于臣亦如过眼云烟，只要能够光复祖宗失去的江山，还圣上一个完整清朗的乾坤世界，那么臣也就没有什么遗憾了。臣一定竭尽全力效犬马之劳，当王师北定燕云大地之日，臣方不负皇上赐名之恩！"

宋徽宗说："你若能联合女真抗辽，便是大功一桩，事成之日，朕便加封你为龙图阁大学士。"

马植装模作样地说："臣旧日在辽国，曾与燕中的豪士刘范、李爽、族兄马柔吉等四人义结同心，欲破幽州、蓟州以归附天朝。我等四人曾经洒酒祈天，发誓如他日大功告成，就挂冠谢职，以示我等行事绝非为邀取功名富贵。今日仰仗陛下神威，若早日收复幽燕之地，当大功告成之日，臣便一定赴旧日弟兄之约，解甲辞仕，躬耕田园，清闲退居，亦不枉为天下美事！"

此时童贯出班奏请徽宗说："依老臣观之，马植有经世济民之才，且为我大宋旧人，现又蒙皇恩被封为宋朝官员，当派其为我朝使者，出使女真，联络共同灭辽之计。"

因当时大宋朝政由蔡京、童贯二人把持，余下大臣唯有诺诺连声而已。

只有太宰郑居中在朝堂之上，一听蔡京、童贯之言，愤然出班谴责蔡京、童贯等人说："朝廷要派遣使者到女真商议夹攻大辽，事虽出自马植之谋，然而也是受你等意见的左右所致，依老臣看来，此为急功近利之决策。公等为国之元老，不守两国盟约，辄造事端，这绝非是为了国家社稷做长久之想。昔日章圣皇帝与大辽昭圣皇帝立誓至今已一百一十四年，两国国主恐害生灵，坚守誓约至今，四方无虞，兵不识刃，农不加役，虽汉唐和戎也没有我宋朝如此之良策也。今若使圣上弃约复燕，恐天怒民怨，累及宗庙，岂可妄自轻议？何况用兵之道，胜负无常，胜者则宋库虚耗，府库乏于犒赏；黎庶陷于战火供役之中，祸国害民莫过此也。不胜，则宋室倾颓，主上蒙尘，患害更是不可预测！公等为何有如此非分之念？"

朝中大臣议论纷纷，资政殿大学士宇文虚中也出班奏道："联合女真固然可以攻辽，但女真也不是心无杂念之邦，谁能保证他不垂涎我大宋江山？当今辽、宋、女真成三足鼎立之势，互相制约，三者均不敢妄动。倘使辽一旦被灭，鼎足之势不存，女真没有了后顾之忧，统兵南下，侵扰中原，也未可知。"

宇文虚中在大观三年进士及第，仪表堂堂，文采斐然，是宋朝著名的爱国大臣、诗人，一向恃才放旷，为蔡京、童贯等人所嫉恨。

蔡京强硬地说：“皇上圣意已决，岂可因汝等之言而中断复国大计？”

太宰郑居中作色而起：“帮一个野蛮之邦而妄图去灭一个完全汉化的友好邻国，成功之后，我朝岂不是更危险吗？百年盟誓，一朝弃之，异日兵戈一动，使我百万百姓生灵涂炭，中原昆虫草木皆不得安生，等到了那一天，就可以知道今日之议的严重后果。到那时，你等置皇上与我等于绝地啊！”

宇文虚中说：“如太宰所言，联女真抗辽，不如联辽一起对抗女真！”

童贯振振有词地说：“朝中大臣都看了陈尧臣绘制的辽王画像，京城有名的相师、术者经过认真地分析，判定天祚帝天生就是一副亡国之相，我大宋铁骑一出，必然横扫大辽！”

宇文虚中一声长叹：“皇上如纳此言，无异于玩火自焚啊！”

童贯走到宇文虚中的跟前，咄咄逼人地质问：“我看你与太宰郑允中，皆是贪生怕死、不思报国之辈！”

知枢密院事邓洵从军事角度上也反对与金联合攻辽，他说：“宋朝初年，以太宗之神武，赵普之谋略，曹彬、潘美之能将，征伐四方，百战百胜，唯独燕云之地未能收复，何况今日，陛下万万不可轻举妄动！”

遗憾的是，这种反抗的声音实在是太小了，朝堂之上，全都是恢复祖宗大好基业的慷慨激昂之声。

徽宗皇帝却很欣赏赵良嗣的主张。他宣旨，派赵良嗣出使女真。

二

天祚帝的心情很不好：人人都想当皇帝，可是谁知道当皇帝的苦呀，你不管做什么事情，都要有人管着你；你在做每件事情之前，都要想好做这件事的理由，要不就有谏官来直言上奏，拿一些江山社稷、国运久长之

121

类的大话劝谏。除此之外，还有史官要如实地把这件事记到史记里面去，让你留下千古骂名。

就在几年前，天祚帝的儿子耶律挞鲁夭折了。德妃因过度思念儿子，也因病而卒。天祚帝看到了亲人们一个又一个地离他而去：先是他的双亲，而后是他的皇爷爷耶律洪基，现在又轮到了他的爱子、爱妃。天祚帝痛失亲人的伤疤，一次次地结痂，又一次次地被揭开，流血，而后又慢慢愈合。没有人能体会他的这种心灵的暗伤，他只有在黑夜里，独自像猫一样舔着流血的伤口，自己为自己疗伤。

好在后宫里还有皇后，最重要的，他还有文妃萧瑟瑟，使他不致有后宫寂寞之叹。

他想起了刚刚死去的德妃，寿隆二年，当时还是燕国王的他纳德妃入宫。德妃萧师姑出身名门，父亲是当朝北府宰相萧常哥。因萧师姑自幼知书达理，且聪慧贤淑，入宫后，耶律洪基对其赞赏有加，被封为燕国妃。燕国妃生下皇子耶律挞鲁，不久即被封为德妃。

可惜天不假年，耶律挞鲁刚刚被封为燕国王不久，就夭折了。德妃天天都在悲泣中苟且偷生，以泪洗面。自古以来，宫廷里的后妃们生活的目标就是努力生下皇子，然后千方百计地让自己的儿子当上储君，自己就会成为皇太后，娘家人都会满门荣宠。可是儿子死去了，她的生活支柱訇然倒塌。再有，她眼看着大辽王朝的国势日颓，宫廷混乱，太祖苦心经营的基业，已经是摇摇欲坠了。尽管其中有几个君王，曾使大辽王朝出现过中兴的局面，但是现在已是江河日下，回天无力了。国库日空，民不聊生。就在几年前，怨声载道的人们竟然联合起来，攻入上京，掳走了大量的财物和来不及逃走的宫女。

德妃悲于耶律挞鲁早逝，又哀于辽国日渐衰败，而她的丈夫天祚帝，大辽的皇帝，却视若无睹，依旧打猎饮酒、寻欢作乐。而且拒谏饰非，信用小人，弄得朝廷上下人人怨怒，纲纪废弛，已呈败家皇帝之相。

德妃的心中一片绝望。哀莫大于心死！

德妃死后，天祚帝越来越沉溺于游玩打猎了。

对天祚帝来说，好在新的一年马上就要来到了，天庆二年，应该是崭新的一年吧？

可是刚过完年，就发生了一件怪事。正月，天祚帝在混同江钓鱼时，钓上了一条形状似乌龟，但却比牛还要大的怪鱼。这可是谶兆！天祚帝耿耿于怀，更加心烦意乱。群臣们纷纷进言，说此物是北疆吉祥平安的象征，天祚帝心里却一直充满了疑惑。

恰在这个时候，萧兀纳上书说："自从萧海里带人逃到生女直后，女直人完颜阿骨打便有轻视我朝之心，我大辽应当增加边防之兵以备不虞之祸。"天祚帝看完了奏章，便不屑一顾地扔在了一边。天祚帝哪里知道，天庆元年，萧兀纳自从被他再次下诏贬为知黄龙府事，兼东北路统军使后，就曾一再上书说："臣所治之地与生女直接壤，观其所为，其志非小。宜趁其未发，举兵图之。"可是他的这些奏章，全部被萧奉先压了下来，根本没有呈报。

枢密使、兰陵郡王萧奉先平庸而阴险，内忌外宽，一贯善于看天祚帝的脸色行事。他因是天祚帝的皇后萧夺里懒的弟弟，又是元妃的哥哥，而当上了枢密使。他看到天祚帝郁郁不乐，便怂恿天祚帝到混同江去春捺钵，也好换一下心情。

于是，天祚帝下令二月去混同江捺钵，并遣使臣到混同江千里之内的各个部落，通知他们的酋长们届时朝见。

混同江是松花江和嫩江的合称，由从长白山天池流下来的松花江南源之水与嫩江之水混合而成，一条江水浑黄，而另一条江水清澈深碧，两江汇合后流出二十余里后，才逐渐合为一色。江野鸭、大雁、天鹅、大鸨等水禽极多，历史上又称为鸭子河。太平四年，辽圣宗亲临鸭子河，下诏改鸭子河为混同江。

混同江江水非常深，江面宽阔，狭窄处尚有六七十米，宽阔处有百余米。那里不但水禽多，而且老虎、熊、鹿等野兽经常出没。江里还盛产一种每条可重达一千多斤的大鲟、鳇鱼。皇帝钓得第一条鱼后，就要举行宴会来庆贺，称之为"头鱼宴"。宴会上，辽国的皇帝和大臣、妃嫔们大吃大喝，欢歌曼舞，然后放海东青捕猎为乐，临走还勒令各部献麋鹿、野狗、白鵽、青鼠和紫貂等珍奇异兽。如有违抗不从者，轻者遭到毒打，重者就会被投进监牢，甚至脑袋搬家。

二月，大辽国浩浩荡荡的春捺钵大军再一次来到了混同江。

依旧是那条混同江，依旧是那支春捺钵的队伍，依旧是头鱼宴，依旧是捕鹅钓鱼、射鹿伏虎，却因为有一个英雄人物的参加，使得这次宴会显得格外不同。就是在这次头鱼宴上，这个人再也不甘辽人的残暴与压迫，他勇敢地站起来登高一呼，从此率领女真人，以摧枯拉朽之势，迅速地推翻了辽王朝长达二百余年的残酷统治。

从而，这个人的名字也写进了历史。

三

对于骑在女真人脖子上的最高统治者天祚帝来说，混同江是个绝妙的好地方。

春天，混同江青草复绿，染碧原野，芦苇抽枝，杨青柳黄；夏日，湖波潋滟，百鸟翔集，百花盛开，野兽出没；秋天，天高水阔，万鳞竞跃，虎肥鹿壮，百兽出没；冬天，冰封雪覆，银装素裹，莽莽苍苍，壮阔浩瀚。

天祚帝最希望这个时候来这里捺钵。此时，黑油油的大地上，尽管还有星星点点的残雪，但是已经有盎然的春色浸染了这块富饶且充满了无限乐趣的土地。

探马飞驰，不是边关有什么军事行动，而是皇帝在举行盛大的捺钵。一列列身着绿衣的队伍，从鹰坊出发，一直来到东北的混同江。队伍的后面，是执着黄伞的宫娥们护佑着的凤辇。

因为天祚帝、文武百官以及侍卫随从，特别是那些腰肢袅娜、香气氤氲的妃嫔宫婢的到来，为仍然有些肃杀的北方原野带来一股鲜活生动的气息。

在这支庞大的队伍里，有一个丰神俊逸的年轻人，格外引人注目。他的名字叫耶律敖卢斡，晋王，天祚帝与文妃萧瑟瑟的儿子。文妃萧瑟瑟也随同一起来了。

时光的流逝，没有在萧瑟瑟的脸上留下一点儿衰老的痕迹。她还是那么漂亮，只是眉宇间多了一些时隐时现的哀愁。

幽怨写在萧瑟瑟的脸上，不但没有让她的美丽失色，反而令她更加楚楚动人。

女真部、室韦部、兀惹部、渤海部、奥里米部、越里笃部、越里古部等部落的酋长都提前赶来，他们遵辽国皇帝的命令来朝见，就连北宋、西夏也派来了朝贺的使者。

人山人海，大小官员除了他们的侍卫随从之外，还带来了娇妻宠妾。他们似乎在向外人展示权势的同时，也在展示着他们拥有的漂亮女人。于男女而言，捺钵，是男人展示雄健，女人展示美丽的一次绝好的机会。

萧瑟瑟，端庄高雅的气质，艳而不俗的姿容，让所有参加捺钵的女人都黯然失色。

春捺钵的第一项活动是捕鹅，海东青被一次次地放飞，它们旋风一般地飞到高空，然后以凌厉的俯冲，扑杀那些被惊飞的天鹅。

天上翅羽纷飞，那是天鹅被啄下来的羽毛。

海东青，演绎着一场以小博大的绝杀。

……

捕完天鹅，接着进行的就是重要的"头鱼宴"了。

也许是皇帝也想讨个吉利吧，春捺钵时，必须由天祚帝亲手钓得第一条鱼。天祚帝来到混同江，先在冰面上设下大帐，名为冰帐。为了防鱼逃散，侍从们在混同江上下相隔十里的江面下，设置了两道毛网用来截鱼，并在冰帐前的冰上预先凿开四个冰眼。中间的冰眼凿透，鱼长期久闭于冰下，愿意到氧气充足的冰眼处伸首吐气。另外的三个冰眼留有薄冰，用来观察下面鱼的情况。当鱼游到凿透的冰眼处时，观察的人将情况报告给天祚帝，天祚帝将系有长绳的锐钩用力掷出，因为里面的鱼多，所以每掷必中。鱼中钩负伤，任其带绳逃走，等到鱼逃得没有劲了，再用绳子把鱼拽上来，称之为"得头鱼"。"头鱼"不是普通的鱼类，而是体重力大的鳇鱼、鲟鱼之类，重的可达千余斤。钓得头鱼后，文武百官、酋长及他国使者纷纷道喜庆贺，天祚帝遂从冰帐移到岸上的大帐里，大摆头鱼宴，置酒备菜，歌舞作乐。

这一天，天祚帝果然亲自钓取了一条大鲟鱼，足足有几百斤。天祚帝异常兴奋，立即按辽朝习俗举行"头鱼宴"。其实，头鱼宴上的菜肴不光仅仅是河中之鱼，还有云中飞禽、地上走兽，鱼只不过是必不可少的一道佳肴罢了。

萧瑟瑟坐在主位上，真是头鹅宴罢又头鱼啊，她在心里叹息。她的神情是落寞的，在这欢呼雀跃的宴会上，她有些格格不入，她郁郁寡欢的目光在人群中游移，忽然，她的目光触到了一个人，那熟悉的久违的炽热的眼神，让她孤寂的心凛然一动，多少次梦中的苦苦呼喊，多少次白天的举头苦盼，而今竟然在这里突然相遇，这太突然了，超过了她的想象，超过了她的接受能力。萧瑟瑟的心怦怦地跳着，仿佛马上就要蹦出来一样。她惊惶不安，粉颈低垂，竭力压制着内心的不安。

萧瑟瑟怕天祚帝看出她的异样，她悄悄地看了一眼，只见天祚帝在各部首领的恭维下，飘飘欲仙，醉得已经失态了。

酒过三巡，菜过五味，天祚帝看腻了契丹歌伎的歌舞，听烦了臣下侍从的奉迎，喝到兴处，天祚帝为了显示大国皇帝的威严，命令各部落酋长逐个轮流跳舞献歌，以助酒兴。这不是污辱人吗？各部落首领中，愿意取悦天祚帝的，自然抛衣甩袖，歌舞放喉，极尽谄媚之能事；有不愿意或不善于歌舞的，忍气吞声，强颜欢笑，极力应付。

生女真完颜部酋长乌雅束身体不好，无法来朝拜天祚帝，照例是由他的弟弟完颜阿骨打来参加"头鱼宴"。和他一起来的，还有吴乞买、完颜宗翰、完颜希尹、纳兰飞雪等人。

当轮到完颜阿骨打时，他感觉受到了莫大的污辱，以自己不会歌舞断然拒绝了天祚帝的命令。

竟然有人拒绝，真是胆大包天、闻所未闻！天祚帝睁开迷离的醉眼，凶狠地盯着完颜阿骨打，一言不发。

其他部落的酋长见此情况，忙上前打圆场，再三劝说完颜阿骨打向天祚帝献歌舞来谢罪。

毫不胆怯的完颜阿骨打一动不动，一脸正气地直立在那里，一双炯炯有神的眼睛直视着天祚帝，毫不回避他威胁的目光。

两个人在对视，打量。时间静默得可怕，仿佛凝固了一般。

完颜部，完颜阿骨打？天祚帝在心里嘀咕。

完颜阿骨打？天祚帝猛然想起来了。还是他小的时候，他就听说过他的名字。那是他的爷爷耶律洪基执政的时候，完颜阿骨打到辽上京临潢府朝拜耶律洪基。当时有一个辽廷权贵，见完颜阿骨打年轻率直，遂与他玩一种具赌博性质的双陆游戏。完颜阿骨打智力超人，尤善此道。这人自恃身在辽京，辽朝皇帝和大臣们均在其侧，竟然玩赖且以言语侮辱他。完颜阿骨打气愤至极，立即拔小佩刀要刺他。随完颜阿骨打一同前来的完颜希尹见势不妙，急忙用手握住刀鞘，使完颜阿骨打拔不出刀。完颜阿骨打气极了，怒喝一声，顺势用刀柄猛戳完颜希尹的前胸，险些致其丧命。如果不是完颜希尹拦住他，那个耍无赖的贵族不是重伤，就是丧命。这件事当时惊动了辽国朝堂，耶律洪基盛怒：如此小小属国之人，竟在辽国大堂上咆哮嚣张，藐视圣上？！

很多大臣指责完颜阿骨打犯上作乱，要求对其处以极刑，当时就有辽朝的大臣说："王衍纵石勒，荼毒中原；张守珪赦禄山，终倾唐室。完颜阿骨打只是朔北地区蛮夷部落的一个小首领，竟然敢在我朝顶撞大臣，他的眼里哪里还有陛下？这次如果不杀了他，必将成为大辽心腹之患！”辽国的大臣们见完颜阿骨打如此强悍，都纷纷进言要求杀了他。

“吾方示信以怀远方，不可杀也。”盛怒后的耶律洪基为了向远方的部落展示他的信义宽容，并没有听从大臣们的话，放过了完颜阿骨打。

此事传遍白山黑水之间，生女真各部落都知道完颜部有一个为了女真人的尊严和荣誉，不畏强权，无惧死亡，敢于反对辽国皇帝无理要求的英雄，他的名字叫完颜阿骨打。

对呀，皇爷爷耶律洪基在临死前，不是还在不厌其烦地要自己小心这个完颜阿骨打吗？哈哈，就是这个臭小子呀！等着吧，看朕怎么收拾你。

天祚帝还想起来了，自从继位以来，萧兀纳几次上表，要求朕发兵讨伐的不就是这个完颜阿骨打所在的女真完颜部吗？好啊，今天朕就借这次机会，一定让你有来无回！

竟然敢违逆朕意，实在是找死！等着吧，等着我大辽国勇士们的大刀砍在你的脖子上，看你还能像现在这样挺直着脑袋向朕示威？天祚帝眯着的眼睛里射出了骇人的凶光。

# 第九章　初露峥嵘

## 一

　　纳兰飞雪站在完颜阿骨打的身后，双眼注视着坐在天祚帝身边的萧瑟瑟。她上身穿粉绿色圆领窄袖左衽长袍，下着白色连靴长裤，长长的头发整齐地藏在貂皮帽里。

　　萧瑟瑟仍旧呆呆地坐着，她的双眼仿佛是空洞的、无物的。

　　萧瑟瑟的眼角眉梢里衔着一种令人黯然神伤的幽凉，眼波没有了往日的流转顾盼。皮肤尽管有胭脂的浸染，却也无法掩住那艳粉下夸张的苍白。

　　纳兰飞雪的心颤抖了，他不知自从大漠一别，心中时刻都在牵挂的萧瑟瑟的内心情感世界里，是经过了怎样艰难的挣扎，和刻骨铭心的疼痛！

　　纳兰飞雪的心在流血。

　　萧瑟瑟的憔悴与她的美丽一样咄咄逼人地蚕食着铁血男儿坚硬的内心。

　　纳兰飞雪多想听到萧瑟瑟的倾诉呀，哪怕只是一句话，一句谴责的话！

　　可她无语着，面无表情。有几次，纳兰飞雪明明看到她的眼神从他的脸上飘忽而过，可是那眼中的冷淡与漠视，让人感觉那纯粹是百无聊赖的宠妃的偶然一顾而已。

129

她变了，过去的一切，只是这个地位尊贵的女人的一次小小的艳遇，春梦犹如明日黄花。纳兰飞雪呆立在那里，心凉如水。

天祚帝穷凶极恶的目光，让纳兰飞雪的内心凛然一惊，思绪从逝去的情事中急转而回。

## 二

头鱼宴终于在剑拔弩张中不欢而散。

完颜阿骨打回到生女真部落设在春捺钵的营地，吴乞买、完颜宗翰、完颜希尹、纳兰飞雪等人急忙聚到了一起，紧急商议目前该怎么办。

天祚帝已现杀机，是连夜赶紧逃走，还是坐以待毙？大家众说纷纭。

吴乞买一向稳重。他是完颜阿骨打的弟弟，身高八尺，体格魁梧，是女真数一数二的狩猎高手，尤其善于呼鹿、刺虎、搏熊。吴乞买分析目前的形势，辽为大国，欲加之罪，何患无辞？何况完颜阿骨打在宴会上，没有给天祚帝留下一点儿面子，让他在各国的使臣和大臣妃嫔面前大失尊严，他岂能善罢甘休？辽国兵多势众，而女真部除他们几个人外，只有少数几个随从，一旦动手打起来，肯定是要吃亏的。

大家思忖：借夜深逃走，不辞而别，就等于将矛盾公开化，辽国一旦以此为借口兴兵讨伐，女真部在没有任何准备的情况，就会面临大兵压境的严重后果；但是若不走，就等于将几个人的生命放在天祚帝的砧板上，任之随意宰割。

夜更深了。厚厚的云翳积聚在空中，天上没有一颗星星。

营地的四周一片漆黑，伸手不见五指，令人难挨的阒寂中，仿佛杀机四伏。

突然，大帐的门被撞开了。完颜宗翰一个腾跃跳了起来，快速地抽刀在手，护在了众人的面前。

一个女人，一个漂亮的女人跌跌撞撞地闯了进来，直奔纳兰飞雪。

她气喘吁吁地抓住纳兰飞雪的手，近乎哀求地说道："纳兰、纳兰飞雪，快……快、快逃命！"

三

天祚帝的寝帐里，摇曳的灯光映照着萧瑟瑟苍白的面孔。

宴席结束后，天祚帝便把枢密使萧奉先传来，他们二人在内室里密谋了一会儿，萧奉先便匆匆忙忙地走了。萧瑟瑟模糊地听天祚帝说杀了他们之类的话。她猜测，他们谈话的内容肯定与完颜阿骨打有关。从宴会一开始，萧瑟瑟就在担心着。现在，她的精神一下子紧张起来。

天祚帝躺在大帐里临时搭建起的龙榻上。

他今天太高兴了，他一出手，就钓得了头鱼，而且比往年的都要大。好呀，这是新年伊始的吉兆啊！所以他尽情地开怀畅饮。可是，那个不识抬举的完颜阿骨打让整个宴会大煞风景。杀了他，还是留下他的一条狗命？两种想法在他的脑海里斗争着，搅得他在床上翻来覆去。好了，不想了，今天的酒喝得太多了，明天……明天一定杀了他们。他搂过萧瑟瑟软玉温香的身子，便迷迷糊糊地睡着了。

大帐里充斥着天祚帝刺鼻的酒味。萧瑟瑟睁着眼，躺在天祚帝的身边，过往的事情搅扰着她的神经。多少漫长的不眠之夜啊，她都是独自睁着一双迷惘的眼睛，打量着寝室里的一切，这些物品她都看多少遍了，可她还在看着，她看的不是这些东西，她只是想为自己的视线找到一个真实的落点。看着看着，这些东西就会幻化成一个男人的身影，这个男人总是固定的。最后萧瑟瑟知道了，其实她苦苦寻找的就是他——曾经与自己有过一夜之欢的纳兰飞雪。

纳兰飞雪，是生女真完颜部的男人呀。而自己是大辽国的王妃，竟然爱上了夷族的男人，连她自己都感到匪夷所思。可是这种事情竟然真真切切地发生了。不容你不相信，爱情，就发生在大辽国尊贵的王妃与一个夷族的普通男人之间。

"杀了他们，朕一定……一定要杀了他们！"睡梦里，天祚帝发出了断断续续的呓语。

怎么办？杀了完颜阿骨打，那么将会株连到纳兰飞雪，萧瑟瑟绝对不会置之不理。

那次，在肆虐的沙尘暴里，她被刮得与侍女失散了。在孤立无援、命悬一线的时候，她和纳兰飞雪相遇了。风沙中，两人共骑一马，她弃王妃的高贵和孤傲于脑后，依在纳兰飞雪的怀中，这是一个女性复归的天性。宫中烦冗的礼数让一个年轻的女人不能尽展笑颜。

沙尘中的惊马狂奔，险境中的伸手相救，大漠落日下的并辔而行，篝火旁的脉脉相视，响沙中的两性界限的突破，以及长夜里两个燃烧的身体的激情交流……都深深地刻在她的记忆里。

自从大漠一别，便是天涯异旅。虽然她身在宫中，但心却留在了北方。她怀念在那里发生的一切。常常，萧瑟瑟会极目远望，尽管是天苍苍、野茫茫，却会在她的心里涌上一阵感动。她常常暗问自己，纳兰飞雪所居住的白山黑水，是否也是她的家乡？

萧瑟瑟推开天祚帝搭在她身上的手。自从和纳兰飞雪有过肌肤相亲后，她在心里一直排斥与天祚帝在身体上的接触。可是她是他的妃子啊。她没有理由去拒绝。她常常想起，在沙漠上，强壮有力的纳兰飞雪让她的身体几近疯狂。高度兴奋中，她的手指竟然嵌进纳兰飞雪的背部肌肉里，激情过后，她却因自己造成的伤痕而对纳兰飞雪倍加怜惜。

当时，旷野上几乎全是萧瑟瑟愉悦的叫声。

"女直，完颜阿骨打，明天、明天朕一定杀了你们……"暗夜里，又响起天祚帝凶狠的呓语。

萧瑟瑟轻轻地站在地上。她慢慢地穿衣，心里只有一个意念，让她迫不及待地去实现。

偷偷地走出大帐，黢黑的远方，静悄悄的完颜部营地里，只有一座大帐闪着灯光。虽然已经立春，但东北依然是天寒地冻，让人冷得发抖。

# 四

秋山猎场。

皇家狩猎无一例外都是声势浩大的，光是步行执伞抬辇的就有两千多人，加上骑马、坐辇的达官贵人和负责安全的宫帐军，少说也得上万人。庞大的狩猎队伍将秋山围得水泄不通。

天祚帝亲自带领着虎枪营的人马，向秋山进发，萧奉先等人簇拥在他的身后。

天祚帝继承了家族喜欢狩猎的基因，比他的爷爷耶律洪基还要酷爱狩猎。他从狩猎的惊险场面中，获得了无比的刺激，这是他最大的愉悦。包围圈在不断地缩小，一只只野猪、鹿、野兔蹿出来，倒伏在虎枪营士兵的刀枪之下，鲜血淋漓，躺在地上还蹬着腿儿倒气。天祚帝不禁跃跃欲试，打马疾行在队伍的前面。凡是经常打猎的人都知道，越到行围的最后，越危险。因为往往那些庞大凶猛的野兽潜伏到最后，被逼无奈才突然现身。而这时恰恰也是打猎队伍最疲乏的时候。

包围圈更小了。天祚帝有些失望，看来今天只能猎些野猪、野鹿回去了。那个不会歌舞的完颜阿骨打就在后面。他还跟着，他不知道今天朕要杀了他吧。萧兀纳上奏折说，据他的观察，完颜阿骨打的志向不小，将来必对大辽构成威胁。那好，今天特命他率人跟在朕的后面。女直人剽悍无比，勇猛异常，一旦遇到了老虎，他们可以在跟前保驾，免得有生命之虞。一旦老虎伤着了哪个大臣，或者是伤着了朕，哈哈，那就有了杀他的借口，谁让你保驾不力呢。到那时让他人头落地，既有了正当的借口，而且还不让其他部落的酋长们说出啥来。如果他小子有幸的话，遇不到老虎，也可让他看看我大辽国猎虎队伍的威猛。他不是有反心吗？也让他知道大辽国的兵卒们不全是酒囊饭袋。

133

昨晚，他把枢密使萧奉先传到他的大帐里。他满肚子都是怒火。他气鼓鼓地对萧奉先说："在今天的头鱼宴上，完颜阿骨打意气雄豪，顾视不常，且出口不逊，举止傲慢，竟不服从朕的指挥，难道有异志背叛朝廷不成？你要找个寻衅滋事的借口，趁机尽早把他杀掉，否则必留后患。"

　　萧奉先不屑地说："完颜阿骨打远居边疆，鄙陋粗俗，他乃一个无名鼠辈，只知道打猎喝酒，是个不知礼仪的粗人，哪里知道大辽国的礼仪？"他看到天祚帝犹豫不决的样子，接着说，"而且没有什么大错就无罪杀人，岂不留下了皇上滥杀无辜的骂名？再说即使他有野心图谋不轨，完颜部乃弹丸之地，还能掀起什么大风大浪？"

　　天祚帝听了，觉得似乎还有些道理，可他还是想趁早把完颜阿骨打杀了。他想，不能养虎遗患呀。

　　完颜宗翰、纳兰飞雪始终跟在完颜阿骨打的左右。他们高度警惕，时刻防止天祚帝的手下借机杀人。昨晚，最终还是完颜阿骨打一锤定音：不入虎穴，焉得虎子。既然要反辽，那就要趁此机会探个虚实，也好为下一步做准备。一不做，二不休。如果天祚帝真要下手杀他，那就拼个鱼死网破。若偷偷跑了，既贻人口实，又挫伤了女真人反辽的锐气和决心。

　　完颜阿骨打带领着吴乞买、完颜宗翰、纳兰飞雪、完颜希尹等人，远远地跟在天祚帝的后面。中间隔着的是天祚帝的皇家卫队。

　　完颜希尹是一个心细而又有智谋的人，他始终关注着天祚帝及耶律余睹等人的动向。他知道萧奉先是一个庸才，只是一味地以拍马屁为乐，他的心中没有大辽王朝的前途命运，只要皇上高兴，他也就知足了。但是那个耶律余睹、耶律大石等人却与他不同，他们绷着脸，目光里透出一种骇人的凶光，让人感到杀机重重。

　　"注意保护大王的安全，时刻注意辽人的动向。"完颜希尹悄悄地对纳兰飞雪耳语道。

　　纳兰飞雪心里知道，即使现在马上回到部落，把能够行军作战的女真男子全发动起来，一时半会儿的工夫，也不可能马上就集结一支作战队伍。纳兰飞雪非常清楚，他们所处的是一种怎样的险境！

危险不是最可怕的。最可怕的危险，是你明知道危险会来，但不知道它会在何时、以何种方式而来。

等待，对于完颜部的男人来说，就是一种煎熬。

而完颜阿骨打却是神色泰然。小的时候，他的父亲就领他出去行军作战，艰苦而丰富的人生阅历，练就了他老虎啸于前而不惊、泰山崩于前而不动的心理素质。况且他的弟弟吴乞买、完颜斜也、完颜宗翰、完颜娄室、银术可这些勇将都在，每个人都能单枪匹马置虎熊于死地。

他想到这儿，侧过脸来，微笑地看着他们。此时此刻，完颜阿骨打怎么也想不到，吴乞买、完颜斜也、完颜宗翰、完颜娄室、银术可现在虽然默默无闻，但在不久的将来，这些人的名字都将会随着大金的崛起而传遍四方。他们成了虎狼之师的代名词，到那时，辽兵一听到他们名字，马上就会吓得面无血色，两股战栗，退避三舍。


而耶律余睹此时却在心里琢磨，此次一定不能让完颜阿骨打逃过此劫，他不动声色地密切关注着场上的一切。他的箭筒里，装足了已经喂足了毒药的羽箭。只要在适当的机会，他就会借射猎之机，将完颜阿骨打一箭射死。余下的那几个人，会被他的那些随从一并处死。耶律大石将军会和他一起相机而动、同时下手的。

"你们纵是老虎，即使再凶狠，如今身陷狼群，也会让你们死无葬身之地！"耶律余睹在心里暗暗发誓。

天祚帝耶律延禧今年不过三十多岁，正值春秋鼎盛之年。虽然脸色有点苍白，平日身体也有些瘦弱，但他今天是摆甲戎装，在这套标准的皇帝田猎装束映衬下，人也显得威风不少。

一路疾驰，眼瞅着伏虎林就要到了。只见山高林密，古木参天，树荫障目。林中虎啸猿啼相闻，鹿奔兔突不时而现。

打猎队伍分成了几队，将伏虎林围了个水泄不通。伏虎林老虎多。随着打猎队伍的包围圈越缩越小，被包围在里面的野兽藏不住了，它们四处奔突，急于逃命。可是哪里抵得住这些训练有素的虎枪营的士兵。他们都由皇帝整天养起来，专门来打猎，已经积累了丰富的打猎经验。况且每次打猎，皇帝都出重金悬赏，凡是打得多的，都要重赏。尤其是遇到猛虎的时候，凡第一枪刺中老虎的，由大臣查清属实后，奏明皇帝，要重重地封赏。第二枪刺中老虎的，次之。当然，在打猎中，避免不了会有人被老虎咬伤、咬死的，也依旧例由国库出钱予以抚恤。

突然，前方的狩猎队伍一阵大乱，只见一只又高又壮的黑熊咆哮着在人群中奔突，吓得兵士们到处乱跑。

一个胆大的辽兵，躲过黑熊的凶猛一扑，趁黑熊没有来得及转身之际，握紧枪猛地向黑熊刺去，就在即将刺到黑熊的后心时，黑熊听到了后面的风声，它稍侧过身，及时地躲过致命的一击。在侧身躲避的同时，它横劈一掌，那个辽兵的枪便齐刷刷地断为两截。黑熊张开血盆大口，辽兵收势不住，天灵盖被咬了个粉碎，脑浆流了满地。

那些宫帐军中也有矫健之士，他们见这只黑熊如此凶狠，都不敢靠前，只是远远地吆喝着。黑熊急于逃生，它头一摆，又朝辽兵们急速地扑去。那些虚张声势的辽兵见这只黑熊不顾死活地扑来，便四散逃命。有的惊得从马上摔下，有的竟吓得尿了裤子，还有的当场就堆萎在地上，成了黑熊的掌下亡魂。

这只黑熊被激得兽性大发，它张牙舞爪地扑向四散的人群。不一会儿，中间空出了一个大大的圆圈，黑熊在里面转着圈，嘴里不时地发出骇人的吼叫，让人听了不免胆战心惊。

周围传来一片鬼哭狼嚎的叫喊声，只有一个人，一个女真男人站在了场地中央，挡住了黑熊的路。

他，是完颜阿骨打的弟弟吴乞买。只见他的手向四周摆了几下，制止住了那些拉弓欲射的辽兵。

现场死一般地沉寂。那种令人窒息的沉寂。

现场的人都看呆了。

刚才黑熊四处追人猛咬，人们四散而去，更加助长了它的野性。突然见有一个人矗立在它的面前，它急转身，低吼一声，挟着一股风，便朝吴乞买扑了过来。

吴乞买握着一把长矛，目不转睛地看着愤怒咆哮的黑熊，镇定地轻挪脚步，寻找着对自己有利的位置。

他的手心有些出汗，但是一点儿也不紧张。小的时候，搏熊哨鹿，就是他的拿手好戏。在他心里只有一个念头，那就是今天尽平生之力，也要博得天祚帝的欢心，以此救哥哥完颜阿骨打一命。

吴乞买咬了咬下唇，在心里告诫自己要险中求胜。

天祚帝在耶律余睹、耶律大石和宫帐军的保护下，从刚才的慌乱中静了下来。他瞪大了眼睛，看着吴乞买的一举一动。

天祚帝此时怕黑熊冲过来伤害了他。但他更想让这只黑熊一口将吴乞买吃掉，然后最好也让完颜阿骨打葬身熊腹。完颜阿骨打不是威风吗？不是不听他的命令吗？那就让眼前的这只黑熊去教训他好了。头鱼宴上，表面上自己虽然放过了他，但心里却一直咽不下这口气，总得要偷偷地找个理由干掉这个桀骜不驯的家伙。这下好了，可以光明正大地看着完颜阿骨打在熊口中死去，而且又不会引起两个部族的纠纷。

想到这儿，天祚帝的心里一阵暗喜。

黑熊凭着自己身强力壮，一向横行霸道惯了，见有人竟然敢不怕死地挡住它的逃路，也毫不客气地一掌向吴乞买拍去。头骨是人身上最坚硬的部分，但对一头力大无穷的成年黑熊而言，它一掌就能把头骨拍碎。

吴乞买身形一闪，躲过了黑熊的致命一击。

黑熊立即狂躁了起来，一双闪烁着幽幽绿光的眼睛凶狠地盯着吴乞买，突然间，黑熊蓦地一个凌空跃起，直向吴乞买扑来。

吴乞买此时已是躲闪不及，他顺势急忙仰倒在地。周围的人们发出了一阵惊呼，有的人害怕地闭上眼睛，他们知道吴乞买难躲此劫，不忍看到血淋淋被熊生吞活剥的可怕场面。

却见躺在地上的吴乞买握紧长矛，不慌不忙地对准凌空而下的黑熊。只听"扑"的一声，那只黑熊被穿了个通心洞。

吴乞买知道，黑熊全身皮糙肉厚，也只有它的腋窝和胸口是两处最易攻击的软肋。

黑熊疼得大叫一声，凶性大起，抡起厚厚的熊掌，向吴乞买狠狠地打来。

吴乞买就地一个打滚儿，随即将长矛从黑熊的胸口中拽出，然后以长矛点地，如鲤鱼打挺儿一般全身腾空而起。吴乞买在空中将长矛抡了个半圆，借空发力，在下落之机用尽全力将长矛狠狠地捅进了黑熊的肚子，霎时鲜血汩汩地流出。黑熊如泄了气的皮球一样瘫软在地上。

天祚帝连连叫好。虽然他没有亲自上阵，但在看了这么一场激烈的人熊大战后，他的心情顿时好了很多，那些在他心中恨之入骨的女真蛮子也有些顺眼了。

天祚帝有所不知，在女真部，每当吴乞买出猎时，人们都争相前往，把有幸看到那种惊心动魄的搏斗场面，当作一种荣耀。

但是，女真人出尽了风头，天祚帝感觉没有面子，他挥挥手，命令大军继续进发。

耶律大石上前劝道："国主身系社稷之安危，不能亲身涉险！"

"好好好！"天祚帝连声答道。他虽然这么说，却还是自顾自地一挥手，秋猎大军继续向山里进发。

耶律大石无可奈何地叹了一口气。

天祚帝见吴乞买徒手杀熊，他跃跃欲试，不甘示弱，打马跑在了队伍的前头。

行进中，突然一声震耳欲聋的虎啸，从半空中传来，犹如晴空打了一个霹雳一般。天祚帝猝不及防，他的耳膜差点儿被震穿了。还没等他反应过来，一只斑斓猛虎从一处茂密的树丛中闪身而出。转瞬间即扑到了天祚帝的面前，天祚帝"妈呀"一声，想转身已来不及。眼看着老虎的前爪就要抓住天祚帝的脑袋，这时，好在身边一个侍卫哆嗦着蹿上去，用刺虎枪直刺老虎的面门。被激怒的老虎一矬身，躲过刺过来的枪，一转头，张开血盆大口，便将这个侍卫的面门咬个粉碎。借着这个空当儿，天祚帝在地上滚出了两米多远后，他的通天冠早已不知甩到哪里去了。他正欲爬起来，老虎一个凌空腾跃，血盆大口复又张开，直朝他的脖子咬去。只觉得有一股又腥又热的鲜血喷溅到脸上，天祚帝吓得闭紧了双眼。

天祚帝半天才回过神来。他强睁开眼，只见身边横卧着一只老虎，却已经身首异处。一个女真人，手里拿着一把冷艳夺魂刀，神色泰然地站在他的面前。原来在千钧一发之际，纳兰飞雪飞步上前，在老虎马上就要咬到天祚帝的时候，那把削铁如泥的冷艳夺魂刀也闪电般地劈来，老虎顿毙于地。

此时，魂魄俱失的天祚帝刚从那场惊吓中回过神来。

从伏虎林归来，吓得屁滚尿流的天祚帝一路惊魂未定，冷汗湿透了衣服。此次猎虎，不但没有达到目的，而且还失尽了大辽皇帝的尊严。

搏熊、刺虎，需要亲自上阵与虎熊决斗，绝对是九死一生，如果不是最强的女真勇士，根本就没多少人能活下来。天祚帝看见纳兰飞雪、吴乞买都有万夫难挡之勇，真是如同虎狼之师呀，他在心里暗自庆幸自己昨晚没有发怒，否则的话，被杀的不一定是完颜阿骨打，闹不好他自己的脑袋就要搬家呀。他想，吴乞买、纳兰飞雪与他近在咫尺，杀他可比杀那只老虎容易。

萧奉先奏道："完颜部完颜阿骨打的弟弟吴乞买、侄子完颜宗翰等人哨鹿、刺虎、搏熊无所不能，且长于驯马，请皇上亲验。"

萧奉先又想出了一个计策，就是让完颜阿骨打的人来驯服那匹西夏进贡的宝马。

一匹马被侍从牵了出来。

只见这只马剽悍强壮，胸廓深广，在跑马场上，矫捷如猿，勇悍若豹，四蹄生风，奔腾嘶鸣。这马自从进贡到辽国后，见人非踢即咬，一直没有人能驯服它，一般的人都不敢近前。

可是对于纳兰飞雪来说，驯马可不是一件难事。女真先人，久居山林，从肃慎时起就开始驯马，到现在为止，已经完全熟练地掌握了驯马、养马、用马的技巧，能于马上驰骋射猎，骑上下崖壁如飞，泅渡江河不用舟楫，浮马可过。

只见纳兰飞雪脱掉外面的衣服，从容地从侍从的手里接过套马杆。他蹬紧马镫，催马上前，觑住那匹马，奋力追逐，待接近时，猛地甩出套马杆将马头牢牢套住。然后，纳兰飞雪运足力气，飞身跃到这匹马的身上，随即紧紧抓住马的鬃毛，用腿夹住马腹。

这匹马见有人骑在了它的身上，前蹦后踢，却见纳兰飞雪手不持鞭，跋立不坐，在马身上左旋右折，轻灵犹如飞燕。纳兰飞雪的马术真是精湛，看得辽兵辽将眼花缭乱。

马儿一阵狂奔，绕场跑了好大一会儿，不免有些累了。纳兰飞雪勒住马头，迫使它停了下来。

“臣完颜希尹代表女真各部，将此次狩猎而猎得的虎、熊献给陛下，女真各部永远效忠陛下，并祝陛下福运绵长、寿与天齐，祝大辽千秋万代，国运永祚！”完颜希尹上前奏道。

完颜希尹无懈可击的外交辞令，说得天祚帝的心里无比舒服。“福运绵长，国运永祚！”他就愿意听这样恭维的话，不像那个萧兀纳，每次启奏，都是国呀家的，让他不胜其烦。

“好，太好了！”天祚帝笑道：“这次射猎真是太有意思了，不但有笙歌艳舞，而且还有惊险刺激的人兽之搏。不虚此行，不虚此行啊！”

天祚帝仰天大笑，他对着完颜希尹大声地说：“宣纳兰飞雪、吴乞买，朕要重重有赏。”

为了表现自己龙恩浩荡，天祚帝特意命自己最宠爱的文妃，代他去为那几个女真勇士封赏。天祚帝说，尤其是将朕从虎口救出的那个人，朕更要重重地赏他!

纳兰飞雪、吴乞买站在场下。

萧瑟瑟走了下来。她的手上捧着的是天祚帝赏赐的黄金白银。

一步步，走近了，曾经魂牵梦萦的那个人就在眼前，自从昨天到现在，萧瑟瑟时刻在关注着他的一举一动，一颗心，牵挂着他的死活。

纳兰飞雪不敢抬头，只听到萧瑟瑟的脚步声，渐渐地近了，近了……甚至闻到了她那若有若无的体香。

纳兰飞雪觉得时间是那么地漫长，好像停滞一般。

纳兰飞雪的脑海里，闪现出昨晚难以忘记的一幕：萧瑟瑟不顾一切，偷偷地跑到女真的大帐里通风报信，她抓住纳兰飞雪的手，气喘吁吁地说："纳兰、纳兰飞雪，快……快、快逃命！"

可是，纳兰飞雪没有走，他选择与完颜阿骨打等人一起留了下来！

天祚帝近在咫尺，若杀他容易得很，如同探囊取物一般。可是天祚帝是萧瑟瑟的丈夫，而萧瑟瑟又是自己一生唯一爱过的女人，纳兰飞雪面临着痛苦而又艰难的抉择。

时间好漫长啊，周围一片寂静！

再说，若杀了天祚帝，此时四周全是辽兵，将会牵连了完颜阿骨打等人，全部葬身于此。想到这儿，纳兰飞雪紧攥冷艳夺魂刀的手松开了。时机不成熟呀！

纳兰飞雪抬起头，看到的是一张沉静如水的脸。萧瑟瑟面无表情，缓缓地向他走来。

所有的人都在屏气观看，现场鸦雀无声。

纳兰飞雪伸出手，接住了萧瑟瑟递过来的赏银。

蓦地，就在彼此交接之际，纳兰飞雪突然发现萧瑟瑟趁机抓住了他的手。纳兰飞雪浑身一颤，感觉到萧瑟瑟偷偷递到他手中一件圆圆的东西！

纳兰飞雪偷偷一看，分明是那颗在宁江州榷场上丢失的北珠！

纳兰飞雪的心都要碎了……

# 第十章　联盟反辽

## 一

头鱼宴终于结束了。

其实女真其他各部的酋长们也不愿意为天祚帝跳舞，但是屈从于辽国的势力，他们只好忍气吞声、强颜欢笑罢了。他们都为完颜阿骨打捏了一把汗。随着辽国皇帝的离去，完颜部女真人的心可以稍微地放下来了。但是天祚帝带给他们的侮辱却深深地铭刻在心里，自古以来，天下女真是一家，天祚帝是他们共同的仇敌。女真与辽国的仇恨结得更深了。

头鱼宴，使辽国与女真的冲突完全公开化、白炽化。

一个不献媚辽人的哥哥，一个只身搏熊的弟弟，完颜阿骨打和吴乞买的名字像长了翅膀的海东青一样，迅速传遍了白水黑水，到处都传诵着他们的事迹，兄弟二人成了无数痛恨辽国的女真人心目中的英雄。

## 二

天庆三年，对于完颜部的女真人来说，是伤心悲恸与希望鼓舞共存的一年。

再一次病危的部落联盟长、都勃极烈乌雅束招来了他最得力的左膀右臂。连续缠绵病榻，已经使他的身体变得非常虚弱。他的大帐里早已挤满了人。他的二弟完颜阿骨打、三弟吴乞买、四弟完颜斜也以及堂兄完颜撒改围在他的床前，后面的是子侄辈完颜宗干、完颜宗翰、完颜宗雄、完颜宗磐、完颜宗望，就连稍小一点儿的完颜宗弼也赶来了。

他强撑着从病榻上坐起来，说道："我今天做了一个梦，梦见我去猎狼，却屡屡失手。好在二弟完颜阿骨打一箭射中狼头，不知这个梦预示什么。"

众人你看看我，我看看你，每个人心里都清楚，乌雅束病重，可能很快就不久于人世了。最后，身为女真诸官之首的国相完颜撒改站出来说："兄不能得而弟却得之，是大吉也！"

完颜撒改的父亲是嫡长子，乌雅束的父亲劾里钵是庶出，按女真部的习俗，都是传位于嫡长子。而庶出的劾里钵却坐上了部落联盟长的位子，而后又传位给长子乌雅束，但是完颜撒改与他本该当部落联盟长的父亲一直忠心耿耿地辅佐他们，为完颜部的兴盛尽心尽责；完颜撒改为人敦厚多智，长于用人，自从当了完颜部的国相后，在处理诉讼案狱上都非常合情合理，起居饮食也非常节俭，所以在部落里的威望很高。

"我的大限将至，看来到了把继任部落联盟长的人选定下来的时候了。"乌雅束环顾四周，"咱们族内谁能担此重任呢？"

大家都低着头，沉浸在万分悲伤之中。

沉默了半晌，乌雅束抬起手，将完颜阿骨打召到他的跟前，握住二弟的手说道："我们女真的规矩是兄终弟及，现在应该传位给你了。"

完颜阿骨打"扑通"跪在地上，痛哭失声地说："大哥，我有何德何能接此大任？"

乌雅束剧烈地咳嗽了几声，然后平复了一下情绪，缓缓说道："二弟，你千万不要妄自菲薄，在父亲的心中，你才是部落联盟长最合适的人选啊。我记得很早以前，父亲在与敌作战时，曾数处受伤，他把你抱在膝上说'此儿长大，吾复何忧'，由此可见你在父亲心中的分量。你就不要再推辞了。"

完颜阿骨打悲恸不语。

乌雅束接着对完颜阿骨打说道："耶律洪基在位的时候，你出使辽国，与辽国的官员针锋相对，维护了女真的尊严。特别是在不久前天祚帝举办的头鱼宴上，你刚正不阿，威武不屈，坚决拒绝了天祚帝让你跳舞助兴的命令，消息传到我女真各部，群情激奋，万人敬仰，都称你是我女真部响当当的英雄。二弟你素有人望，即此位后，恰恰是符合了全体部落人的心愿，是众望所归啊！"

病痛猛烈地袭来，乌雅束一阵剧烈地咳嗽。他望着地上咳出的鲜血，悲愤地说："当今大辽国君失道，欺我女真弱小，抢我女真财宝，淫我女真女子，此大辱也，是可忍孰不可忍！望二弟接此重任后，励精图治，完成完颜部祖辈未竟的反辽大业，父亲如在地下有知，也当含笑九泉了。"

周围的人痛哭流涕。

乌雅束紧握着完颜阿骨打的手说："父亲临死的时候，曾对叔叔说过，你性格刚毅，且有勇有谋，断言将来只有你能够了结我女真部与辽国的宿仇。我马上就要不行了，这个重任就交给你了，希望你能够勇担此任，不要让我有难以瞑目之叹！"

完颜阿骨打泣不成声。

乌雅束流着眼泪，望着周围的人叮嘱道："你等一定要尽力辅佐二弟，精诚合作，共谋我女真大业。"

不久，乌雅束薨。完颜阿骨打遵照哥哥乌雅束的遗嘱，继任完颜部都勃极烈，并担任女真各部的部落联盟长。


三


料理完乌雅束的丧事，完颜阿骨打经常想起在头鱼宴上所受的侮辱，心中一直愤愤不平。他深知天祚帝已经知道他藏有反心，早晚都会与他秋后算账。

反辽，从何处下手？

完颜阿骨打一直在心里苦思对策。

完颜宗翰看出了他的心事，果断地向他建议说：“与其坐以待毙，不如乘辽人不备，先并邻国，聚众为备，以待其变。”

完颜宗翰本名粘罕，乃国相完颜撒改的长子，此时刚十七岁。完颜宗翰身材魁梧，善于骑射，敢于只身与老虎、狗熊搏斗。另外，他还从小练就了一项高强的本领，他能够全身披挂着盔甲，从马肚子底下自如盘旋，婉捷如飞，可以用“翩若惊鸿，矫若游龙”来形容，一时在完颜部传为奇事。

性格刚烈的完颜宗翰和完颜阿骨打虽为叔侄，却情同手足。他的一句话，与完颜阿骨打的想法完全吻合。

“好，我们召集部里勇士，商议对策！”完颜阿骨打点头说。

完颜阿骨打的大帐内灯火通明。

完颜阿骨打坐在大帐的当中，他的两侧围坐着完颜撒改、完颜希尹、完颜宗翰、完颜宗干、完颜宗望、纳兰飞雪等人。

完颜阿骨打气愤地说：“天祚帝欺我太甚，每年都向我女真部索取贡品，还在宁江州等地设置榷场，在交易中低价收购，横加勒索，百般凌辱，并经常以各种借口出兵攻击，掳我女真男女为奴。银牌使者每到我女真各部，除强索海冬青外，还恣意玩弄我女真女子，长此以往，我女真哪有生存之地？”

纳兰飞雪闻听此言，不禁想起被辽兵杀死的父亲和还未成年的妹妹，忍不住咬牙切齿，愤愤地说道：“辽人凶暴无道，当天诛地灭，今后我再遇之，一定生啖其血，以解我心头之恨！”

完颜阿骨打的眼睛盯视着完颜希尹。完颜希尹出身于显赫的女真贵族家庭。他的曾祖父石鲁贤明，富有才智，因此被称为“贤石鲁”。他的父亲欢都，曾先后辅佐世祖劾里钵、肃宗颇刺淑、穆宗盈歌、康宗乌雅束，随军征战四十年，每遇战争都冲锋在前，屡建战功，备受重用，被封为"戴国公"。完颜希尹才华出众，料事如神，以深谋远虑、足智多谋著称。而且他还能以梦预测吉凶，善知人生福祸，每言必中，是女真部的"萨满"。当年，完颜阿骨打到辽上京朝见耶律洪基，在行前，完颜希尹就预测到此行必有口舌刀兵之险，后来完颜阿骨打与辽国官员因博弈相争，险些酿成刀兵之祸。从此以后，每遇到重大问题，完颜阿骨打都要向他征求意见。

完颜希尹字斟句酌地说道："我女真深受契丹贵族奴役之苦久矣！现今，长期屈从于辽朝契丹贵族统治的各部民众都已觉醒，他们强烈要求部落独立，在这种万众期盼的情况下，我希望您能顺应各部反辽的强烈心愿，率先举起振兴女真的大旗，发动并领导反辽灭辽的武装斗争。"

国相完颜撒改赞同地说："我完颜部女真与辽朝辖区相邻，深受辽朝契丹贵族欺凌盘剥，自祖辈开始，我完颜部即不堪辽国残暴的压迫和掠夺，一直与契丹贵族进行着不屈不挠的斗争。从景祖乌古乃到穆宗盈歌时期，经过两世四主的努力，终于建立起以完颜部为核心的女真军事部落联盟。而今您智勇双全，深孚众望，依我观之，反辽的最佳时机到了，白山黑水、女真大地早就等待着这一天啦！"

完颜阿骨打沉思不语。

完颜宗翰说："辽国腐败，而我部日益兴盛，古语云：'失民心者失天下，得民心者得天下。'是我女真部奋然崛起的时机了。"

完颜阿骨打备受鼓舞，他兴奋地说："其实我早有此心了，自接任部落首领以来，夙夜都在思虑反辽大计。今各位皆有此意，我完颜部腾飞的日子为期不远了。完颜部有你等英雄，实属完颜部之幸，亦为我女真之幸啊！"

纳兰飞雪紧握着冷艳夺魂刀说："我等唯您马首是瞻，今生誓与您一起为女真大业同生共死。"

完颜撒改说："灭辽大业，时不我待。祖辈以阻断鹰路为名，借辽国之力，吞并了有异议的部落，终于在盈歌时期实现了部落联盟。现在我们的首要任务是继续壮大部落实力，消除异己，联合女真各部，建立统一的反辽战线，那么在不久的将来，我们的目标就一定会实现。"

完颜希尹非常冷静地说："自祖辈以来，我女真人就一直秣马厉兵，希望能摆脱辽人的统治，自由地生活在白山黑水之间。但是，现今真正有朝一日与辽国交兵，无论是兵将多寡，还是武器装备，我们还不占绝对的优势。"

完颜宗雄说："天祚帝骄矜奢侈，只知玩乐，沉迷于酒色之中，不懂用兵之道，辽人不能擒萧海里，而我兵却能擒之，由此可见，我们完全有取胜的把握。"

道宗末年，大国舅帐郎君萧海里私自招纳亡命之徒，横征暴敛，肆行不法。耶律延禧继位的第二年，萧海里因杀人遭到追捕，遂聚众数千人发动叛乱，攻陷乾、显二州，抢劫乾州武器库。辽国派遣北面林牙郝家奴追剿无功，乃命生女真部族节度使盈歌征讨。盈歌招募一千多人，与萧海里大战，斩萧海里于阵前，将他的首级献给辽国。通过这一仗，女真人对辽军的战斗力有了初步了解，增强了他们抗辽的信心，减轻了他们对辽军的畏惧心理。

完颜阿骨打胸有成竹地说："我们仍然一如既往地坚持部落联盟的方式，不断扩大反辽实力。在没有对辽国用兵以前，抓紧时间联络其他各部，团结一切可以团结的力量。对于邻近部族中同意反辽的则以亲相结，或晓以大义；对于那些顽固不化、执迷不悟者，则加兵强掠，迫使就范！"

完颜宗翰听了，信心百倍地说："我们这一代不成功，也要将希望寄托在下一代，子子孙孙，无穷匮也，直到大辽彻底灭亡为止！"

完颜阿骨打大声地向完颜宗翰、完颜宗雄、纳兰飞雪等人发出命令："从今天起，发动起我女真所有的人，尤其是那些弓马娴熟、与辽人有血海深仇的男人，组建反辽大军，加紧练兵，并派人在边关险要处修建城堡，以备大用。"

<h1 style="text-align:center">四</h1>

茫茫的草原上，有几匹快马疾驰而过，马蹄翻飞，卷起阵阵灰尘。马上的几个精壮汉子神情严肃，他们紧蹬马镫，身体前倾，尽量在飞速奔跑的马背上保持平稳。

完颜阿骨打骑马跑在前面，他偶尔回头瞅一眼跟在后面的完颜宗干、完颜宗翰、完颜希尹等人，一言不发，只是一味地打马快跑。

寂静的草原上，不时地传来一阵阵打马的吆喝声。

当时女真除完颜部外，还有渤海女真、黄头女真、纥石烈部、温都部、蒲察部、斡勒部、徒单部、泥庞古部、术甲部、加古部、术虎部、乌萨扎部、裴满部、唐括部等七十二部。这些部的女真人共有十余万户，散居在宁江之东北千余里的山谷间，小部落有近千户，大部落可达数千户，每个部落都推选雄豪者为酋长。除完颜部女真外，耶懒路完颜部女真也比较有实力。就在前几天，该部酋长石土门的弟弟阿斯懑因病去世，此次完颜阿骨打就是专门前去奔丧的。

完颜阿骨打身为女真部的部落联盟长，地位尊贵，且现在正积极筹备反辽，他哪里有闲情逸致去邻近的部落为一个普通人去吊丧？实际不然，此次完颜阿骨打亲自前往，自有他的打算。

石土门体貌魁伟，勇敢善战，博闻强记，临事果断。他见完颜阿骨打亲自前来，跟随他而来的完颜宗干、完颜宗翰、完颜希尹又是完颜部最重要的将领，足见他们对其弟丧事的重视程度。石土门非常高兴，他急忙将几位尊贵的客人迎到宽敞的大帐内，命侍女摆酒席热情款待。

石土门是始祖的弟弟保活里的五代孙，他家世代都是耶懒路完颜部的酋长，与完颜阿骨打同为一宗。景祖时期，石土门的父亲直离海曾经派邈孙来寻亲，得到了景祖的盛情款待，一年后，邈孙临走时，景祖送给他好多的钱币、布帛。不久，耶懒路完颜部遇上了大旱之年，景祖送去了好多的牛马，并派世祖前去探访慰问，不巧世祖去后就生了病，石土门白天黑夜不离左右，二人结下了深厚的友谊，世祖病好后返回时，二人抓手不忍分别，约定他日不得相忘。

世祖袭位后，二人的友情更见深厚，相邻的一些部落嫉恨他俩，合兵来攻。石土门派他的弟弟阿斯懑率二百人南下拒敌，谁知敌兵一千多人，已从东面占据高岗，石土门带领五千人迎敌。敌将中有一勇士叫斡里本，出营挑战，石土门射中了他的马，斡里本反射一箭，正中石土门的腹部，石土门却忍着剧痛将箭拔出来，越战越勇，最终与手下七名勇士杀死了斡里本，敌兵大败。石土门因此招谕诸部人马，归附了世祖。后来伐乌春、窝谋罕及钝恩、狄库德等，石土门都率领本部人马跟从作战，并屡次立功。

但是完颜阿骨打继位后，已经与石土门好久没有往来了。

石土门的二弟迪古乃，字阿思魁，自小聪颖，与其兄一样，处事决断。在阿思懑的丧事办理完后，迪古乃以散步为名，将完颜阿骨打叫到野外。他笑着对若有所思的完颜阿骨打说："大王您此次前来，绝非仅仅是为了一个族人的丧事，而是有其他重要的事情吧？"

完颜阿骨打心里一惊，这几天，他正想找借口将此行的真正目的说出来，但碍于阿思懑新丧，其家人皆沉浸于悲痛之中，此时正在犯愁不好开口直接说出来，却不想被聪明的迪古乃一语道破了。

完颜阿骨打马上镇定下来，假装若无其事地说："不是呀，我就是为了阿思懑的丧事来的啊！"

迪古乃见完颜阿骨打不承认，遂直截了当地说："大王此次前来，假借奔丧之名，而行联络抗辽之实。因为女真各部酋长皆来吊唁，大王是想趁此次机会，与他们共同商议反辽大计的。你瞒不了我，大王自头鱼宴受辱回来后，不是一直在为反辽做积极的准备吗？"

完颜阿骨打见迪古乃说破了他的心思，只好呵呵地笑着默认了。

迪古乃接着说："大王有勇有谋，素有威名，并且不久前在头鱼宴

149

上，直接拒绝了辽王的无理要求，威武不屈，刚正不阿，为我女真人争了面子，部落上下都称大王您是一条响当当的硬汉。谁知大王今天却支支吾吾，不像男儿所为。"

完颜阿骨打急忙解释说："反辽乃女真的大事，事关生死兴亡，实在不敢轻易妄言呀！既然你已经洞悉了我的心思，那我也就直说吧。我此次前来并不是单纯地吊丧，而是有要事与你等商议，请你为我做个决断。契丹名为大国，其实内库空虚，军备不足，主将骄纵贪污，兵士怯战无勇，我想应天下大义，仗剑举兵讨伐，你看怎么样？"

迪古乃回答说："以大王您的威武英明，女真全族的将士们都乐于为您效命，请大王勿疑。辽王荒于畋猎，政令无常，举国上下一片怨声载道，既然大王早有此意，当趁辽国未做准备之前，遽然发兵，打他个措手不及。"

完颜阿骨打兴奋地拍着迪古乃的肩膀说："我女真有你这样的有勇有谋之士，何愁反辽大业不成？"

迪古乃接着说："现在趁着酋长们还没有各归各部，大王宜早图之。我可以帮助您做一些思想工作。"

于是二人将各酋长及前来吊丧的族人都组织到一起，讲清了当前的形势。其实女真人被辽人欺凌日久，早已不胜其残酷的统治。但是辽人凶狠，女真人唯恐事泄后被辽人杀害。所以每个人都只是心存怨恨，不敢明说而已。现在见有人出面组织，且又是素有威望的完颜阿骨打，无不举手赞成。经过这次会议磋商，各部落酋长反辽的思想进一步得到了统一。

正在商议之际，天空中，一只黑色的乌鸦从东向西飞来，完颜阿骨打弯弓射去，射穿了乌鸦的左翅，乌鸦中箭坠地。石土门上前捡起，虔诚地对完颜阿骨打说："人们都厌恶乌鸦，你今天一箭把它射下来，是个吉利的好兆头。等到大王您举兵反辽时，我会率耶懒路完颜部的勇士们第一个响应您的号召。"

# 第十一章　来流河誓师

## 一

　　按照辽国的制度，完颜部原任都勃极烈去世后，应当首先上奏大辽，然后由大辽册封新任都勃极烈为大辽的节度使，才算名正言顺。但乌雅束死后，完颜阿骨打没有派人去辽国报丧，就擅自做主继了位。最重要的是，完颜阿骨打从头鱼宴回来，就利用强制和诱降等手段，加快了将邻近部族统一于自己麾下的步伐。他除了联络了耶懒路完颜部反辽外，还以强制手段软禁了辉发部、叶赫部等七个部落的酋长，胁迫他们就范，在完颜阿骨打的努力下，这七位酋长先后决定起兵反辽。完颜阿骨打让自己的妻子儿女，将这些酋长的家属留养在部落里，以最高的礼节盛情款待。名为留养，实为人质。

　　完颜阿骨打在吞并邻近部落时，有赵三、阿鹘产大王不同意反辽，拒之不从，完颜阿骨打遂兴兵掳掠其家。赵三、阿鹘产到辽国咸州详稳司告状，请求辽朝保护。此事非同一般，咸州详稳将此事急报给北枢密院，意欲要求辽国严惩完颜阿骨打。可是枢密使萧奉先惧怕完颜阿骨打在边境上起兵生事，不敢上奏给天祚帝，却让咸州详稳召完颜阿骨打前来质问。完颜阿骨打不把辽国的命令放在眼里，借口有病违命不从。不想几个月后，完颜阿骨打突然率领五百名骑兵，径直闯进咸州详稳司的官府，与赵三当

151

堂对质。赵三仗着有辽人撑腰，大喊大叫。咸州详稳当面质问二人，完颜阿骨打拒不认罪。此时天色将晚，详稳决定第二天再审。可是，完颜阿骨打在未经允许的情况下，竟然率众不辞而别。并写信为自己辩解道：你们想要杀我向辽王邀功，所以不敢逗留。尔后辽国再传讯他，他却不去了，辽国官员对他无可奈何。

辽国为了安抚完颜阿骨打，派出使臣册封完颜阿骨打为女真部节度使。可是完颜阿骨打丝毫不为眼前的利益所动。殊不知，此时，胸怀大志的他要的不是区区的节度使之位，而是大辽国的万里江山。他为了打探辽国政局和内部的反应，先派蒲家奴去辽国，要求辽国归还完颜部的罪人阿疏，天祚帝拒不答应。完颜阿骨打又派习古乃、完颜银术可再次去辽国讨要。

阿疏是星显水纥石烈部人。在世祖打败乌春班师时，他的父亲阿海率手下官民在双宜大淀迎接，并献上五斗黄金。世祖对阿海说："乌春本是微贱之人，我的父亲将其抚养大，使他成了部落的首领。乌春不但不报恩，反而领兵造反，以致自取灭亡，酿成今日之祸。我与你等三十部落的人，从此之后要休养生息，不得相互残杀。我大限将至，我死后，你们要念我的旧恩，竭力辅佐我的兄弟、儿子；若心生悖逆，就会像乌春今天这样自取灭亡啊。"

阿海和手下众人跪在地上，哭着说："太师您若有个三长两短，我们将依赖谁活着呢？请您千万不要再说这样不吉祥的话！"没多长时间，世祖和阿海相继而死，阿疏继星显水纥石烈部的勃堇之位。

阿疏在小的时候，经常与他的父亲来完颜部议事，昭肃皇后非常喜爱他，每次来都要留他待一个多月，才送他回去。阿疏继星显水纥石烈部的勃堇之位后，曾经与徒单部的诈都勃堇相争，是肃宗出面帮他遂了心愿。

穆宗当了节度使，听说阿疏有异心，于是召他前来，深加抚谕，并赐以鞍马。阿疏回去后却愈加放肆，穆宗派人去质问他。阿疏遂与毛睹禄起兵造反。

于是穆宗和完颜撒改分别从马纪岭和胡论岭出兵讨伐，攻下了钝恩城。穆宗招募了更多的兵马，等到攻打阿疏城时，恰好是万里晴空、艳阳高照的正午，却突然阴云翻滚，顷刻间下起了倾盆暴雨。闪电交加，一声震耳欲聋的惊雷击中了阿疏居住的房子，随之又有一团巨大的火球坠入城中。人们都说这是阿疏败亡的征兆。

于是阿疏便和他的弟弟狄故保跑到了辽国避难。后来虽经辽国几次出面调解，阿疏却始终也不敢回来。

辽倚仗自己是大国，恃强凌弱，对之庇护始终拒绝遣返。辽公然收容和庇护阿疏，实际上是对女真部落联盟内部事务的干涉。习古乃、完颜银术可以此为借口，在辽国盘桓数日，以使者的特殊身份，四处游走，打探消息。而辽国竟无一人能够察觉。此时辽国上下一片奢靡之风，辽主畋猎淫酗，怠于政事，四方奏事，往往不予处理。辽主与文武大臣皆沉浸在末叶的享乐之中。习古乃、完颜银术可从辽国归来，将辽国的所见所闻详细地进行了汇报。完颜阿骨打等人听到辽主如此骄肆废弛之状，于是召集大小官僚、耆宿，商量伐辽的有关准备事宜，并派出大批兵士，加紧在险要之地修建城堡，强化武器装备。辽国统军司听到这个消息，命节度使捏哥来女真部兴师问罪，捏哥来到完颜阿骨打的营帐，气冲冲地责问："你们心怀异志，在来流河右岸修建堡垒，准备作战刀枪，打算要防御谁？难道是要反我大辽吗？"

完颜阿骨打故作轻松地笑着回答："你身为节度使，素知兵家设防之事，我们这样做是设防自守，你又有什么大惊小怪的呢？"

捏哥讨了个没趣，悻悻地带人回辽国复命。辽国复遣耶律阿息保前来问罪。

耶律阿息保，字特里典，五院部人。此人慷慨有大志，十六岁以才干补内史。天庆初年转枢密院侍御。此时为辽国西北部招讨司吏。

耶律阿息保神情傲慢地诘问："乌雅束死了这么长时间，你为何不到辽国告丧？"

完颜阿骨打理直气壮地反驳："你们既然早知道了这一消息，为什么不派人前来吊丧，如今还有什么脸面来责问我们不禀报？"

耶律阿息保继续兴师问罪："你在没有得到我大辽皇帝的册封之前，却独断专行自封为都勃极烈，真是胆大妄为！"

完颜阿骨打不屑地说："我女真部的传统向来都是兄终弟及，我当都勃极烈，与你大辽何干？"

"你、你？"耶律阿息保气得结结巴巴，气急败坏地指着完颜阿骨打说："你等小国蟊贼，竟敢擅自在边界兴建堡垒，难道是想造反不成？"

完颜阿骨打义正词严地说："我女真部为小国也，历年来对辽国恭敬有加，不敢僭越废礼。可是辽为大国，却不施德泽，庇护我部的罪人，虽经我部多次索要，却以各种借口拒绝遣返，致使有罪的人逃到外国而得不到惩罚，从而让女真部上下民众都感到失望。如果将罪人阿疏遣返我部，则诸年皆为辽国朝贡。如果不能答复这些条件，我堂堂女真岂能束手受制于辽国的统治？"

耶律阿息保见完颜阿骨打毫不示弱，且言语强硬，遂一时语塞。

晚上耶律阿息保宿在女真部的大营里，依照接待辽国来使的惯例，晚餐是细酒二十量罐，羊肉八斤，白面三斤，油半斤，醋二斤，盐半斤，粉一斤，细白米三升，面酱半斤，大柴三束。另加果子钱五百，杂使钱五百等。但是侍奉之人全是老婢粗奴，没有一个赏心悦目的美女。

耶律阿息保不觉心生怨恨。

第二天早晨，耶律阿息保一脸怒容地走出帐篷，他斜着眼睛四处巡视，突然他看中了一匹姿态雄健的黄骠马。气哼哼的耶律阿息保走进完颜阿骨打的大帐里，毫不客气地说道："那匹黄骠马非常好，我要了。"

被耶律阿息保选中的马乃是乌雅束生前心爱的坐骑，按女真的习俗，死者生前喜欢的东西，都会在其升天之后火化，以供死者在地下使用。耶律阿息保竟然提出这么无理的要求，简直是对死者的侮辱，再说他的那种飞扬跋扈的姿态，惹得完颜阿骨打勃然大怒。怒从心头起，恶向胆边生，完颜阿骨打伸出手就去抽悬在腰间的宝刀。

手疾眼快的完颜宗雄按住了那双正欲拔刀出鞘的大手。

完颜宗雄本名为谋良虎，是康宗长子。他出生不久，世祖劾里钵见他天生异相，说："此儿风骨非常，他日一定是一个对女真部有贡献的人！"随后解下身上的佩刀，放在襁褓中的完颜宗雄身边，对周围的人说，"等他成人后就佩带上这把刀！"果然，完颜宗雄九岁时就能射中奔跑中的兔子，十一岁时就能射中飞奔的野鹿。为此世祖劾里钵赏赐给他银酒器，并惊喜万分地把他抱在怀里说："宗雄虽小，却有如此武功，不久就会超过我们了。"等到完颜宗雄又长了几岁，则生得仪表奇伟，雄于辩论，智略过人，对长辈又非常孝敬谦谨，部落里的人都很敬爱他。

这时，帐外传来一阵马的悲鸣。帐门一挑，完颜阿骨打的四儿子完颜宗弼满手是血地走了进来。

完颜阿骨打仔细一看，完颜宗弼的手上抓着两只血淋淋的马耳朵，正往地上滴着血。

"你……你这是干什么？"耶律阿息保见状大惊。

"哈哈，这马……这马生性暴躁，见了生人就又踢又咬，这样的马怎么能送给大人您呢？所以我把它的耳朵割下来，替大人您惩罚它。"完颜宗弼人虽小，却有胆有谋，而且箭术超群。

"你，你……"耶律阿息保吓得赶紧溜之大吉。

完颜宗弼，又叫完颜兀术。在完颜阿骨打向辽开战的初期，尽管完颜兀术也参与了整场战争，但因为他年龄小，表现最出色的当属他的几个哥哥如完颜宗翰、完颜宗干、完颜宗雄、完颜宗磐、完颜宗望等。但是幼小的完颜兀术现在就表现得如此性情刚烈，而且善于机谋权变。几年后，完颜兀术生得身材魁梧，而且勇猛剽悍，武艺超群，熟知兵书战策，深谙治国用兵之术，就是他在后来统率金军，向宋朝发动了一次又一次的侵略战争。看过或听过《岳飞传》的人，都知道完颜兀术，他是岳家军的死对头，掳走了徽、钦二帝，导致北宋的灭亡；曾经把宋高宗赵构逼到海上，数月不敢登岸。宋朝的军队一听他的名字，就闻风丧胆，无心抵抗。除此之外，他还善于除旧布新，革除弊政，成为金熙宗所倚重的股肱重臣，是金国历史上一名罕见的文武兼备、智勇双全的马上帅才、朝中能相。

传说完颜宗弼小的时候，长得又瘦又小。女真未成年的孩子们有一项历史悠久的游戏，就是玩嘎拉哈。"嘎拉哈"是女真语，其实就是动物身体上踝关节上的一块长方形的骨头。小孩子玩的大多是猪、牛、羊的嘎拉哈，幼小的宗弼玩腻了，他想玩虎、熊的嘎拉哈，可是他长得又瘦又小，也没有什么本领，连个兔子都打不着，怎么能得到虎、熊身上的骨头呢？为此，宗弼非常郁闷。突然有一天，来了一个神采奕奕的老妈妈，给他送来了一把弓箭，一把腰刀，一杆长矛，对他说，你要是想得到虎、熊的骨头，就必须先成为本领高强的人。从此完颜宗弼苦练武功，等到他能够亲手捕猎那些凶猛的动物的时候，果然就成了一个本领高强、无人能敌的女真英雄。

完颜阿骨打赞赏地看着完颜宗雄、完颜宗弼，高兴地笑了，说："女真部有你们这些不甘凌辱、年轻有为的后生，女真部有望了。只有推翻辽国的残暴压迫，女真人才有好日子过。"

## 二

耶律阿息保灰溜溜地回到了庆州。

天祚帝带着他的近臣、宠妃们在这里连日射鹿取乐。

耶律阿息保跪在天祚帝的面前密奏："完颜阿骨打从头鱼宴上归国后，即心怀异志，与完颜宗翰、完颜希尹等人谋划，积极准备反我大辽，并以完颜银术可、完颜斜也、完颜阇母等人为将帅，兼并了邻近的不少部落。"

天祚帝的身边围满了妖冶艳丽的宫女，一个宫女正轻浮地笑着，她抓住天祚帝的手，把一杯酒递到天祚帝的眼前。

"朕醉了，醉了……"天祚帝伸出手拍着这个宫女漂亮的脸蛋说，"朕醉了，已经不胜酒力了，朕要你……"他还没有说完，那个宫女就把酒倒进了他的嘴里。

天祚帝咽下酒，呛得眼泪都出来了，却大声地笑了起来。

耶律阿息保跪在地上，半天没听到天祚帝的回答，他停了下来，试探着慢慢地抬起头。只见天祚帝左拥右抱，正在与怀里的两个美女嬉戏。

"陛下，陛下……"耶律阿息保逐渐提高了声音。

天祚帝回过神来，他瞅了跪在地上的耶律阿息保一眼。

耶律阿息保急忙说："陛下，依臣观之，贼酋完颜阿骨打其志非小，他集结众人，伺机作乱。其部下皆为有勇有谋之士，完颜宗翰善于用兵，完颜希尹性格刚毅坚忍，擅长谋划，二人相互取长补短。"

"有勇有谋？他们怎么有勇有谋？"天祚帝不屑一顾地问道。

耶律阿息保接着说："完颜宗翰对完颜希尹以兄事之，二人在内部谋划时，完颜希尹在完颜宗翰之上；而行军打仗，完颜宗翰则居完颜希尹之上。完颜希尹奸猾而有才干，因其变通如神，被尊为女真的萨满。除二人之外，还有完颜银术可、完颜阇母、完颜宗雄、完颜宗干等人，皆黠虏也。"

"黠虏！他们与我的枢密使萧奉先相比如何？"天祚帝一副盛气凌人之态。

耶律阿息保不敢照实回答，而是按着自己的想法继续说道："依臣之见，应趁贼酋未成之机，发兵灭之，否则必贻后患！"

"好……好呀！"天祚帝揉捏着怀里宫女白皙的脸，喃喃地说。

耶律阿息保丈二和尚摸不着头脑，他不知道天祚帝所说的这个好指的是什么，是发兵征讨女真吗？

半晌，天祚帝才从女色中回过神来，对侍立在他身边的萧奉先说："传旨，派海州刺史高仙寿带领三千渤海军，前往宁江州与那里的守军会

157

合，共同剿灭女真！完颜阿骨打这个区区的边地草莽贼酋，难道他还敢兴风作浪不成？"

对于耶律阿息保的这些劝谏，天祚帝听得太多了。不久前，曾有人在熙熙攘攘的大街上狂歌："辽国且亡，辽国且亡！"巡逻的辽军上前抓捕，这个狂歌者见有人来捉，连喊数句"且亡！"后，跑进山中，当随后赶来的辽军追到跟前，却吓得四散而逃。原来他们刚要上前捉住这个人打算回去领赏时，却发现他突然蹲在了地上，变成了一个人首兽身的怪物。此事一传十，十传百，全城一片哗然，都说这是一个亡国的凶兆。最后还是枢密使萧奉先"明察秋毫"，他张口说出的一句话，就化解了天祚帝心中的疑惑与担忧！

萧奉先说："什么人首兽身的灾异，分明是疯癫老头为躲兵丁追捕耍弄的把戏而已！"

天祚帝听了，觉得非常有道理。

朝廷里专门负责观察天象的司天监进谏说："近日我大辽上空天色晦暗，日月蒙尘，乃江山动荡不安之兆。陛下当洁身自好，收敛淫荡亵玩之行，修万民之福，方可避当今乱国之祸也。"

呵呵，天祚帝想，司天监也太危言耸听了吧，他上奏如此骇人听闻之言，无非是为了邀功请赏而已。

天祚帝搂着艳丽的宫女，心中暗暗地想"什么灾异，什么日月蒙尘，朕管不了那么多了，活一天，朕就要好好地玩乐一天。

三

仆聒剌从宁江州回来了，他潜进大帐，向完颜阿骨打报告说，辽国在宁江州部署了好多士兵，为的就是提防您呀。

原来，在耶律阿息保走后不久，完颜女真部便听到了辽国为了防备女真部的进攻，天祚帝派辽统军萧挞不也率领人马驻军宁江州的消息。完颜

158

阿骨打为了进一步探明辽军的底细，几天前，他特意派仆聒剌去宁江州打探辽军的军事部署情况。

宁江州在来流河以南，此地去冷山一百七十里，其地苦寒。与大辽的两个小属国铁骊国、兀惹国非常近，易守难攻，是当时大辽在东北的重要战略基地，也是当时辽国与其他各属国货物交易的集散地。

完颜阿骨打派人增建城堡，赶造兵器，加紧备战，就是为了有朝一日起兵伐辽。现在大辽也在开始抓紧备战，完颜阿骨打的心里不禁一阵沉思。

完颜阿骨打问："辽国在宁江州到底有多少人马？"

仆聒剌支支吾吾地说："离得太远，没有看清楚有多少，反正是兵马众多，不计其数。"

完颜阿骨打听到他含糊其词的情报，不觉面沉似水。他不高兴地说："辽国刚刚调兵，岂能马上聚集如此多的人马呢？"

仆聒剌战战兢兢地说："宁江州城高墙厚，易守难攻，我看还是不要以卵击石了。"

实际上仆聒剌是个胆小鬼，他偷偷到了宁江州后，害怕被捉，不敢正面接触辽军，只是远远地观望了一番就回来报告了。

完颜阿骨打怀疑这个情报的真实性，他将纳兰飞雪叫来，让他带胡沙保一起去，务必将辽兵的真实情况打探清楚。

胡沙保身高八尺，平日捕麇鹿而生食。因他不食烟火，所以眼睛明亮，隔数十里之外，亦能明察秋毫。二人清晨出发，因为骑的是日行千里的宝马，所以临近傍晚便赶到了宁江州城下。

为了方便打听情报，纳兰飞雪头戴一顶圆形尖顶皮边帽，身穿白色左衽窄袖齐膝短衫，足蹬长尖高靴，身上还背着弓箭，箭囊里装满了狩猎用的短箭，完全一副女真猎人的打扮。

没想到宁江州戒备森严，城上的守军一见他们二人，老远就开弓放箭，并在城上嘻嘻哈哈地喊话说："听说女直要作乱，就是你们这些人吗？"

纳兰飞雪和胡沙保只好退后十余里，找了一家旅店歇息。第二天趁天刚亮，二人乔装打扮成商人模样，牵着各自的马，与进城的人流混入城内。中午在一家酒楼吃饭时，只见吵吵嚷嚷地进来几个守城的士兵，他们大剌剌地坐了下来，猜拳行令，不一会儿就喝得酩酊大醉。

一个领头模样的士兵醉醺醺地说："喝吧，过几天就要与女直开战了，咱兄弟们就没有好酒喝了。"

另一个士兵摇摇晃晃地说："是呀，如果真的打起来，那女直人一个个虎狼一般，恐怕咱头上这喝酒的家伙就得搬家喽！"

"哈哈，没事的，你们咋这么胆小呀，听说朝廷已经派兵来增援了，到那时，死的还说不准是谁呢！"一个满脸虬须的士兵说。

纳兰飞雪和胡沙保装出喝酒的样子，却留心侧耳偷听。

纳兰飞雪回来报告说："辽国刚开始调兵加强守备，四院统军司和宁江州军、渤海兵加起来，总共不足千人，不足为惧。但是辽国对我们采取了一些防备措施，已经在黄龙府辖区建城堡、烽火台，在混同江、疏木河之间修筑城堡堑壕，我们要及早下手，打他们一个措手不及。"

完颜阿骨打说："果然像我预料的那样。"

胡沙保建议说："辽人知道我们准备反抗他们的压迫，召集了各路军队要进攻我们，我们不能束手待毙。为什么不先发制人呢？若等到再过一段时间，天冷河封，辽国就会聚集大军来攻，我们就失去了机会，不如乘现在辽兵不多，我们完全有战胜的把握！"

完颜阿骨打立刻召集各首领议事，他对各位首领说："辽人知我将要举兵起事，已经在边界上调集军队，我们必须先发制人，否则将会束手待毙。"

足智多谋的完颜希尹说："既然要起兵，则不能师出无名，就以多次讨要阿疏不还为借口，兴兵讨伐。"

大家听了，都纷纷表示同意。

当时母权在女真部落中占有一定地位，完颜阿骨打的母亲已经去世，在得到大家的一致同意后，完颜阿骨打决定利用婶母的威望来压服族内众人。他入见了当时在部落里很有影响的婶母，亲自向她禀告了伐辽的决定。

完颜阿骨打对婶母说道："九月乃出征吉日，我已同将领们决定，出征辽国，以报世仇，以偿父兄的遗愿！"

婶母信任地对他说："多年来你继承父兄的事业兴邦立家，建立了不朽的功业，在部族中有较高的威望，只要你认为是对的事，是对我部族有利的事，你尽管大胆地去做。我老了，只有祈祷上苍去保佑你马到成功。"

完颜阿骨打目不转睛地望着婶母，说："这次率大军出征极为重要，因是第一次与辽人交战，当一战击败他们，长我女真的士气，否则将对以后的战局不利。"

"战场上的事，还是有劳你多多费心吧。对垒攻伐，免不了要有死伤，你要保重身体，我盼望你在疆场上英勇杀敌，成一代开国之君。"

"请婶母放心，我一定尽力杀敌！"

婶母内心激动，双眼中禁不住浮现晶莹的泪光。她关切地问道："你率大军从哪里下手对敌开战？"

"宁江州是辽国的门户，也是辽国临近我部的第一个要塞，打下它，我们就能够进可以攻，退可以守，所以打下宁江州对我们有着非常重要的战略意义。现在我们人马不足，兵器落后，辽兵多我百倍，且武器装备皆胜于我，但是我女真既然出征，志在必胜，务期消灭辽国，建我女真盛世功业，以偿父兄的多年夙愿。"

婶母听了完颜阿骨打这一番发自肺腑的话，眼睛里不觉浮出热泪，说道："你尽管去吧，我日夜在家，当为你祈祷先祖，让他们的在天之灵，保佑你一战而胜！"

完颜阿骨打立刻投入出师前紧张的准备工作中。

# 四

天庆四年九月。

完颜阿骨打率诸将、诸路精兵两千五百人，会集于来流河南岸石碑崴子屯，举行反辽誓师大会，这就是金国历史上有名的"来流河誓师"。

这一天，天空万里无云，澄碧如洗。清澈的来流河水欢快地向前流淌，来流川上红叶如火，女真部的勇士们全副武装，仿佛积蓄了几千年能量的火山，这一天终于爆发了。从此，完颜部的男人们走上了大金国的政治舞台。

在誓师前，完颜阿骨打找来了完颜希尹，两人进行了周密的谋划。

完颜希尹对完颜阿骨打说："现在我女真人对辽怨恨日久，早有反叛之心，你必先激起女真人对辽的仇恨，在战争中实行赏罚分明的政策，有功者重赏，临战而退者则株连九族，如此则不愁大业不成！"

完颜阿骨打说："好吧！"

完颜希尹说："我女真人历来崇尚萨满教，对之奉若神明，待誓师时，当利用我为萨满的身份，充分树立你的威信，让我女真人唯您马首是瞻！届时请您看我的眼色行事。"

广场的正中摆有一个香案，上蒙红毡、黄流苏，毡上摆一巨大的香气缭绕的香炉。在鼓乐声中，完颜阿骨打跪在香案前，手持一束香，叩了三个头，祷告完后端坐在虎皮椅上。完颜希尹、完颜宗翰、完颜宗雄、完颜娄室、完颜银术可等大小亲信都站立在完颜阿骨打的身后。完颜部的勇士们服饰整齐，穿着统一的盔甲，显得异常英武。

他们每人手里紧握着刀枪剑戟，肃立两旁。

当年萧海里聚众叛乱，侵入女真境内，被女真人擒获，获得五百副盔甲，此时，这些盔甲派上了用场。

首先进行的是女真人的野神祭祀活动。在女真人的心目中，鹰神为众动物神灵的首神，女真人素来认为天地万物皆有灵性，并且相信它们不但能知人之祸福，更能给人以祸福。尤其崇敬天，认为天神主宰世间一切，生老病死、战争胜负、五谷丰收均是天神的旨意。而女真人中那些能与天地鬼神沟通的人，被称之为"萨满"。

　　身为萨满的完颜希尹盛装走出，他头戴光彩熠熠的神帽，帽顶上是一只用铁片做的振翅起飞的神鸟，代表着鹰神，帽顶的四周则插满了鹰毛。他全身上下穿着鹿皮，鹿皮上挂着各种动物的牙齿和刀剑的模型。他在场上跳来跳去，广场上的人们都在聚精会神地看着他们心中尊敬的萨满。他是至高无上的，是代表神灵预示世间的一切，是人世间的主宰。他们屏气凝神，瞪大了眼睛看着完颜希尹的一举一动。突然，完颜希尹停住了脚步，伸直脖子，一双眼睛望着四周，好像是雄鹰在高空中静伫不动，一双灵敏的眼睛俯瞰着大地；他转动脖颈，目光向四处巡视。忽然，他张开双臂，绕着场地疾走，张开的双手扇动着，上下起落，旋转起舞，以示鹰神凌空飞翔的英姿。他闭着眼睛，嘴里发出一种似兽似禽的声音，脚步越来越快，动作越来越复杂，马上令人联想到是鹰神附在了他的身上。

　　完颜希尹手持香火，向东方的太阳叩拜，然后击鼓大声吟唱：

　　"七星斗立在高空，七星闪光请我临降，我是受天之托，带着阳光的神主，展开神翅遮蔽日月；我乘神风呼啸而来，山谷村寨都在抖动，我旋了九个云圈，又长鸣了九声，神鬼惊遁，众神退后；神武的披着金光的神鹰啊，我来了！"

　　在萨满教里，太阳是最重要的自然崇拜物，太阳的神火是人类等一切生灵的生命之源，而神鹰是"带着阳光"、"披着金光"的神灵，是司光与光明之神，在人们的心中有着神圣不可替代的地位。

　　完颜希尹吟唱完，便舞动神帽上长长的彩色飘带，在广场的中央快速旋转起来，神裙飘飞，神帽闪光，象征着神鹰在云海中翱翔，来到了白山黑水的大地上。

"你在悬崖峭壁上飞旋，神风四荡；你神明的火眼在密林中看穿千里，防备着歹人的无耻偷袭。你向着我们部落的房子，展翅飞来，你是阖族永世的神主，保佑着女真子民的安康和女真部落的崛起……"

参加誓师的全体勇士的情绪随着完颜希尹热烈欢快的神鹰舞蹈高涨起来，他们如想摆脱辽国的残酷统治，过上幸福安定的生活，让他们的妻子儿女不再受到银牌使者的奸淫和凌辱，那就必须得到萨满的福佑。因为所向无敌的神鹰是他们部族"永世的神主"，有了它的庇佑，氏族才能驱厄平安，兴旺壮大。而萨满则是鹰神的化身与象征。

在人们的心目中，萨满可以凭借鹰神和其他动物神灵的力量，主宰人世间的一切福祸。

完颜希尹仰天长啸，脸上的表情怪异，一副痛苦不堪的样子。突然，他的四肢张开，竟让人难以置信地浮在半空中，令观看的人目瞪口呆。旷野上传出他那压抑而顿挫激扬的声音："我们女真人世代受契丹的欺凌，可恶的银牌使者掳走了我们的财富，我们姐妹的贞操也早已荡然无存，妻女的哭声让我们不能安眠，上天的乌云是祖先的眼泪，就连天鹅也在为我们哀鸣。上天的神灵啊，它的心里在流淌着鲜血。它派出了叱咤风云的鹰神，至高无上的鹰神凌空飞来，为我们送来了希望的灵光！"

突然，完颜希尹一下子从半空中落在了地上，他站起身，睁开紧闭的眼睛，好像从梦中刚刚醒来。那双龙睛虎目中蕴藏着无穷的仇恨，他坚定地说："伟大的鹰神挟万灵之力，一日千里，飞临白山黑水的上空，它绕着完颜部飞了三圈，对着我大声地叫着：完颜阿骨打，完颜阿骨打……然后又落在大帐的顶端。大帐是首领完颜阿骨打的，鹰神的指示准确而不可违背，它指示我，完颜阿骨打是上天神灵遴选出来的救世主，完颜阿骨打的时代已经开始，他将以无可匹敌的勇气和摧枯拉朽的神力，为我们女真族人开创一个崭新的时代。我们必须要像拥戴鹰神一样拥戴他，他的指示就是不可违背的神谕！"

完颜希尹洪亮铿锵的声音在来流河两岸久久回荡……

这时有膀大腰圆的壮汉手执八面绘有鹰、蟒、蛇、雕、狼、虫、虎、豸等图案的神旗走上来，他们围在完颜希尹的四周，往来穿梭，神旗在完颜希尹的头顶呼呼生风，这种昭示着祖先出征、争战的壮烈场面，让每个在场的人热血沸腾。

　　"完颜阿骨打，完颜阿骨打……"广场上聚集的人群发出一阵阵壮怀激烈的吼声。

　　雄才大略的完颜阿骨打从虎皮椅上站起身，他全身披挂整齐，手持精铁乌罂刀，背弓挎箭，跨上战马飞奔到附近一处高岗上。

　　完颜阿骨打勒住赭白马，巡视着眼前各路人马。女真将士威风凛凛，队列整齐。

　　完颜阿骨打用穿云裂石的声音，发出了女真人被压抑已久的呐喊：

　　"我女真各部世事辽国，恪守职责，历年进奉朝贡，平定乌春、窝谋罕之乱，破萧海里之众。辽国对我们不但有功不赏，反而打我女真，掠我财富，侮我妻女姐妹，无恶不作，丧尽天良。同时保护罪人阿疏，我部多次讨要拒不遣返。今天我要代表鹰神问罪辽邦，誓师西征，愿皇天后土保佑我女真，推翻残酷暴虐的辽朝统治者。"

　　各队人马高举着刀枪，大声地呐喊："我们皆愿唯您的命令是从！为女真人的崛起，即使是出生入死，也在所不辞！"随后都跪在完颜阿骨打的面前。

　　为了增强誓师的严肃性，表明与辽国血战到底的决心，完颜阿骨打将铁梃依次传给诸将，并掷地有声地说道："凡与我起兵反辽者，均要齐心协力，奋勇杀敌。有功的，奴婢可以升为平民；而平民可以当官，原先为官者则可加官晋爵。如果谁敢违背誓言，就要身死铁梃之下，连家属亦不能赦免。"

　　听着完颜阿骨打发自肺腑铿锵有力的誓言，两千五百名女真精兵，一个个群情激奋，斗志昂扬，喊声如潮："女真必胜，辽国必亡！"

　　国相完颜撒改带领完颜宗翰、完颜宗干和完颜希尹等将士环绕在土岗的四周，抬头仰望，只见完颜阿骨打骑的赭白马就像山一样高大，而神采奕奕、容光焕发的完颜阿骨打，就像山上的一棵青松，形象雄伟挺拔。

完颜阿骨打对将士们说："若大事克成，我与诸位一定相聚于此，饮酒庆功！"

来流河畔号角劲吹，旌旗飘扬，战马嘶鸣。

翻滚的来流河水发出了惊天动地的涛声。

完颜阿骨打一声令下，三声炮响，声震大地，如虎狼一样凶猛善战的女真勇士向宁江州杀去。

随后，雄踞长城内外二百余年的大辽王朝，在女真人的一次次征伐中土崩瓦解。

# 第十二章　决战宁江州

## 一

天刚蒙蒙亮，十余里的山路上汇集了全副武装的女真骑兵，四面八方，还有闻风前来参战的援军不断涌来，蜿蜒连绵。

来流河南岸，成了女真人反辽的广袤战场。女真部的勇士们聚集在一起，开始了长达八年的铁血反辽征涯。

身着黑色盔甲的完颜阿骨打骑着一匹赭白马，马鞍上悬挂着一把长长的精铁乌罡刀，棱角分明的脸上如刀削一般冷酷，如电的目光里杀气凛然，浑身上下散发出一股强悍的不可欺凌的猛鸷之气。

完颜斜也、完颜宗干、完颜宗翰、纳兰飞雪等各率一队人马，整齐地列阵待发。纳兰飞雪看了完颜阿骨打一眼，发现他蹙着眉头，神情若有所待。

完颜阿骨打知道，他手下将士不过两千多人，虽然各个赛过猛虎，但辽国仅常备军至少也有三十万，双方军事力量对比实在是太悬殊了。在这种情况下，女真要想以少胜多，出奇制胜，就必须殊死搏斗，背水一战。

对当前这场决定女真部生死存亡的宁江州之战，完颜阿骨打倾注了全部智慧和力量，除国相完颜撒改和完颜宗翰、完颜希尹率领少数兵力在家中留守，以防备来自宾州的辽军偷袭外，几乎所有著名的女真将领都参加了这场关键性的决战。

远方又有马声嘶鸣，只见一队人马急驰而来。等到了近处，只见达鲁古部酋长实里馆带领着部落里的壮年男人，人人披坚执锐。

实里馆来到完颜阿骨打的马前，说："听说您要举兵伐辽，我部有志男子都自愿前来，愿与您一同亲冒弓矢，虽死无怨。"

完颜阿骨打大喜过望，激动地说："太好了，有如此女真男儿，今日出击，当一举击败辽兵，共建不朽大业。"

完颜阿骨打话音未落，只见一道如烈火一样的白光，起自刀刃之上，照得脚下一片明亮。微风拂过，只听空中隐然传来刀剑铮鸣之声，在场的人都感到非常奇怪。完颜宗翰高兴地说："白光起于戈矛之端，预示着我军将首战告捷，这是吉兆啊！"

众人听了，士气高涨，人人踊跃请战。

完颜阿骨打看了一眼人群，严厉地问："昨日命婆卢火去召集耶懒路完颜部的部队，为何此时还没有来？"

众人面面相觑。

完颜斜也说："耶懒路完颜部距此地路途遥远，途中又跋山涉水，可能要延误一些时间。"

正说话间，大队人马的后面卷起一阵烟尘，只见婆卢火与石土门、迪古乃带着一队人马匆匆赶到。完颜阿骨打大怒，威严地下令："婆卢火延误出师时间，罪在不赦，将其拉到军营之后，斩首示众！"

完颜宗翰急忙上前："此战为我军与辽的第一场战争，还没有出师，就立斩大将，这对出师不利。不如派遣他随军督师，立功赎罪。"

完颜阿骨打沉思半晌，默默地点了点头。

完颜宗干从队伍后转了过来，催马来到完颜阿骨打的眼前，大声地报告："清点大军完毕，到目前为止，共有两千五百名将士出征。"

完颜阿骨打点了点头。

纳兰飞雪对完颜阿骨打说："现在征辽大军已全部到齐，可以传令进军了。"

完颜阿骨打瞭了一眼东方渐白的天空，对纳兰飞雪说道："传我将令，杀敌有功者，赏！凡后退者，人人皆可得而诛之。出发！"

随着完颜阿骨打的一声命令，两千多名骁勇剽悍的女真英雄冲出山口，直奔宁江州的方向而去。

烟尘顿时四起，马蹄的轰响如同急擂的战鼓一般，一直传向遥远的宁江州。

纳兰飞雪和完颜宗干率领的先头部队急驰在前，直奔宁江州杀去。

宁江州地处辽国边境，是辽国控制东北女真的军事重镇。女真誓师伐辽之前，这里除驻有大量的辽军外，还设有榷场，是辽国剥削女真的贸易市场。由于它的军事战略地位，辽国道宗清宁年间建置以来，经过历年维修，已经成为一座巍峨壮观、易守难攻的城池，并且辽国还将能征善战的混同军劲旅派到这里驻防，以加强对女真的监视和防范。

在女真人的心目中，宁江州就是辽国的代名词。

打下宁江州，女真的崛起就有望了。

突然而至的马蹄声打破了沿路的渤海人、女真人平静的生活。他们早就对辽国的腐朽统治深感不满，当远远地看见这支部队如风一般地急驰而过，听说是女真兵去攻打宁江州，他们内心除了一阵强烈的震撼之后，紧随而来的就是满腔的兴奋和担忧。

完颜宗干骑在如飞一般的马上，他看了右边的纳兰飞雪一眼。只见纳兰飞雪左手紧提马缰，右手紧握冷艳夺魂刀，双眼全神贯注地直视前方，他一句话也不说，只是一个劲儿地打马快跑。

兵贵神速，所有参战的勇士紧随其后，人人不肯示弱。

九月二十三日，女真的先头部队突破辽军为防御女真进犯而修筑的唐括斡甲防线。

女真军渡过扎只水时，奇异的白光再次起于戈矛之上。

完颜阿骨打亲自率领一支精锐之师为中路，直袭宁江州城，另分左右两翼部队，形成钳形包抄之势。女真军攻入宁江州东，首先与前来阻击的渤海军迎头相遇。

原来正在庆州黑山射猎的天祚帝，得到女真将要举兵反辽的消息后，并没有引起高度的重视，依旧行围打猎。只是派海州刺史高仙寿统领渤海军三千人前往宁江州助战。

这伙渤海军是契丹灭渤海国后收编的军队，正是高仙寿统领的援军的先头部队，由辽军渤海将军耶律谢十率领。当时，辽军的气势正盛，直冲女真左翼七谋克，初战的女真兵被打得措手不及。来势凶猛的辽军将女真兵的阵脚冲乱，然后乘势直犯完颜阿骨打所在的中军。完颜阿骨打的同母弟弟完颜斜也见辽军来势汹汹，便与哲垤等人一起冲上前去，挥刀厮杀，却被辽军团团包围。

"此役乃我军与辽军首战，但未知辽军虚实，切不可轻举妄动！"完颜阿骨打看着眼前的战况，沉着冷静，吩咐他的大儿子完颜宗干，"你速去告诉完颜斜也，务必要避开辽军的主力部队。"

"遵命！"完颜宗干带着一小队人领命而去，冒着如飞蝗一般的箭雨，所过处逢敌便杀，一直冲到完颜斜也的马前。完颜斜也激战方酣，完颜宗干冲到他的马前，抓住他的马缰，传达了完颜阿骨打的军令。随后他们一起往中军的方向退去。辽兵见他们要逃，哪里肯放过，便一齐围了上来。

完颜阿骨打见状，催马欲上前助战。身边的完颜挞懒上前拉住他的马缰说："大王您怎么能为如此小敌而亲冒弓矢之险，杀鸡焉用宰牛刀，我愿出战效力，以解眼前之围。"

完颜挞懒刚满十六岁，从来流河誓师时起，就一直跟随在完颜阿骨打的身边，未尝离开片刻。他催马挺枪，冲入敌阵，或削或砍，须臾间便力杀七名辽兵。一名膀大腰圆的辽将冲过来，此人乃是萧兀纳的孙子萧移敌塞。在二人激烈的对决中，完颜挞懒的长枪因用力过猛而折断，他却面无惧色，顺手抓住萧移敌塞劈过来的长刀，猛然一声大喝，唬得萧移敌塞胆战心惊，被完颜挞懒拽到马下，身后的女真士兵一拥而上，枪戟齐下，萧移敌塞顿时死于非命。

辽兵见完颜挞懒勇猛善战，犹如虎狼一般，惊得目瞪口呆，畏惧不敢出战。这时辽军阵营里冲出一人，胯下骑着一匹黄色的宝马，正是辽军渤海将军耶律谢十。他见女真军后撤，急忙策马来追。此时见萧兀纳的孙子萧移敌塞丧命于马下，遂红着眼上前拼命。完颜阿骨打从腰间摘下弯弓，张弓射箭，直射耶律谢十。耶律谢十中箭坠马，辽营中的一名副将见状，急忙上前营救。完颜阿骨打又一箭射穿了他的前胸。耶律谢十趁此空当儿，慌忙地从地上爬起来，忍痛拔出身上的利箭，转身往辽军阵中狂逃，眼瞅着就要逃到辽军阵中，完颜阿骨打的箭却随后飞来，正中耶律谢十的后背，因箭力过猛，箭没入大半，一股鲜血顿时从耶律谢十后背喷出。

耶律谢十倒地气绝而亡。

此时完颜宗干等人还陷在辽军重重包围之中，完颜阿骨打见状，挥刀杀入辽军之中，前去营救。他甩掉身上披挂的盔甲，赤膊上阵，女真兵见状，勇气倍增，一齐呐喊着杀了进去。

完颜阿骨打在阵前横刀跃马，双眼暴射精光，杀气腾腾，黑色的精铁乌罡刀吐出三尺精芒，他舞动起来，浑身上下顿时包裹在一片刀光之中。他看见直逼过来的辽兵，便直扑上前，手起刀落，寒光闪处，早有十余人死于刀下。纳兰飞雪与他左右呼应，逢人就砍，如同凶神恶煞一般冲进辽兵之中，一把冷艳夺魂刀舞得呼呼生风，纵横驰骋，阻挡者一律被他斩倒在地。二人一时杀得兴起，辽军阵营中顿时血肉横飞，鬼哭狼嚎一片。

冷艳夺魂刀在起落之间，刀上沾满的鲜血随即被扬成长长的细线，然后在半空中分散开来，洋洋洒洒，犹如下了一场血雨。

鲜血从空中洒下，顺着纳兰飞雪的头流下来，纳兰飞雪的眼前是一片耀眼的鲜红。

纳兰飞雪嘴唇紧抿，冷酷的脸上没有一丝怜悯，乍一看，纯粹就像一个嗜血成性的冷血杀手。他在马上任意回环旋转，腾挪自如，一把冷艳夺魂刀或砍或削，夺去了无数辽兵的性命。

刀落下来，便是辽兵头颅开花的脆响和丧命时的闷哼。

"杀！将这些辽贼全部杀光！"完颜阿骨打一声令下，女真士兵如猛虎下山，潮水般向溃散的辽军扑去。上千人的喊杀声响彻云霄，马蹄轰响，女真人锋利的弯刀不断地在天空中划过，起落间人头落地，不一会儿便是人仰马翻，尸横遍野，辽国死亡士兵的鲜血浸润了大地。

一具具尸体横躺在地上。周围还时不时地响起战马临死前的哀鸣。

一时间辽军阵脚大乱，抱头鼠窜，十之七八被相互践踏而死，残兵败将退到宁江州城中死守。

刚刚歼灭了耶律谢十率领的辽兵，女真大军兵不卸甲，马不离鞍，没有歇息片刻，便径向宁江州快速扑去。一路上只要遇见溃散的辽兵，一律杀死无赦，只有少数的幸存者跑进山谷中暂时免于一死。

完颜阿骨打鼓励将士们说："我们要乘胜追击，直到将辽寇杀尽为止，不可有片刻的懈怠。"

完颜阿骨打率军进抵宁江州城下。宁江州城墙较高，城墙外有一道又宽又深的护城河。完颜宗干命令士兵们轮流背土，把护城河填平，然后发起强攻。宁江州虽驻有重兵，但士气低落，在女真兵强大的攻势下，被迫从东门出来迎战，却遭到迎头痛击。

萧兀纳因屡次上书，建议朝廷早早备兵以防女真部来犯，已被天祚帝贬为东北路统军使，此时亦统军于此。他见女真士兵如此骁勇，辽军根本不是他们的对手，自己的宝贝孙子萧移敌塞带兵出城迎战，也不幸被女真兵杀死，萧兀纳自思不敌，便留下宁江州防御使大药师奴守城，自己带领三百名骑兵向西渡过混同江，回朝中乞兵救援。

守城辽兵哪里是女真士兵的对手，他们见女真兵杀人犹如砍瓜切菜一般，均无心恋战。此时守城的几位将领见抵挡不住，只好惊惶保命，弃城而逃。

经过了七天七夜的激战，女真军攻克了宁江州，俘获了宁江州防御使大药师奴。长期以来，辽国对女真各部极尽压迫、歧视之能事，在女真人民的心中积蓄成满腔的仇恨，因此女真士兵杀入宁江州城内，怀着强烈的复仇心理，不管妇孺老幼，皆格杀勿论。

宁江州在刀光中呻吟，在血光中哀号，全城陷入前所未有的兵祸之中。

完颜阿骨打俘获大量马匹和财物，为庆祝宁江州大捷，在占领该城的第三天，举行了隆重的论功行赏大会。按照功劳大小，对手下将领加官晋爵，并把缴获的战利品分别赏赐给个人。

受到奖励的女真将士更加精神焕发，斗志昂扬。

完颜挞懒在此战中，英勇杀敌，勇冠三军，在庆功大会上，完颜阿骨打拍着他的肩膀说："如果有几十个像你这样勇猛的战将，即使辽军有百万之多，亦不足为惧！"

这次战争的胜利，使完颜阿骨打清醒地认识到，貌似强大的辽国外强中干，不堪一击，从而更加坚定了必胜的信心。同时也使他在战斗中更进一步了解到，辽军中真正有战斗力的是渤海人和辽系女真人，他们才是女真反辽的主要障碍。

辽籍渤海人的前身实际上是女真的一个部落。辽太祖耶律阿保机带兵将渤海国打败后，为了分散女真人的势力，割断他们与本部的联系，减少女真对辽朝东部边界的威胁，将这部分内附的女真人安置在东京辽阳之南，编入辽朝户籍，使他们向辽交纳赋税，称熟女真，也称曷苏馆女真。一遇战争，便征他们为前驱部队。原因就是渤海男子足智多谋，骁勇善战，他国男人无法与之相比，素有"三人渤海当一虎"之称。渤海国的女人性情凶悍，容不得丈夫有侧室，即使丈夫在外面与其他女人偷情也不行，一旦发现，便会想方设法将男人所爱的女人用药毒死。故此契丹、女真国皆有女娼，男子大多有小老婆、侍婢，而唯独渤海国没有。

完颜阿骨打对战俘中的渤海官兵，实行去留自主的宽大政策；对于释放后又去投奔辽军，以后再被金军俘获的，也既往不咎，仍旧释放。手下

173

部将颇为不解，都请求杀了他们，而完颜阿骨打却另有打算，他说："你释放了一人，可能会招降一百人。你杀了一人，可能会引来一千人和你拼命。既然已经攻下了城池，为什么还要多杀人呢？昔日太师劾里钵破敌，俘获一百余人，把他们全放了，后来这些人都成了招降其他部落的骨干力量。今天放走的这些渤海人，他日当有大用。"

同时完颜阿骨打还利用契丹、渤海族人民的反辽情绪，通过招抚等手段，分化、瓦解辽军，不断扩大战果。他把军事攻势与政治攻势结合起来，暗中释放了宁江州防御使大药师奴，使其招降契丹人，配合女真军推翻天祚帝。同时他又亲自召见渤海降将梁福、斡答剌，开导他们说："女真、渤海自古就是一家人，同样遭受辽廷的残酷压迫和剥削。我兴师伐辽，就是要推翻辽国天祚帝统治，把你们从水深火热之中解救出来。我们女真绝不会伤害你们，希望你们与我同心协力共同战斗。"

梁福、斡答剌等人同意归降，完颜阿骨打假装疏于防范，让梁福、斡答剌等人乘机逃走，派他们到渤海人集聚地区，策动渤海民众举兵叛辽。与此同时，他又派完颜娄室到黄龙府，去招抚辽籍女真人，以取得他们的广泛响应和支持。不久，完颜阿骨打又派人招降辽朝统治下的铁骊部渤海人和编入辽籍的曷苏馆女真。鳖古酋长胡苏鲁也随之献城投降。从此女真军威大振。

完颜阿骨打派人把宁江州大捷的消息告诉了留守的国相完颜撒改，并将缴获的耶律谢十的黄色宝马赐给了他。完颜撒改听到首战告捷的喜讯，兴奋得一夜不曾合眼，第二天就派儿子完颜宗翰和完颜希尹一起前来祝贺，并向完颜阿骨打献策说："您统军与辽首战旗开得胜，我女真灭辽一统天下的大局已经形成。希望您趁此机会改元称帝，开创一代伟业，不知您意下如何？"

完颜阿骨打听到完颜宗翰带来的口信，面带笑容地说道："此次首战告捷，是全体将士奋勇杀敌的结果，有这么一点儿胜利便称帝立号，岂不显得我太浅薄了！"

# 二

宁江州失陷的消息传到辽国，天祚帝这才觉得此事非同小可，不得不中止从秋山到显州冬猎的计划，立即商讨应对之策。一些熟悉女真的大臣看到形势十分严峻，建议派重兵前去镇压；而有些大臣则力主发小部分兵力。

萧陶苏斡，字乙辛隐，突吕不部人。天庆四年，为汉人行宫副部署。天祚帝召集群臣议事时，萧陶苏斡仗义执言："女直国虽小，但其人勇而善射。自从女直人捉住了从我国叛逃而去的萧海里之后，反辽之势益长。我大辽久不练兵，若遇强敌，稍有不利，诸部离心，则后果不堪设想。为今之计，必须发诸路大兵，以威压之，才能胜券在握。"

而北院枢密使萧奉先则不屑一顾地说："我大辽乃大国，陛下若依萧陶苏斡之谋，表明了我国弱小怕事。依微臣之见，只需发少量的人马前去，便足以拒敌取胜。"萧奉先之所以出此言，则是打算让他的弟弟萧嗣先带兵出战，这样，外有弟弟统兵，内有自己把持朝政，而且皇宫里，他的姐姐是天祚帝的皇后，妹妹是天祚帝的宠妃，如此一来，整个大辽就尽在萧氏家族的掌控之中。

昏庸的天祚帝采纳了萧奉先的错误建议。

十月，天祚帝钦点守司空萧嗣先为东北路都统，静江军节度使萧挞不野为副都统，中京虞候崔公义为都押官，侍卫控鹤都指挥使邢颖为副都押官，率领契丹、奚军骑兵三千人，中京路禁军及土豪两千人，另选诸路武勇两千人，前去讨伐女真。

萧嗣先率军队出长春路，屯军于鸭子河畔的出河店，企图一举全歼女真军队。当时辽国承平日久，很多年都没有打仗了，辽国百姓听说兴师讨伐女真，都愿意随军入伍，希望胜利后得到赏赐，往往出征的兵将们也可以将家属带到军营，一同随行。因此大军浩浩荡荡，对外号称十万大军。

经过宁江州一战后，女真兵由两千五百人增加到三千七百人。完颜阿骨打得知辽军来攻，亲自率兵向鸭子河南岸进发。

完颜阿骨打面对强敌并没有退避，而是决定在敌人还没有完全集结之前，出其不意发起进攻。

完颜阿骨打率兵到鸭子河南岸后，见将士们十分疲劳，下令原地休息，准备明日与辽军大战。

完颜希尹匆匆忙忙地找到完颜阿骨打说："我军刚刚打了胜仗，士气正旺，而强敌在前，且数倍于我，我军只有连夜出兵，方能大获全胜，否则必有灭顶之灾！"

二人商议后，完颜阿骨打决定用女真人最相信的萨满梦卜之说来鼓舞军心。

当时正是隆冬季节，北风呼啸，飞沙走石，天寒地冻。完颜阿骨打由于连续作战，好几夜都没有合眼，感到极度疲惫，躺下后就进入了梦乡，不一会儿，他却忽然醒来，下令集合所有将士。

完颜阿骨打来到阵前，对将士们说自己刚睡下，便梦见一个老翁，急匆匆来到他床前，拍着他的头说：赶快集合部队！连说三遍便飘然而去。

完颜阿骨打故意问完颜希尹说："这个梦预示着什么？"

完颜希尹急忙上前说："这是神明指示大王您连夜起兵啊！只有这样，我们才有胜算！"

手下的将士们听了，纷纷要求连夜进军。此刻正当午夜子时，完颜阿骨打率领三千多铁骑，顶风踏雪，凌晨时突袭到出河店附近的鸭子河北岸。这时只有一小部分辽兵正在破坏冰面，以防止女真军突然来袭，完颜阿骨打派精兵一阵猛打。辽兵没有料到女真军队来得如此迅速，措手不及，纷纷溃散。

完颜阿骨打懂得兵贵神速的兵法要诀。女真军刚渡过鸭子河南岸还不到总人数的三分之一，完颜阿骨打就率领他们突击到出河店城下，并迅速发动猛攻。随后渡过河的女真士兵陆续投入战斗。梦犹香酣的辽兵，急忙抓起武器，仓促应战。

恰在此时，大风陡起，尘埃蔽天。"天助我也！" 完颜阿骨打见状大喜，他大吼一声，直冲辽军阵营，完颜宗干、完颜宗望、完颜宗翰、完颜宗雄则紧随其后。勇猛的女真士兵像开了闸的洪水锐不可当。

锥心刺骨的寒冷天气，突兀而至的风沙，对于长期生活在白山黑水的女真男人们来说，这点苦不算什么，反而让他们愈战愈勇，而且女真士兵大多是父子兄弟编成一军，与其说是军队，不如说是家庭，哪有不同仇敌忾之理。但是对那些平时养尊处优的辽兵辽将来说，则是天大的灾难，他们在凶悍的女真士兵的狂砍猛斫之下，溃不成军，乱成了一锅粥。

女真士兵骑在高大的战马上，五人一组，或左或右，或前或后地互相支援，马刀交错地挥舞，形成了密集的不可摧毁的攻击网络，一个个辽兵尽被他们斩于马下。

多年来，受尽了屈辱的女真人终于等到了这一天，他们从长期的默默忍受中觉醒，拿出过去与虎狼搏斗用的刀枪，与女真英雄完颜阿骨打一起走向了反辽的战场，为女真部族的荣誉而战，为白山脚下、黑水河畔的千里沃野而战。此时此刻，他们心中只有一个信念，跟随他们心中的完美高大的盖世豪杰，去征服欺凌了他们多年的大辽，让昏庸的辽国皇帝臣服在女真人的脚下，让草原的铁蹄踏遍契丹的每一块土地，让世居白山黑水的家乡父老走出万里草原，去占有世间最肥美的土地，过上最美好的生活。

剽悍的女真骑兵一举攻入城中，左冲右杀，势不可挡，辽军大溃。统帅萧嗣先落荒逃走，辽军家属、金帛、牛羊、辎重皆为女真士兵所获。完颜阿骨打又指挥军队追杀一百余里，辽军战死、战伤、逃遁者十有七八。都押官崔公义、副都押官邢颖和大将耶律佛留、萧葛十均被杀死于阵前。女真俘获辽兵车马、粮草、珍玩不可胜数。完颜阿骨打将这些战利品全部赏赐给手下将士，连日大摆筵席犒赏三军。并将俘虏来的辽籍女真士兵、渤海人三千人，充实到女真军中。

女真军乘胜分路进兵。因为宾州城内辽兵势众，完颜阿骨打不敢贸然强攻，便派人前去打探虚实。此时，大雪封山，江河结冻，粮草十分紧缺，行军非常不便。完颜阿骨打心急如焚，一天，他看见几个小孩子足蹬乌拉滑子从冰上戏耍着飞驰而过，灵机一动，立刻令人找来铁箭杆，依样制作。然后命完颜娄室、仆虺等带着三千女真士兵，穿上特制的乌拉滑子，顺着大江如神兵天降一般，攻入宾州城，辽兵们稀里糊涂地当了俘虏。这时女真将领吾睹补、蒲察在祥州打败了辽将赤狗儿、萧乙薛军。斡鲁古又败辽军于咸州西，辽国咸州失守。

女真军连破宾州、祥州、咸州等地，攻占了辽的大片土地。辽国的斡忽、急塞两路军无奈之下，只好主动投降。辽国的两个属国兀惹国、铁骊国派来了使臣前来归降，女真士气更加高涨。

完颜阿骨打率领的女真军队在短短的时间里，以两千五百人起家，由小到大，由弱到强，在宁江州和出河店连续打败貌似强大的辽朝军队，挫败辽军士气，撞开了辽朝防御女真的两扇大门，使女真军威大振，在战略上取得了对辽作战的有利态势。

女真人性格劲鸷，男子沉勇善战皆良将之才，且用兵如神，战伐攻取，于当世无敌。加之女真部地狭产薄，耕种劳作衣食无法自给，所以出兵征战可得俘获之物，且能劳其筋骨以御寒暑，于是征发调遣如同一家。因此上下齐心，兵精力齐，一旦奋起，便可以寡敌众，变弱为强。女真刚刚反辽时，所率人马全是骑兵，队伍除旗帜之外，马头上均有小大牌子记着各自的名字作为标记。每五十名骑兵分为一队，前二十名皆穿金装重甲，手持刀枪剑戟；后面的三十名则穿轻甲，手操弓矢，便于攻击。每遇见敌人，必有一二人跃马而出，先观对方势阵之虚实，然后再结队驰击其左右前后，至敌于百步之内，弓矢齐发，敌方中箭者纷纷丧命落马。战胜后整队追杀，若战败则复聚而不散，其分合出入自如，应变如神。后来随着战争的需要，组建了步兵。步兵全身皆披重甲，号为硬军。硬军士兵手执矛戈前行，身负弓矢在后，为保证弓箭的准确与杀伤力，遇敌非五十步之内不射，箭镞不过六七寸长，射入人体内很难取出。队伍按人数分别设伍长、什长、百长、千长管制。在队伍行进过程中，伍长击柝，什长执旗，百长挟鼓，千长则旗帜金鼓悉备。在与敌打仗时，如果伍长战死，其余四人皆斩；什长战死，伍长皆斩；百长战死，什长皆斩。另外，常常是父子兄弟或者是血缘关系较近的人编在一个战斗单位里面，父死子继，兄死弟继，同仇敌忾，前仆后继。每出战，士兵皆随旗帜统一行动。每当国有大事，众人在旷野中环坐而议，脸上都涂上灰，地位卑微者先发表意见，只闻其声，不识其人，其秘密竟然如此。将行军大战时，则会广泛地鼓励士兵献策，自下而上，各陈其策，如有可以采纳的，主帅听而从之，绝不会因为其地位卑微而不采纳。而且官兵待遇一致，平等如一。战争结束后，对那些杀敌或献策有功者，论其高下大小，当众赏之以金帛财物。

护步达岗之战后，金兵迅速发展到数万人。完颜阿骨打对军队进行了整顿，以三百户为一谋克，以十谋克为一猛安。这些措施，无疑把官兵的生死利益捆绑到了一起。所有这些举措，加之实战的锤炼，金军已成为当之无愧的所向披靡的精锐之师。

如此将士兵丁，哪有不打胜仗的道理。出河店大捷之后，各路女真兵纷纷归来，女真兵力已经逾万。完颜阿骨打对众子侄说道："昔日攻萧海里之时，辽人曾说'女直不满万，满万不可敌'，现在我军已扩充至一万余人，从此天下无敌矣！"

出河店大捷之后，吴乞买、完颜撒改、辞不失率官员诸将劝完颜阿骨打登基称帝，完颜阿骨打却没有同意。阿离合懑、蒲家奴、完颜宗翰等进言："今大功已建，若不称帝，无以系天下心。"

完颜阿骨打说："待我三思之后再说。"

踌躇满志的完颜阿骨打何尝不想称帝啊，他心里十分清楚，自己称帝只是早晚的事，关键是如何把握好火候。他的谦让，只是为了进一步观察各部落首领和各路将领的态度。他最大的顾忌来自最先劝他称帝的国相完颜撒改。完颜撒改是完颜阿骨打伯父劾者的儿子，三朝元老，深谋远虑，

179

有声望，善于用人；完颜撒改之弟斡鲁古和完颜撒改的儿子完颜宗翰等，都是女真军中著名将帅；伐辽之前，来流水一带均由完颜撒改统辖。阿骨打倒不是怀疑完颜撒改等人劝进之诚，只是等待时机再成熟些。

三

萧嗣先率领的部队在出河店吃了败仗后，属下的残兵败将大多都没有回到都统行营中集合，而是各逃其家，武器、盔甲尽被遗弃。萧奉先惧怕弟弟萧嗣先获罪，就向天祚帝奏道："东征的溃兵害怕朝廷治罪，沿途打家劫舍，假如不赦免他们的战败之罪，这些官兵就会啸聚造反而成心腹之患。"

天祚帝问道："那该怎么办呀？"

萧奉先说："请皇上免去都统萧嗣先的战败之责，那么东征的溃军也自然无罪，所以也就不会啸聚在一起造反了。"

是非不明、偏听偏信的天祚帝说："好，那就免去萧嗣先都统一职，其战败之罪，不予追究！"

天祚帝听从了萧奉先的意见，不思整肃军纪、振作军威，降旨大赦出河店的溃败之军。萧嗣先打了如此败仗，给大辽国带来了这么大的损失，却仅仅是免官而已。

天祚帝于是命都统萧敌里在斡邻泺东收拾溃卒。

这给本来士气低落的辽国士兵带来更大的消极影响。辽国的官兵们都气愤地说：战则有死而无功，退则有生而无罪，谁还会拼着性命去杀敌？从此辽军将无斗志，兵无战心，一旦接敌，均望风而逃。

萧嗣先被打败了，通过这一战，天祚帝认为萧奉先不懂用兵之道，但是派谁去征讨呢？天祚帝想来想去，他想起了一个人：南府宰相张琳。

张琳，沈州汉人，幼有大志。寿隆末年，为秘书中允。天祚帝继位后，升迁为户部使。不久就擢升为南府宰相。

张琳乃一介书生出身，从来没有领兵打过仗，是一个树叶子掉下来都怕砸破脑袋的人，怎能堪此东征大任？

当天祚帝将其召入大殿，付以征讨大事，张琳竟匍匐殿下，过了好久，才结结巴巴地说："陛下，臣以为万万不可，请陛下收回成命。"

天祚帝问："不知卿为何推辞？"

张琳道："据臣所知，辽国旧制，凡军机大事，汉人均不得参与，何况率兵打仗乎？这是先帝定下的规矩。臣乃汉人，所以不敢领命。"

天祚帝道："现在国难当头，朕就要破这个规矩。"

"这……"张琳无言以对，便不敢再说半个"不"字。

张琳见天祚帝不允，奏道："以前之所以连吃败仗，依愚臣之见，主要是败在轻举妄动上。这次东征，倘用汉兵二十万，分兵进讨，没有打不赢的。"

天祚帝尽管令他带兵，但还是存了提防之心。沉吟半晌，天祚帝下诏中京、上京、长春、辽西四路，凡每家有家产二百贯的，就必须出一人入伍，自备武器、盔甲，限二十天内招募十万人。有一些比较富裕的人家，家中的男人竟要全部出征，以致老人没有赡养之儿，妇孺没有夫父之爱，妻离子散，百姓怨声载道，国内一时大乱。

张琳非将帅之才，器甲听从士兵自便，于是人人都以平时打猎时用的刀枪充数，而弓弩盔甲，一百人当中也只有一二人才有。

张琳带着这支由汉军与契丹军临时拼凑的杂牌军，分来流河、黄龙府、咸州、好草岭四路人马，由北枢密副使耶律斡离朵为来流河路都统，卫尉卿苏寿吉为副都统；黄龙府尹耶律宁为黄龙府路都统，桂州观察使耿钦为副都统；复州节度使萧湜曷为咸州都统，将作监龚谊为副都统；左祗候郎君详稳萧阿古为好草岭都统，商州团练使张维协为副都统。这四路由文人率领的十万大军向女真境内进发，但是到了最后，只有来流河路的辽军深入女真境内，其他三路却在后面观望。来流河路的辽军刚与金军交战，自然不敌士气正盛的女真军，只好退到寨栅中，军心皇惶。当天

181

晚上，来流河路都统耶律斡离朵误听说营中的汉军已经逃跑，保命心切，当即率手下的契丹、奚之兵，仓皇弃营而逃。第二天一早，营中的三万多汉军见主将已逃，只好推选少监武朝彦为都统，再次与金军交战，又被打败。其他三路人马见状，各个退到驻地以求自保。数月后，逐一被攻破，凡青年强壮的男子都被斩戮无遗，小孩被挑在枪尖上，挥舞着游戏取乐，所过之地全被烧杀劫掠一空。辽东境内的熟女真，被女真军吞并，强壮勇猛之士被选入军中，遂有铁骑过万，女真军兵力骤增。

# 第十三章　缔造大金

一

完颜阿骨打坐在御寨中央的虎皮大椅上，看着下面满脸期待的完颜希尹、完颜宗翰、完颜宗干、完颜宗望、完颜宗雄等人，还有，完颜撒改和吴乞买这两个重要的人物也来了。看到大家一脸严肃的样子，完颜阿骨打就知道他们的用意了，他缓缓地说道："我知道你们是干啥来了，你们又是来劝我登基称帝的吧？"

众人相互看了一眼，他的大儿子完颜宗干第一个站出来说："现在我女真兵强马壮，威名远播，兼有各部来降。我们现在什么都不缺，唯一缺的就是名号，名不正则言不顺！没有名号，我们怎么去和大辽对抗？怎么去和大辽平起平坐？所以，请父亲立即登基。"

这个？完颜阿骨打陷入深思当中，他并不是不想当皇帝，但若是打了两三场胜仗就登基，未免有些操之过急，再说大辽百年基业，岂能是几个回合就轻易动摇的？

吴乞买见状，赶紧出来劝道："自从您继任都勃极烈后，女真诸部归附，四海归心，而今又率天下精锐之师，兴讨辽国，无坚不摧，令四海威服，已建不朽之业。俗语言：皇位不可一日旷！所以望哥哥早日继位。"

完颜阿骨打想了半天，才慢腾腾地说道："你们先下去吧，我要再仔

183

细地想一想。"

早在宁江州大捷时，完颜撒改就派儿子完颜宗翰和完颜希尹一起劝完颜阿骨打改元称帝，被完颜阿骨打拒绝了。天庆四年年底，国相完颜撒改和吴乞买、完颜希尹、辞不失等，又提出让完颜阿骨打称帝，也被他回绝。可现在辽国灭亡已成定局，他怎么还说时机不成熟呢？

看到大家愁眉苦脸、满腹狐疑的样子，完颜希尹胸中有数地说："还是请汉臣杨朴出山吧！"

杨朴出身渤海大族，辽东铁州人。自幼熟读经史，谙熟儒家典制，精通中原典故，慷慨有大志，多智善谋，且有雄辩之才。考中进士后，曾任官校书郎。女真部起兵反辽，他弃官来投，成为深得完颜阿骨打信任的得力谋士。

杨朴经过一番深思熟虑后，前来拜见完颜阿骨打。他深施一礼，开门见山地说："技艺高超的工匠可为人们制作圆规和曲尺，但并非人人都能达到尽善尽美的程度；德高望重的师长可做世人的楷模，却不能使每个人都照着他的样子做。大王创建了一支强大的女真军队，就应当以家为国，图霸天下。以目前之势观之，当图为万乘之国，而非千乘所能比也。"

听到这里，完颜阿骨打顿时明白了他的来意，他笑呵呵地问道："你是不是受他们之托，也是来劝我称帝登基的？"

杨朴不慌不忙地答道："自来流河誓师伐辽以来，诸部兵众皆归大王，以至宁江州之役旗开得胜，辽亡之势大局已定，现今您虽有拔山填海之力，但若不能及时称帝建国，最终也不能革故鼎新，建万世之基。在这种形势下，愿大王要审时度势，顺天应时，立即建国称帝，任命诸藩官职，这样，只要您一声令下，千里之内就会闻风而动，大片疆土就会尽为女真所有，从而建立一个东接大海、南连大宋、西通西夏、北安远国之民的泱泱大国，从而成就千古帝王大业！"

杨朴的这番话，合情合理地分析了女真建国的必要性和迫切性，每一句都说到了完颜阿骨打的心坎里。但他还唯恐有什么闪失，期待中又有些犹豫。

杨朴见状斩钉截铁地说："如此重大的决策不马上定夺，还要等到何年何月呢？古语说得好，当断不断，祸来快如箭。现在是大王下决心的时候了。"

完颜阿骨打眼睛一亮："你说得对，我们立即着手筹划。"

完颜阿骨打同意称帝的消息传出，女真诸部群情激奋，完颜部更是人人欢欣雀跃。经过大家反复协商，登基时间定在天庆五年正月初一，地点定在会宁府。

这一天白山如玉，黑水沸腾，御寨之中旌旗猎猎。女真人永远都不会忘记这个日子。一大早，女真完颜部和其他部落的人聚集在完颜阿骨打居住的御寨前。寨子里插满了日月旗、星辰旗、鸟兽旗，旗幡招展，迎风飘扬，特别是大金国的国旗，红日、黄地、四周镶黑边，向世人展现着女真人的威武雄姿。寨子南面的开阔地上，整整齐齐地摆放着九副犁杖；再往南，并列着九队骏马，每队马为一种颜色。这是吴乞买和完颜希尹等人特意安排的，颇具一番苦心，他们把犁杖和骏马摆在最显著的位置，就是希望完颜阿骨打带领女真人以农耕射猎为本，以军备攻战为要，开疆辟土，去开创女真部前所未有的大业。

御座的东面，文武官员分列两旁，六品以上的文官面西而立，五品以上的武官面东而立，其他将士各率本部人马手执仪仗，在诸门四周环立。

白山黑水之间，蓝天白云之下，猎猎战旗之中，身穿衮冕的完颜阿骨打在太常卿的引领下，意气风发地从御帐中走出，一时鼓乐齐鸣，他披上特制的黄袍，转身端坐在设置在南面的高高的御座上。完颜希尹遵唐、晋皇帝继位的旧仪，引三品以上的文官、二品以上的武官跪伏在御座前，三叩九拜，山呼"万岁"后，然后各归原位。

香烟氤氲之中，完颜阿骨打望着众位开国元勋，站起腰身，端起三杯水酒敬告天地鬼神，祈求祖先保佑，并庄严地宣告："辽以镔铁为号，镔铁虽坚，终有变坏之日，唯金坚不可摧。况且金之色白，完颜部世代崇尚白色，因此取国号为大金！"

众人一致赞同，高呼道："安春温土满塞革（女真语为金国万寿之意）。"

完颜阿骨打又接着宣布："从即日起，大金国年号为收国，定都会宁府。"

吴乞买奉上甲胄、弓矢、矛剑，完颜阿骨打郑重地接过来，神情激动地说："朕将披坚执锐，与你等一同开创大金的美好未来！"

完颜阿骨打在众将士拥戴下宣布继皇帝位，时年四十八岁。

虽然在天荒地远的地方，仪式显得粗陋简朴；虽然脚下还有几尺深的冻土，可是从这一天起，女真人开始以朝代的名义书写自己的历史，积淀了几千年的民族精神破土而出，女真人的铁骑，从这里正式向外进军，推翻了辽王朝的残暴统治，随之向北宋开战。

金王朝的建立，奏响了消灭腐朽的辽王朝凯歌的第一乐章。

完颜阿骨打下诏大封群臣，任命三弟吴乞买为谙班勃极烈，原国相完颜撒改为国论勃极烈，四弟完颜斜也为国论昊勃极烈，辞不失为国论阿买勃极烈，并告祀天地，大赦天下。完颜宗干率诸位官僚上表恭奉册礼，请上皇帝尊号，册文为"臣等谨奉玉册、玉宝，上尊号曰崇天体道钦明文武圣德皇帝"，完颜阿骨打下诏准允。并在众位大臣的拥戴下，改戴通天冠，并设宴款待二品以上官员及高丽、西夏前来祝贺的使臣。金国的建立，废除了原来部落联盟长的制度，实行勃极烈制度，保留有古老议事制的一些痕迹，但它实际上已是辅佐皇帝的统治机构，是全国最高的行政管理中枢。金国的重要职位，已完全掌握在完颜阿骨打的家族成员手中。

二

完颜阿骨打称帝后，就住进元和殿。元和殿宏伟壮观，御座富丽庄严，和当年起兵时的御帐相比，真是天壤之别。第二天举行早朝，虽然刚

186

刚建国，先前没有朝仪制度，但在杨朴、完颜希尹等人的安排下，依照大宋皇帝登基的典制，和完颜阿骨打一起举事起兵的文臣武将们还是跪在大殿前一齐叩头，山呼万岁。

完颜阿骨打见完颜撒改等人跪在他的面前，于是急忙站起来，流着眼泪制止说："今日之所以成功，皆诸君辅助之功，我虽处大位，但不能改旧俗也。"

完颜撒改、完颜希尹等人感激不已，再一次跪在地上，拜谢说："以往您是完颜部的都勃极烈，而今则是我大金的当朝天子，我们做臣子的，哪有见君不跪的道理？从今之后，无论是谁，与您相见，必行君臣之礼。"

完颜阿骨打只好坐下来说："朕几世先祖励精图治，共谋女真部兴盛基业。辽国君主无道，百姓民不聊生，朕与汝等率众起义，至今身经数战，力挫辽人，而有今日之天下，目前国家初建，百事草创，辽国大半土地尚未平定，深望文武诸臣和衷共济，兢兢业业，共创大金万世鸿业。"

完颜希尹奏道："陛下为英明创业之主，睿智天纵，虚怀若谷，有此圣谕，臣等敢不遵行，效忠尽心！圣上万岁！万岁！万万岁！"

群臣亦跪在地上叩头，齐呼万岁。

完颜阿骨打镇静了一下，他威严地扫视了一下四周，然后用低沉的声音说道：

"我大军几次重创辽兵，创造了女真满万不能敌的神话。而今辽国大半土地尚在，辽国君臣苟延残喘，伺机反扑，我等当不给其以喘息之机，当举大兵再次征讨，辽主未获，大军不已。"

三

会宁府，一轮圆月挂在蓝蓝的天空上。

完颜阿骨打称帝，对白山黑水的女真人来说，是千古难逢的盛事。刚刚成立的大金国，自然要举行各种庆祝活动。白天，由女真勇士进行马术表演、击鞠比赛、双陆棋比赛，观看的人们都穿着节日的盛装，男女老幼，全家而出，人头攒动，摩肩接踵。到了晚上，则更加热闹。出生入死的女真将领们挤在大帐里，尽情地猜拳行令，一个个都喝得醉醺醺的，他们在心里乐啊，多少年来，终于有了出头之日。大辽国，从此不敢骑在女真人的头上作威作福了。

一盏盏红色的灯笼挂在高空中，灯光摇曳，闪闪烁烁，映照着熙熙攘攘的人群，为夜晚的庆祝活动增添了无限的喜庆气氛。

这种红色的灯笼在当时称为灯球，每逢节日，女真部的男子们则用长杆把灯球高高地举在空中，大人小孩就可以在外面自由地玩耍嬉戏了。

纳兰飞雪从人声鼎沸的大帐中走了出来，穿过川流不息的人流，走向野外，孤独地来到了一处高高的山坡上。一张郁郁寡欢的脸上看不出喜悦的表情，此时，他是落寞的、孤寂的。

他摆脱了身后的喧嚣。

他不喜欢喝酒，自从父亲和妹妹死后，他变得沉默寡言，更多的时候，是听别人说话。在行军打仗中，他唯完颜阿骨打的命令是从，因为在他的心目中，这个世界上，完颜阿骨打是他唯一的亲人！

在今天欢庆的热烈场合，人人都在开怀畅饮，他趁众人不注意，溜了出来。他不想让大家看出他的心事。

风儿吹着他的头发，微微地拂动着。纳兰飞雪站在山坡上，他那颀长的身躯如一棵挺拔的青松，傲然挺立。

纳兰飞雪回首望去，金军大营里灯火辉煌，风中隐约传来划拳行令声。

空中远近高低的灯球闪烁若星，纳兰飞雪举头仰望，一轮圆月渐渐升上天空。纳兰飞雪心中不禁一颤，他突然想起大漠中的皓月，一个倩影在他的心中顿时清晰起来。

瑟瑟，萧瑟瑟！纳兰飞雪轻轻地念着一个熟悉的名字。

想起萧瑟瑟，纳兰飞雪的心中就泛起不可遏止的痛疼。

纳兰飞雪猛地醒过神来，他找到了今天愁肠百结的原因，与萧瑟瑟一夕相爱，却是刻骨铭心的记忆。多少年来，这个瘤结于心的情结，还在时不时地袭上心头。

大漠一别之后，无论何种美丽的女子，纳兰飞雪都视若无睹。

纳兰飞雪的心中自此装不下任何一个女人。

旷野里响起一声凄凉悠长的叹息……

遥遥地，却传来一阵阵婉转甜美的歌声，纳兰飞雪不禁侧耳细听，片刻，两行清泪从坚毅的脸颊上流了下来。

女真有一个习俗，每当盛大的节日，一些没出嫁的妙龄女子，可以在节日的当晚，到野外来唱歌，歌词的大意是表达自己是如何漂亮，如何勤劳，家境是如何富裕，希望找一个有情人。这一天，青年小伙子独自或结伴来到野外，寻觅他们中意的姑娘，只要有他们相中的，便抢回来当老婆。姑娘的父母也不过问，等到生了孩子后，备上礼物，回到娘家来认亲，称之为拜门。

纳兰飞雪知道，又有姑娘在野外唱歌了，心中不免一阵酸涩，这些浪漫的事情，今生今世与他无缘了。

空中划过一个银白色的黑影，纳兰飞雪发出一声呼哨，一只白色的鸟儿落在了他的肩上，是与他形影不离的"艾尼尔"。无论是行军打仗，还是安营扎寨，"艾尼尔"与他须臾不分，已经成为他生命中不可缺少的一部分。

掐指算来，"艾尼尔"已经跟随他十多年了，对于一只海东青来说，已到了人生暮年。

据女真的萨满说：相传当海东青到人生暮年时，它们就要选择一条炼狱之路。它们不断地用利喙撞击岩石，直至折断并长出新喙；而后，它会用新喙啄尽双爪上的老茧，让双爪更加灵活锋利；再用新喙拔去身上所有的羽毛，待鲜血淋漓的身体结痂、脱皮，直至再次长出丰满轻灵的羽毛。终于，新的苍穹之王再生了，它还可以再活十五年。

纳兰飞雪想起小的时候，父亲曾经问他："你知道鹰和鹫最大的不同是什么？"父亲问完，看着迷惑不解的纳兰飞雪，自言自语地说，"鹰鹫之不同，在于面对生存的态度，性傲者鹰，性鄙者鹫。同样面临生存危机，志向高远者扶摇直上；志向浅陋者，苟且偷生，永不知天外有天。"父亲的声音洪亮而具有穿透力。

相传，鹰与鹫都是隼演化而来的，它们每天生活在苍茫的草原上。直到有一年大旱，草木都枯死了，漫山遍野都是獐、兔的尸体，饥饿难耐。生死关头，它们中的一群展翅高飞，穿越草原，迁徙至群山之巅；而另外一群则不愿展翅高飞，终日敛翅低行，以腐尸殍肉为食。前者即为鹰，后者即为鹫。

女真人的海东青从不会因为山的高度而停止前行，不会因为暴风雨遮住眼而迷失方向。海东青才是草原真正的巴图鲁。

恍惚中，纳兰飞雪看到了父亲，父亲的眼神坚定而锐利。他仿佛在喃喃地说："雪儿，终有一天你将承载女真人所有的荣耀。儿子啊，你何时才能像海东青一样展翅翱翔啊？"

纳兰飞雪陷入了沉痛的回忆之中。

……

远处，趔趔趄趄地走过来几个人。及近了，却见一个人摇摇晃晃地扑了过来，他抓住纳兰飞雪的衣领，口中含混不清地说："纳……纳兰……纳兰将军，为何不去抢个姑娘回来？如此良宵，你在这发什么呆啊？"

纳兰飞雪一看，这个人是完颜阖母。

原来完颜阖母喝了酒后，便带着几个小兄弟跑到野外，来找女孩子来了。

纳兰飞雪忙摇了摇头。

完颜阖母不高兴了，他还是纠缠着，说："抢个女孩子回来，生个儿子，多好啊！哈哈哈……我女真的习俗，就是好啊……啊哈哈哈……"完颜阖母突然不笑了，他翻着白眼，瞪着纳兰飞雪说，"你怎么不高兴呀，

190

你？你……你板个面孔给谁看？"

完颜宗弼从人群里走了出来，赶紧劝完颜阇母："纳兰将军心情不好，与你我无关，我们还是快回去吧！"

"你是不是仗着和完颜……完颜阿骨打的关系好，就敢这样对我们啊？"完颜阇母"唰"地从腰间抽出了一把刀子，"我杀了你，让你知道知道我刀子的厉害！"


完颜阿骨打的大帐门被人踢开了，完颜阇母歪歪斜斜地闯了进来，后面跟着完颜宗弼。

完颜阿骨打和妻子蒲察氏正在说话，被踢门声吓了一跳。

"纳兰飞雪和我打架，请陛下为我做主，替我杀了他！"完颜阇母满嘴的酒气，气势汹汹地嚷道。

"又喝多了吧？"完颜阿骨打抬起头，威严地说。

完颜宗弼急忙上前，说："完颜阇母喝多了，去野外……野外回来，碰上了纳兰飞雪，两人就吵起来了。"

"因为什么吵架啊？"完颜阿骨打问。

"因为完颜阇母让纳兰飞雪去抢……抢……"完颜宗弼嗫嚅着，不敢说了。

"又去抢姑娘了吧？"完颜阿骨打不悦地说。

完颜宗弼不语。

完颜阿骨打看了大醉的完颜阇母一眼，说："把他捆起来，省得他再杀人惹事！"

女真部的男子大多嗜酒而好杀，每当他们喝醉后，都要用绳子将他们捆缚起来，等酒醒后再放开，不然他们趁醉杀人，即使是父母也分辨不出来，因此有许多无辜的人被杀死。

"是。"完颜宗弼急忙把完颜阇母扶了出去。

蒲察氏看了完颜阿骨打一眼，好奇地说："纳兰飞雪这个人确实挺怪

191

的，跟着你出生入死打天下，却不娶老婆，更别提出去找女人了！"

完颜阿骨打长叹一声，说："纳兰飞雪的心中，始终在想着一个人啊！"

"怎么？他在想着谁？"蒲察氏问。

完颜阿骨打摇了摇头，半天不语。

"我是得替纳兰飞雪找个女人了。等到我打败了辽国，将妹妹白散抢回来，就把白散嫁给他。"

白散是蒲察氏的妹妹，在几年前被辽国的银牌使者抢走了。当时，完颜阿骨打正领兵在外面与其他部落打仗，等他知道了消息，已是救之不及，辽国使者早把白散掳走了。

"我要解开纳兰飞雪心中的死结。在我完颜部，只有漂亮的白散才配得上他。可惜的是……"完颜阿骨打长叹一声。

# 第十四章　直捣黄龙府

一

完颜阿骨打称帝，对女真人的号召力更强了，附近各个部落的人马纷纷来归，自愿加入反辽的队伍之中。金军上自猛安、谋克，下至普通士兵，均强烈要求进讨辽国，报世代血海深仇。完颜阿骨打看到举国上下进一步开展反辽斗争的政治条件已经成熟，在心中酝酿着更大的伟略。

完颜阿骨打清醒地认识到，新生的大金政权要存在下去，就必须把反辽战争不断引向深入，直至推翻腐朽的大辽王朝。

辽国的黄龙府控制着女真所在的广大地域，它南通辽国各州，物阜民丰，是辽国设在东北最大的赋税收集地，素有"银府"之称。黄龙府与宁江州相比，宁江州只是一个边贸城市，是辽国控制女真的北疆前哨；而黄龙府则是辽国重要的经济命脉，是女真通往辽国腹地的必经之路，由此看来，黄龙府的战略地位就可想而知了。

若想彻底灭掉大辽，自己取而代之，只有一条路，那就是趁宁江州大捷，大金初立，举国上下士气高涨之机，一鼓作气，拿下黄龙府，为以后进攻辽国的腹地扫清障碍。

现在的形势对金国有利，金军借出河店大捷之机，已经攻克宾州、祥州、咸州等地，形成了直捣黄龙府的有利态势。

具有雄才大略的完颜阿骨打立即作出了向辽国黄龙府进攻的伟大决策。

为了打好黄龙府战争，金国建立后的第四天，完颜阿骨打就组织召开了军事首领会议，研究攻辽战略。

完颜娄室根据自己与辽作战的丰富经验，分析了黄龙府的守备情况，他说："黄龙府是辽国的银府所在，驻有重兵，城池坚固，守备森严，以我军目前的兵力，若要强攻硬取，一旦辽兵增援，我们就会腹背受敌。在目前没有大量削弱辽军力量的形势下，直接强行占领此城，就会把我军置于被动挨打的境地。"

完颜宗翰心中有数地说："此不足为虑！辽人虽有重兵，我军尽管人少，但却有硬军，皆是以一当十、嗜杀好勇之辈，区区辽人，自然不在话下。"

完颜宗翰所说的"硬军"，是由黄头女真人组成，从军出征的都是一些剽悍勇猛之士。因这个部落的人髭发皆黄，目睛多绿，亦黄而白多，遂称黄头女真，又称曷苏馆女真。他们大多在深山老林里的险要处建屋而居，族中的男子戆朴勇鸷，不惧生死，女直反辽后，每与辽人交战，大多都由黄头女真做前驱，全身披以重甲，因此称之为"硬军"。

吴乞买胸有成竹地说："辽军宁江州大败后，定要卷土重来，我军应当趁其阵脚未稳之时，先出精兵，以迅雷不及掩耳之势，打下黄龙府，到那时，辽军大举前来，我大金之军据黄龙府之险要，拒敌于黄龙府之外，如此一来，便形成了两军相持之势，然后再慢慢图之！"

完颜阿骨打一锤定音："我军立即出兵，直攻黄龙府，辽人必来救援，待那时，我军出精兵转头先断其羽翼，绝敌外援，扫清附近城堡，困敌于孤城之中，然后再集中兵力，一举攻下黄龙府，银府一战定乾坤。"

"好！好啊！"众人听了，不禁对完颜阿骨打提出的"围城打援"、"剪枝去末"、"以迂为直"等一系列战法的综合运用叫起好来。从现在看来，这绝对是一个充满哲理、内涵丰富、谋略高超的配套战法。难以想象当时军事理论思维刚刚萌发的完颜阿骨打，竟能创造出这样一种匪夷所思的战法来。

完颜阿骨打绝对是一个军事天才！

外强中干的辽国，昏庸的天祚帝，遇上了善于用兵的完颜阿骨打，注定了国破家亡的悲惨命运。

二

天庆五年，刚过完春节，完颜阿骨打就开始下令，由完颜宗翰率中军，完颜宗雄率右翼军，完颜宗干率左翼军，发三路大军攻打黄龙府，金国大军以狂风扫落叶之势，首先逼近益州。益州守军望风而逃，退守黄龙府，金军不费吹灰之力，冲进益州城内，尽杀还没有来得及逃走的辽国士卒，百姓财产被掳掠一空。

锐不可当的金军继而进攻达鲁古城及其附近城寨。

金军一路气势汹汹，辽兵吓得不敢接战。仓皇溃败的讯息传到了辽国上京。

辽国老臣萧兀纳听到边关的急报，在天祚帝没有同意召见的情况下，冒着私闯皇宫的罪名，直接闯到天祚帝昼夜淫乐的后宫，跪在天祚帝的面前，历数辽军与大金开战以来的败绩。

"天庆四年以来，贼酋完颜阿骨打率兵叛我大辽，聚集各部军士两千余人，首犯我东北重镇宁江州，大败渤海征讨之兵，攻破宁江州后杀戮州民无数，获甲马三千。又败萧嗣先于出河店。贼人声势益壮，又败来流河、黄龙府、咸州、好草峪四路都统，诛杀辽国士卒数不胜数。女真士兵凡见我辽国抵抗之青壮年者，即加斩首。"

"什么，辽军要进攻黄龙府？"天祚帝从歌伎们的靡靡之音中醒转过来，懵懵懂懂地看着跪在地上大声疾呼的萧兀纳，惊得目瞪口呆。

萧兀纳继续说道："更为可恨的是，他们竟然将妇孺婴儿掼于槊上，

195

用枪槊挑在空中挥舞为乐，所过之处皆烧杀劫掠，如同赤地无异。而今，女真部联合诸路人马，并挑选兵强马壮者充实军中，集贼人十万余，欲攻我大辽重镇黄龙府。现在益州已陷入敌手，黄龙府亦岌岌可危了！"

大金进攻黄龙府，这么大的事，天祚帝怎么能不知道呢？

天祚帝确实不知道。

其实一个又一个十万火急的边关急报，早已被别有用心的萧奉先压了下来。萧奉先交代手下人，凡是有关大金战事的，全部存下来，匿而不报，免得让皇帝担心。

萧兀纳看到天祚帝昏庸到如此地步，痛心疾首地大声喊道："黄龙府危如累卵，请皇上速速发兵救援，若黄龙府一旦沦陷，我大辽则有亡国之危，你我君臣就沦为亡国之人了！"

"发兵，火速发兵！速召都统耶律讹里朵上朝议事！"天祚帝醒过神来，一连声地朝身边的侍卫喊道。

"现在国库空虚，若发兵，军饷从何而来？"萧兀纳急火攻心，欲哭无泪。

军饷，又是军饷。天祚帝毫不顾忌民众疾苦："凡国中子民，每家杂畜超过十头以上的，皆征来作为军饷！"

三

完颜阿骨打亲自督战，三路大军一路抢关夺隘，直奔黄龙府杀来。眼瞅着就要打到了达鲁古城。达鲁古城是黄龙府西北部的一个城镇，两城成掎角之势，如果直接去攻打黄龙府，辽军从达鲁古城派出援军，则会使金军腹背受敌。

为此，完颜阿骨打决定采用"围点打援"的方法，先拔掉设在黄龙府附近的这颗钉子。

攻下达鲁古城，下一个目标就是黄龙府了。

金军抖擞精神，向达鲁古城进发，正在行军中，一团又圆又大的火球从天而坠。军士们都认为是异兆，急忙向主帅报告。

完颜希尹向完颜阿骨打解释说："金属火，火降于我军中，乃是上天助我大金之兆！"

"既如此，此战一定能胜，我当下马祭天！"完颜阿骨打跳下马，以白水代酒，向天而拜，将士斗志昂扬，欢呼雀跃。

祭毕，金国大军直逼达鲁古城。

大军正在行进中，前方有一座高山横在眼前，巍峨蜿蜒，如同盘曲的巨龙。跃过此山，便可直驱达鲁古城下。

忽然探马来报，在山的另一边发现了大批的人马，正在向金军的方向前进。

金军行军打仗，均选剽悍矫健的兵丁为探马，大多为十多人，身穿轻衣软甲，行在队伍前面的二十多里处，专门打探前方敌军动静；夜间每前行十里或五里，则下马侧耳细听前方有无人马之声。敌方人少则擒之；敌方人多，不可力敌，则返身飞报敌情，然后齐力攻击。如遇敌方大军，则急报主帅。因此敌军虚实，探马最先知道。

金主完颜阿骨打警觉地问道："对方有多少人马？"

探马答道："只见大队人马就像蚂蚁一样，多得实在是数不清。"

完颜阿骨打一听，心想自己预料的事情终于发生了，这么多的人马，肯定是辽国增援的主力部队。

完颜阿骨打在心里捏了一把汗，辽国在黄龙府设有重兵把守，现在辽廷又派来了大批的部队，而自己的人马还不到两万人，辽军在人数上占有绝对的优势。

怎么办？完颜阿骨打的大脑在紧张地思考着，宁江州和出河店之战，辽军有数万人，而金军不过两千余人，不也是像砍瓜切菜一般，将辽军杀了个血流成河吗？

完颜阿骨打坚定了信心，"金人不满万，满万不能敌！"大金子孙一定能创造以少胜多的神话。

完颜阿骨打立即传令，命全军迅速登上高坡，抢占有利位置。

完颜阿骨打料事如神，其实这支来路不明的队伍就是辽国派来的援军。萧兀纳冒死闯宫进谏，惊醒了醉生梦死的天祚帝，他急急召来都统耶律讹里朵，命他与左副统萧乙薛、右副统耶律张奴、都监萧谢佛留，率领骑兵二十万、步兵七万日夜兼程赶往黄龙府。

完颜阿骨打率众将登上高坡，只见辽兵漫山遍野，如丛林灌木一般。完颜阿骨打细心观察了半晌，镇定自若地说："辽兵军容不整，由此观之，士兵皆怀有二心，虽多却不足为惧！"遂令部队抢占高坡上的有利地形，分左翼军、中军、右翼军，整齐地与辽军展开对决之势。

辽军一路赶来，听到金军以摧枯拉朽之势，攻下了黄龙府周围的许多州县。辽国士兵的心里早就生了怯意，但碍于后面有人督阵，只好壮着胆子前行，但是行军速度明显减慢；辽军的首领全是一些寻欢作乐的主儿，没有一个是冲锋陷阵的勇士，他们只是奢望靠神灵帮助打退金军，早点回朝领赏！

辽军见金军队容整肃，特别是那些硬军身披重铠，手持刀枪，巍然立于阵前，一副生死不惧的样子，辽军心中早已生出了几分惧怕，相互推搡，畏缩不前。

完颜阿骨打见辽军长途跋涉而来，早已是强弩之末，遂决定主动出击。他命完颜宗雄率右翼军首先向辽军的左翼军发起进攻，辽左翼军一触即溃；完颜阿骨打同时命纳兰飞雪率左翼军迂回到辽右翼军阵后突袭，不想，遭到了辽右翼军的拼命抵抗，纳兰飞雪及所属部将被团团围住。金国大将完颜娄室和完颜银术可率领所属精兵，冲击辽国都统耶律讹里朵所率领的中军，辽中军毕竟是辽国的精锐之师，完颜娄室和完颜银术可数次冲入敌军中搏杀，辽中军在都统耶律讹里朵的指挥下，稳住阵脚，以强弓劲弩对金军进行有效的抵御。完颜娄室和完颜银术可经力战才得以脱身，完颜宗翰见难以取胜，请求完颜阿骨打派中军相助。完颜阿骨打急派完颜宗干率领中军在战场周围奔跑，一时尘土飞扬，人喊马叫，以此为疑兵来迷惑辽军。这时，已经获胜的完颜宗雄率右翼军迅速增援左翼军，合力夹击辽右翼军，辽军渐呈败象。完颜阿骨打见状，指挥诸路大军乘胜追击，辽军逃回所驻的大营。这时天色已晚，完颜阿骨打等人率金军将辽军大营围了个水泄不通。

第二天黎明，辽军趁着微明的曙色突围，早有准备的完颜阿骨打命手下将领故意放开辽营北门，辽军的步兵拼命狂奔，相互践踏死亡者过半，再加上金军的骑兵从后面紧追不舍，一直追到阿娄冈，尽歼辽军。辽军出发前，随军带来了数千耕具，本打算长期屯田驻守，哪里想到会一战而败，这些耕具成了金国的战利品。辽国打算在此地以耕养战、死守黄龙府的持久战战略彻底失败。

随后，完颜阿骨打顺利地攻占了达鲁古城。

七月，完颜阿骨打派遣完颜娄室、完颜银术可讨平黄龙府东南诸奚部城邑；八月，讨平黄龙府西北诸城寨。完颜阿骨打率主力部队返回金都会宁府休整大军。

九月，完颜阿骨打统率大军再次向黄龙府进发。此时，完颜娄室、完颜银术可已扫清黄龙府周边诸城。向黄龙府发动总攻的时机已经成熟。

当金国大军行进到混同江边时，只见江宽水急，波翻浪涌，江水深不见底，无船可渡。正在无计可施之时，完颜阿骨打对将士们说："我先乘马渡江，你等看我马鞭所指之处随后紧跟而行。"说着催马扬鞭跃入江中，大军在后紧紧跟随。奇怪的是，原来深不见底的江水，此时仅仅淹没马腹，众人安然渡过。过江后，将士们对此疑惑不解，再派人返到河边测量水的深度，却是深达数丈有余。

兵临黄龙府城下。完颜阿骨打郑重向手下将士悬赏："谁若首立战功，就地擢升官职！"

完颜阿骨打发出了进攻的命令。

重赏之下必有勇夫，金军在纳兰飞雪的率领下骑着战马如狂风般地冲出，完颜蒙刮一马当先，转眼就到达了黄龙府的城下。可是黄龙府城高墙厚，随着金军攻到城下，刚才还一点儿动静都没有的城上突然出现了无数的辽军，箭如飞蝗一样射了过来。金军用盾牌挡着，可是还是有许多战马在嘶鸣中倒在地上，骑兵从马上栽了下来。有的士兵被射中了，晃晃悠悠地仍然向前冲去。他们冒着辽军的箭雨，坚毅的脸上泛起杀气。

血光四起，马蹄声、喊杀声、惨叫声震得人心颤动，士兵都杀红了眼。他们踏着倒下的尸体前仆后继，勇往直前，生死不惧。

由于城墙高大坚固，城内粮草充足，守城的辽军战斗力又强，所以黄龙府攻坚战打得十分惨烈。金军自起兵以来，习惯于野外作战，还没有攻城的经验，着实让完颜阿骨打和众将领大伤脑筋。完颜娄室望着高耸的城墙，苦苦思索着攻城的方法。当他看到高大的黄龙府城角上的木制角楼时，灵机一动，想出了火攻之计。于是，他挑选出数百名精兵，将火把捆成一束，用投石车向木制角楼投去，捆着的火把带着呜呜的风声，下雨一样地落在了城上，霎时，角楼立即变成了火楼，附近守城的辽兵乱作一团。强悍的金军将士奋不顾身，踏着攻城的梯子强行攻上城楼，完颜娄室手持长矛力杀辽军数十人，自己也身受重创，但他浴血奋战，城上的大火将他的靴子点燃了，竟浑然不觉。完颜蒙刮也身负重伤，仍然力战不已。

金军首先从城东南角攻入，然后打开城门，城外金军一拥而入。此时的黄龙府被围困数月，守将耶律宁在内无粮草、外无援兵的情况下，惶惶不可终日。金军如潮水般涌入城内，金兵奋勇杀敌，辽军一触即溃，耶律宁见大势已去，弃城而逃。

黄龙府城内，建有一座巍然屹立的佛塔，相传是辽圣宗耶律隆绪为使辽国基业万世不衰，特意找来一个法力无边的得道高僧，请他预测辽朝的未来。这个高僧闭眼捻珠，高深莫测地说："辽朝江山万世永固，但不久后在白山黑水将有土龙出世，与大辽争夺天下，皇上要早有防备。"辽圣宗忙问对策，这个高僧神秘兮兮地说："皇上若在黄龙府东北六十里处修建一个佛塔，就可祛祸呈祥！"

辽圣宗按照高僧提供的佛塔模型，在国内征集能工巧匠，在高僧指定的地点，大兴土木，当修到第三年时，突然从塔的东侧冒出一股洪水，将这座已修到六层的佛塔冲塌了。

辽圣宗问这是怎么回事，高僧说这条与辽帝争夺天下的土龙顺着泉水遁到黄龙府内去了。辽圣宗又下令在黄龙府内重修了一座佛塔。

完颜阿骨打率领大军浩浩荡荡地攻入黄龙府，看见这座佛塔屹然而立。

完颜阿骨打笑着对众将说："我就是那条传说中的土龙，辽国纵有镇龙的佛塔，又奈我何也！如今，我这条土龙已经翘首飞天了！"

城破之夜，有黄龙现于空中，久久盘旋，恋恋而去。

黄龙府之战，完颜娄室献火攻之策，并一马当先，持矛杀辽军数十人；完颜蒙刮身被数创，力战不已，因此二人功劳最大。完颜阿骨打下诏褒奖，并颁诏封完颜撒改为国论忽鲁勃极烈，阿离合懑为国论乙室勃极烈。

黄龙府大捷后，四周各部纷纷来降，完颜阿骨打对当前金、辽力量进行了仔细的对比分析后认为，辽国虽然政治腐朽，统治衰弱，但其地域广大，兵多将广，经济上仍有实力，而且对于其统治下的各部族仍有号召力，这些都是刚刚建立的金朝无法与之相比的。所以，完颜阿骨打决定利用招降纳叛的策略，促使各部族从辽国统治中分化出来，加入女真人所建立的大金行列。英明的完颜阿骨打下诏："自朕破辽以来，四方纷纷来降，对他们应当优待抚恤。从现在起，契丹、奚、汉、渤海、辽籍女直、室韦、达鲁古、兀惹、铁骊等诸部官民，已经投降或者被我军俘虏的，以及逃走后又回来的，都不要定罪惩处。各部的酋长仍然可以做本部的首领。"

完颜阿骨打这一策略的运用，收到了十分明显的效果，扩大了辽朝统治下的民族离心倾向，加深了辽朝统治集团的矛盾和分裂，在客观上大大减轻了金军的阻力，加快了推翻辽朝腐朽统治的进程。

除此之外，完颜阿骨打还妥善处理了与高丽的关系。从穆宗到康宗时期，女真与高丽为争夺边界上的女真人，曾发生过两次军事冲突。现在金军攻克黄龙府，直抵保州，高丽派使臣向金朝贺捷，趁机提出"保州本来是我国的土地，希望能归还给我国"的请求。完颜阿骨打经过深思熟虑，认为现在金军夺取保州不费吹灰之力，但是在辽、金力量旗鼓相当的情况下，一旦因保州与高丽失和，使高丽与辽国联手对付大金，那可是因小利而失大局，于是完颜阿骨打慨然应允。于是高丽出兵攻占保州，辽军弃城而逃。直到天会二年，金灭辽已成定局，完颜阿骨打的弟弟吴乞买（金太宗）才派兵将高丽军队逐出保州。

# 第十五章　天祚帝亲征

## 一

　　黄龙府是辽东北边防重镇，设有兵马都部署司，主持东北五国、女真等部军政事务，它的失陷，严重地削弱了辽国的东北防御，因此震动了辽廷内外。

　　天祚帝见打不过女真，便派出使臣到金国议和。他先遣耶律僧家奴持书到金国议和，完颜阿骨打遂派遣赛刺到辽国，表达了大金的立场：若归叛人阿疏，方可退兵。

　　天祚帝自然不肯答应将阿疏交出去，否则的话他的皇帝尊严将置于何地？

　　"朕不打猎了，朕要去猎人，猎那些可恶的女直人！"天祚帝终于停止他热爱的狩猎活动，自言自语地对侍臣们说道。

　　完颜阿骨打的刀光刺破了天祚帝惺忪迷离的醉眼。

　　完颜阿骨打的马蹄踏破了辽国君臣笙歌燕舞的梦乡。

　　天祚帝下诏，凡国内男子年龄在十五岁以上、五十岁以下的，皆要入伍出征，并自备马匹以及鞍辔、弓箭、长短枪、斧钺、小旗、锤锥、火刀石、马盂、縻马绳等随身用物。而且人马不给粮草，全部要求出兵家庭自给。因此，有的人家，竟然有四、五名男子出征，家中妇孺老人出门相送，哭声数里相闻。天祚帝命令士兵带足数月之粮，以期此役歼灭全军。有的贫困人家，因要备齐作战所需之物，倾尽家中所有。困厄之状，令人悲痛万分。

发兵之前，天祚帝亲率番汉文武臣僚，浩浩荡荡来到木叶山。木叶山上建有奇首可汗、可敦庙，供奉着二祖及所生八子神像；杀白马、青牛，天祚帝亲自祭拜天神、地神、日神、树神及列祖列宗，祈求神灵和祖宗保佑出征大捷。祭拜完毕，天祚帝身穿甲胄，拈弓搭箭，手下人早已将一名死囚绑在柱子上，天祚帝与其他将士乱箭射去，不一会儿，死囚的身上便是箭如猬刺，这叫作射鬼箭，是皇上御驾亲征前必须举行的仪式。然后天祚帝在自己所亲信的大臣中，物色好了行营兵马都统、副都统、都监的人选，并派遣大臣拿着金鱼符，到各地征调南、北、奚王，东京渤海兵马，燕京统军兵马。

天庆五年八月，天祚下诏亲征女真，以围场使阿不为中军都统，耶律张家奴为都监，率番汉兵十余万出长春路；命枢密使萧奉先为御营都统，耶律章奴为御营副都统，以精兵两万为先锋；其余分五部为正兵，集结诸大臣贵族子弟一千余人为硬军，从诸路军中挑选出兵马精锐、骁勇善战的三万人为护驾军，天祚帝亲率大军从骆驼口出发，车骑连绵数百里，鼓角旌旗，震耀原野。同时，天祚帝命都检点萧胡笃为都统，枢密直学士柴谊为副都统，率领汉军步骑三万，南出宁江州路。驸马萧特末、林牙萧查剌率骑军五万、步兵四十万屯驻斡邻泊。老臣萧兀纳亦率军殿后。几路人马到长春州会合后，议定攻取目标，分路而进，辽国大军对外号称七十万，直扑金国首都会宁府。

二

辽军每天行军前，必先击鼓三次，然后大军齐发，鼓声震天，旌旗蔽野，大军浩浩荡荡，如同飞蝗一般，铺天盖地而来。到日暮黄昏，则以吹角为号，兵卒环绕天祚帝的御帐，自近及远，"折木稍屈，为弓子铺，不设枪营堑栅之备"。

这支由天祚帝亲自率领的大军，皇家威仪十足，却没有严格的军事纪律，步骑车帐不沿道路而行，更有散骑游勇，绵延数百里，沿途民居、田园、阡陌，都被焚毁践踏为平地。所过之处，沿途的百姓吃尽了苦头。

完颜宗翰、完颜希尹见天祚帝率大军前来，便聚到一起商议。完颜宗翰说："我等杀辽人太多，投降后一定被处以绞刑，不如以死拒之，或许还能留一条活路。"

完颜希尹说："当今敌众我寡，人人多有降心，我有一策，定能让我大金士兵效死力而战！"

完颜宗翰听后直喊"妙计"，他立即派人到辽营中投信乞和。天祚帝见请降信中多有卑怯求生之语，心中喜不自禁，认为金军亦不过如此，只要他御驾亲征，定能一举荡平大金，心里更加骄纵狂妄。

完颜宗翰十七岁就随完颜阿骨打四处征伐，在战场上，骁勇善战，有勇有谋，甚得完颜阿骨打的信任。他严格要求部下，在战场上，无论骑兵还是步兵，只要没有撤退的命令，敢于违抗命令者，当场就会被处死。有了这样铁的纪律，他统率的军队总是勇往直前，所向披靡。

得意忘形的天祚帝命兵丁在大旗上写下了"女直作过，大军剪除"之语，并传令不准金人请降，一律斩尽杀绝。

其实，天祚帝对这次声势浩大的亲征，没有足够的思想准备和周密的战略部署，对双方的形势和战斗力也没有实事求是地分析，更不了解辽军军心不稳、将士不肯用命这一致命弱点，盲目地相信辽军数量众多，不出数月，就一定能剪除女真势力。

天祚帝哪里知道，这其实是完颜希尹精心策划的计谋，名义是请降，实际上是彻底堵死了一部分人希望投降的后路，从而激发金军死战之计也。

天祚帝率领七十万大军来攻，完颜阿骨打也不免十分紧张，当时金军也不过只有两万人，敌我差距过于悬殊。经过细致的分析后，他认为，虽然辽兵数十倍于我，又来势汹汹，却是乌合之众，庸将怯兵，不足为惧。若是主动出击，则成功有望。

完颜宗雄一向勇猛善战，他对完颜阿骨打说："辽兵虽多，但都是些庸碌无能之辈，不足为惧，当一战而歼灭他们，以绝后患！"

完颜宗翰说："我也同意速战速决！"

但是辽军一路气势汹汹，金军内部一部分人已经有了畏战情绪！有的将领认为辽军势盛，敌我人数悬殊太大，且又是天祚帝御驾亲征，不宜速战。同时，由于金军是各部落集合而成的，各部都有自己的小算盘，这次与强兵对阵，难保不人心惶惶。

辽军是七十万，而金军两万，大敌当前，生死攸关，完颜阿骨打意识到形势的严峻。

怎么办？这是一次事关金辽命运的决战。完颜阿骨打彻夜难眠，苦思对策。

完颜阿骨打心里不怕，经过这么多风浪，哪一次不是逢凶化吉？但是众议难却，坚持硬打就会影响团结，影响士气。

面对即将发生的殊死决战，作为金军统帅的完颜阿骨打长叹一声："若是斡带还在世的话，就有人帮助我决策了！"

斡带是完颜阿骨打的同母弟弟，两人的感情最好。当年讨伐留可，斡带与习不失、阿里合懑等俱为裨将。斡带主张攻城，而其他将领则形成了围而不打的统一意见，完颜阿骨打来到军中助战，斡带前去迎接完颜阿骨打说："留可的城池完全可以攻下，不要被别人的意见所左右。"完颜阿骨打同意后，斡带连夜攻城，天还没亮就攻破了。

斡带刚毅果断，善于用兵，临战决策，有世祖之风。世祖在世时，军旅之事多交给他去处理。后来斡带带兵平定二涅囊虎路、二蠢出路寇盗，伐斡豁，进师北琴海辟登路，攻拔泓忒城，立下了赫赫战功。可是天不假年，早在几年前，斡带因病而死，时年三十四岁。

现在大敌当前，完颜阿骨打又想起了斡带，可惜的是他早已去世了。

一天，愁眉不展的完颜阿骨打踱到殿外，这时，远处隐隐约约传来祭奠死人的哭声。完颜阿骨打听到后，不禁展颜而笑。

不是鱼死，就是网破！有着超人胆识与魄力的完颜阿骨打下定了死战的决心。

原来，当时的女真人有一种"劙面之俗"，亲人死亡，族中生者皆以刃劙额，血泪交下，谓之"送血泪"。完颜阿骨达想到这一古老的风俗，便计上心来。

完颜阿骨打把诸将和亲兵召集在一起，对将士们进行战前动员。

铅灰色的天空仿佛冻得都凝固了，没有一丝风，淅淅沥沥地落着冰冷的雪霰。

完颜阿骨打站在军前，全体将士都目不转睛地看着他。

完颜阿骨打沉默着，棱角分明的脸明显消瘦了。

在这东北的平原上，冰冷的雪霰仍然悄然无声地下着，每一粒打在金军的脸上，都是冻彻骨髓的寒冷。

突然，完颜阿骨打伸出手，从腰间抽出一把锋利的匕首，一挥手，在自己的脸上划出一条长长的口子，鲜血一下子就涌了出来，惨不忍睹。

完颜阿骨打当众仰天痛哭："当初，我与诸位起兵伐辽，是由于不堪大辽对我女真的欺凌压榨，而欲自立为国。我们虽已占领了黄龙府，但眼下辽国大军压境，原想向辽请降，或许可以免祸，岂知天祚帝竟然要将我大金兵将全部剪除！在此生死攸关之时，非死战莫能挡也，所以你们不如杀了我完颜阿骨打一人，然后出城迎降，如此一来，你们就可以转祸为福！"

这铮铮有声、视死如归的话，令在场的将士无不热泪盈眶。

一片啜泣声中，金军们议论纷纷。

"辽人一向不把我们女真当人看，即使现在投降了，也是死，不如拼死一战，为金国拼出一条活路来！"

"有福同享，有难同当。要死，大家去死！"

"我们愿意同赴生死，与大辽决一死战！"

完颜宗翰视死如归，他走上前去高喊："事到如今，已经到了生死存亡的危急关头。我们决心与陛下同生死、共患难，当誓死一战，以报陛下。"

完颜宗雄也随声高呼："我们唯陛下之命是从，宁可粉身碎骨，也决不做辽国的阶下囚。"

完颜希尹上前扶住完颜阿骨打说："正所谓哀兵必胜。辽军数量虽多，但其内部群下离心，士气萎靡，外强中干，不足为惧也。"

完颜希尹刚说完，群情激奋的众将齐刷刷跪在完颜阿骨打的面前。完颜阿骨打异常激动，也当即跪在地上，双手抱拳仰天说道："皇天在上，我等为了大金社稷，决心与辽王誓死一战。为了大金国，我等即使是赴汤蹈火，肝脑涂地，也在所不惜。还望皇天保佑。"

完颜阿骨打亲自率军到爻剌关隘迎敌，此处山高坡陡，实属易守难攻之地。金国众将领都认为：辽国七十万兵马，其势正锐；我军远来，人马疲乏，宜驻于此；掘深沟，筑高垒，以待辽军。完颜阿骨打接受了这个建议，决定在爻剌凭险防御，并派人到附近的官道、山路小径、河流渡口日夜巡守。

完颜阿骨打并增派迪古乃、完颜银术可去镇守达鲁古城，以防被辽军重新夺回。

从辽国上京到黄龙府，并没有多远的路程，天祚帝的御驾亲军竟走了三个月，肯定是一边行军一边打猎，这给了金军充分的准备时间。

十一月，天祚帝的先头部队与金军相遇。带兵的是围场使阿不和萧胡笃，顾名思义，围场使就是一个负责皇帝打猎的官，现在却带兵与虎狼一般的金军作战，真是天大的玩笑；而萧胡笃，大家早就知道，他是一个太医出身，除了给皇上治病以外，整天怂恿着天祚帝出去打猎取乐。这两个主儿哪有一个是领兵的人呀，刚一开战，就吃了败仗。

此时正值严寒季节，雪深尺余，云尘蔽天，日色赤暗。不几天，天祚帝带领的大军也赶到了。

萧奉先见金军壁垒森严，严阵以待，心生怯意，他向天祚帝奏道："金虏狡诈，且多亡命之徒，若夜间突然来袭，陛下以何防御？到那时你我皆成完颜阿骨打的刀下之鬼！依臣看来，莫若退后数十里安营扎寨，金人来攻，也不至于措手不及。"

萧奉先没等与金军交战，就开始在心里怕了。他知道，女真人是经过千锤百炼出来的优秀的渔猎民族，他们野性未驯，不避风霜雨雪，敢于战天斗地，且军纪严明，战令一出则长驱直入，千里追袭，疾似流星，迅如闪电，坚韧耐战，九死不回。

天祚帝听了，急忙传令全军退后三十里，埋锅造饭，安营扎寨，也同样采取了深沟高垒的对策，与金军对峙起来。

御营副都统耶律章奴见天祚帝不战而退，徒自长了金军的威风，而辽军的士气却因此日益低落，心里急愤，便闯入天祚帝的御帐之中，却见萧奉先正陪着天祚帝下双陆棋，两人的怀里各抱着一个妖媚的美女。

耶律章奴心中更加生气，他走到天祚帝的跟前，气呼呼地昂然而立。

半天，天祚帝才抬起头来，假惺惺地问道："副都统夜半前来，不知有何要事禀报？"

耶律章奴气哼哼地问道："你我君臣率军深入女直境内，金虏就在眼前，我大辽兵将皆愿拼命一战，以雪宁江州、黄龙府之耻，但不知陛下为何却下令退兵？"

天祚帝不以为意地说："朕率大军前来，恐怕中了完颜阿骨打的奸计。我军要以静制动，待其势穷力屈，再出兵交战也不晚，所以要找个最佳的出战时机方可。"

耶律章奴理直气壮地说道："我大辽兵将有七十万之多，军中粮草都是兵士们自己准备的，根本就不充足，十天半月尚可充饥果腹，若过月余，我军就成了饥饿之师，哪里有力气打仗？如此下去，我军无粮自溃，金虏便可不战而胜了。"

耶律章奴有理有据的诘问，呛得天祚帝哑口无言。

萧奉先见天祚帝嗫嚅着嘴唇，半天说不出一句话来，急忙朝耶律章奴厉声大喝："你身为辽国之臣，却面君不行跪拜之礼，并且口出狂言，妄议军政要事，实为狂妄之徒！来人呀，将这个不知深浅的东西乱棍打出！"

外面冲进几名彪形大汉，一阵乱棍，将耶律章奴轰出帐外。

天祚帝气得浑身哆嗦。

萧奉先急忙安慰道："请陛下息怒！耶律章奴恃才放旷，不把你我君臣看在眼里，况且他多次出使金国，恐怕与金人有着丝丝缕缕的勾搭，今日他受此大辱，自然不会善罢甘休，如果他怀有反心，乘陛下不备，将你我捆了送到金营中领赏，陛下的命则休矣！"

天祚帝听，不禁吓出了一身冷汗。他眼巴巴地瞅着萧奉先，问："那怎么办呢？"

萧奉先凑到天祚帝的身边，附在他的耳边一番密语。

天祚帝听了，连连点头。

次日，天祚帝召集诸统兵官，问是否有人愿意出战。大帐内静寂无声，人人互相观望，无人敢言。耶律章奴见状，从队列中站出来，声若雷霆地说："臣愿担任先锋，与金人死战，若不能取胜，愿马革裹尸，死而无憾！"

天祚帝假惺惺地说："副都统的勇气可嘉，与敌交战固然重要，但后方也不能没有得力的大将去防守，你今日便带领本部人马，到我大军本营后方二十里处安营，以防金军来援之敌！"

众人听了，都惊得目瞪口呆。耶律章奴是辽国大将中的智勇双全之士，大战在即，被派到后方防守，名为重用，实则贬抑。这绝对不是一个好的兆头！

只有萧奉先的脸上露出得意的微笑。

# 三

耶律章奴被打发到后方去防守了，萧奉先心里非常高兴，他暗自为自己排除异己的高超手段而得意。

金、辽两军僵持着，双方互相观望着，谁也不仓促出战。

而昏庸的天祚帝住在大营里，整天由萧奉先、萧胡笃等宠臣陪着，喝酒，下双陆棋，与美女寻欢作乐。没有耶律章奴在身边，再也没人聒噪着催促他与金开战了。

天祚帝看金军不敢前来应战，心中不免骄纵起来。他说："朕不仅会猎虎猎狼，朕还会猎人，猎那些传说中凶如虎狼的女直人，朕今日小试手段，让你们瞧瞧！"

萧胡笃恭维地说："金虏完颜阿骨打龟缩在营中，不敢出来，杀他狗命为民血恨的日子已经为期不远了。"

突然，空中蓦地划过一道刺眼的白光，映射到戈戟上，寒光闪烁，军中战马皆惊惧得仰头嘶鸣，军中一片哗然，兵士都认为这是凶兆。天祚帝惊问随军的天官李圭，李圭面如土色，惶恐不敢直言。

萧奉先上前巧言令色地奏道："古时唐庄宗攻打梁国，矛戟夜有光。唐庄宗手下的谋臣郭崇韬说：'火出兵刃，破贼之兆。'后来果然消灭了梁国。"

天祚帝闻言大喜。

不想李圭"扑通"一声跪到了地上："陛……陛下，恕臣直言，戟映火光，乃……乃……"

刚说到这儿，萧奉先狠狠地瞪了李圭一眼，吓得李圭结巴着，不敢说下去了。

天祚帝说："你说，到底会怎么样？"

李圭吞吞吐吐地说："载映火光，乃……乃败兵亡国之凶兆也。"

"啊！"天祚帝一听，顿时愣住了，背上涌出一阵阵凉意。

萧奉先立即蹿上前，挥手就打了李圭一个耳光，恶狠狠地说："我军与金兵交战，你却口出不吉之言，乱我军心，你是想找死吗？"

李圭抹了抹嘴角的血，向天祚帝恳切地说："臣请陛下将耶律章奴召到前方来，或许还有胜利班师的可能，否则……"

这时李圭的脑后寒光一闪，一把刀落了下来，李圭的话还没说完，脑袋就彻底分家了。

只见萧胡笃把沾满鲜血的刀插回了刀鞘。

"这……这……"天祚帝不敢正视这鲜血淋漓的场面，他木呆呆地站着。

萧奉先上前说："陛下，军中的人都知道，李圭与耶律章奴是要好的朋友，他是借机为耶律章奴鸣不平的。"

"是吗？"天祚帝立在那里，半信半疑。

"好啦，好啦，我们去喝酒，也好去去晦气！"萧胡笃拉着天祚帝说。

"好，喝酒，喝酒去！"天祚帝诺诺连声。

天祚帝哪里想得到，他离四处逃亡的日子，也只有几天的时间了。

沉溺于酒色之中的天祚帝，丝毫没有闻到日益逼近的死亡气息。

# 第十六章　章奴反叛

## 一

辽军后方大营。

凄冷的北风夹着飞舞的雪花呼号着，将辽军的营帐刮得东倒西歪。帐外守营的兵士瑟缩着，不久便冻得钻进了营帐里。

侧耳细听，除了呼呼的风声，便是令人窒息的沉寂。

凄厉的北风，冰冷的雪花，给死一般的辽军大营带来了一股肃杀之气。

大帐内，灯火摇曳，御营副都统耶律章奴坐在大帐的正中，与手下的几名将领饮酒。

耶律章奴乃季父房之后，字特末衍。其性情聪敏，善于应对，曾任牌印郎君、右中丞，兼领牌印宿直事。

这个耶律章奴就是当年曾经护送西夏宝马的牌印郎君，当年宝马"追电"虽然被纳兰飞雪抢走，但是却找回了文妃萧瑟瑟，天祚帝不但没有追究他的失马之责，反而升他为右中丞。

耶律章奴多次出使金国，对完颜阿骨打的雄心和女真反辽情绪了如指掌，这次天祚帝御驾亲征，被授予副都统一职。只是耶律章奴孤高耿介，看不惯萧奉先等人的阿谀奉承，二人政见多有不合，因此被萧奉先视为眼

213

中钉，肉中刺，早就想寻隙报复，不想这次让他找到了下手的机会。

耶律章奴素知完颜阿骨打绝非等闲之辈，黄龙府的失陷使辽朝在军事上更加被动，而天祚帝任用奸佞之人，昏庸无道，延续了二百多年的大辽江山早晚葬送在他的手中。

耶律章奴对天祚帝完全失去了信心。

"唉！"耶律章奴端起酒杯，一饮而尽，然后放下酒杯，颓然一声长叹。

"副都统大人应当放开眼界，不要与小人萧奉先一般计较。"萧敌里在旁边小心翼翼地劝道。这个萧敌里就是萧嗣先战败后，天祚帝命令他在斡邻泊收拾败兵的那个都统。后来萧敌里与金军作战，也被打败，被天祚帝免官，这次随耶律章奴一同出征。

耶律章奴万分惆怅："此次随陛下出征，本想在疆场上杀敌报国，不承想遭小人陷害，被发配到后方，纵然有万般本领，也没有用武之地！"

萧延留在旁气愤地说："报国？遇上天祚帝这样的昏君，报国无门呀！"

萧敌里说："难道我们就跟着这个昏君，白白地等死不成？"

萧敌里因在斡邻泊兵败，被天祚帝下诏免官，正是一肚子怨气，此时与耶律章奴一拍即合。

萧延留慷慨陈词："自古乱世出英雄。为了大辽的国运永祚，我们应该另立有才有德之人，收拾目前的残局，重整大辽江山！"

耶律章奴沉吟片刻，小心翼翼地说："不瞒二位，我早有此意。皇帝当立有德而贤者，而今天祚帝耶律延禧拒谏饰非，穷奢极欲，昏庸失道，以致纪纲废弛，民怨沸腾。而魏王耶律淳乃当今皇叔，素有人望，现今不如废天祚帝而立魏王，则女直不战而服，国家中兴有望。"

原来耶律章奴为了维护契丹贵族的统治，他把希望寄托在有为的君主身上，于是产生了废黜天祚帝、另立新君的想法，他选中了天祚帝的叔父、魏王、南京留守耶律淳。

皇叔魏王耶律淳，小字涅里，自小由太后养大。当年太子耶律浚被耶律乙辛迫害致死后，耶律洪基曾经要将皇位传给他。天祚帝继位后，被尊为皇叔，拜南府宰相。天祚帝继而晋封他为魏王。耶律淳的父亲和鲁斡死后，天祚帝即命耶律淳袭父亲之职去守南京。

耶律淳为人亲善谦和，宽厚贤达，在辽国朝野上下颇有赞誉。

耶律章奴的这番话，恰恰说到了萧敌里、萧延留的心里。因为萧敌里是魏王耶律淳的小舅子，而萧延留则是魏王耶律淳的外甥。这二人听说要废天祚帝而拥立耶律淳，哪有不赞成的道理。

耶律章奴迟疑地说："你我尽管有拥立魏王之意，但不知魏王是否肯同意，篡夺皇位可是要留千古骂名的呀！"

萧敌里赶紧说道："魏王那边，将军就不要操心了，由我等去做他的工作，保证他会同意的。假如魏王不同意，你我有如此对大辽的赤胆忠心，死也有颜见列祖列宗了。"

耶律章奴说："大丈夫身为将领，当征战南北，即使马革裹尸，亦无憾也。"

萧延留也随声附和说："是啊，生不能为主分忧，为民造福，碌碌无为于世上，与行尸走肉无异！"

于是，三人决定拥兵谋反，另立皇帝。耶律章奴派萧敌里、萧延留骑快马先去南京向魏王报信，做通他的工作。自己则随后率本部三百多人马，收拾行装，人衔枚，马勒口，趁着夜色，静悄悄地投奔魏王去了。

二

辽军中军大营。

主帅大帐里灯火通明，柔靡的丝竹之声让人的骨头酥麻麻的。一群浓妆艳抹的歌女腰肢扭动，舞袖轻舒，在柔媚地演绎着亡国之曲。

浓烈的酒精与汗臭混合在一起，在帐里尽情地充溢着，几乎让人喘不过气来。

天祚帝醉眼迷离，一边狂喝滥饮，一边色眯眯地盯着台下的歌伎。

大臣们都醉了，他们坐不稳了，东倒西歪地伏在案几上，有的大臣的乌纱帽都掉在了地上，被歌女们踏来踏去。甚至有一些粗鲁的武将还发出了雷鸣一样的鼾声。

天祚帝竟然莫名其妙地发出了一串尖利的笑声，在这漫漫的长夜里，让人不禁毛骨悚然。

萧胡笃强睁开醉眼四周观看，原来是萧奉先抓住一个歌伎，趔趄着做着各种猥亵的动作。

萧胡笃也像天祚帝一样，咧开大嘴笑了。但是他刚笑了一半，便停住了。

萧唐骨德醉醺醺地闯了进来，他连滚带爬地冲到天祚帝的跟前，声嘶力竭地喊道：“陛下，大事不好了，耶律章奴带兵谋反啦！”

萧唐骨德是萧敌里的父亲。耶律章奴率队驰奔南京，迎立魏王的当晚，萧唐骨德因饮酒过多，夜间大醉不醒，等早晨醒来，发现营内空空，他知道儿子萧敌里与耶律章奴一起率领人马去迎立魏王，自己追赶不及，但又怕事败后被天祚帝责怪，自己有性命之忧，思虑再三，决定到中军大营向天祚帝汇报。

听了这句话，刚笑了一半的萧胡笃大张着嘴，眼睛瞪着，一副似笑似哭的僵硬表情。

天祚帝闻听，顿时目瞪口呆。半晌他才从惊吓中缓过神儿来。大敌当前，耶律章奴竟然临阵叛离，另立新主。天祚帝气得暴跳如雷，他急忙派驸马萧昱带领精骑千余连夜赶往广平淀，保护驻在那里的后宫嫔妃及诸王行宫，并另遣帐前亲信耶律乙信，手持他的手谕驰报魏王，耶律章奴竟然领人在军中造反，命魏王擒而杀之。

歌伎们早都吓跑了，地上一片狼藉。

天祚帝苍白着脸，突兀其来的消息，吓得他出了一身冷汗。

萧昱和耶律乙信执行他的命令去了。其余的大臣们也不见了踪影。只有痴呆呆的萧奉先站在一旁，瑟缩着发抖。

天祚帝彻底从酒精的麻醉中清醒过来。耶律章奴拥立耶律淳，那么他这个皇帝就会被废掉。耶律章奴、耶律淳都有自己的人马，一旦攻入广平淀，俘获了那里的后宫嫔妃及诸子藩王，自己就真的成了孤家寡人！天祚帝做出了一生中最大的错误决定，他决定放弃这次彻底消灭金军的千载良机，回军自救。

第一次，天祚帝犯下的重大错误，就是在头鱼宴上，本可以杀了完颜阿骨打，可是他却听信了萧奉先的话，纵虎归山，以致有今日之祸。而今他又犯了一个错误，使他彻底失去了全歼金军的大好时机。

天祚帝看着束手无策的萧奉先说："传令大军，回师征讨叛党，阻止耶律章奴另立皇帝！有抓住或诛杀叛党耶律章奴者，官升三级。"

萧奉先从惊梦中转了过来，喃喃地问道："那阵前的金兵金将该怎么办？"

天祚帝叹息一声："这次顾不了这么多了，还是保住皇位要紧。否则皮之不存，毛将焉附？"

萧奉先强打精神地说："可惜，这次便宜了完颜阿骨打这个老贼。"

三

金、辽对峙，两军剑拔弩张，一触即发。可是几天过去了，辽军的阵营里还不见一丝进攻的动静。完颜阿骨打心中万分疑惑，突然纳兰飞雪和胡沙保来报，说是抓住了辽军一个督粮的小官，才知道就在两天前，辽军后院起火，副都统耶律章奴发动了军事政变，天祚帝无心恋战，带着大队人马匆忙西归，去平定内部的叛乱。

完颜阿骨打一听心中大喜，其实这些天来，他的心里始终都在捏着一把冷汗，如果辽军正面杀来，七十万大军就会像洪水一样，将两万金军瞬间淹没。

这突兀而来的喜报，让紧绷着神经的完颜阿骨打一下子轻松了下来。

诸将纷纷向完颜阿骨打请战："今辽主既还，可乘势追击。"

完颜阿骨打却沉下脸来，说："辽军来了的时候，你们不敢出战迎敌，现在他们跑了，你们却来劲了，这是大金勇士所为吗？"

那些主张坚守的将领听了，脸上现出愧色。

完颜阿骨打告诫众将说："我们只有两万兵马，辽军虽败，但敌众我寡，千万不要轻敌。我们只有捉住天祚帝，才夺得了对辽战争的全面胜利。"

金将们听了，各个奋勇争先。

完颜阿骨打下令："命令全军，只带三天的干粮，轻装上阵，与敌接战，有不战而贪图钱财抢战利品者，杀无赦！"

且说辽军在退兵时，因为带着数月的粮草、辎重，一天只能走三四十里路，所以在第三天刚撤退到护步达岗，就被完颜阿骨打率领的金军追上了。

完颜阿骨打骑在马上，站在最高处细心观察，发现辽军密密麻麻，就像蚂蚁一样，在山野中乱成一团，但是中军却是军容整齐。完颜阿骨打猜到天祚帝必在中军，所以对手下众将说："辽军虽多，但回军平叛心切，实不足畏。今见辽中军最坚，辽主必在其中。敌众我寡，所以我们要集中优势兵力，击败辽中军，紧追猛打，一举捉住天祚帝，这样辽军便可不战而败。"

完颜阿骨打派完颜宗雄率领的右翼军向辽中军发起了进攻，短兵相接，双方展开激战。完颜宗雄是一个骁勇善战的将领，在达鲁古之战后，得到了完颜阿骨打的赏赐，他所率领的右翼军如狼似虎，直向辽中军冲去。数次交锋后，两军不分上下，就在这紧要关头，完颜宗干、迪古乃率领的左翼军，完颜宗翰、完颜斜也率领的中军也冲杀过来，对辽军形成了围歼之势。数十万人搅杀在一起，各个怒目圆睁，使尽浑身解数，拼力格斗。

战鼓频擂，号角劲吹。战马的嘶鸣声、将士的喊杀声、兵器的撞击声交织在一起，构成了战场上雄浑的交响乐，激荡在护步达岗的上空。

人仰马翻，尸横遍野。整个战场惨不忍睹，护步达岗的上空，愁云惨淡，日月饮泣，大地为之失色。

完颜阿骨打身先士卒、指挥若定地冲杀在阵中。而天祚帝则站在远处观战，当他发现有金军向他袭来时，他却下令御营亲军撤回来，掩护着自己拼命逃跑。

而枢密使萧奉先早已被金军吓破了胆，他一听天祚帝说"撤"，没来得及把战场托付给其他将领，就随同天祚帝，在御营亲军的簇拥下，仓皇逃离了战场。

搏杀中，当辽军听到天祚帝已经逃之夭夭的消息，无心恋战，就像溃堤的江水一样，四散奔逃，人踩马踏，鬼哭狼嚎，相互踩躏，以致血流成河。而金军将士早已把生死置之度外，特别是完颜宗翰、完颜宗雄等人，往来于两军阵中，如入无人之境，竟把辽军杀得尸横遍野，连缀达百余里。缴获舆辇幄帟、兵械军资及珠宝马牛等战利品，不可胜数。

这时，侥幸存活的辽军才醒悟矛戟有光乃为凶兆。

天祚帝多亏多年打猎练就的一身好骑术，一天一夜跑出五百余里，惊惧之余，连声哀叹："天亡朕也，大辽灭亡的日子马上就要来到了！"

天祚帝恨耶律章奴背叛自己，恼羞成怒，在疲于奔命之际，他下令，命属下汉军遇到契丹军，无论有罪与否，一律杀无赦。当时辽国的制度是契丹人杀汉人皆不加刑，而今天却反过来了，契丹人见汉人必死，因此举国大乱，再也没有人为他卖命了。

天祚帝退到长春州，从此一蹶不振，再也无法组织起对金军的有效防御，直至灭亡。

完颜宗干从辽国投降的人员中得知，辽国的长春州、泰州等地守备空虚，战斗力很差。完颜阿骨打立即派完颜斜也率兵攻打长春州，天祚帝急

219

忙跑到中京。完颜阿骨打又派完颜宗雄与完颜宗干、完颜娄室取金山县。当金军行到白鹰林时，抓获了七个哨兵，当场放了一个人让他回城报信。金山县守军听说金军来攻，不战而溃，金军兵不血刃便占领了金山县。完颜宗雄与完颜宗干等人遂与完颜斜也合兵攻取泰州，并相继攻下渤海、辽阳等五十四州。

## 四

萧敌里、萧延留一路快马加鞭，恨不得插上翅膀，一下子飞到魏王耶律淳的府第。

如果耶律淳登基做了大辽的皇帝，那么自己便有了拥戴之功，到那时，高官得做，骏马任骑，过上人上人的生活。萧敌里、萧延留心里越想越美，仿佛美好的日子就在眼前。

马鞭一下又一下抽打在汗水淋漓的战马身上，战马知道，今天纵然跑出一日千里的速度，主人也会嫌慢。

深夜，萧敌里、萧延留终于赶到了南京魏王府，衣不解甲，嚷着要求立刻拜见魏王耶律淳。

萧敌里迫不及待地对姐夫说："前日御营兵为女真所败，陛下不知逃到哪里去了，他的几个儿子均年幼弱小，无法君临天下，今天下无主，请姐夫继位掌管天下军国大事。否则天下奸雄窃发，局面将大乱了。"

萧延留极力地撺掇："舅舅，你抓紧时间准备准备，耶律章奴将军随后带大军就到了，我们保着你做了皇帝，那么天下就是咱们的了。"

魏王听后，表面镇定自若，可是他的心里却暗自想，篡夺皇位是要杀头的，他哪里有这个胆子？再说他一直没有做皇帝的打算，自己的侄子耶律延禧被完颜阿骨打打得落花流水，这样的烂摊子谁愿意收拾？但事情来得太突然，自己的小舅子和外甥来劝自己，并听说耶律章奴领着人马随后就会来到，他吓出了一身冷汗，只好对二人敷衍着说："立皇帝绝对不是一件小事，尽管陛下不知去向，但他也有几个儿子可以继位。"

萧延留嚷嚷道："陛下的皇子中，只有晋王耶律敖卢斡还算小有贤德，其余的那几个皆是吃喝玩乐的酒色之徒，哪能担此重任？现在国难当头，请舅舅择吉日登基称帝。"

萧敌里也劝道："当前陛下蒙难，百姓生灵涂炭，劝姐夫早登皇位，然后率精锐之师，灭掉大金，一雪国耻。"

萧敌里、萧延留恨不得耶律淳马上登基称帝。

耶律淳避重就轻地说："拥立皇帝，必须有朝中南北院的大臣在场，现在他们都不在，而只有你等前来，怎么能擅自谈论废立之事呢？你们一路劳顿辛苦，请先暂时到驿馆歇息，明日再议不迟！"

魏王耶律淳将萧敌里、萧延留安置到客舍中休息，并密令手下的亲信暗中监视，防止他俩逃走。

魏王耶律淳送走了二人，独自在屋里苦苦思索，恰在这时，耶律乙信手持天祚帝的御札匆忙赶到，详述了耶律章奴等欲行废立之事。

耶律淳听到天祚帝被金军打败，仓皇而逃，至今还不知生死，不觉悲从中来，放声大哭。

"陛下蒙尘，皆臣等无能。本王受陛下皇恩多年，哪有非分之想，请御使代臣向皇上美言。"

耶律乙信却说："实不相瞒，我来之时，陛下赐我一道密旨，如魏王确有反心，可当场诛杀，不必奏报。可是现今单凭你我之言，陛下哪里肯信？"

魏王听了，顿时出了一身冷汗，他狠下心来，说道："本王愿杀叛将萧敌里、萧延留，将二人首级亲自献给陛下，以表忠心。"

耶律乙信连连点头："若魏王肯大义灭亲，我愿以项上人头，在陛下面前保你无罪。"

# 五

天祚帝逃到长春州，日夜忧惧，郁郁不乐。

因为魏王耶律淳平日里就很得汉人的拥护，耶律章奴叛乱后，萧奉先怀疑南路汉军暗地里与耶律章奴同谋，遂以此向天祚帝报告。天祚帝听了，不辨真假，认为南路汉军在左右护随，无疑是埋在身边的一颗炸弹。于是他派遣同知宣徽北院事韩汝海到南路汉军的行营，传旨说："汉军将士离家日久，饱受风霜之冻，诚可怜悯。今女直远遁，不再深入，并令放还。"

回家心切的汉军们听了，都欢欣雀跃，各自打点行装，准备回家。没想到三天后，萧奉先又派人来督师进发，无心战斗的将士们愤怒异常，迟疑不行，等到大军全线溃败后，均烧营逃走。

等天祚帝逃到了长春州，随行卫兵仅三五百人而已。因为广平淀是辽国冬捺钵的地方，此时正值隆冬季节，天祚帝的后宫嫔妃及诸子藩王都在那里，于是天祚帝降诏，招募燕、云汉人，护驾前往广平淀，凡有官者晋升一级，平民百姓升三级入朝为官。

在去往广平淀的路上，天祚帝的前哨队伍抓住了前去投奔耶律章奴的耶律术者。

耶律术者，字能典，乃于越耶律蒲古只之后，魁伟雄辩，有经世之才。天庆五年，都统耶律斡里朵率军与金军作战，耶律术者被封为监军。战败后，被贬为银州刺史，不久又贬为咸州纠将。

耶律术者与耶律章奴关系密切，经常在一起议论国事，曾经密谈谋立魏王耶律淳为帝的事。当耶律章奴领兵叛乱后，耶律术者在咸州即引麾下数人，前来与耶律章奴会合。不巧在途中被天祚帝的卫兵捕获。

天祚帝以为，耶律术者一见到他，一定会跪倒在地，痛哭流涕，忏悔自己所犯的罪行，要求皇上的宽恕。可是没想到，耶律术者却是昂首挺胸、生死不惧。

望着五花大绑的耶律术者，天祚帝大声斥责："朕平日待你不薄，你为何负心而反？"

耶律术者理直气壮地说："今天下大乱，国家已非辽有，而朝中小人当道，贤臣良将尽被贬职，以致今日有耶律章奴之叛！"

天祚帝大怒："朕落到今日悲惨境地，皆是耶律章奴惹来的祸端，你这个负心小人，竟然敢替叛党耶律章奴鸣冤，难道不怕朕杀了你？"

耶律术者大义凛然地说："耶律章奴不是叛党，其实他只不过是想拥立一个好皇帝，保住大辽的江山社稷。而陛下所宠信的萧奉先、萧胡笃诱使陛下不问朝政，沉溺于酒色玩乐之中，结党营私，危及社稷，才是真正的叛君叛国之人。"

萧奉先在旁边一听，气得七窍生烟，但因天祚帝在旁，不好发作。

耶律术者视死如归地说："臣实不忍眼睁睁地看着先皇艰难创建的千秋大业毁于一旦，所以痛入骨髓，无奈之下方有此举，若能以死来换得陛下的醒悟，臣虽死无憾！"

天祚帝叹息一声："朕念你出身忠孝之门，平日亦有功于社稷，故此赦免死罪，押在军中，以期日后立功赎罪。"

耶律术者冷笑道："陛下继位以来忠奸不分，任用小人，不恤百姓疾苦，祖宗开创的基业，早晚丧在你手。如此，臣不愿苟且偷生，愿以死报国！"

天祚帝默然无语，他见耶律术者是一个响当当的硬骨头，心中的恨意已消了一半，沉吟半晌，传令将耶律术者押在军中。

天祚帝心想，现在正是用人之际，过几天耶律术者就会回心转意，还会继续为大辽国效力。可是几天后，将他拉来重新审问，耶律术者仍然强硬不屈，厉声历数天祚帝的过错。天祚帝大怒，遂命萧奉先将耶律术者杀死，并悬尸示众。

耶律术者的妻子萧讹里本，乃国舅萧孛堇的女儿。性情端庄，姿色出众，自幼便与其他的女孩有不同之处。十八岁时嫁给耶律术者。治家严谨，为人公道正派，颇受公婆及妯娌的尊重。丈夫被杀后，萧讹里本强抑悲伤，将丈夫埋葬后，哀伤地对亲属们说："夫妇之道，如阴阳表里。无阳则阴不能立，无表则里无所附。我不幸失去了丈夫，无苟且偷安于世上之心，欲以死报夫！"

亲属、侍女们极力劝解、安慰她，萧讹里本悲痛欲绝地说："人活在世上，早晚必有一死，今丈夫已死，不如随他而去，好于地下早日相见！"果然，她趁别人不备，用利刃自刎殉夫。

天祚帝到达广平淀后，见后宫嫔妃及诸子皆平安无事，心中稍安。不几日，魏王耶律淳单人独骑来到广平淀，献上了萧敌里、萧延留的首级，并跪在地上向天祚帝请罪："臣救驾来迟，请陛下治罪！"

天祚帝当初最担心的就是魏王耶律淳篡位称帝，今天见他不但没反，反而杀了自己的小舅子和外甥，大义灭亲，遂命人上前将他扶起："皇叔忠贞不贰，对社稷有功，以后相见，可免跪拜之礼！"

耶律淳站起身来。

天祚帝道："今金虏完颜阿骨打虎视眈眈，叛党耶律章奴又拥兵造反，天下扰攘，朕加封你为兵马大元帅，特准许你有权自行招募燕、云的丁壮之士入伍，以备将来之需！"

天祚帝并赐给耶律淳金券，以示厚赏。

魏王耶律淳在广平淀小住几日后，因南京是防宋的军事重地，所以便向天祚帝拜辞而去。

耶律淳孤身走在返回南京的路上，想起天祚帝的失魂落魄之状，不由得内心万分凄凉。此时天上乌云密布，大片大片的雪花纷纷扬扬。突然天上响起一声炸雷，惊得马立前蹄，咴儿咴儿乱叫，耶律淳差点被摔到马下。

耶律淳在心里想，冬天里响雷，真是天大的怪事。

天地间一片银白。耶律淳思虑起大辽的窘境，内心不免茫然。

# 六

且说耶律章奴领人直奔南京而来，一路上又招募了不少人马。行到半路，就听到了魏王耶律淳杀了萧敌里、萧延留二人，内心惊惧不已。他见拥立耶律淳不成，便转师直袭大辽都城上京。到达祖州，耶律章奴率手下僚属入太祖庙跪拜，耶律章奴跪在太祖像前大哭："我大辽基业，由太祖百战而成。今天下土崩瓦解，臣见魏王耶律淳道德隆厚，能理世安民，臣等欲立以主社稷。遗憾大事未遂。而天祚帝唯耽乐是从，不恤万机；强敌肆侮，师徒败绩。加以盗贼蜂起，邦国危于累卵。臣等忝列族属，世蒙恩渥，上欲安九庙之灵，下欲救万民之命，乃有此举。实出至诚，冀累圣垂佑。"

耶律章奴的殷切悲苦之言，让听者潸然泪下。

耶律章奴领兵攻下庆州、饶州，也都要入城祭祀诸庙，向列祖列宗备述自己举兵之意，并向附近州县、诸陵官僚发去檄文，招纳兵丁。此时中京大定府的侯概也聚集了一万余人起兵反辽，听到耶律章奴领兵攻下了饶州，便带兵来投，此时起义队伍已达数万人，而后又攻陷高州。可是耶律章奴的手下将领耶律女古等人，一向在辽营里骄奢淫逸惯了，现在随耶律章奴起兵，仍然改不了原来的恶习，依旧是暴横不法，劫掠百姓财物，见到凡是稍有姿色的女子，便抢来奸淫污辱，沿途百姓均敢怒而不敢言。耶律章奴几次下令约束，但奸淫掳掠现象仍然发生，他们的行径简直就像强盗一样，根本没有战斗力，完全是众叛亲离的乌合之众。耶律章奴看在眼里，心中悔恨不已。

三月，东面行军副统萧酬斡率辽军在川州打败叛军，侯概被擒。耶律章奴带兵转攻上京。

辽国的老臣萧兀纳与天祚帝亲征，兵败后被授予上京留守。此时见耶

225

律章奴领军前来，自思上京留守的兵将皆老弱病残，怎能抵御住来势汹汹的叛军？但是上京是大辽国的都城，若一旦失守，其后果不堪设想。情急之下，萧兀纳冒着杀头的危险，私开府库，将库中的金银财宝全部发给守城的将士和城中的百姓，鼓励他们共同御敌。耶律章奴带着兵马来攻，留守将士和百姓因为受了萧兀纳的赏赐，群情激奋，拼命拒敌。耶律章奴的人马伤亡惨重。

天祚帝听耶律章奴攻打上京，立即派汉人行宫都部署萧特末率领五千骑兵，前来救援。耶律章奴见上京久攻不下，后面又有兵来援，便带人撤离，准备转道去攻取广平淀。依附辽国的顺国女直大王阿鹘产率三百骑兵在后猛追，此时耶律章奴的队伍士气低落，被阿鹘产一击而溃，部将耶律弸里直被杀死于阵中，并有二百余人被阿鹘产生擒后斩首示众。

耶律章奴率领着残兵败将，惊惶退却，打算去投奔金国。耶律章奴将自己伪装成派遣去金国议和的辽朝使者，逃奔到金国近境泰州时，与辽国巡逻的队伍遭遇，被其中的兵丁认出，于是被缚送到天祚帝的行宫。

"大胆乱臣贼子，竟敢拥兵谋反，觊觎皇位，忤逆犯上！其心可诛，人神共愤，必遭天谴！"天祚帝一见耶律章奴，恨得咬牙切齿。

铁骨铮铮的耶律章奴毫无惧色，坦然而答，声如洪钟："可惜苍天不遂英雄之志。你这个无道的昏君，大辽江山早晚丧于你手。我虽早死，但可避免亲眼见大辽被金吞灭，也是幸事，虽死无憾！"

"来人呀，将叛臣耶律章奴拉出去，腰斩示众，以儆效尤。"

萧奉先带人将耶律章奴腰斩于市，并剖其心，祭献祖庙。耶律章奴的妻女及婢女有的被配役绣院，有的被赏赐给天祚帝的宠臣为婢。天祚帝犹不解恨，将耶律章奴的尸体肢解，分送给属下的五路人马，诏示各路的将领以耶律章奴为戒。

萧兀纳因死守上京有功，被加封为副元帅，不久又封为契丹都宫使。

# 第十七章　女真仓颉

## 一

女真虽然是一个古老的民族，但在建国前没有自己的文字。他们在日常生活中记载年月，以草木瓦石为记录符号；征税或调兵时，以刻箭为号。当遇有战事时，便在箭杆上刻三个横杠，下传诸部。至于成文的天文和历法就更谈不上了，他们只是凭借世代相传的经验来辨识四季和记忆自己的年龄。以看过了几次青草来判断岁月，看过草青一次，便当作一年，自然本人也就长了一岁。这种只有语言、没有文字的落后状态，给生产生活，特别是征战和外交带来了许多麻烦，使这个以速度、勇力见长的民族的发展受到了极大的限制。

随着大金国的建立，政治交往越来越频繁，创制自己国家的文字已经迫在眉睫。完颜阿骨打在戎马倥偬之中，下诏创制女真文字，责令把国内精通契丹文和汉文的文人集中到上京，从中挑选创制女真文字的人选。

完颜阿骨打诏示群臣说："凡国家政治经济，诸多要事应当以文字记载，所以必须挑选智慧博学之人，以发明本国文字为第一要事，以便记我国史，扬我国威。完颜希尹自幼笃志于学，博通经籍，有经世之志，令其广纳群贤，创制大金文字。"

由于完颜希尹在跟随完颜阿骨打东征西讨的过程中，显示出足智多谋的才能和高深的文化素养，因此完颜阿骨打把创制女真文字的重任交给了他。完颜希尹经过反复遴选，看中了对契丹文和汉文都非常有研究的耶鲁，二人主持造字工作。

大金国文武全才的完颜希尹，对女真人创制文字这种划时代的文化超越，满怀信心，胸有成竹。

完颜希尹出身于女真完颜部贵族，他的曾祖父石鲁，因足智多谋被称为"贤石鲁"。他的父亲欢都，是完颜部著名的将领，曾先后辅佐世祖劾里钵、肃宗颇剌淑、穆宗盈歌、康宗乌雅束，四任节度使，随军征战四十年，每次作战都冲锋在前，屡建战功，备受重用，功居诸臣之首。

完颜希尹就生在这样一个显赫的女真贵族家庭。

相传完颜希尹的母亲怀胎三十个月才生下了他。当他降生时，万里彩云如玉帛般萦绕产房，经久不散；天空有仙乐奏起，历久不绝。

完颜希尹自幼聪敏，博通经籍，凡山川草木禽兽之名，一见则记之不忘；他对日月星辰、风雨雷电的感应特别敏感，平时沉默寡言，每次预言都非常准确。

完颜希尹通晓各种文字，过目成诵，并且在父亲的教导下，研习各种武艺，不但能徒手打死猛兽，每箭必中飞鸟，还能事先预知猎物所隐藏的方位。更让人吃惊的是他不仅能看病救人，而且还能以梦预测吉凶祸福。完颜希尹与汉官杨朴私交甚好，受他的影响，完颜希尹是女真人中最早接受《四书五经》的人，他精心研究《易经》，已经达到了炉火纯青的境地，因而他的占卜预测功能，在国人中推为第一。当时女真人信奉萨满教，每个部落都有沟通人神之间关系的神职人员大萨满，由于完颜希尹的这些才能，他被部落里的人推举为"大萨满"。

完颜希尹脸长过尺，色黄少须，圆眼睛，黄眼珠，白天无事，常闭目静坐，睁眼则顾视如环，其威如虎，其声如钟；夜睁双目，则明亮如烛。完颜希尹在造字时，常于月朗星稀、万籁俱寂的夜晚，披发仗剑，上观天象，下察地理，遵日月星辰变化之规律，仿山川草木不变之形态，决心学习中原上古圣贤仓颉的故事，领悟汉字和契丹字的精要，造出符合本民族特点的文字。

经过众人的研究讨论，完颜希尹确定了造字原则，决定仿汉字楷书，因契丹制度，结合女真的口语，创制女真字。经过一年多的努力，终于在天辅三年八月修成了《女真字书》，从此自成体系的女真文字诞生了。这种女真文字被后人称为女真大字。它是在汉字和由汉字改制的契丹字基础上，增添笔画或变换结构而成。构制方法有表意字和表音字两种，但以表意字为主。最大的特点是能把当时的女真口语尽善尽美地表现出来，并且这种文字的规律很强，往往一学即会。

从此，女真人有了自己的语言符号，金朝有了官方通用的文字。女真字的创立，使金朝的文化事业得以快速发展，在金朝的政治、经济、军事和外交等方面起到划时代的作用。女真人自古以来无法接受的《四书五经》、《老子》等书籍，变成了人人可读的女真文本，从而加速了女真人的汉化程度，推动了金朝社会的发展进步。

为了表彰完颜希尹的造字功绩，完颜阿骨打赐给完颜希尹一匹马，一件上好的貂裘上衣，并称赞他为"女真仓颉"。

1119年8月，完颜阿骨打下令颁行《女真字书》，在上京专门成立女真字学校。女真字学校的兴办，提高了女真人整体的文化素质，为金国培养了许多经世之才。如当时在学校就读的完颜宗宪、纳合椿年等人，他们都成了大金国的栋梁之材。特别是纥石烈良弼，对金国的贡献更大。

一天，完颜希尹因公事要到外地去。在驿站休息时，有一个不满十岁的小男孩到驿馆求见。

完颜希尹问："你是干什么的？"

小男孩不卑不亢地回答："我是被推荐来学习女真文字的学生。"

完颜希尹一听非常高兴。他又问道："你叫什么名字？"

"我叫纥石烈良弼，本名娄室，祖上是专门为皇室服务的差役，家境贫寒，现在入选在女真字学校学习。"

纥石烈良弼尽管年纪小，在完颜希尹面前却口齿伶俐，毫无惧色："在下学的是大人您发明的文字，今天既然有幸与您相遇，在下斗胆求见。"

纥石烈良弼侃侃而谈，完颜希尹心中大异，遂问了好多的问题，他都能从容对答。

完颜希尹在心里暗自称道："此子将来一定会成为国家的栋梁之材！"遂留下纥石烈良弼，相聚数日才分手。

纥石烈良弼学会了女真大字后，转习经史，好学能文，工善辞章，口占立成，十四岁时即因才华横溢被任命为大定府的教授，当时人们称赞他为"前有谷神，后有娄室"。谷神指的是完颜希尹，而娄室就是纥石烈良弼。

纥石烈良弼十七岁时补为尚书省令史，当海陵王完颜亮继位后，纥石烈良弼被任命为尚书左丞。他朝夕心系国事，不仅尽职尽责，直言敢谏，而且深谋远虑，推贤举能，为金国政权的巩固和社会的发展做出了巨大贡献，从而成了金国历史上一位有名的宰相。

## 二

天祚帝的腐朽统治，不仅使统治阶级内部分裂之势日益严重，而且由于对金国连年用兵，造成国运日衰，府库银两匮竭。特别是天祚帝亲征失利后，加重了对平民百姓的剥削，激起了民众的强烈反抗。

辽天庆五年二月，饶州渤海人古欲等聚众起义，自称大王。有步骑三万余人，拒不招降，声势越来越大。天祚帝先以萧谢佛留领兵镇压，被起义军击败。四月，天祚帝又派南面行宫副部署萧陶苏斡为都统，前去镇压，又被起义军打败。六月，萧陶苏斡采用镇压和招诱兼施的手段，招降了古欲，瓦解了起义部队，杀起义部卒数千人。

尽管起义被镇压，但是辽国边备松懈，民心更加涣散。

不久，在辽国的东京，爆发了高永昌起义。

东京是辽国统治渤海、女真和控制高丽的东部军政重镇，自古以来就是繁华之地。东京留守萧保先是萧奉先的弟弟，他倚仗自己的哥哥在朝中执掌大权，所以飞扬跋扈，横征暴敛，对待东京境内的渤海人更是变本加厉，施政严酷。

深受其害的东京渤海人自从女真起兵后，伺机造反。

天庆六年正月初一，有十多个渤海血性少年，喝完酒后，手持利刃，乘夜色翻墙潜入东京留守府，声称城内发生兵变。萧保先闻听此言，大为恼怒，只身一人到门外查看究竟，便被这伙少年连捅数刀而亡，东京城内一片混乱。户部使大公鼎得知消息后，同副留守高清明集结奚、汉兵马一千多人前来镇压，将聚众闹事的渤海人全部逮捕问斩。但仓促之际，伤害了无数的无辜百姓，激起民愤。这时城外的渤海人烧寨起营，围攻东京，城内百姓则举火相应。大公鼎无法安抚，只好出兵镇压，兵败后从东京西门逃走。

这时，辽国的裨将高永昌率领三千辽军，屯驻在东京八甗口。高永昌见辽政日衰，屡屡为金兵所败，早生觊觎之心。此时恰逢萧保先死于非命，东京大乱，于是高永昌率部乘机占据东京，拥兵自立，建大渤海国，自称大渤海皇帝，改元隆基。

渤海人民纷纷响应，不到一个月的时间，高永昌的兵马便如秋风扫落叶般攻占了辽东五十多个州，仅剩沈州还未攻下。

外有金军侵扰，内有高永昌起兵作乱，天祚帝急得如同热锅上的蚂蚁，急忙派宰相张琳、萧韩家奴招募辽东两万饥民前来讨伐。此时，高永昌带兵从显州出发，企图攻占沈州，恰与张琳所带领的辽兵相遇，高永昌失利，退回东京。张琳率领辽军随后紧追到太子河边，安营扎寨，并派人招降，被高永昌拒绝。

张琳遂率军渡河，准备强攻东京。

大兵压境，高永昌感到情况不妙，渤海军虽然士气高涨，但毕竟是一帮平民临时拼凑起来的，一旦碰上辽国的正规军，输赢很难预料。

为了解除自己的后顾之忧，高永昌决定实施"联金抗辽"计划。

因此他立即派使者耶律挞不也向金国求援。

完颜阿骨打得知天祚帝正在上京，本该率兵去擒，但完颜希尹看到东京局势的变化，向完颜阿骨打提出了"由于高永昌僭号，东京立可速取"的建议。因此，完颜阿骨打决定先取东京。

胡沙保来到东京，向高永昌传达完颜阿骨打的旨意："同力取辽固然可以，但东京乃女真近地，你乘隙占据，并僭号称帝，我大金绝对不允。倘归顺于金，则可封你官爵。"

心高气傲的高永昌哪里肯答应完颜阿骨打的要求，自己造反无非就是要建立自己的国家，如果归顺金国，那么一个多月来的努力不是全白费了吗？

高永昌不同意归顺金国，一意孤行，坚决要自立为王，又派耶律挞不也、胡突古去金国交涉，并要求金国释放渤海俘虏。

完颜阿骨打见状，将胡突古扣留，又派使者胡沙保和大药师奴，继续去东京劝降。

高永昌还是不愿归顺。

辽天庆六年四月，完颜阿骨打假装答应帮助高永昌去讨伐辽军，开始实施他的东京攻略计划：首先攻占沈州，击退辽将张琳，然后一举消灭高永昌，最后占领整个东京。

完颜阿骨打派完颜宗翰统率诸军，并与完颜阇母、蒲察、迪古乃等会同咸州路都统斡鲁古率军向东京进发。

辽军张琳正屯兵于沈州，南有渤海高永昌军，北有完颜宗翰带领的金军，此时已是腹背受敌。为了牵制金军，遏制完颜宗翰统军南下，张琳派遣六万人，进攻照散城。完颜宗翰急遣阿徒罕勃堇、乌论石准带兵驰援，两军战于益褪之地，辽军大败，张琳的计划受挫。五月，完颜宗翰乘辽军不备，挥兵直逼沈州。张琳败走，金军占领沈州。

高永昌得知沈州失陷，大惊失色，自知不能与金军抗衡，便使出缓兵之计，急忙派亲信铎刺拿着一枚金印、五十银牌，来金营求和，表示愿除去帝王名号，归顺大金。

完颜宗翰派遣胡沙保、撒八前去联络有关归顺事宜。恰巧渤海人高桢来降，说高永昌并非真降，实为缓兵之计。于是完颜宗翰继续挥师进军，高永昌见奸计暴露，遂将胡沙保、撒八杀死。

胡沙保被押赴刑场时神情自若，宁死不屈，一路大骂高永昌："你个叛臣贼子，今天杀我，明日也必会像我一样被杀！"

高永昌硬着头皮带兵出战，与金军相遇于沃里活水，高永昌所带的渤海军不战而退，逃回了东京城内。第二天，高永昌率全部人马出城，又被金军打败，高永昌遂率五千骑兵逃奔到长松岛。

几天后，高永昌手下将领恩胜奴、仙哥等挟持了高永昌的家眷，向完颜宗翰投降。没多久，高永昌的手下将领耶律挞不也、道刺、酬斡见无路可走，在长松岛将高永昌捉住，作为见面礼献给了完颜宗翰。原来，恩胜奴、仙哥、耶律挞不也等这些人，都是完颜阿骨打攻下宁江州时所释放的东京渤海人，现在果真发挥了作用。

胡沙保被高永昌杀害，完颜阿骨打感到十分痛惜。胡沙保从起兵时侦察敌情，到历次战场拼杀，都忠心耿耿，机智英勇，最后却死在高永昌的手中。完颜阿骨打对高永昌恨之入骨，下令将他及其妻子、亲信全部杀死以泄其恨。

自此辽东五十四个州尽被金军所得。

三

张琳与金军作战失利，被贬为平州辽兴军节度使。

派谁带兵与金军作战呢，天祚帝心中没了谱，他下令让大臣们马上推荐人选。

萧嗣先与金作战被免官，张琳被贬，而那个擅长领兵打仗的耶律章奴却背叛朝廷，企图另立皇帝，被腰斩示众。以上这几个主儿皆是天祚帝身边的近臣，可是一沾上抗金的边，就开始倒霉运。辽国朝中的贵族们哪敢再主动站出来领兵出战？可是天祚帝叫嚣着让他们推荐胜任的人选。他们思来想去，终于想到了一个人，此人正是耶律章奴要拥立的魏王耶律淳。他们上奏说：魏王耶律淳贤良通达，实是大辽宗室中不可多得的俊杰，而且又是陛下的皇叔，对大辽社稷忠贞不贰，若令此人东征，朝野报国之士必愿意为之所用。况且辽东民众自渤海之败后，流离失所、无家可归者很多，若将他们招募到军中，与金虏作战，既可以报效国家，又可以消解他们对金人的仇恨，因为这两个原因，士兵一定与金死战。

　　于是，天祚帝封耶律淳为都元帅，并命他招募兵士。魏王耶律淳招募宜州、锦州、显州、乾州等地饥民两万八千人，分置前宜营、后宜营、前锦营、后锦营、乾营、显营、乾显大营、岩州营等八营，名为"怨军"，取"报怨于女真"之意。另外又选燕、云、平等路禁军和募民兵数千人，也编入怨军，人数共达三万余人，屯驻在卫州英泰山。谁知没等与金军作战，怨军内部接连发生兵变。十一月，忽管押武勇军、太常少卿武朝彦目睹辽国政治的腐败，不愿再为辽国出力，遂密谋劫杀耶律淳，举兵反辽。他率军攻打耶律淳所在的中军，因为耶律淳早有防备，武朝彦失败后率两千余人逃走。一波未平，一波又起，不久又发生了一场兵变。由于天气寒冷，士兵没有棉衣过冬，乾显大营和前锦营怨军抢劫乾州百姓的财物，耶律淳只好率兵前去镇压。

　　保大元年，东南路怨军将领董小丑因为征讨利州不利被处死，手下将领罗青汉、董仲孙等率军叛乱，攻打锦州。天祚帝派副都统耶律余睹、奚王回离保率兵平叛。

　　回离保，奚王忒邻之后。善于骑射，勇猛善战，曾任铁鹞军详稳，北女直详稳，兼知咸州路兵马事。

　　东南路怨军中有一位将领名叫郭药师，渤海铁州人，年少威武，容貌伟岸，沉稳果敢，许多怨军都愿意依附他。此时郭药师一见大军来攻，形势不妙，于是乘隙杀了罗青汉、董仲孙等人，接受招安。

因为怨军士气不振，军纪混乱，连连叛乱，将来还有可能制造事端，危害社稷，所以耶律余睹打算将参加叛乱的怨军全部杀掉。

耶律余睹对回离保说："前年乾显大营和前锦营怨军发生叛乱，劫掠乾州；而今年东南路怨军全军皆叛，而攻锦州。倘若我军不来平叛，锦州城一旦被攻破，数万百姓就要身受战乱之害。所谓怨军，未能报怨于金人，而屡叛于我大辽。现在不如乘其解甲之机，派一营士兵掩杀过去，全部杀光，以绝后患！"

但是回离保不同意，他说："叛军之中也有忠义之士，在叛乱中被一时胁迫，无奈相从，岂能全部诛杀？"

耶律余睹说："郭药师顾视无常，性情狡黠，将来必为辽国后患！"

回离保置之不理，从叛军中选出两千人编为四营，由郭药师、张令徽、刘舜仁、甄五臣分别统领，剩下六千人分送各路为禁军。

郭药师等人因此得以保全性命。也就是在此时，郭药师这种诡诈多变、反复无常的特点已初露端倪，而怨军及郭药师也确如耶律余睹所说，在以后成了辽国亡国的大患。

经过一段时间的整顿，耶律淳率领怨军发兵到徽州东，想去重新抢回东京，此时只有完颜宗翰率一万金军驻守东京，完颜阿骨打急忙派完颜希尹、迪古乃率一万金兵前去助战，与耶律淳的怨军不期而遇。晚间，有赤色云霭红彤如火，自东方而起，往来纷乱，历久方散。每次金兵来攻，天上或白气经天，或白虹贯日，或天狗夜坠，或彗扫西南，赤气满空，只要天呈异象，辽兵就会大败。怨军们看了，都认为是凶兆。因此怨军斗志全无，未等交战，就溃不成军。金兵西进新州，节度使王从辅降金。继而成、都、卫等州，也纷纷献城来降。

徽州大败后，耶律淳带着手下的怨军士兵们退守到了显州的蒺藜山。

蒺藜山的战略位置相当重要，怨军既可出兵攻打沈州和东京，又可以坚守此城，防止金兵进攻中京和上京。耶律淳决定死守蒺藜山，同金国最后一搏。但是还没等耶律淳喘过气来，金兵已经兵临城下。完颜宗翰和完颜希尹兵合一处，对蒺藜山发动了总攻，惊魂未定的怨军毫无斗志，纷纷仓皇逃命。

金兵乘势攻下显州，辽国乾、懿、豪、徽、成、川、惠等州纷纷不战而降。

辽在边地州城多年储备的粮饷，都被金人掠获。

蒺藜山的失败，标志着辽国在辽东地区最后一道防线的彻底失守，从此以后，整个辽东地区成为金国的领土。

辽国一共有五京，分别为上京、中京、东京、南京、西京。五京分别控制不同的地域，上京临潢府管理契丹本部与属部，中京大定府管理奚族地区，东京辽阳府管理渤海、女真，南京析津府与西京大同府管理燕、云汉地。

辽国在上京建有皇宫，而在中京、东京、南京、西京分别建有行宫。

逃到中京的天祚帝在怨军作战失利、金兵一路斩关夺隘的情况下，不是积极地调动国内兵马，抗击金兵，而是偷着命令朝廷内库人员打点珠宝、珍玩五百多包，屯集骏马两千余匹，每天夜里都牵入飞龙厩饲喂，准备随时逃跑。

天祚帝作为堂堂的大国天子，私下竟然恬不知耻地对自己亲信说："假如女直军真的来了，朕有这些日行三五百里的宝马，宋朝天子与朕结为兄弟，西夏国主与朕是甥舅，朕若投奔二国，不失一生富贵，仍旧可以快快活活地享受一辈子。"

萧瑟瑟进谏说："自古当皇帝的，国难临头之时，哪有只顾自身享受，而不顾百姓死活的？倘若金兵来攻，你逃到西夏，而我大辽芸芸子民将寄身何处？"

天祚帝哑口无言。

萧瑟瑟暗自伤心，她在心里哀叹，大辽灭亡的日子已经不远了！

# 第十八章　海上之盟

## 一

早晨一起来，天祚帝就要带兵去秋山打猎了。

天祚帝的烦恼事太多了，内有民众造反，外有金军侵犯，没有一天好心情的时候。于是天祚帝就想到山上玩上一番，也好换换空气，再说昨天上朝时发生了一件不愉快的事，让天祚帝现在还心烦不已。

完颜阿骨打派人来，要求天祚帝封他为大圣大明皇帝，国号大金；每年纳贡丝绢二十五万匹、白银二十五万两；割让辽东、长春两路的土地；交还在辽国避难的罪人阿疏……否则就要派兵来攻，口口声声说要灭了大辽。

丝绢、白银、土地，天祚帝对这些都不在乎。金银财宝、土地这些东西，大辽国多的是了，但是如果封完颜阿骨打为大圣大明皇帝，就等于承认了大金国的合法地位，而且完颜阿骨打还要求天祚帝把他当作哥哥来对待，这可让天祚帝在心里接受不了。还有，阿疏在辽国避难多年，女真多次讨要，都拒绝了，如果现在答应交还，这不是证明自己认输了吗？

答应完颜阿骨打提出的条件，心里实在不情愿；不答应，金军就会大举进攻，一想起如狼似虎的金军，天祚帝心里直打哆嗦。

因此昨天上朝，天祚帝召集大臣们商议退金之策，可是半天也没人说话，这些人怕呀，怕谁？怕萧奉先呀，他在朝中可是炙手可热、无人敢惹。现在金军士气正旺，朝廷派出的几个大臣萧嗣先、张琳、耶律淳等都败下阵来，谁也没想到白山黑水的女真人这么能打仗。辽建国以来，以兵强马壮、骁勇善战威服天下，北宋、高丽、回鹘、西夏都俯首称臣，年年进贡。可是现在竟然在不起眼的女真人面前连吃败仗。一听金军来攻，人人闻风丧胆，唯恐自己跑得慢。再说，萧奉先的弟弟萧嗣先带兵与金作战，兵败后也没有追究战败之责，从而形成了战死无功、战败无罪的局面，全军上下心灰意懒，没有人愿意为国效力死战。

要想扭转战局，就要首先整顿军纪，这样的话就只有先从萧嗣先下手。可是谁敢追究他的责任啊？他的哥哥是当朝的枢密使萧奉先，姐姐是当朝皇后萧达里懒，妹妹是元妃萧贵哥。你说谁敢惹？

弹劾萧嗣先不是等于找死吗？所以大家你看我、我看你，一言不发。

这时，契丹都宫使萧兀纳出来说话了，萧兀纳说："陛下若想反败为胜，必须首先整顿军纪，追究有罪的人，奖赏有功的人，只有赏罚分明，才能鼓舞士气，重振军威，我大辽才有与金作战的根本！"

天祚帝疑惑地问道："赏罚分明？怎么才能分明呀？黄龙府一战，你死守上京有功，朕不是将你从副元帅擢升为契丹都宫使了吗？难道还不分明吗？"

看到天祚帝不高兴了，冷眼旁观的萧奉先忍不住笑出声来。第一他笑天祚帝头脑太简单，误解了萧兀纳的意思。第二他笑萧兀纳这个老东西，也太不识相了，仗着自己曾当过皇上的老师，就信口雌黄，平日随意针砭朝政，挑动其他官员的不满情绪，今天竟敢公然当着诸位大臣的面向皇上开战了，看来他是在朝中待腻了，哪天寻个罪名把他打发出去，省得他在皇上的耳边唠叨。

其他的大臣都替萧兀纳捏了一把汗，他们默不作声，却在心里为萧兀纳叫好！这些话只有萧兀纳敢说，因为他是皇上的老师，而且是两朝重臣，在与金军作战中，也有不俗的表现。但是皇上要是发起怒来，可是没有好果子吃呀。自古以来，伴君如伴虎。

萧兀纳听到天祚帝的诘问，便慨然相答："老臣并不是为自己争功，老臣身历二世，早已看破红尘，淡泊名利。陛下试想，自我大辽与女直交战以来，为国捐躯的士卒数不胜数，有多少百姓因此妻离子散，倾家荡产，老臣却不见陛下奖赏了哪个士卒，体恤了哪个百姓？"

"这……这个吗？"天祚帝一时语塞，脸色沉了下来。

一口一个老臣，天祚帝一听心里就来火。

萧奉先看到天祚帝支支吾吾，急忙站出来为他解围，他怒气冲冲地指着萧兀纳说："你动辄以老臣自居，在朝堂之上公然顶撞皇上，难道你是想仿效耶律章奴，图谋造反不成？"

造反？天祚帝现在最怕的就是有人造反！自从耶律章奴于两军阵前，反戈一击，致使大军崩溃，险些丢了朕的性命。想起竞相逃命的狼狈样，天祚帝的后背冒出一层冷汗。

萧兀纳大义凛然地说："萧奉先大人，若不是你向陛下屡进谗言，诽谤耶律章奴将军，哪能有耶律章奴拥立魏王之乱，皇上亲征也不会失利，依老臣看来，你就是祸国乱政的罪魁祸首！"

萧奉先闻听此言，恼羞成怒："萧兀纳，你这个不自量力的老东西，一味地倚仗自己是两朝老臣，不但藐视皇亲，还公然顶撞皇上，死罪一条！来人啊，将萧兀纳拉出去，斩首示众！"

门外涌进数十名亲军，将萧兀纳捆了，只见萧兀纳脸不变色，临危不惧。

"慢！"这时，只听一人高声大喝，萧奉先抬头一看，走上来一人，正是耶律余睹。

耶律余睹也是皇族出身，现任副都统。此人慷慨大义，敢于仗义执言，在辽国的将领中颇有威信。不久前，张撒八在中京大定府发动了射粮军起义，耶律余睹率领南面军将张撒八生擒，平息了这次平民暴乱。

萧奉先一看是耶律余睹，心里不禁发怵。因为耶律余睹不仅出身皇族，而且他还是文妃萧瑟瑟的妹夫，他可不是好惹的主儿。

耶律余睹上来劈面质问："萧奉先大人，请问萧兀纳犯了哪条重罪，竟然要拉出去斩首示众？他不就是说了几句真话，揭了你的老底吗？你不但混淆视听，媚惑皇上，妖言惑众，而且还偏袒弟弟萧嗣先，乱我军心，论罪当斩。毁我大辽百年江山社稷的，是你兄弟二人也！"

大臣们没有商量出退金之策，却闹起了内讧。天祚帝见又牵扯出萧嗣先，忙出来打圆场说："你们不要吵了，依朕看，当下万全之计，还是派遣使臣与金议和，明天就派静江军节度使萧习泥烈出使金国。"

这时镇国上将军耶律棠古出班说道："臣虽年老体衰，但是愿为国破敌。"耶律棠古是六院郎君耶律葛剌的后代，性情坦率，疾恶如仇，别人若有不对的地方，他一定不加虚饰，直言指出，因此别人说他是"强棠古"。因为他在朝中经常议论萧奉先的过错，所以一直也得不到提拔重用。

天祚帝知道耶律棠古一向与萧奉先不睦，哪能让他去带兵作战？自从耶律章奴临阵反叛，天祚帝对谁都怀有戒心，他只信任大舅哥萧奉先。

萧奉先不依不饶地说："萧兀纳、耶律余睹咆哮朝堂，请陛下治罪，以儆效尤！"

天祚帝想了半天，息事宁人地说："萧兀纳是朕的御师，皇爷爷在世时，曾告谕朕应以父事之。朕念于此，特赦萧兀纳无罪。耶律余睹身为副都统，不以大局为重，却敢当着朕的面，污辱皇亲，因此重责六十军棍，回家闭门思过！"

一些有良知的大臣见状，跪在地上为耶律余睹求情。

萧奉先抽出宝剑，在空中胡乱地挥舞着，咬牙切齿地说："再有敢为耶律余睹求情者，与耶律余睹同罪！"

辽国旧制，凡上朝觐见皇帝，严禁身带利器。而萧奉先却身佩宝剑，此为何也？原来自从黄龙府兵败以来，萧奉先怕遭到朝中有识之士的暗杀，便以保护天祚帝为名，带剑出入宫中，得到了天祚帝的允许。

大臣们噤若寒蝉，朝堂上死一般寂静。

# 二

在金兵攻下黄龙府以后，在天祚帝身边伴驾的文妃终日忧心忡忡，为大辽江山社稷心急如焚。在金军南进、辽兵望风而逃的严峻形势下，她见天祚帝除了狩猎秋山，便是欢宴宫闱；对作战失利的将帅不罚不问，而对忠言直谏的臣子，不是罢官就是杀头，把朝廷政治弄得一团糟，简直到了破罐破摔的地步。第二天，忧心国事的文妃趁天祚帝酒醒之际，直言进谏：

"金国自完颜阿骨打兴兵以来，内修法度，外事征伐，一时将帅震扬威灵，风行电照，讨契丹，战宁江州，破黄龙府，从此诸部震慑。而辽国将士闻鼙鼓而胆裂股颤，依臣妾看来，金国非雄武之国，其用兵也没有神变莫测的奇谋秘计，只不过是金人完颜阿骨打利用女直人对辽国的仇恨，兴兵讨伐，此皆顺乎民心之功也。古人言'得民心者得天下，失民心者失天下'，愿陛下时时以民心为重！"

天祚帝刚从昨晚的欢宴中清醒过来，连日的酒色过度，已使得他的身体日渐消瘦。他从鼻子孔里哼道："朕怕什么，我大辽有二百余年的基业，且有萧奉先等国家栋梁之臣，那些闻风造反的平民百姓，难道还能翻了天不成？

萧瑟瑟依旧劝道："圣贤有言，欲不可纵。陛下为天下之君，当深戒之！况且民犹水也，水能载舟，亦能覆舟。难道陛下连这个道理都不懂吗？"

天祚帝不耐烦地说："朕不是不懂，但人生如风灯石火，不如趁现在还活着，抓紧时间及时行乐！你是当朝的皇妃，应当以抚育皇子、垂范后宫为正事，不要学萧兀纳那个老东西，整天啰唆个没完没了！"

萧瑟瑟一看天祚帝恼了，连忙好言相劝："古今圣贤的帝王，最大的

241

贤德莫过于从善纳谏，以此来膏泽于民，安于社稷，天下共享太平之乐。而今我大辽忠直之臣如萧兀纳者朝奏夕贬，致使天下之人张口结舌，噤若寒蝉，以言为讳。我大辽国政衰败，依臣妾看来，皆因内有小人萧奉先擅自专权，把持朝政，皇纲不振，外有女直强族虎视眈眈，如此内忧外患，以致国家有累卵之危，这正是臣妾日夜忧虑寒心的事啊。"

天祚帝恨恨地说："区区妇人，不要出言便是国事家事，你若再聒噪个没完没了，便把你打入冷宫，永世不得与朕见面！"

萧瑟瑟毫不畏惧地说："臣妾蝼蚁之微，从头到脚，不足以玷污陛下的斧钺。而今斗胆冒犯天威，皆因小人弄权窃国，诋诬朝中贤良之臣，蒙蔽圣上，堵塞言路，遂使陛下身负拒谏之恶名于天下。倘若臣妾以区区贱躯，能换得陛下悔悟之心，虽死无悔，臣妾怎么能因惧怕被贬而不进谏呢！"

天祚帝大怒，指着萧瑟瑟大骂道："你不要自恃朕的宠爱，便有恃无恐，若不识相，朕便要拿你开刀问罪！"

天祚帝骂完便拂袖而去。

萧瑟瑟心里好不是滋味。自己好心劝谏，却招来了天祚帝的一顿责骂，一时忧从中来。

国难当头，萧瑟瑟希望天祚帝能够摒弃奸邪之辈，重用贤明之臣。并盼望国内早日出一个救国于危难之人，北面可以扫清女真之乱，打败不可一世的金兵，收复失地；南面可以稳定燕、云的局势。焦虑之际，才情满腹的萧瑟瑟写下一首诗：

> 勿嗟塞上兮暗红尘，勿伤多难兮畏夷人；
> 不如塞奸邪之路兮，选取贤臣。
> 直须卧薪尝胆兮，激壮士之捐身，
> 可以朝清漠北兮，夕枕燕、云。

这时萧瑟瑟的儿子耶律敖鲁斡进宫来向母亲请安。他见母亲双眼噙泪，面有戚色，遂问母亲为何如此伤心。萧瑟瑟对儿子语重心长地说："当今国政倾颓，天下烽烟四起，我大辽江山有累卵之危啊！"

　　耶律敖鲁斡听母亲如此一说，也是一声长叹，说道："是呀，想我大辽当年五京环列，州县如星，现在却几乎丧失大半，金军焚杀抢掠，涂炭生灵，我大辽子民惨受战争之苦！为此，儿臣也是天天忧虑，食不知味，寝不安席呀！"

　　萧瑟瑟伤心地说："女直反叛，并不可怕，怕的是我大辽国朝内没有治国的贤臣，疆场上没有御敌的良将，如果你父皇能够励精图治，君臣齐心，则金兵可破，复国有望！"

　　耶律敖鲁斡感慨万千："母后说得对啊。可是儿臣听说宋朝已派人与金勾搭到一起，要联合起来一起攻打我朝，以取燕、云之地，燕、云乃我大辽军事重地，一旦失去，则中京危矣，你我母子就没有了安身之地。"

　　萧瑟瑟忧心忡忡地说："你是当今皇子，如今又被封为晋王，复国大计就托付给你了，希望有朝一日，你能力挽狂澜，扫除金虏，还我大辽朗朗乾坤。"

　　耶律敖鲁斡跪在地上说："母后教育得对，儿臣都记住了。但愿有朝一日，儿臣能提枪跨马，收我大辽疆域，复祖宗万世之基业。"

　　萧瑟瑟伤心地说："现在你父皇置朝政大事不顾，纵情玩乐，使朝野上下人心尽失。更让人忧虑的是，在这即将亡国的危急关头，你父皇忠奸不分，赏罚无章，重用萧奉先等奸佞之辈，忠臣多被贬谪在外，以致民怨四起，不少的州县纷纷举旗叛乱。"

　　原来辽国百姓深受战乱之苦，民不聊生，纷纷聚众起义。天庆七年二月，易州涞水人董才聚一千余人，起兵反辽，与辽兵大战于易水、奉圣州等地，而后转战于云、应、武、朔等州，成为一支反辽的强劲之军。董才还与北宋联络，北宋答应封他为"燕地王"，董才上表自号为"扶宋破虏大将军"。天庆八年，辽国山前诸路遭受了严重的自然灾害，乾、显、宜、锦、兴中等路粮食短缺，民众剥树皮充饥，甚至出现了人吃人的人间惨剧。汉人安生儿、张高儿聚众二十万人起义，大批饥民都加入了起义队伍。安生儿在龙化州与耶律马哥率领的辽军大战，起义军兵败，安生儿战死。张高儿率众转战至懿州，与当地的霍六哥起义军会合。六月，霍六哥攻下海北州，又趋义州。好在不久前被奚王回离保剿灭。

耶律敖鲁斡长叹一声，说："唉，奸臣萧奉先把持朝政，父皇被其蒙蔽，深受其害。昨天上朝时，萧兀纳老臣要求追究萧嗣先的兵败之责，与萧奉先两人争执了起来，险些酿成大祸！"

"怎么回事？"萧瑟瑟急忙问。

于是耶律敖鲁斡一五一十地把昨天发生的事情全说了。

"我们已经对不起萧兀纳了，因为他敢于直言进谏，被你父皇逐出朝廷，贬为辽兴军节度使。而后因'犀角'之事，又被降为宁边州刺史。"萧瑟瑟伤心地说，"如果没有他，上京早就被耶律章奴攻破了。"

耶律敖鲁斡说："是啊，宁江州一战，萧兀纳的孙子萧移敌蹇战死沙场，萧兀纳晚年丧孙，痛不欲生啊！"

萧瑟瑟又说道："当年要不是萧兀纳老臣的保护，哪有你父皇的今天呐？他可是你父皇的救命恩人，当年耶律乙辛掌权时曾多次设计加害你父皇，都是萧兀纳设法保护了他的性命，并力主立你父皇为皇嗣。"

耶律敖鲁斡感动地说："萧兀纳一家，真可称得上是满门忠烈！"

萧瑟瑟的眼睛里不觉盈满了泪花。

耶律敖鲁斡一见，赶紧转移话题，说："姨夫耶律余睹也受了牵连，被萧奉先的手下人狠打了六十军棍，皮开肉绽，差点被打死，现在正在家里养病呢。"

萧瑟瑟擦了一把眼泪，说："等有了时间，我去探视一下。"

耶律敖鲁斡听了，欣然说道："好啊，我也去，好久都没见到小姨了。"

母子二人又说了一会儿话。

耶律敖鲁斡出宫了，萧瑟瑟拿起昨晚写的诗稿，想起刚才儿子说过的事，不胜悲伤。

秦朝胡亥继位后，丞相赵高窃权乱政，一次上朝时，他竟然指鹿为马，一些胆小却有正义感的大臣怕日后被赵高报复，都低下头，不敢说话，而那些平时就紧跟赵高的奸佞之人立刻随声附和。萧瑟瑟想起萧奉先以国戚关系平步青云，在朝中专权擅政，残害忠良的恶行，思古联今，写下了《咏史》一诗：

> 丞相来朝兮剑佩鸣，千官侧目兮寂无声。
> 养成外患兮嗟何及，祸尽忠臣兮罚不明。
> 亲戚并居兮藩屏位，私门潜畜兮爪牙兵。
> 可怜往代兮秦天子，犹向宫中兮望太平。

晚上天祚帝从城外打猎回来，累得有气无力，加上喝多了酒，跌跌撞撞地撞进文妃的宫里想要安歇。文妃呈上白天写好的两首诗。天祚帝一看，这些诗都是"诋毁"朝政的，心里便有几分不悦，特别是当他看到萧瑟瑟的后一首诗时，竟然将萧奉先暗喻为秦朝的赵高，既如此，那他不就成了昏暗壅蔽的秦二世了吗？萧瑟瑟在诗中还一针见血地指出，他若是继续奸佞不分，赏罚不明，就难免步秦朝覆亡的旧辙，由此勃然大怒，他指着文妃，厌烦地说："萧奉先乃国之重臣，我知道你是想立自己的儿子为储君，才无中生有，制造谣言来陷害他。"

萧瑟瑟见天祚帝如此昏庸不可救药，紧锁眉头，一夜郁郁无言。

三

青牛山金军大营。

完颜阿骨打正在和完颜希尹商量辽国对其册封的事。

245

不久前，辽国派人来向金国求和。完颜阿骨打哪里肯应，他对手下的猛将精兵们说："辽主不获，兵不能已。"他的内心非常清楚，只有捉住天祚帝，才标志着大辽国的彻底灭亡。近臣杨朴向他进谏："自古英雄开国受禅，先求大国册封。皇上不妨向辽国请求册封，如辽国答应册封，则承认了大金皇帝的合法地位；反之，则可以此为借口，继续对辽用兵。"

于是，完颜阿骨打派遣近臣到辽国请天祚帝册封，向天祚帝提出几条要求：要求天祚帝册封完颜阿骨打徽号为大圣大明皇帝，国号大金；允许完颜阿骨打使用皇帝专用的玉辂、衮服、冠冕、玉刻御印；金辽平等，往来国书以弟兄相称；每年金帝完颜阿骨打的生日，辽国必须派遣使臣祝贺；每年向金纳贡丝绢二十五万匹、白银二十五万两，即分得宋朝纳给辽国的贡品的一半；割让辽东、长春两路的土地；遣返在辽国避难的阿疏、阿鹘产、赵三大王，交金国处理。

这么苛刻的条件，这么大的胃口，可给天祚帝出了一个大难题。早在金天辅二年，天祚帝就派耶律奴哥来金议和，可是最后也没有谈拢。以后又谈了几次，这次完颜阿骨打主动派人来，可能有希望了，天祚帝召集群臣计议。萧奉先等人大喜，以为答应了这些条件，从此再无战患，便怂恿天祚帝派遣静江军节度使萧习泥烈、翰林学士杨勉为封册正、副使，归州观察使张孝伟、太常少卿王甫为通问正、副使，卫尉少卿刘湜为管押礼物官，少监杨立忠为读册使，备齐天子衮冕、玉册、金印、车辂、法驾等物品，来到金国，册立完颜阿骨打为东怀国至圣至明皇帝。

辽国的使团十月出发，十二月到达金国。

辽使到了金国后，拜见了完颜阿骨打，读册使杨立忠出班宣读册文："眷唯肃慎之区，实界扶余之俗。土滨巨浸，财布中区。雅有山川之名，承其祖父之构。碧云袤野，固须挺于渠材；皓雪飞霜，畴不推于绝驾。封章屡报，诚意交乎。载念遥芬，宜膺多戬。是用遣萧习泥烈等持节备礼，册为东怀国至圣至明皇帝。呜呼！义敦友睦，地列丰腴。唯信可以待人，唯宽可以驯物。戒哉钦哉，式孚于休。"

杨朴一听，觉得不对劲，赶紧上前，对完颜阿骨打说："陛下，辽国在册文中，封我大金为东怀国，乃取'小邦怀其德'之意；册文中'载念遥芬，宜膺多戬'皆非美意；再有'渠材'二字，更是语含轻侮，而且册文中没有'事金为兄'之语。由此可见，辽国没有册封的诚意。"

完颜阿骨打大声质问："朕要求辽国册封的徽号'大圣大明皇帝'为何改为'至圣至明皇帝'？"

辽国的册封正使萧习泥烈急忙上前解释说："我大辽开国皇帝耶律阿保机为'大圣大明神烈天皇帝'，现在若封您为'大圣大明皇帝'便是犯了我辽国的祖号，这既是对活着的人不恭，也是对死去的祖宗的奇耻大辱，所以改封为'至圣至明皇帝'。"

杨朴又诘问道："你们带来的玉辂、衮服、冠冕，并非按天子之制准备的，而是一般诸侯所用之物，这不是分明将我大金视为诸侯属国吗？"

完颜阿骨打一听，勃然大怒，叱令左右："来人呀，将辽国使臣拉出去，腰斩示众，以解朕心头之恨！"

两边的勇士们冲上来，按倒辽国的来使，五花大绑，就要拉出去腰斩。

完颜宗翰等大臣们急忙上前劝阻。

完颜阿骨打余怒未消，说："辽国使臣死罪可免，但是藐视我大金之罪难容，每人鞭笞数百，以示惩罚。"并且将辽国的翰林学士杨勉、归州观察使张孝伟、太常少卿王甫、卫尉少卿刘湜扣留，只准许萧习泥烈和杨立忠返回辽国，令辽国修改册文。

完颜阿骨打对萧习泥烈说道："金国的徽号、国号、玉辂、御宝现在都已齐备，但你国在册文中必须称我为大金国皇帝兄，岁贡方物，归我上京、中京、兴中府三路州县；以亲王、公主、驸马、大臣子孙为质；还我行人及元给信符，并宋、夏、高丽往复书诏、表牒。若能从我，今秋可到军前重新册封；否则，我必提兵攻取上京，掘辽国的祖坟，取天祚帝的老命！"

萧习泥烈、杨立忠吓得屁滚尿流，急匆匆地赶回辽国复命。

天祚帝自从使臣们走了以后，以为册封了完颜阿骨打，就天下太平了，于是又开始四处游猎。当他得知册封未成，特别是完颜阿骨打扣留了册封的使臣，还提出了要以辽国公主为人质，天祚帝大怒，愤愤地说："金乃蛮邦小国，却想辱没我大辽公主，真是得寸进尺！"

可是天祚帝在发完怒火后，又一次派遣萧习泥烈出使金国。

完颜阿骨打看破了天祚帝的奸计，他对众将说："辽国多次派遣使者来我朝求和，他们花言巧语，求和是假，实为缓兵之计，我们应当率军讨伐。"

完颜希尹分析说："天祚帝自恃辽国建国二百余年，经历无数风雨，现在虽然败仗连连，但在他的眼里也不过是一时之败。认为我女真建国不过数年，竟敢冒犯天威，用了不多久，就会挽回败局。面对这种局面，我们当挥大军，前去攻打辽国首都上京，然后挥兵，一举挫败辽国。"

完颜阿骨打说："太好了，咱们想到一块去了。只不过上京乃辽国五京之首，防备肯定严密。"

完颜希尹说："即使它就像铁桶一般坚硬严密，我们也要把它捅漏了。"

完颜阿骨打高兴地说："传令咸州路统军司集结队伍，修整军械，准备出兵上京。令阇母、完颜宗雄各率本部人马到浑河会师。"

这时身披重甲的纳兰飞雪率领几个全副武装的亲兵，从大帐外推进一个人来，报告说是巡查时抓到一个宋朝买马的奸细，口口声声说有大事，要亲自面见完颜阿骨打。

完颜阿骨打和完颜希尹一听，马上严肃起来。这时亲兵上前摘下蒙在这个人脸上的黑布，完颜希尹仔细一看，只见此人面目清秀，自有一股读书人的铮铮傲气。完颜希尹在心里寻思：此人没有商人的市侩之气，但也绝非是军人，哪里是什么奸细？完颜希尹命士兵松开此人，喝问他是哪里人，来此何干。

只见这个人揉了揉乍一见阳光还有些不适的眼睛，说："我本大宋官员赵良嗣，今我大宋天子闻贵朝攻陷契丹五十余城，欲与贵朝复通前好。在下受我主之托，自青州渡海而来，与贵国联系，传我主圣意，愿与贵朝共伐大辽。"

完颜希尹满腹狐疑地问："既然前来联络共伐大辽之事，为何不见宋朝国书？"

赵良嗣急忙说："辽国天怒人怨，我大宋皇帝早有讨伐之意，以救生灵涂炭之苦，所以特遣良嗣到军前共议此事，若允许，随后必有国使前来。"

完颜阿骨打和完颜希尹互相使了一个眼色，联络大宋一起攻辽，二人早有此意。

完颜阿骨打问："不知大宋皇帝打算如何与我合作？"

"契丹逆天贼义，干纪乱常，肆害忠良，恣为暴虐。我大宋皇帝愿与大金结同心之好，共兴问罪之师，今已派太师童贯领兵相应，与大王相约出兵之日，南北夹攻，共灭大辽。"赵良嗣停顿了一下，又接着说，"辽国燕、云一带，本是宋朝旧地，被辽国侵占多年，我朝皇帝念那里的黎民百姓身陷战火，生灵涂炭，心生悲悯，故此派我前来与大王相约，大王您出兵取中京，我朝派兵取南京。"

完颜阿骨打神情倨傲地说："大辽无道，我已将其杀败，大辽州域应该全归我大金国所有，但念你朝皇帝好意，况南京本是汉地，特许在两国打败大辽后，燕、云十六州复归宋朝所有。但是，你朝每年纳给辽国的岁币，破辽之后，须得全部如数向我大金纳贡，如此才能如约。"

赵良嗣面露犹豫之色。

完颜阿骨打见状强硬地说："如不能答应，我大金兵强马壮，可独取燕、云之地！"

赵良嗣只好唯唯从命。

赵良嗣进一步说道："事既已如此，我们则要有几条约定，两国一同举事后，不得违背。"

完颜希尹问道："不知是哪几条约定，不妨说来听听！"

赵良嗣说："其一，我北宋大军至雄州趋白沟，谋取南京，而贵军自平州松林趋古北口取中京，然后共同出兵攻取西京。双方夹攻不可违约。其二，其临时地界且先以古北松亭及平州东榆关为界。其三，契丹无道，运尽数穷，你我南北夹攻，不亡何待？今日议约既定，只是不可与契丹议和。我可是听说辽国又派遣萧习泥烈来讲和了呢！"

完颜阿骨打说："萧习泥烈确实又来了，但是我们只是与辽国虚与委蛇。既然你来了，今天你我两国既已约好，怎么能与契丹私下讲和？即便大辽再派人前来乞和，我也一定会说已经与宋朝有了约定，除非大辽同意将南京交还贵朝才可讲和。"

赵良嗣感激地说："如此，就再好不过了。其四嘛，我朝五代以后所陷幽、蓟等州及汉民全部物归原主。其五，金将南京之地归北宋，北宋将进贡给大辽的岁币进贡给大金。其六，事成之后，两国在榆关之东设置榷场，进行两国贸易。"

完颜阿骨打听了，沉吟了半晌，方缓缓点头说："只是蔚、应、朔三州离我国最近，将来举兵伐辽，必须先取此三州，然后方可图西京、归化、奉圣等州，待你我共同灭了大辽，方可将此三州交割与你。"

赵良嗣高兴地说："好呀，今日和约既定，虽未设盟告祭天地，但是鬼神可鉴，你我两国均不可悔约。"

完颜阿骨打遂写书付与赵良嗣，约定将来两军不得违约。

完颜希尹见二人谈完了，笑着对赵良嗣说："你从海上来，这次宋金的盟约就叫'海上之盟'吧！"

赵良嗣高兴地连连点头。

完颜阿骨打对赵良嗣说："你在大营内歇息一下，我大金不久将要攻打上京，你不妨与辽国的使臣萧习泥烈一同随行，观我如何用兵作战。这几天闲着没事，你可与我女真将士出去打猎。我女真习俗，打猎乃第一乐事！"

<h1 style="text-align:center">四</h1>

现在虽然才十月，但按出虎水所在的东北平原早已是千里冰封、万里雪飘了。

赵良嗣在金营的这些天，没事就出去转，当然也有金兵跟着他，名为保护，实为监视，谁知道这个宋朝来的使臣真正的目的是什么！

赵良嗣通过观察，发现女真人的服饰装扮有五个基本特征：其一，从头到脚，女真人的衣服多是用动物皮做成的；其二，衣服一律为左衽；其三，上衣皆为短袍，便于骑乘；其四，衣服多为白色；其五，男剃发为辫，女辫发为髻。

看来赵良嗣没白待着，观察能力不错。但是他却没有政治远见，就是这些与他朝夕相处的女真人，不久后便出兵北宋，直袭汴京了。

一天，完颜阿骨打集合众部将出荒漠去行围，恰巧完颜宗翰与赵良嗣并辔而行。完颜宗翰倨傲地问道："我听说贵朝人只会做文章来粉饰太平，不会以军武韬略来定邦安民，真的如此吗？"

赵良嗣小心地回答说："我大宋朝乃泱泱文明大国，文武官员入朝面君时常分两阶而立，然而文官亦精晓兵务，武将亦兼通文墨，朝野上下皆文武齐备之才。"

完颜宗翰又问道："听说您是以兵书及第，不知是否会骑马射箭？"

赵良嗣说："我以武进士入仕，不瞒你说，骑马射箭恰恰是我的特长。"

完颜宗翰从身后取出弯弓，递给赵良嗣："烦请你走马开弓，也让我见识一下贵朝的射猎手段！"

赵良嗣顺手接过弓箭，打马急驰，跑到完颜宗翰马前数里，蓦地回身，将强弓拉圆，然后猛地撒手，弓弦"嘣"然作响。完颜宗翰不禁愕然，心想赵良嗣一副书生模样，却有如此功夫，实在是不可小看。

此时正是漫天雪花，纷纷扬扬，人马行走于大雪中，前后不能相见，至晚间大雪独自停了。此次打猎，大约行走了有五百里，所过大都是草莽之地，很少能看到人家，百里之外方可见一处居所，也不过是三五十家。从咸州到混同江以北地区，没有谷麦，所种的只不过是稗子春粮而已。晚上，完颜阿骨打与众将坐在炕上，一起用木盘盛稗子饭吃，佐以盐渍过的山韭、野蒜、长瓜，并且众人各自将自己当天猎得的鹿兔狼獐、鹅雁鱼鸭用火烤熟后，解下随身携带的佩刀来切肉下酒。

赵良嗣想起一天的所见所闻，心中不免叹道："我大宋有使臣曾作诗：十月北风燕草黄，燕人马饱弓力强。虎皮裁鞍雕羽箭，射杀阴山双白狼。今日一见，果然如此呀！"

完颜阿骨打将赵良嗣召到跟前，问道："听说你今天拉弓射箭，为我大金将士刮目相看，果真有此事吗？"

赵良嗣说："完颜宗翰给我的弓箭实在是软弱不堪，我这只是区区小技，实在是不足挂齿。若在我大宋朝，所有将士、禁军兵勇都是擅用弓箭的武艺精通之士！"

完颜阿骨打思索良久，说："那好吧，既然这样，不妨明日随朕一起出猎，射杀一物如何？"

赵良嗣谦虚地说："我虽是一个武进士，但多年来没有与刀枪打交道，手上未免有些生疏，明日试试看，或许能射个狐兔之类，还望陛下您不要耻笑。"

第二天一早，完颜阿骨打将一张虎皮铺在雪地上，背风而坐，并命人拿来一副硬弓，交给赵良嗣说，一会儿遇到猎物，即用此箭射之。

完颜阿骨打飞身上马，众将领分左右散开，赵良嗣在后紧随。行了大约不到二里，一只黄獐一跃而起，完颜阿骨打传令：众将不许射击，令大宋来使一射！

赵良嗣纵马紧追，挽弓瞄准，一箭射去，黄獐随即倒在了地上。

众人皆称好箭法。

完颜阿骨打说道："真是善射之人也。"

一路行去，猎得许多野兽。

晚上归来，完颜阿骨打特设御宴款待，无非就是在帐外点上一堆大火，将所猎的獐狍野鹿放在火上烧烤，女真人称之为"天火肉"，随行将士用佩刀将烤熟的肉割下来，当作下酒菜。除此之外，还有女真人自己用盐腌制的山韭、野蒜、地瓜等小菜，都用木碟盛着。主食则是粟米粥。众人兴致勃勃，饮酒祝贺。

完颜阿骨打请赵良嗣到他的住所内同饮。

完颜阿骨打住的屋子乃是东向而建的土房，赵良嗣进屋后，见完颜阿骨打与他的两个妻子已经坐在炕上，正等着他呢，菜与外面的一样。赵良嗣心里想：金国就是好，连完颜阿骨打也和普通士兵一样的待遇，怪不得那些人打起仗来都愿意为他拼命。

二人举杯同饮，觥筹交错之际，不觉有些微醉。

完颜阿骨打指着他所住的房子说："此房乃我祖上历代相传所建，第一个好处是冬暖夏凉，第二个好处是不用劳费百姓大修宫殿，以致天怒人怨。所以请大宋来使不要笑我住得简陋！"

此时有从大辽俘获来的乐伎在一旁演奏助兴，一些喝醉的女真将领不免与身边的歌伎们狎玩取乐。赵良嗣却发现，完颜阿骨打对身边的美色熟视无睹。

喝完酒后，赵良嗣回自己帐中休息。此时大宋天子授予自己与女真结盟的重任已经完成，赵良嗣不禁春风得意，志得意满。依他看来，南北夹攻，分工明确，然后各取所需，这可真是一个双赢方案。天祚帝这回算是死定了！尽管这个条约实在是有些不平等，但却可以借机收回魂牵梦萦了一百多年的燕、云十六州，赵良嗣觉得也值了。

可是赵良嗣哪里知道，大金灭宋的悲剧恰恰是因为自己与金国的和约才刚刚开始。

而恰在此时，完颜宗翰气冲冲地闯进完颜阿骨打的住所，一见面激愤地说：“宋朝君昏臣弱，哪里会准备兵马来夹攻辽国，恐怕只是把进贡给契丹银绢转奉给我大金，然后以此来换幽、蓟之地。且宋朝的燕、地汉人皆雄盛过人，将来一旦割还给宋朝，宋朝则拥有强悍之兵，兼退守五关之北，以其兵强关险而拒付币帛，背弃盟约，届时当如之奈何？”

　　完颜阿骨打笑里藏刀地说：“贤侄有所不知，朕用的是缓兵之计也。天祚帝虽连吃了几次败仗，但百足之虫，死而不僵。暂且利用大宋的兵马来分散辽人的兵力，待朕挥师进军，一统大辽时，然后再慢慢地与大宋计较。到那时，大金兵强马壮，且没有了大辽复起之忧，仅仅是一个腐朽的大宋，灭之又有何难呢！”

　　完颜宗翰一听，脸上顿时露出了笑容，高兴地说：“怪不得完颜希尹这几天也高兴得不行呢，原来陛下你们背着我做了这么大的决定，哈哈，海上之盟，与其说是联宋灭辽，莫不如说是灭宋之计啊，可惜的是那个姓赵的小子还蒙在鼓里呢！等他醒悟了，早已是悔之晚矣！”

　　完颜阿骨打若有所思地说：“只是不知宋朝军备如何，今观宋使赵良嗣却是好手段，若宋军人人如此，我大金之军南下攻宋则遇强敌了！”

　　完颜宗翰不屑地说：“陛下有所不知，宋人庸碌无为，孱弱如羊，实不足为惧也！”

# 第十九章　攻陷上京

## 一

当皇帝有五六个年头了，完颜阿骨打想出来透口气，于是他把朝中的事交给完颜撒改和三弟吴乞买，决定亲自率军攻打上京。

完颜阿骨打从骨子里都盼着打仗，战场上的厮杀声才能激发他的斗志，让他从渐老的岁月中焕发第二次青春。

天庆十年四月二十五日。

完颜阿骨打调动兵马，大军分两路，北路从长春州、泰州向上京进发，南路则从东京道由西南向上京逼近。

在上京城外打猎的天祚帝一听金军来攻，慌忙逃到西京。

完颜宗雄率领金军的先头部队，在上京城外，击败了天祚帝从西京派来的五千援军。不久，完颜阿骨打率领的大军也赶到了。

果然不出所料，上京早已戒备森严，守军在城头上严防死守，隐约听到城内百姓混乱逃避的声音。

辽国上京留守耶律挞不也站在城头上，居高临下地俯视着长途奔袭的女真大军。

完颜宗雄骑在马上，远远地向城上的耶律挞不也喊话："我金国大军已深入辽境，大辽已岌岌可危，指日可灭，上京乃一座小小的城池，根本无法抵挡我大军的攻击。你身为上京留守，为使城中百姓和守城将士免遭生灵涂炭之苦，劝你速速开城投降。"

耶律挞不也哆嗦着微弱的身躯，强打精神，振振有词地说："我大辽二百余年基业，岂是你等随意就能灭亡的？你等此时前来，便是自找死路。我身为辽国重臣，食辽国俸禄，国难临头，当守土有责，虽死无憾！"

耶律挞不也自恃上京城墙坚固，且城内粮食充足，便幻想能死守以待救兵。但见完颜阿骨打亲自临阵督战，自知不能自保，但也不得不强打精神，命士兵拼命抵抗。

完颜阿骨打从中军催马走出，向城上的耶律挞不也高声怒喝："辽主无道，天下同怨，朕兴兵以来，所过城邑凡负固不服者均一一被攻克，从而威名海内四传，想必你等早已听说了。今辽国无和好之诚意，反复见欺。朕遂兴讨伐之师，决策进讨。朕不忍心见天下生灵久经涂炭，你等若能献城投降，则优加抚恤，一应官员将佐皆可入我金国做官。对城中百姓，亦不加屠杀。如此祸福自己选择。我金国大军无坚不摧，上京乃弹丸之地，你等若妄图抵抗，无异于以卵击石。是战是和，请你慎重考虑，速速做出决断！"

城头上的守将和士兵们听完颜阿骨打如此一说，顿时一阵骚动。耶律挞不也一看情形不好，退后几步，急喊"射箭"。

完颜宗雄把手一挥，大批的金军便冒着如蝗一般的箭矢向城下攻去。可是还没有到城下，便被城上射下来的箭射中，金军纷纷倒地。但是后面马上又有一排士兵紧随着跟上。当要攻到城下时，却有一条宽阔的护城河横在攻城金军的眼前。

城上的箭羽一排排飞来，金军暂时后撤，以避其锋芒。

金军撤出一箭之地，只见后面兵勇们推出了几十辆车，每辆车上都架着一张巨大的弩箭，须有几名剽悍的兵士才能合力将其拉开。而箭镞则比正常的弓箭大数十倍以上。这个便是远程弩箭车。

上京毕竟是辽国的首都，自建城以来，已有二百多年了。城高墙固，确实比其他的城池险固。早在攻城之前，完颜希尹就料到攻城之艰，所以他偷偷命纳兰飞雪带着工匠们日夜赶造了上百架云梯，数十辆攻城槌、投石车，最主要的还监造了威力无比的远程弩箭车。

在大金的军队里，渤海人、汉人也很多，其中有很多能工巧匠，造出了这些威力无比的先进武器。

一时间，强大有力的箭镞呼啸着向上京城头飞来，箭镞穿过空中，发出一阵巨大的穿云裂云之声，震耳欲聋。箭头挟着威猛的劲力，连穿数道盾牌，守城士兵避之不及，均被连串穿胸丧命。另外金军还用上了投石车、攻城槌，巨大的石块从空中落下，在守城军士中开花，城上顿时一阵鬼哭狼嚎。

城上的抵御之势顿时缓了下来。完颜宗雄指挥金军，乘机向护城河里填土。有的士兵竟然将衣服都脱了下来，装满土后填进河里。

守城的士兵死亡过半，剩下的缩在城墙后，借着空当儿向下射箭。上千名金军架着云梯，冒着城头上扔下来的滚木礌石，不顾死活地向城上爬去。

云梯，被顽固的辽兵从城墙上推了下来。爬到云梯上的金军纷纷掉落。

已经攀到城墙上的大金士兵举刀奋力猛斫，随后大批涌上。

不到一个上午的时间，上京外城正式宣告失守。金军涌入外城，将内城围了个水泄不通。

二

上京的外城既已被攻破，防守内城的辽国官员、士兵的精神防线完全瓦解。

由于完颜阿骨打自举兵伐辽以来，攻无不克，战无不胜，加上辽国天祚帝昏庸无道，上京留守耶律挞不也决定开城投降，其他将领见主帅如此，况且各自也早有降意，哪里还有不同的意见。乾清门、拱辰门、大顺门、安东门的辽国守军，根据主将的命令打开城门，攻城的女真士兵像潮水一样涌入。

在城门刚打开的时候，守城军民一时陷于极度恐慌之中，纷纷从城上滚下逃命，住在城里的百姓扶老携幼，四处乱跑。乱了一阵后，金军从各城门整队入城，前面早有数队骑兵，大约数百人，外穿铠甲，身背弓箭，进城后手持令旗，一边疾速前进，一边大声喊叫："大金皇帝有令：凡缴械投降者，皆优厚赏赐；但有妄图抵抗者，格杀勿论。城内大小百姓商户，务必各自安居家中，勿得惊惶四处奔走。大金军队保证尔等性命财产安全。凡趁机抢夺财产引发暴乱者，斩！"

原来在攻城前，完颜希尹向完颜阿骨打建议不要再杀戮俘虏，得到了完颜阿骨打的许可。

刚攻进上京城的时候，场面极其混乱。百姓四处奔跑逃命，呼儿唤女之声不绝于耳，随着骑兵的昭示，大街小巷中逐渐安静下来，胆子大的还将门打开一道缝向外张望。街上只有入城军士纷沓的脚步声和战马的嘶鸣声。时而夹杂着一些负隅反抗的辽兵被金军砍杀的惨叫和兵器交错的铿锵之声。

辽的先世，没有城郭、沟池、宫室之固，以毡车为营，硬寨为宫。上京是辽朝建立最早的一座京城。辽太祖耶律阿保机建立契丹国后，取天梯、蒙国、别鲁三山之势，选定了这块负山抱海，天险足以为固，地沃适宜耕种，水草利于放牧的宝地而建皇都。此后辽太宗自后晋获燕、云十六州后，建东京、立南京，圣宗建中京，兴宗升云州为西京。到辽王朝鼎盛的时候，置五京，设六府，统五十二部，属六十国，辖二百零九个县，东至于海，西至金山，北至胪朐河，南至白沟，幅员万里。自辽建国以来，上京一直是辽国政治、军事、文化和交通往来的中心，是当时中国漠北地区的繁华胜地，也是辽国最具有凝聚力、向心力和辐射力的皇都。而今这个举行新帝继位、诏封太子、祭祖等重大庆典的皇都却在金军的强大攻势下，在不到半天的时间，便落入金军之手。

一位骑在马上的武将，手里擎着一柄黄伞。黄伞下，完颜阿骨打端坐在马上。左右簇拥着驾前侍卫武将和传令官，各个身材高大，仪表英俊，神情庄严。完颜阿骨打今天仿照大宋皇帝所穿的服饰，穿一件绣着飞龙的淡青色箭袖绸袍，腰系杏黄丝绦，腰悬一把宝剑。本来就身材魁梧的完颜阿骨打，今日如此装扮，而且骑在高大雄健的赭白马上，更显出无限的威严和英雄气概。

完颜阿骨打就是想让上京的民众们看看，他完颜阿骨打是在马上得天下；完颜阿骨打还有一个更重要的目的，那就是想通过赵良嗣将金军的强大威力传到大宋，那样就会四海威服。

上京一破，其他各地的州城就会像多米诺骨牌一样不可抗拒地被占领，那时辽的大好河山就会改姓完颜了。完颜阿骨打想到这儿，棱角分明的脸上露出了得意的微笑。

正在这时，完颜宗雄打马过来："启奏陛下，我军已攻入内城，请陛下入城纳降。"

完颜阿骨打问道："内城辽军是否反抗？"

"启禀陛下，我军入城后，只遇到小股辽军的抵抗，现在上京城已全部在我军掌控之中。"

"传我命令，不得焚毁京城内的建筑，不准奸淫妇女，违令者斩！"

"是，臣遵命。"

完颜阿骨打骑在马上，他看了一眼赵良嗣说："赵良嗣，我们一起入城如何？"

"好啊，好啊！"赵良嗣抬头看了一眼满脸春风的完颜阿骨打，道，"请陛下先行，我陪侍圣驾进城。"

完颜阿骨打轻轻点头。他扬鞭催马，挺胸抬头，气宇轩昂地走在了护驾队伍的前面。

这匹赭白马，在完颜阿骨打继位后，就已经换成了黄辔头、黄丝缰，连马镫、马嚼子和挂在马脖子上的铃铛都是金子的，还印有飞龙的图案，俨然一副御马的行头。

骑马走在完颜阿骨打身边的是纳兰飞雪，他手执冷艳夺魂刀，两眼警觉地观察着四周，以防有人偷袭。纳兰飞雪身后是军容整齐的二百护驾骑兵，骑着高头大马，服饰统一。

## 三

上京，晴空万里。

上京周围，山峦起伏，树木森然。上京原为汉辽东郡西安平之地。神册三年建城，名为皇都。天显十三年，更名上京，府为临潢府。有三万六千五百户，辖军、府、州、城二十五，统领临潢县、长泰县、定霸县、保和县、潞县、易俗县、迁辽县、渤海县、兴仁县、宣化县等十县。

上京在辽国五京之中建立最早，建筑面积广阔，殿宇林立，气势雄伟,街道繁华。上京由南城和北城组成，南城住的多是回鹘人、渤海人、燕蓟汉人和掠来的工匠等，所以称之为汉城。汉城内多市肆、作坊、馆驿，是上京重要的经济区、贸易区，当时商业贸易非常繁忙。而北城是契丹皇族、贵族的府第和衙署所在地，主要建筑有临潢府衙、留守司、临潢县衙、国子监、曲院等官署府第和天雄寺、安国寺、孔庙等庙宇，再往北就是辽国皇帝和皇后嫔妃们居住的后宫了。从建筑风格上看，上京的建筑风格是前市后朝，与中原的前朝后市迥然不同。

而今，盛极一时的辽国皇都上京失去了昔日的政治中心地位。

完颜阿骨打率领众将自城外缓辔而行，因金军先攻破了汉城，才打开了上京皇城的大门。众将从皇城的南大门——大顺门进城。完颜阿骨打骑在马上，仔细观察上京城内的一切。皇城的城墙由主墙和附加墙组成，筑墙前先挖了底槽，内填黑色胶泥和小石子，筑成坚固的基础。墙体均为夯土版筑成，墙高数丈，周长近万米，每隔大约一箭之地均设有马面，用以防御敌人的进攻。随从的纳兰飞雪和其他将士看着上京这些坚固的堡垒，私下里暗暗庆幸。

纳兰飞雪看在眼里，不禁在心里暗想：如果辽国不是君王失道，辽将辽兵贪生怕死，将士合力死守，这座建了二百余年的上京城守起来绝对固若金汤，纵是天兵天将也轻易奈何不得。

入城后，行了不久，只见天雄寺巍然屹立在皇城东南隅。完颜阿骨打打马走近，但见天雄寺内供奉着辽太祖耶律阿保机的石像，耶律阿保机身穿戎装，手握宝剑，目视前方，一副凛然而不可侵犯的姿态。

完颜阿骨打见状，忙下马进寺，拈香祭奠。

天雄寺是耶律阿保机在公元912年得胜回朝时修建的，取"天助雄威"之意。是继明王楼之后上京城的第二座标志性建筑物。而今上天并没有像耶律阿保机在建寺之初所希望的那样，天助雄威而使国运永祚。辽国延续了二百余年的大好河山，在女真军的勇猛进攻下，瞬间坍塌。

皇城内街道宽敞通直，从天雄寺往西直走，然后沿皇城西街南走，便是国子监和孔庙等建筑。此外，还有崇孝寺、安国寺等庙宇寺观，亭台楼阁，鳞次栉比，雕梁画栋，重瓦飞檐，在战争的硝烟中，依然流光溢彩。辽朝统治者尊崇孔子，以儒家学说作为治国的主导思想。神册三年，建孔庙于上京，次年耶律阿保机亲谒祭祀。在路过孔庙时，看到孔庙里供奉着孔子的塑像，女真士兵们嘻嘻哈哈地指着塑像说："他就是那个说'夷狄之有君'的人。"

孔庙隔皇城西街的东侧建有节义寺，节义寺内建有断腕楼。当年述律皇后在耶律阿保机去世后，为了稳固政权，她把一些不顺眼的大臣召集起来，问道："你们思念先帝吗？"大臣们说："我辈受先帝之恩，永世难报，岂能不思？"述律皇后说："是吗？既然如此，就送你们去见先帝吧！"于是，不由分说砍下了这些人的脑袋。就这样，她以"先帝最亲近的人"，或"传话于先帝"的理由，杀害了一百多位反对她的大臣。

有一次，轮到了汉臣赵思温头上。赵思温颇有智谋，不甘受死。述律皇后问："你与先帝非常亲近，生前一直侍奉他，现在也去见先帝吧！"赵思温坦然答道："要说亲近，谁也没有皇后与先帝亲近，皇后若能先去，臣一定跟着去。"述律皇后被将了一军，只好说："我并非不想追随先帝于地下，只因国家无主，诸子幼弱，无暇前往啊。"说着忽然抽出腰刀，"咔嚓"一声砍下了自己的右手。所有的人都慌了，那血淋淋的场面把大家都吓呆了。述律皇后让人把手送到阿保机的墓里，并建了一座"断腕楼"来纪念自己的节烈行为。

眼前不远处，就是辽国的皇宫禁地了。而如今却已经是大金国的皇家私产，骑在马上的完颜阿骨打心中禁不住怦怦地狂跳了几下。从前，他率将士冲锋陷阵，尽管是马蹄动地，杀声震天，箭如飞蝗，血流成河，他均能以叱咤风云的气概临之，心不惊，气不喘，镇静如常，但此刻的胜利竟使他不禁激动万分。

不一会儿，完颜阿骨打等君臣一行便来到了齐天皇后故宅和元妃宅。这里平日里多是历朝历代的王后妃嫔们居住的地方，那些没有来得及跟随天祚帝的嫔妃宫女，在听到女真大军即将攻打上京时，她们就开始聚在一起，嘀咕将来有一天，噩运轮到她们头上时，她们会为大辽尽节，决不苟活偷生，受"贼寇"的淫污。这些嫔妃宫女大多都是出身良家，八九岁被选进宫中，在宫中长大，将忠君看成了天经地义的最高原则，也将贞节看得比生命还要珍贵。

有些宫女曾被天祚帝临幸过，在她们的心中，把对皇上的忠贞看得比自己的生命还重要。有的没有机会得到天祚帝的宠幸，但是被兴之所至的天祚帝偶然搂过、抱过或者是摸过手，她们也在心中倍感这是难得的恩宠；哪怕是被皇上偶尔看过一眼，也是天降皇恩，更别说是被召到宫里去陪宿了。

"一旦内城失陷，我们都是深受皇恩，决无偷生失节之理。"她们惧怕上京被攻破后，会被那些蛮夷的兵将野蛮奸淫。却不想在城破后，金军对城内百姓秋毫无犯，更没有像传说的那样见财物就抢，见女人就淫。于是那些立志要自尽守节的宫女都没有按当初想的那样去殉节。只有个别被天祚帝临幸过的妃子为了报答皇帝的深恩，或悬梁或碰壁、跳井而死。大多都聚于一室，互相搂抱着，直到金军来了之后，才将她们分开。

突然，从元妃宅里冲出一个女人，跌跌撞撞地跑到了队伍前，一把抓住了完颜阿骨打的马缰。扈从们吓了一跳，以为是来偷袭，急忙上前将她捉住。

只见这个女人一边挣扎，一边摇晃着手向完颜阿骨打高喊。完颜阿骨打仔细一看，这个女人生得身材袅娜，面如满月，杏眼细眉。完颜阿骨打不由得乐了，哈哈，这个女人不正是几年前被辽国银牌使者掳走的妻妹白散吗？

原来白散被银牌使者掳到辽国，献给了后宫，成了天祚帝的妃子的侍女。当她听说完颜阿骨打带兵攻进了上京，没有像其他宫女一样吓得聚在一起，而是时刻关注外面的动静，当她看到姐夫完颜阿骨打骑着高头大马，便不顾一切地冲了出来。

完颜阿骨打由大臣和兵将扈从，威武地走进皇宫内宅，先前入城的大将完颜希尹、完颜宗干等人早就率亲兵肃立在开皇殿前等候。看见完颜阿骨打等人，完颜希尹率众文武大臣急走上前，跪倒在地，高声说道：

"臣完颜希尹率领文武百官，恭迎圣驾！"

"爱卿免礼！"

完颜阿骨打在众大臣的簇拥下，来到了开皇殿。开皇殿乃辽建国后的主要建筑，多为皇帝与朝臣议事用，规模宏大，气势雄伟。完颜阿骨打坐在已经擦拭一新的龙椅上。完颜希尹跨前一步禀报："臣完颜希尹启奏圣上：辽朝上京留守耶律挞不也恭率临潢府大小掌事内臣，前来跪迎圣驾！"

"宣耶律挞不也进殿见驾！"

只见殿门处，一帮畏畏缩缩的辽朝官员战战兢兢地走了进来，一见完颜阿骨打威严地坐在上面，便"扑通"跪倒在地，中间有一面相白皙的人惶恐地说："罪臣耶律挞不也拜见圣上，愿圣上万岁万岁万万岁！"

完颜阿骨打居高临下地坐在龙椅上，神态庄严。他看着开皇殿里漆红的廊柱和华丽的玉砌朱栏，看着大殿内雕龙的彩绘图案，忽然想起多年来，为反辽而东征西讨，纵横驰骋，势不可当，今日攻下上京，辽的大半江山就尽在他的掌握之中了。那些飞扬跋扈的辽朝官员，也如树倒猢狲一般，跪伏在他的眼前。

完颜阿骨打目光炯炯地看着耶律挞不也，半晌才缓缓地说道："朕念你颇识时务，献城有功，使我大金兵不血刃地顺利进城，亦使上京城内百姓免遭涂炭之苦，故此朕赦你无罪，留在军中待用，其余大小官员，暂交军中听凭发落。"

"罪臣遵命！谢陛下不杀之恩。"耶律挞不也见保住了性命，自是不住地叩头谢罪。

完颜阿骨打却慢声慢语地说道："听说你有一个漂亮的女儿，我看就把她嫁给我的侄子完颜宗雄吧，与辽开战以来，宗雄可是立了大功！"

四

延和楼内，彩灯高挂，丝竹管弦之乐不绝于耳。金军为了庆贺胜利，正在这里设筵款待有功将士。

完颜阿骨打坐在大椅上，看着手下的将士们划拳行令，大碗喝酒，他在心里不禁高兴。这些忠勇之士，战场上浴血奋战，奋勇拼杀，为了族人的荣誉，为了大金国的未来，不惜抛头颅洒热血，这些人都是女真人的骄傲呀。想当初，初举反辽大旗时，金军不过两千多人，而今在很短的时间里，却猛增为几万人，这些人一心一意地跟着他，是在血流成河的战场上滚过来的，全是女真人的精英啊。而如今，灭辽的梦想马上就要实现，天祚帝彻底覆灭的日子已经为期不远了。想到这儿，完颜阿骨打志得意满，心花怒放。他想，一定要重重地犒赏这些将士，让他们共同分享胜利的果实。

他的眼前又出现了那低头跪在他面前的宫女的粉颈、桃腮、云鬓，尽管她们都面呈惊惧之色，但是仍然掩饰不住那弱不胜风的轻盈体态，这些天祚帝选来的宫女，说话时朱唇轻启，声音婉转动听，还有那身体里散发出的一阵阵的清幽芳香，真有一股摄人魂魄的力量。完颜阿骨打想，自己手下的这些将士跟着他东征西讨，说不定哪会儿一不小心，就会脑袋搬家。况且辽人去女真征海东青，见到有姿色的女子，便强行索来陪宿。这回，也该轮到女真男人复仇的时候了。完颜阿骨打怀着重赏将士和报复辽人的双重心理，下令将那些宫女分赐群臣。可是让他没有想到的是，随他鞍前马后的纳兰飞雪却拒绝接纳分给他的宫女。这让他猛然醒悟，他在战前，即决定攻下城后，将被辽国银牌使者掳走的妻妹白散嫁给纳兰飞雪，而今城已攻破，白散也回到了亲人的身边，他该说话算话呀。于是完颜阿骨打又下了一道御旨，将白散嫁给纳兰飞雪，并令他们在当日完婚。

完颜阿骨打回忆起举兵后许多艰难的往事，不由得感叹说："辽太祖耶律阿保机出生入死，历尽千辛万苦，身经百战，夺取天下，建立大辽。只可惜至今为止，二百六十多年就要亡国了，实可悲可叹！"

完颜宗干说："耶律阿保机的子孙后代昏庸失道，实该如此。"

完颜阿骨打叹息一声，说："自古没有不亡之国！历代帝王，只有开国之主，生于戎马忧患之中，与士卒同甘共苦，出生入死，惨淡经营，百战而有天下。以后继承江山之主，都是生长深宫，锦衣玉食，不辨菽麦，不知百姓疾苦，所以历几世而后衰，纵览历朝历代，其兴也忽焉，其亡也勃焉。即使是一代贤主，也难保其子孙后代不奢侈淫逸，而导致国家灭亡。"

在刚进入上京城时，完颜阿骨打行走在笔直的大街上，看着巍峨的宫城门楼，面对重重叠叠的王城建筑和如井如畦的街市，他就在思虑该如何经营这繁华的城市和广袤的土地了。

完颜希尹深谋远虑地说道："传史官记录辽之上京被攻破之状，以备我金国后代子孙铭记！"

完颜宗翰放下酒杯，缓缓地说道："今上京已被我军攻克，大辽近一半的土地已失，天祚帝已成惊弓之鸟，趁士气正盛之时，当派劲旅攻祖州、怀州、庆州等州县，扩大战果。"

完颜宗翰此言一出，正中完颜阿骨打的下怀。

刚入上京，政局不稳，完颜阿骨打令纳兰飞雪、完颜宗雄等人组织专门的部队，清查城内的辽党余孽，防止城内的敌对势力趁局势未稳之机作乱。同时他也在心里谋划，当借金军士气正旺之机，一鼓作气，扫平上京附近各个州县。

完颜希尹说道："陛下自统兵反辽之日起，所向无敌，威震海内，今日又轻易攻占上京，夺得辽朝中枢要地。古人云'先声夺人'，以陛下今之神武威名，当宜令各部人马，分路出击，不给辽将辽兵以喘息之机。"

完颜阿骨打沉吟片刻，便传令由完颜宗翰、完颜宗干、完颜希尹、完颜宗雄等各带本部人马分路出击，力求将上京附近各个州县一举攻破。

赵良嗣坐在完颜阿骨打的身边，他已经有些醉了。与这些狂饮的女真将领们一比，他的酒量可是小巫见大巫了。几碗酒下肚，他就满脸通红，醉眼惺忪。

赵良嗣捧觞向完颜阿骨打祝贺，大呼万岁。

完颜阿骨打大悦。

上京之战进行了不到一天便宣告结束，在旁边观战的两国使者的心情迥然不同。在攻城前，萧习泥烈盼着辽国将士与百姓同仇敌忾，给金军以重创，和谈尚有希望，没想到堂堂的辽国首都上京，竟然如此不堪一击。萧习泥烈看到自己的国家遭受如此惨败，脸色惨白，心中悲痛欲绝，看来和谈是彻底无望了。而作为昔日的辽国人的赵良嗣心中却无半点悲伤。

赵良嗣目睹了女真将士的骁勇善战，心中被金国强大的军事实力深深地震撼了。金国的实力，比他想象中的还要强大，即使辽宋联手，也打不过目前的金国。

他想起整天在汴京城内笙歌达旦的宋朝皇帝赵佶，以及大宋的那些醉生梦死的兵将，与金人相比，简直是天壤之别，不可同日而语。他在心中庆幸与金人结盟，否则一旦交战，那后果不堪想象。

赵良嗣内心不禁打了一个冷战。

赵良嗣不去想这个后果，也不敢去想，他现在最大的希望就是宋金两国都能遵守双方的约定。

他与完颜阿骨打一起并辔打马入城后，看到昔日的繁华昌盛地、温柔富贵乡，如今已是残垣断壁，连昔日辽主为了纪念祖宗创建辽国而建的建国碑亦在战火中瑟瑟而立，此情此景，犹记在他的心中。他感慨万端，不免诗兴大发，做《咏上京》诗一首：

"建国旧碑胡月暗，兴王故地野风号。回头笑问王公子，骑马随军上五銮。"

赵良嗣此时为辽的瞬息灭亡而感叹，他的敏感和洞察力是超群的，他的预见太准确了，历史和他的预想竟然一模一样。宋的背盟，金国疯狂的进攻，打垮了契丹人的王朝。先皇们收复燕、云十六州的梦，马上就要实现了，他的联金灭辽的计划成功了！可是他哪里会想到，这些金将金兵在灭辽后不久，就打马南下攻破了大宋的首都汴京。

他错了吗？他只看错了一点，就是他看错了他身后的故国。大宋——这个文明的继承国并不像他想象的那么强大，这个国家早已腐朽不堪，与辽国相比有过之无不及。

女真人的野心不是那么容易满足的，在不久的将来，当他们看到那些被他们重创的辽军可以重创宋朝的官兵后，这只嗜血的狼又有了新的征服目标。

# 五

纳兰飞雪走了过来。他按朝觐皇上的礼节，跪在地上，向完颜阿骨打叩拜。

"臣纳兰飞雪叩见陛下！"

完颜阿骨打微笑着站起身，把纳兰飞雪拉起来，说："纳兰飞雪，你随朕一起讨伐辽国，以后见朕不必如此客气。"

"陛下万万不可！陛下已缔造了大金，就是当今的天子，当人人敬仰，切不可因臣是旧人而坏了皇家规矩。"纳兰飞雪还是恭恭敬敬地说，"臣蒙圣恩，得与陛下一起在沙场上出生入死，流血流汗，自举事以来，时刻都在盼着陛下大功告成，灭辽兴金。今日陛下提雄师攻入上京，实可喜可贺啊！"

完颜阿骨打笑着说："实是你等将士们冲锋陷阵、浴血奋战的结果。"

纳兰飞雪说："今日臣斗胆有一事相求，万望陛下恩准！"

"以卿英才，为国尽力，真乃朕之股肱也！"完颜阿骨打爽快地问："你有什么事？请尽管直说，朕答应你就是了。"

纳兰飞雪小心地说道："臣想求陛下收回赐白散于臣的御旨，白散乃皇后之妹，臣乃鲁莽之人，出身草芥，实在难配金枝玉叶。"

完颜阿骨打一愣，他问："难道是你嫌白散长得丑陋，而心生厌弃吗？"

纳兰飞雪急忙说："白散天生丽质，乃我女真中出了名的美女，臣下哪敢有厌弃的道理！"

"那你是嫌白散身侍辽人，贞操已失了？"完颜阿骨打突然变色。

纳兰飞雪马上跪在地上，着急地说："白散以身侍辽人，实无奈之举，臣心存怜悯还来不及，哪有嫌弃之理？"

"那你说，你到底想怎么样？"完颜阿骨打气愤地站起身，大声地叱道。

纳兰飞雪匍匐在地，哽咽地说道："是臣不识抬举，万望陛下息怒。今日陛下进入辽国首都上京，这是我大金朝开国以来一件天大的喜事，请陛下念臣是起事的旧人，忠心耿耿一直追随陛下的分儿上，钦准臣的不情之请，臣将永世感恩戴德！"

完颜阿骨打看见纳兰飞雪突然流出的眼泪，迟疑了片刻，缓缓地说道："好了，你先下去吧，待朕再好好想想……"

辽上京石盆山上，南塔。

纳兰飞雪站在南塔下，这是一座建在距上京不足三公里的辽代佛塔，始建于辽圣宗年间，为萧绰所建。此塔为八角七层密檐式空心砖塔，高二十五米。塔身各面雕刻有佛像、飞天、伎乐人、供养人、菩萨等浮雕。相传当年石盆山下有一条土龙，萧绰特意修了这座南塔压住它，大辽江山才得以长治久安。

完颜宗翰、完颜希尹等人率军攻打上京附近的祖州、庆州、怀州等州县，纳兰飞雪遵完颜阿骨打之命留守上京，此时他带兵巡逻到南塔之下。

纳兰飞雪被塔身东面上的一个坐佛雕像吸引住了，佛像头戴宝冠，面容丰满，神态安详，端坐于莲座之上，莲花之下有五只跃跃欲动的孔雀。纳兰飞雪举目而视，蓝天上白云浮动，仿佛佛像也在缓缓而动，恍惚中，佛像幻化成萧瑟瑟的脸庞……

微风拂过，塔上飞檐的风铃叮当作响，纳兰飞雪的思绪渐渐从回忆中转了回来……

南塔上空，一只白色的海东青大声地对着主人鸣叫着。

# 第二十章　文妃蒙冤

## 一

金军攻陷上京，完颜阿骨打意犹未尽，准备乘胜进军，攻打辽国的中京。此时，天气炙热，长途跋涉的金军进发到沃黑河，他的长子完颜宗干及时出面制止了父亲的作战计划。

完颜宗干说："我军已经深入辽国近千里，又恰逢暑期，而且大战之后，人疲马乏，若再深入敌境，万一粮草供应不足，处境就非常危险了！"

完颜阿骨打听从了完颜宗干等人的劝告，停止向中京进军，而是分兵攻打上京附近州县，于是祖州、庆州、怀州、干州、显州等地相继沦陷。辽国设在祖州供奉太祖耶律阿保机的天膳堂，怀州供奉太宗耶律德光的崇元殿，庆州的望仙、望圣、神仪三殿，干、显等州的凝神殿、安元圣母殿、木叶山的世祖殿、诸陵及皇妃子弟影堂，均被金军焚烧，里面的金银珠宝全被抢劫一空。

祖陵被挖，供奉祖宗的灵堂被烧，这可是天大的耻辱。萧瑟瑟听说后，急忙禀告天祚帝。

天祚帝却满不在乎地说："这些事，萧奉先已经向我说了，金军因为惧怕列祖威灵，不敢毁坏灵柩，只是侵掠了元宫，抢走了好多东西。现在

270

萧奉先责成东北统军司进行修葺，并增派兵士，日夜巡护祖宗陵寝。"

其实萧奉先早就知道了这些消息，却隐瞒不报，当天祚帝询问他，萧奉先却轻描淡写、敷衍了事。昏庸的天祚帝竟然信以为真。

萧瑟瑟见天祚帝还蒙在鼓里，大为痛心地说："陛下被萧奉先蒙蔽已久，金军攻占上京，挖掘祖宗陵寝，尽抢金银珠玉；供奉列祖列宗的天膳堂、崇元殿等均被金军焚烧殆尽，而萧奉先欺罔陛下，瞒而不奏。如此行为，难道是忠臣所为吗？"

萧瑟瑟的直言劝谏，天祚帝听来却是非常刺耳，他认为萧瑟瑟之所以攻讦萧奉先，原因是太子之争。萧瑟瑟想立儿子耶律敖鲁斡当太子，而萧奉先自然想立妹妹萧贵哥生的儿子秦王耶律定当太子。而天祚帝却另有想法，现在大敌当前，他哪有时间去考虑立太子的事，晋王耶律敖鲁斡的大姨夫耶律挞葛里是御帐统领，小姨夫耶律余睹是副都统，这二位都是手握军权的重要人物。而秦王耶律定的舅舅却是枢密使萧奉先，当朝说一不二的重臣。立谁当太子，都会引起朝廷的动乱。再说，天祚帝也不想把皇位让给儿子，去当那个没职没权的太上皇，他还想趁着在皇帝的位置上，好好地享尽人间快乐。

天祚帝心想，朕的这个皇位来得容易吗？血雨腥风呀，当初要不是为了这个皇位，朕的父母能死在奸臣的手下吗？

尽管外有女真人作乱，但是辽国的土地大得很，跑到哪里都能躲上几天，白天依旧可以打猎，晚上照旧有美酒可饮、美女相陪，日子过得还是很滋润的。实在不行，朕还可以到西夏去，西夏的国王李乾顺早就派人来，邀请朕到西夏避难了。

其实天祚帝不知，自从上京一失，辽国的大臣们惶恐不安，已经背地里开始物色太子的人选了。

由于天祚帝昏庸无道，辽军在与金作战中屡战屡败，朝臣们对天祚帝完全丧失了信心，许多大臣希望晋王耶律敖鲁斡继位，以复兴大辽。

天祚帝一共有六个儿子，现在活着的是五个，即晋王耶律敖鲁斡、梁王耶律雅里、赵王耶律习泥烈、秦王耶律定和许王耶律宁。晋王耶律敖鲁斡是长子，自幼善于骑射，为人贤达聪慧，宽厚平和，在朝中非常有威信，朝野上下对他交口称赞。

按照正常的情况，应当立晋王耶律敖鲁斡为太子。

然而，枢密使萧奉先却怀一己之私，要立秦王耶律定为太子，因为耶律定是妹妹萧贵哥所生。当年萧奉先的姐姐萧夺里懒被册封为皇后，一直没能生下儿子，于是萧奉先非常着急，姐姐无子，意味着皇位将要旁落。于是萧奉先又将妹妹萧贵哥献给天祚帝。天祚帝大喜，封萧贵哥为元妃。萧贵哥入宫后，为天祚帝生下了耶律定和耶律宁，并分别被封为秦王和许王。萧奉先因此深得天祚帝的倚重，成了专权擅政的显贵。

萧奉先的心里有一个阴谋，秦王耶律定一旦继位，那他萧氏一家就可以继续牢牢地把持辽国的朝政。至于大辽的江山社稷如何，对萧奉先来说，远远没有萧氏家族的利益重要。正是由于他的这种自私行径，才加速了辽国灭亡的步伐。

面对继位声望日高的耶律敖鲁斡，萧奉先心里十分清楚，只要有耶律敖鲁斡在，他的外甥耶律定立为太子的可能性几乎为零。所以他对晋王耶律敖鲁斡一直忌恨在心。

## 二

天祚帝又带人上山打猎去了。

尽管处在四处逃亡的悲惨境地，但只要一闲下来，天祚帝就忍不住要猎上几天。

真是上瘾了，一个皇帝，不思复国安民，却是饱食终日，整天以畋猎酗酒为乐，注定就要亡国啊！萧瑟瑟心中不禁长叹。

早晨醒来，萧瑟瑟的心情忧郁。昨晚躺在床上，辗转反侧，怎么也无法入睡，外面风雨大作，树木摇曳，突然从树影中走出一个穿白色左衽上衣的男人，萧瑟瑟一看，正是她日思夜想的纳兰飞雪。纳兰飞雪微笑着，深情款款地向她走来，手上还拿着那颗晶莹剔透的北珠。萧瑟瑟太熟悉了，在与纳兰飞雪分别的日子，这颗北珠就挂在她的脖子上，伴她度过了无数失眠的夜晚，在头鱼宴上，是她将这颗浸染着自己体香的北珠偷偷还给了他。自从头鱼宴一别，九年了，两人一直未曾见面，分别得太久了……一次大漠邂逅，便是终生难忘的记忆，萧瑟瑟的心里始终有一个年轻英俊的影子。可是她知道，两人以后再相聚首，相拥相依，却是永难实现的痴人说梦。一个是大辽国的皇妃，一个是与大辽国有着血海深仇的铁血男儿，两个阵营中的男女，无论有着怎样的侠骨柔情，却无法走到一起。他们中间隔着冷酷高贵的辽国皇帝，隔着契丹与女真百余年的世代仇恨，隔着大辽皇妃与异族男儿不同的身世与悬殊的社会地位……曾经的肌肤相亲，而今换来的只是永世的思念，萧瑟瑟泪水涟涟，悲不自胜……这时，纳兰飞雪向她伸出了手，萧瑟瑟刚要偎过去，突然传来一声尖利的鹰唳，只见一只凌厉的海东青向她迎面扑来。萧瑟瑟躲避不及，竟被抓得满面流血……

萧瑟瑟"啊"地大叫一声，从梦中惊醒……

萧瑟瑟一直忧郁着，早饭也没有胃口，她不知这个噩梦会给她带来什么。天祚帝已经上山围猎去了，儿子耶律敖鲁斡呢，他在哪里？她想和儿子说一会儿话，差宫女去找，回话说晋王随皇上上山了。也好，让他们父子在一起，沟通沟通感情。

百无聊赖之际，萧瑟瑟想起妹夫耶律余睹不久前被责罚了六十军棍，于是萧瑟瑟便约上大姐、姐夫，前往副都统的营中探望。

萧瑟瑟共有姐妹三人，大姐嫁给御帐统领耶律挞葛里，妹妹嫁给了副都统耶律余睹。当年，自己正是去耶律挞葛里家探望大姐，才被在大姐家喝酒的天祚帝看中，召进宫中，数月后被封为文妃。

来到副都统军营，早有侍卫在营门口等候，将萧瑟瑟等人接到副都统大帐。老远地，萧瑟瑟就看见妹妹站在大帐前，翘首等待。姐妹三人拉着手，亲热地走进大帐，只见耶律余睹躺在床上，脸色蜡黄，身体极度虚弱。

耶律余睹的背部、臀部、腿部上棍伤累累，血肉斑驳。

大姐一看，忍不住掉下泪来。

耶律余睹强行要爬起来，耶律挞葛里上前制止住他，两个人的手紧紧地握在一起。

萧瑟瑟心疼地说："身体都伤成了这个样子，为何还要不顾生死地带兵，与金军交战呢？"

原来就在金军攻下上京，分兵攻打祖州、庆州、怀州时，耶律余睹却不顾重伤在身，率军去解庆州之围，与金军将领完颜阇母、完颜背答、乌塔等在辽河边大战，耶律余睹率军杀死金将完颜特虎。可是辽军还是大败，女真的铁骑钢刀、长箭弯弓，早已让辽军闻风丧胆。

最后，孤掌难鸣的耶律余睹失利而还。

耶律余睹一声长叹："我耶律余睹一家世受皇恩，累袭官职，今大辽蒙难，当思报国，率兵讨伐女直，以尽臣子之责，不承想却出师不利！"因为棍伤没好，加上出师未捷，忧心忡忡，耶律余睹说话都显得有气无力。

"唉，如今边备废弛，将士懈怠，我大辽连连失利。东京失守，上京失守，这中京能否保住，谁都不敢保证。再说，与金作战输赢与否，并不是你一个人的力量所能决定的啊！"耶律挞葛里也是一声叹息。

大姐见两个人都叹气，悲伤地说："上京乃太祖创业之地，负山抱海，天险足以为固。良田沃野，水草丰美。太祖耶律阿保机射出一支金龊箭，遂定大辽二百余年的基业，如今却落入女直人之手，实在可悲可叹！"

"这不都是怨……怨当今的皇上吗？"妹妹看了二姐萧瑟瑟一眼，迟疑了一下，又接着说，"皇上宠信奸佞，荒耽于酒，畋猎无度，如此下去，恐怕不久就要国破家亡了！"

耶律余睹听了，却满怀信心地说："我大辽虽处于末运乱世，但皇上若能励精图治，勤政忧民，下有将士用命，齐心抗金，大辽中兴也不是不可能的！"

耶律挞葛里却是一副心情沉重的样子："可是现在我大辽积重难返，当今皇上用人不当，群臣苟且偷安，国内赋役繁重，盗贼满野，兵甲并起，依我看是复国无望，国家已危如累卵了。"

耶律余睹说："其实都是因为萧奉先以围猎声色取悦皇上，以致皇上忠奸不分，昏庸无道；若杀了萧奉先，或许我大辽还有希望。"

耶律挞葛里愤愤不平地说："皇上用人不当，这个枢密使萧奉先，哪里懂得用兵之道？宁江州之战时，萧兀纳、萧陶苏斡等老臣主张用大军围剿，可是他却不把女直人放在眼里，怕发大军让人笑话，结果出师大败。他的弟弟萧嗣先兵败却横加庇护，以致军心涣散；他的另一个弟弟萧保先飞扬跋扈，引起了东京之乱，使辽国失去了东京。此后他又在大敌当前之际，逼反了耶律章奴将军，从而使七十万大军死于非命。而今他又狐假虎威，使妹夫饱受皮肉之苦。"

耶律余睹说："我皮肉受苦是小，而他误国害民却是罪不容赦！"

这时，快言快语的妹妹说："既然皇上如此昏庸，那就立外甥耶律敖鲁斡当皇上不就完了吗？"

萧瑟瑟一听，马上正言立色地说："这涉及国家大事，可不要乱说。私下谋立皇上，是要犯死罪的。"

可妹妹毫不惧怕地说："怕什么！我外甥耶律敖鲁斡弓马娴熟，聪明能干，在朝中又有人缘，为何不能当皇帝？听说萧奉先要立他的外甥耶律定当皇帝呢，耶律定哪比得上我外甥呀？"

萧瑟瑟马上说："千万别立我儿子当皇上，这事若传出去，你我姐妹都要死无葬身之地啊。"

这时，只听帐外一个人大声说："怎么不能立，我看能立！"

萧瑟瑟吓了一跳，顿时惊出了一身冷汗。她回头一看，只见驸马萧昱笑着走了进来。

驸马萧昱看到萧瑟瑟一脸惊恐的表情，大声地说："文妃害怕什么，您有所不知，私下里，朝中大臣们都有拥立晋王之心啊！"

萧瑟瑟担惊受怕地说："萧昱，你可不要乱说啊！你是当朝驸马，这谋立皇帝之罪你也不是不知道啊？"

萧昱却拍着胸脯，提高了声音："怕什么呀，这是正大光明的事，朝中的大臣们都在这样议论。"

耶律余睹赶紧说："这可不是小事，一旦闹出一个谋立皇上的罪名，那可是要掉脑袋的。"

萧瑟瑟忧心忡忡地说："你们以为当太子好呀，皇上的父亲当年不就是太子吗，最后还不是让耶律乙辛给害死了！况且现在国家又是一副烂摊子，国将不国呀！"

耶律挞葛里说："当上了太子，愁。可当不上太子也是愁，你想想，若是秦王耶律定当上了太子，有他的舅舅萧奉先在，我们这些人还有好吗？"

大姐附和说："是呀，我们这些人都是他的眼中钉、肉中刺啊！"

萧瑟瑟叹道："这都怪我，我要是生个公主就好了，省得整天尔虞我诈的，心累！"

妹妹说："生儿子咋的了，我看咱们联合起来，拥立外甥当皇上，所有的烦恼就全没了。"

耶律余睹听了，马上瞪了她一眼。妻子立即闭口不说了。

萧瑟瑟追悔莫及地说："当初若是不嫁给皇上，找一个寻常百姓嫁了，也能过安稳日子。恨就恨嫁给帝王家啊！"

大姐夫耶律挞葛里一听，忍不住笑了，说："听二妹这么一说，我倒是后悔当初把你介绍给皇上了？"

大姐马上说："谁知道能有今天呐，当初皇上继位，不是也很有作为吗？哪能想到他现在变成了这样！"

萧昱问："你们听说了吗？最近发生了一件怪事，有一个身穿敝屣麻衣的老人，来到永昌宫前，大哭不止，而后放声长笑。守宫卫兵把他抓住后，问他为何疯疯癫癫地又哭又笑，他却神态泰然地说：'我笑，笑辽国颓危，将相无人；我哭，哭辽国将亡！'卫兵一听，就要将他缚了送官，可是这个举止疯癫的老人却转眼间不见了，人人皆以为奇。"

大姐悲伤地说："难道我大辽真的要灭亡了吗？"

妹妹直言不讳地说："女直如此强盛，战无不克，大辽无抵御之兵，不亡国才怪呢！"

耶律挞葛里不解地说："想我大辽多少年来，南征北战，所向披靡，现在却打不过一个小小的女直，真是让人伤心啊！"

耶律余睹伤心地说："唉，现在我大辽兵士见了女直人，就像耗子见了猫似的，有些州县一听金军来攻，没等人家动手，就主动献城投降了！"

妹妹对萧瑟瑟说："现在的男人也太窝囊了，不如你我姐妹上阵杀敌吧！"

驸马萧昱笑着说："我看行啊，当年萧绰太后，面对大宋三路大军，临危不惧，指挥若定，大败宋军，逼迫宋朝皇帝签下了澶渊之盟，太后不也是女人吗？"

萧瑟瑟若有所思地说："我倒是愿意为国上阵，哪怕是抛头颅、洒热血，也在所不辞！"

耶律余睹说："有我们在，哪能让你们女流之辈与女直人决斗？假如皇上有用着我的时候，我情愿提一支劲旅，为大辽献出自己的生命……"

耶律余睹正说着话，恍惚看见大帐门口站着一个人，他心里一惊，不会有人偷听吧？眨了眨眼再看，却一个人影也没有。耶律余睹以为自己身体虚弱，正在大病之中，眼花缭乱看错了。

# 三

今天打猎成果不小，刚过了中午，就打死了两只虎、五只豹子，獐狍野鹿可就数不胜数了，萧奉先很高兴，看来枪虎营的这些兵士还不是吃干饭的，血液里还多少有点祖宗的遗风啊！萧奉先却十分纳闷儿：这些人打起猎来，一个个不顾死活，争先恐后，但是一与金军打起仗来，咋就像耗子见了猫似的，麻了爪了呢？

地上横躺竖卧的猎物里，有一头熊，这头熊还在倒气，它的眼睛大睁，腿抽动着，一副垂死挣扎的样子。萧奉先津津有味地欣赏了半天，他晃着脑袋，得出了一个结论：这个世界，就是弱肉强食，适者生存，只有强者，才永远立于不败之地！

你要是弱者，只有被别人吃掉，这种结局是毋庸置疑的。

但是你采取了手段，不管这手段有多卑鄙，使你成为强者，那么你就可以摆脱被吃掉的命运，而且还可以去吃掉别人。

萧奉先想：这就是命运，这就是弱者与强者的辩证关系与生存法则。

萧胡笃笑眯眯地走了过来。多少年来，为了各自的利益，萧胡笃与萧奉先狼狈为奸，结成了统一联盟。

因为，在尔虞我诈的政治斗争中，他们彼此需要对方的支持。

萧胡笃凑过来神秘地说："枢密使大人，一只行将死亡的黑熊有啥可看的，请大人您欣赏一首诗吧？"

"诗？"萧奉先一愣，然后兴味索然地摇了摇头。

萧奉先对诗不感兴趣：诗能给你带来金钱吗？能给你带来财富吗？能给你带来女人吗？不能吧？哈哈，文妃喜爱写诗，可是又能怎么样呢，皇上对她不也是照样冷淡吗？

"枢密使大人，这诗……这诗可是与您有关，大人不想看看吗？"萧胡笃拉长声调，怪声怪气地说。

"与我有关？你……你是说与我有关？"萧奉先一听，顿时来了精神。

萧胡笃从衣服里掏出一张精心保存的纸，只见纸上写着一首诗：

丞相来朝兮剑佩鸣，千官侧目兮寂无声。

养成外患兮嗟何及，祸尽忠臣兮罚不明。

亲戚并居兮藩屏位，私门潜畜兮爪牙兵。

可怜往代兮秦天子，犹向宫中兮望太平。

写得不错啊，语句铿锵，对仗工整，萧奉先看了半天，只看懂了一句："可怜往代兮秦天子，犹向宫中兮望太平。"秦天子，不就是秦始皇吗？与我有什么关系啊？他诧异地用询问的眼光看着萧胡笃。

萧胡笃却呵呵地乐了，他说："这诗写的可不是秦天子，写的就是大人您呀！"

"什么，我？"萧奉先更是丈二和尚摸不着头脑了。

萧奉先把诗又仔细地看了一遍，上面没有自己的名字，更加不明白了。

萧胡笃肯定地说："对，写的就是您，当朝的枢密使大人啊！"

萧奉先不解地问："真的？真的是我？"

萧胡笃卖足了关子，说："我说枢密使大人，这诗是文妃写的，写的就是您！"

文妃？萧奉先更是如堕五里雾中。

萧胡笃笑着说："'丞相来朝兮剑佩鸣，千官侧目兮寂无声'，在我大辽，枢密使就是丞相之职呀！"

萧奉先点了点头。

萧胡笃说："大人您说，在我大辽，谁敢佩剑上朝，谁敢在皇上面前胡乱舞剑？”

萧奉先一听，突然想起了几天前在朝上与萧兀纳、耶律余睹发生了冲突，自己拔剑乱舞，“千官侧目兮寂无声”，当时在场的大臣们一句话都不敢说，但是萧奉先从他们的目光中，却看到了反对、不平和愤怒的敌对情绪。

“养成外患，亲戚并居！呵呵。文妃的这首诗借古讽今，寓意深刻，真是发人深思啊！”萧胡笃意味深长地笑了。

“这不是讽刺我吗？萧奉先对萧瑟瑟恨之入骨。”

这时，一匹快马跑来，来人气喘吁吁地跑到萧奉先的身边，附耳密语，只见萧奉先脸色大变，神情慌张，不一会儿，那张变幻莫测的脸上却现出奸邪狡诈、欣喜欲狂的表情。

围猎结束，萧奉先回到家中，拿出萧瑟瑟所写的《咏史》一诗，反复品味，“亲戚并居兮藩屏位”，这不是说我萧奉先一家窃居大臣之位吗？萧奉先一想，是啊，也确实如此，自己身居枢密使之位，一人之下，万人之上。而两个弟弟也曾身居要职，萧嗣先任守司空，萧保先任东京留守，唉，可惜的是这两个弟弟都不争气，萧嗣先兵败免官，多亏自己多方周旋，才保住了他的性命，但是一些大臣都拿这件事做文章啊。萧保先更惨，竟然丧命于几个小地痞的刀下。想到这儿，萧奉先不禁一声长叹，尽管如此，不是还有人照样嫉妒吗？连文妃也在诗里口口声声地说是“养成外患”，把自己看成敌人了！

萧奉先转念一想，对呀，本来两家就因为立太子争得不可开交。文妃、耶律挞葛里、耶律余睹掺和进来，可以理解，人家都是亲戚，打仗亲兄弟，上阵父子兵！可是，你驸马萧昱搅和进来，这不是没事找事吗？

“私门潜畜兮爪牙兵”，萧奉先看到这一句，脑袋都大了，私养家丁，这可是犯法的！在辽国只有皇帝才有自己的宫卫骑兵，除皇上外，只有在前几朝，那个汉人韩德让，因为劳苦功高，而且凭着与萧太后的特殊的关系，才破例恩准有自己的骑兵。

自己私养家丁的事，文妃咋知道了？这事让皇上知道，可是要株连九族的啊。

一想到这里，萧奉先不寒而栗。

如果你是弱者，就只能被别人吃掉！萧奉先想到了那些被射死的虎豹狍鹿，鲜血淋漓、惨不忍睹的样子，让他不禁打了一个寒噤。

耶律余睹和耶律挞葛里，是晋王耶律敖鲁斡最坚强的左膀右臂，不消说，他们二人自然是晋王登基称帝最有力的支持者。

要想除掉晋王，必须先除掉耶律挞葛里和耶律余睹。

先下手为强，后下手遭殃。我决不当弱者，不能成为别人的射猎目标！萧奉先下定了决心。

经过反复的思考筹划，一贯谨小慎微的萧奉先觉得天衣无缝了，才偷偷地觐见天祚帝。

萧奉先小声地对天祚帝说："陛下，大事不好了，文妃串通姐夫耶律挞葛里、妹夫耶律余睹，企图拥立晋王，逼陛下退位。"

天祚帝一听，立马精神起来，他赶紧问："拥立晋王，逼朕退位？到底是怎么回事？"

萧奉先就把萧瑟瑟、耶律挞葛里去营中探望耶律余睹的事一五一十地说了。原来，老奸巨猾的萧奉先早就在耶律余睹的营中安插了眼线，耶律余睹的活动都在他的监视掌控之中。

天祚帝最怕有人造反了，亲征女真时，耶律章奴临阵退兵，企图拥立耶律淳当皇上，搞得辽军大败，被金军杀得溃不成军，自己也险些搭上一条老命，要不是自己多年围猎练就了一副鞍马娴熟的硬功夫，现在早就成了完颜阿骨打的刀下之鬼。现在又有人要造反，那还了得？

萧奉先看透了天祚帝的心思，火上浇油地说："陛下，这次可不能小视呀，耶律余睹和耶律挞葛里这两个人，哪一个都比耶律章奴有分量，有号召力，再加上驸马萧昱推波助澜，一旦闹起兵变，陛下可有生命之忧呀！"

天祚帝一想起被金军追击得屁滚尿流的狼狈样，就下了狠心。他一挥手，命令将耶律余睹、耶律挞葛里、萧昱全部杀掉，灭九族。

"陛下，那……那文妃和晋王怎么办？"萧奉先问道。

萧奉先心想：一不做，二不休！这一次就干脆来个一网打尽，彻底解除心腹大患。

天祚帝一时拿不定主意。

"陛下，当断不断，反受其乱！兵变就在眼前，是该下决心的时候了！"萧奉先看到天祚帝犹豫不决的样子，急忙煽风点火。

天祚帝还在犹豫。

"有他们母子在，大臣时刻都会生篡立逼位之心呀？"萧奉先都有些急不可待了。

天祚帝有所不忍地挥了挥手，说："赐他们母子二人自……自尽吧！"

因此，文妃萧瑟瑟、晋王耶律敖鲁斡、御帐统领耶律挞葛里、驸马萧昱及家人全部被抓，耶律余睹因是东北路军副都统，此时正在前方领军与金军作战，萧奉先只好派人以天祚帝的名义，召他回来，然后再伺机捕获。

大臣们一听，纷纷为文妃萧瑟瑟、晋王耶律敖鲁斡等人喊冤。

知奚王府事萧遐买求见天祚帝，上奏说："文妃自从入宫以来，贤德谦恭，端庄寡言，而且还生有皇长子，一个女流之辈，怎么能阴谋篡位呢？"

北府宰相萧德恭也上奏说："文妃一直忧心国事，所以才写了几首诗，故此因诗与枢密使萧奉先结怨；而晋王素有威望，将来继位者非他莫属，请陛下不要听信奸臣之言，而伤自己的骨肉！再者，现在是与女直决战的关键时期，千万不要再乱杀大臣，给金军以可乘之机。"

萧遐买突然想起来什么，他说："萧奉先说晋王与耶律余睹、耶律挞曷里、萧昱等人要逼陛下退位，可是时间不对呀，文妃去营中探望耶律余睹的那一天，晋王不是和陛下一起在山上围猎吗？我就可以做证晋王没有参与这件事！"

天祚帝一想，也对，那天晋王确实和自己一起围猎，一时没了主意。

萧德恭说："难道陛下忘记耶律乙辛谋杀宣懿皇后的事情了吗？"

天祚帝皱了皱眉头，是啊，自己的奶奶、父亲就是被奸臣耶律乙辛害死的呀。可是，一旦他们真的篡位夺权，那该怎么办啊？还是一不做，二不休，杀了算了！

萧遐买"扑通"跪在了地上，说："陛下，万万不可呀，难道陛下想成为道宗皇帝第二吗？"

天祚帝凛然一惊，他再三考虑说："那就赦晋王无罪，但文妃之罪不能免，念多年夫妻之情，赐其鸩酒一杯，余者凌迟处死。"

晋王耶律敖鲁斡被释放后，急忙去看母亲，只见萧瑟瑟被关押在大狱里，披头散发，憔悴不堪，几天的严刑拷打，已是奄奄一息。

母子二人相见，不禁潸然泪下。

"母亲，人家都说你们要拥立我当皇帝，真的是这样吗？"晋王悲恸大哭，"母亲，你们咋这样糊涂啊！大姨、大姨夫都被抓起来了，小姨夫也在劫难逃呀！"

"儿子，这都是萧奉先诬陷你我母子于不仁不义之中，欲加之罪，何患无辞！"萧瑟瑟怆然流涕，"儿呀，你要好好保重，将来一旦登基称帝，别忘了为母亲平反昭雪。母亲死不足惜，只是大敌当前，看不到我大辽复国之日，死不瞑目啊。"

晋王耶律敖鲁斡扑在萧瑟瑟的怀里，号啕大哭。

萧瑟瑟摸着儿子的头发说："你是我的好儿子，母亲自小把你养大，就盼着你长大后，能一振我大辽江山。母亲虽然死了，但是有我的儿子在，也可含笑九泉了。"

晋王悲伤痛欲绝地说："母亲离儿而去，儿活着还有什么意思啊？儿愿与母亲同死，共赴黄泉。"

萧瑟瑟猛然推开儿子，说："快去救你的小姨夫吧！别哭了，救人要紧呀！"

## 四

通往中京的驿路，一匹马在高速狂奔。

骑在马上的正是副都统耶律余睹。

自从上次被萧奉先打了六十军棍，尽管棍伤未愈，耶律余睹还是率军出征，女真已经分军布阵，开始准备进攻中京。国家危亡，耶律余睹还是以大局为重，带兵驻扎在外地，以防金军来犯。

东京、上京已陷，但是我大辽还有中京、西京、南京，拼死一搏，还能恢复祖宗基业。耶律余睹对此充满了信心。于是，他开始四处招募兵勇，日夜训练，以备将来之用。

今天，耶律余睹却突然接到天祚帝的密札，要他速回中京议事。耶律余睹来不及与手下将领商议，独自一人匆匆赶往中京。

眼看着就要到了，中京在前方隐约可见。忽然，前方有一条沟壑挡住了去路。

飞奔的马顿时停了下来，打着响鼻，踌躇不前。

耶律余睹提缰催马，马儿"咴儿咴儿"地叫着，仍然原地四处转圈。

耶律余睹急了，猛抽了马儿一鞭。

马儿猛然提起前蹄，昂首直立，没有防备的耶律余睹被掀到马下。

耶律余睹龇牙咧嘴地刚从地上爬起来，就见对面跑过一个人来，那个人边跑边喊："副都统大人，大事不好了，逃命要紧啊！"

跑过来的这个人是萧瑟瑟宫中的下人茶剌。

耶律余睹听到宫中变故后，惊出了一身冷汗。

原来，晋王耶律敖鲁斡对茶剌有救命之恩。天祚帝曾经下令，除皇妃、皇子外，凡在宫中读书者，一经发现，都要杀头问斩。有一天，耶律敖鲁斡去给母亲问安，走进内宫时，发现茶剌正在偷着看书，不巧，这时天祚帝也从宫外闯了进来，茶剌一见大难临头，手足失措，当场吓呆了。耶律敖鲁斡却劈手抢过书来，藏在了自己的怀里，所以茶剌才躲过了一劫。

自此后，茶剌便把晋王耶律敖鲁斡视为恩人。当萧瑟瑟让儿子马上出宫去救耶律余睹时，耶律敖鲁斡自思无法脱身，便想到了茶剌，命他火速前去报信。

这种谋立之事，纯属子虚乌有。耶律余睹急忙返回大营，前思后想，只要萧奉先在朝，自己永远也说不清身上的是是非非，早晚都会被他杀人灭口。思来想去，耶律余睹做出了自己人生中的重要抉择，与其坐以待毙，不如投降大金，以图将来报仇雪恨。

公元1121年5月，耶律余睹怀着对天祚帝的无比失望，率领一千多名部下及一家老小，偷偷地离开辽国的军营，向金国的咸州进发。

天祚帝闻听耶律余睹竟敢叛逃金国，非常生气，他立即派遣知奚王府事萧遏买、北府宰相萧德恭、大常衮耶律谛里姑、归州观察使萧和尚奴、四军太师萧干（奚回离保）各率本部军马，随后紧追，并下令抓到耶律余睹后，格杀勿论。

耶律余睹刚逃到闾山县附近，后面的追兵眼瞅着就要追了上来。

此时正值盛夏，天又下起了连绵大雨，道路泥泞难行。耶律余睹见路途泥泞，一时难以脱身，而辽兵在身后追击甚急，遂仰天长叹："原想在军中效力，浴血杀敌，以期大辽中兴，不想被小人萧奉先所害，以致今日报国无门，死期迫近，我命休矣！"

耶律余睹的妻子则说："我有一计，将军莫不如杀我以献皇上，或许躲过此劫。"

耶律余睹慨然说："你我夫妻一场，生则同衾，死则同穴。大丈夫死则死矣，焉有杀妻求生的道理！"

耶律余睹的妻子凄然说道："人终有一死，但死于贼人之手，诚为憾事！我死不足惜，但愿能保住将军您的性命，以图来日您能为我和大姐、二姐等人报仇雪恨，我愿足矣。"

耶律余睹大义凛然地说："若躲过此劫，必生啖萧奉先老贼之肉，以泄心中之恨！"

"将军多保重！"只见耶律余睹的妻子抽出一把锋利的宝刀，往颈前一抹，一股鲜血喷溅而出。

耶律余睹大喊"住手"，却已经救之不及。

耶律余睹的妻子一头栽于马下。耶律余睹跳下马，急忙抱起妻子，连声高喊，可是，妻子已经血尽而死。

耶律余睹悲恸万分。

这时，却听手下士兵高兴地喊道："将军，追兵撤退了，追兵撤退了！"

原来知奚王府事萧遐买、北府宰相萧德恭带领五路人马，眼瞅着马上就要追上耶律余睹的队伍了。奉命追击的五位大臣却犹豫不决起来，因为他们都知道耶律余睹是被冤枉的，今天却落了个亡命他国的悲惨境地。所以，五位与耶律余睹同朝为官的大臣，不免有兔死狐悲之感。

萧遐买勒住战马，对其他四位大臣说："当今天祚帝宠幸萧奉先，以致有文妃、耶律余睹将军今日之祸。现在你我带兵前来追捕，耶律余睹就在眼前，你们说该怎么办？"

北府宰相萧德恭说："耶律余睹将军乃贵胄后裔、宗室俊杰，不肯仰人鼻息，俯就于萧奉先之下，故而与萧奉先结怨。我等与耶律余睹同朝为官，依我看，不如放他一条生路。"

四军太师萧干也随声附和："平日奸臣萧奉先视我等如同草芥，今日若擒耶律余睹回去，说不准哪一天，你我早晚也会像他一样被萧奉先所害。"

太常衮耶律谛里姑也表示同意，他说："天祚帝邪正不辨，任人唯

286

亲，屠灭宗族，剪刈忠良，早晚都会被金人所灭。今天我们回去，就说没追上耶律余睹，他日国灭之时，耶律余睹或许能救你我一条性命。"

萧遏买一看大家的意见一致，说："既如此，那我们就打马撤兵，回去交差吧！"

因此，耶律余睹有惊无险地逃到了金国。

萧奉先见耶律余睹逃到了金国，惧怕众将也效仿他，于是请求天祚帝对手下将领加官晋爵。天祚帝下诏，封萧遏买为奚王，萧德恭为中书门下平章事兼判上京留守，耶律谛里姑为龙虎卫上将军，萧和尚奴为金吾卫上将军，萧干为镇国大将军。

# 第二十一章　赐死皇子

## 一

耶律余睹前来投降，完颜阿骨打非常高兴，耶律余睹可是一个重要的人物，他不但是辽国的副都统，而且还是天祚帝的连襟，他的投降，标志着大辽国的分崩离析。

完颜阿骨打亲自接见了耶律余睹和他的手下，并且赐给美酒，一同饮酒庆祝，大醉方休。

耶律余睹久在辽军，又系宗室重臣宿将，深谙辽国的政治、军事情况，这样一个对辽国内情了如指掌的人，可是金军伐辽的好向导。完颜阿骨打封耶律余睹为西路军大监军，仍领旧部人马。

因耶律余睹来降，完颜阿骨打得知辽国府库空虚，兵源不足，决定再度发兵。于是完颜阿骨打下诏："自耶律余睹来投，洞悉辽国的全部内情，今辽国缺银少帛，将帅不和，朕决定御驾亲征，令咸州都统司备齐人马，准备出征。"

辽保大元年十二月，完颜阿骨打任命忽鲁勃极烈完颜斜也为内外诸军都统，移赉勃极烈完颜宗翰、完颜希尹、完颜宗干、完颜宗望为副都统，统领金兵大举向中京进攻。

临出兵前，完颜阿骨打叮嘱完颜斜也等人说："辽国朝纲不振，人神共弃。今我大金要实现中外一统，故命你等率大军前去讨伐。你等要慎重用兵，择善谋而从，赏罚必行，备足粮饷，一路要纳降安民，遇到特殊事宜，当权衡利弊自主从事，不必申禀，以免延误战机。"

耶律余睹主动请缨为金军先锋，辽军大为震惊，军心涣散。

金军南下西进，如风卷残云，势如破竹。都统完颜斜也率领金军，攻下高州、恩州、回纥三城。

守卫中京的辽军，听说金军来攻，便开始焚毁粮草，准备带上城中百姓逃跑；完颜斜也见辽军没有斗志，命令手下士兵弃去辎重，轻装前进。

此时，天祚帝正躲藏在中京，耶律余睹恨不得马上将天祚帝生擒活捉，于是率领轻骑，一日一夜行军三百里，连夜奔袭，凌晨赶到中京城下，指挥大军攻城。城中的辽军见是耶律余睹领军来攻，无心抵御，还不到中午，中京守将便献城投降，辽国的第三座京城失陷。

耶律余睹率军闯进中京，满城搜捕天祚帝，可是搜遍了各个角落也没见到他的影子。原来，天祚帝乘夜深无人之际，偷偷地领着数百名亲军，护着后宫嫔妃、皇子，仓皇出城逃往南京。

金军驻守中京，缴获马一千二百四、牛五百头、驼一百七十头、羊四万七千只、车三百五十辆。并分兵屯守高州、恩州等要地。完颜斜也派遣使者向完颜阿骨打飞马报捷，并献上所获的金银财宝。完颜阿骨打闻捷大喜，勉励他们说："你等领兵在外，恪尽职守，攻下诸多城邑，安抚百姓，朕甚嘉之。但不可恃一战之胜，兵备松懈，自古以来，骄兵必败。当告谕三军将士，乘胜追击，辽主未获，兵不能已！"

完颜斜也又亲率大军，攻下泽州。金军每占领一个地方，便废除苛法，减免赋税，优待降俘，争取民心，以巩固后方。

完颜希尹手下的骑兵在中京南侧巡逻，遇到三十多名奚王的哨兵，这些哨兵说他们是奚王霞末派来请求投降的。原来，奚王霞末见金军兵少，决定带兵迎战，希望侥幸取胜，若不胜则退守西京。这些骑兵是他派来诈降的。完颜斜也对此深信不疑，派遣温迪痕阿里出、纳合钝恩、蒲察婆罗偎、诸甲拔剔邻等人带兵出城迎降，被奚王霞末率领的奚兵团团包围。温迪痕阿里出、纳合钝恩、蒲察婆罗偎、诸甲拔剔邻等人与奚兵展开殊死搏斗，奚兵大败，金军乘胜追杀，一直到天黑才返回。纳合钝恩在这场交战中，陷入重围，身受重创，血染战袍，仍然奋战不止，而立大功。

奚部西节度使讹里剌见金军一路抢关夺隘，只好率本部投降。

逃到南京的天祚帝听说金军攻克中京，前锋已进军到松亭关、古北口一带，大有直取南京之势，心中极为恐惧。他怕金军追来，于是命宰相张琳、李处温等官员，与魏王耶律淳一起守卫南京；自己率五千名骑兵，仓皇逃出居庸关，马不停蹄地逃往鸳鸯泺。

鸳鸯泺是天祚帝多次打猎的地方。尽管亡命天涯，天祚帝仍有兴致在这里打了几次猎。

萧奉先深知耶律余睹领兵前来，一旦被他捉住，自己的这条老命就玩完了，惊惧万分。另外，尽管文妃萧瑟瑟已经死了，但是她的儿子耶律敖鲁斡仍然活着，外甥耶律定继位的障碍仍然没有扫除。

奸诈的萧奉先又生一计。

萧奉先向天祚帝进谗说："耶律余睹乃大辽宗室贵胄出身，决无灭辽之心，而此番领金贼来攻，主要是想逼陛下退位，立他的外甥耶律敖鲁斡当皇帝，只要陛下为了社稷着想，不要怜惜自己的儿子，把晋王耶律敖鲁斡杀了，耶律余睹和金兵便可不战自退。"

此时，恰好赶上耶律撒八、习骑撒跋等人密谋拥立晋王耶律敖鲁斡，被人告发。天祚帝心中暗想：耶律余睹追兵甚急，若不早想一条退兵之策，一旦被他追上，那就彻底完了。再说内部谋反的人都假借晋王之名，妄行篡位，若不除去此儿，自己也是死路一条。不如赐他自尽！外可退金国追兵，内可息篡位之心。"于是下诏杀耶律撒八、习骑撒跋，并将耶律敖鲁斡赐死。

自从萧瑟瑟死后，晋王耶律敖鲁斡无时无刻不在思念自己的母亲，他跟随着父皇，逃到了南京，然后又跑到了鸳鸯泺，几乎天天都在逃亡中度过，每当想到含冤而逝的母亲和即将灭亡的国家，耶律敖鲁斡感到万箭穿心。

一有时间，耶律敖鲁斡就反复吟诵母亲写的诗，是啊，奸臣当道，内忧外患，而今大敌当前，大辽国真的要灭亡了。

查剌得到了赐死晋王的消息，急忙跑到耶律敖鲁斡的帐中，通风报信："晋王，萧奉先马上就要派人前来杀您，我已备好了马匹，请晋王快快逃走！"

蒙受不白之冤的晋王万念俱灰，早已将生死置之度外："夫为妻纲，君为臣纲，我岂能为了爱惜一己性命，苟且偷生，而坏了为人臣子的道义大节！再者，假如能以我区区之躯，退万千强敌，我愿足矣！"

查剌跪在地上，苦苦哀求道："晋王质自天成，德为民望，兼精骑射，为今之计，当保存性命要紧，以待来日，再作他图。"

耶律敖鲁斡丝毫不为所动："君叫臣死，臣不得不死；父叫子亡，子不得不亡。况且大辽即将灭亡，死有何恋？"

于是，耶律敖鲁斡慨然赴死。

耶律敖鲁斡在死前伤心地说："我死不足惜，只是母仇未报，母亲在九泉之下难以瞑目啊！"

查剌心中万分绝望，独自一人离开了辽军大营，消失在茫茫夜色之中。

大辽从辽兴宗开始，就遽起冤狱，杀仁德皇后于幽所之中，辽国开始走向衰败。此后，辽道宗听信奸臣耶律乙辛之言，赐死了皇后萧观音；不久，太子耶律浚亦被耶律乙辛暗杀。而今，昏庸愚蠢的天祚帝完全继承了他爷爷辽道宗的衣钵，虽知父亲当年之冤，却不能以史为鉴，又亲手重演了杀妻灭子的悲剧，与他爷爷相比，实在是有过之无不及。

在充满阴谋和野心的后宫，文妃萧瑟瑟和儿子耶律敖鲁斡，双双成了政治斗争的牺牲品。辽国二百余年，骨肉屡相残杀。天祚帝尤为荒暴，遂致灭亡。

晋王耶律敖鲁斡在朝廷上下威望很高，他一死，从行百官及军士听说后，皆痛哭流涕。大臣们彻底绝望了，许多人因此偷偷离去，各谋生路。辽廷内部分崩离析，人心更加涣散。

耶律余睹闻听自己的外甥被无罪处死，心中又悲又怒，于是领着金国的大军，在后面更是狂追不舍，发誓要报仇雪恨。

完颜宗翰、完颜希尹率另一路大兵，攻克北安州。完颜希尹抓获天祚帝的贴身护卫萧习泥烈，得知天祚帝在鸳鸯泺围猎，晋王耶律敖鲁斡无辜被杀，辽国君臣更加离心离德。于是完颜宗翰向都统完颜斜也报告，请求出兵袭击。完颜斜也犹豫不决，完颜宗干劝道："机不可失，失不再来。"于是，完颜斜也与完颜宗翰相约到奚王岭会兵。

此时辽国在古北口屯有辽兵。完颜宗翰派遣婆卢火带二百金军前去攻击，浑黜带二百金军为后援。浑黜听辽兵有一万多人，请求完颜宗翰再发重兵。完颜宗翰接信后，打算亲自带兵前往，完颜希尹主动请战，说："这是一股小贼寇，不用您亲自出马，请拨给在下一千精兵即可打败他们。"

此时浑黜带兵到了古北口，遇到了辽国少数的游动哨兵，浑黜带兵追入山谷。辽国步骑一万余人前来助战，金军死伤数人。浑黜退进关口，据险死守，这时，完颜希尹带兵前来增援，大破辽兵，杀敌无数，尽获甲胄辎重。而后又打败了辽国的伏兵，杀死一千余人，获马一百余匹。随后完颜希尹与完颜宗翰合兵一处，到达奚王岭后，等待与完颜斜也会合。

完颜斜也率军从青岭出发，完颜宗望、完颜宗弼率领一百多骑兵，从后面追杀辽国的溃兵，杀辽国将领越卢、孛古、野里斯等人。在作战中，完颜宗弼的弓箭全射尽了，于是夺过辽兵的长枪，单枪匹马杀死八名辽兵，生擒五人，从他们的口中得知天祚帝仍旧在鸳鸯泺围猎，尚未离去。

完颜斜也、完颜宗翰于奚王岭合兵一处，决定分兵两路，完颜斜也率军从青岭出发，完颜宗翰率军从瓢岭出发，约好到羊城泺会合。完颜斜也派完颜宗翰与完颜宗干率精兵六千，以耶律余睹为先锋，前往鸳鸯泺追击天祚帝。

天祚帝闻听耶律余睹带兵前来，仓皇从鸳鸯泺向西逃跑。完颜宗翰带兵追到五院司，此时完颜希尹领兵为前驱，与保护天祚帝的辽兵相遇，一天数次打败辽兵。第二天，辽兵麻哲等人前来投降，言称天祚帝抱头鼠窜，已经往西京而逃。纳兰飞雪此时亦在军中，他和耶律余睹一起，带兵从后面穷追不舍，一直追到白水泺南面。狼狈不堪的天祚帝见金军追得紧，下令丢弃从宫中带出来的金银珠宝，只管逃命。不想在渡桑乾河时，手足无措的天祚帝竟把传国玉玺失落在水中。

这枚传国玉玺是用蓝田玉雕刻而成的，螭纽，四周刻龙，是当年秦始皇使用的，玉玺的正面，刻有丞相李斯所写"受命于天，既寿永昌"八个篆字。秦朝灭亡后，玉玺传到了汉高祖刘邦的手中，后来在汉献帝的手中失传。东汉末年，孙坚在井中得到了这枚玉玺，传给孙权，所以后来一直传到魏。魏文帝特在玉玺的肩际隶刻"大魏受汉传国玺"；唐时更名为"受命宝"；晋亡后，开泰年间，辽圣宗在中京得到了这枚传国玉玺，欣喜万分，即兴写下了《传国玺》一诗："一时制美宝，千载助兴王。中原既失守，此宝归北方。子孙皆慎守，世业当永昌。"

而就是这样一枚世代相传、象征着国运昌盛的玉玺，竟然在天祚帝仓皇逃命的途中，掉入水中，不知去向。

想当年，辽圣宗得到了玉玺，辽国开始走向繁荣；而天祚帝却失去了它，昭示着大辽国真正走向灭亡。

当天祚帝逃到西京时，五千余名随从卫士，大多在中途溃散而去，只剩下皇子公主、王公贵族等不过三百人。

# 二

天祚帝在西京刚站稳脚跟，完颜宗翰、完颜希尹、纳兰飞雪率领数千精骑，在耶律余睹的引领下，向西京追来。这时，群牧使谟鲁斡见大势已去，率领手下士兵投降。天祚帝听说金军马上就要来到，惊恐万状，也想不出退兵之策。

萧奉先对他说道："夹山有泥淖之地，连缀六十余里，独我契丹能去，而金虏则不能到也。"于是，天祚帝抚谕西京留守萧查剌、转运使刘企常等人说："金兵追赶甚急，你等留在这里，好好与军民守城。朕到夹山，暂避金军之锋。待金军退后，再前来与你等共谋复国大计。"

天祚帝率领手下亲信，带走三千匹战马，由天德军至渔阳，金军在后紧追不舍，天祚帝仓皇逃入夹山。

保大二年三月，金军尾随天祚帝追到西京，西京留守萧查剌出城投降。完颜宗翰仍命萧查剌为西京留守，只留少数金兵留守西京，自己率领主力继续追击天祚帝。

金军主力离开西京七天后，辽将耿守忠率五千士兵支援西京，城中投降的辽军听说后，将萧查剌和城内少量的金兵驱逐出城。完颜宗翰带兵回师镇压，于城东四十里打败耿守忠，再次占领西京。云内、宁边、东胜等州相继降金。这时西夏出兵三万前来助阵，被完颜宗翰、完颜斜也合兵打败，西夏兵在渡河逃跑时，死伤惨重。

逃进了夹山，避开了金军的追击，苟延残喘的天祚帝满腹惆怅。萧奉先见状，上前假意劝道："女直虽然能攻下四京之地，但终不能远离他们的老巢，前来攻击夹山。我军虽然失利，不足为虑，凭夹山之险，陛下还能过上衣食无忧的日子。"

随行的将士们看到萧奉先死到临头，还花言巧语，蒙骗皇帝，恨不得上前将这个祸国殃民的奸臣杀死，遂对萧奉先怒目而视。

天祚帝看到将士们深恶痛绝之状，想到文妃萧瑟瑟、晋王耶律敖鲁斡之死，自己身为大辽皇帝，竟流离失所，仓皇沦落到荒无人烟之地，如梦初醒，才知道这些灾祸全是萧奉先奸诈误国所致。

天祚帝用马鞭指着萧奉先厉声叱责：“当年头鱼宴上，你不听朕言，将完颜阿骨打放虎归山，此为误国第一罪也；萧嗣先兵败不罚，致使军心不振，此为误国第二罪也；施奸计害死朕的文妃和长子晋王，逼走耶律余睹将军，使朝廷内部分崩离析，此为误国第三罪也；而今，你又诱骗我至如此荒凉绝地，远离朝臣百姓，此为误国第四罪也。你的罪过罄竹难书，罪不容赦。”

萧奉先吓得叩头不已，乞求饶命。

天祚帝看到萧奉先狼狈的样子，心生不忍，长叹一声说：“朕杀你也难解心中之恨。你速速离开此地，以免军心愤怒，祸及于朕。”

萧奉先跪在地上，不肯离去。

辽国将士们早就对萧奉先恨之入骨，军士们一拥而上，将萧奉先及其儿子赶出军中。萧奉先见状，恸哭离去。在茫茫的大漠中，摸不着东南西北，胡乱逃窜。此时金国将领挞懒带领一千多士兵去攻打辽国的都统耶律马哥，正好与萧奉先相遇。挞懒杀死萧奉先的长子萧昂，将萧奉先及其次子萧昱押入囚车，命阿邻带人押往金国会宁府，准备向完颜阿骨打请赏，半路上，萧奉先被一伙辽军的散兵游勇夺走，重又送回辽国，被天祚帝赐死。

一代奸相终于得到应有的下场。

但是这一天来得实在太迟了，天祚帝也醒悟得太迟了！辽国已经被萧奉先祸害得支离破碎，五京已经被攻破四京，只有南京还在苟延残喘。整个辽国的势力范围仅限于燕、云诸州及辽西路。辽国灭亡的时刻终于到来了！

# 三

金军再次占领西京后，云内、宁边、东胜等州相继降金。躲在辽国避难的纥石烈部酋长阿疏也为金兵所俘。

前文提到纥石烈部酋长阿疏与完颜部女真作对，兵败逃入辽国，而且不断地与完颜部作对，一心想置完颜部于死地。

完颜部从盈歌到乌雅束时期，无不对阿疏恨之入骨，但碍于辽国的保护，一直拿他没有办法。直到完颜阿骨打继位，打出反抗辽国的旗号，金国便把讨回阿疏作为每次与辽国作战的最大借口。

但是阿疏是铁了心不想再回女真部落了，他满以为依靠天祚帝的庇护，可以在辽国安度晚年。他万万没想到完颜阿骨打居然统一了整个女真部落，并发动了对辽国的战争，不到七年时间，便攻破了辽国的四京。

阿疏已经无路可逃了，随着西京等地的沦陷，他也被金兵抓获。

阿疏被押到完颜斜也的大营，跪在地上，苦苦哀求道："小人罪不容诛，多年来漂泊在异国他乡，无时无刻不在想念自己的故国。我只有一个请求，请允许我死在家乡，千万不要再让我做孤魂野鬼……"

阿疏装出一副可怜相，竟哽咽着说不出话来了。

完颜斜也看到昔日的仇人跪在眼前，觉得他可怜、可悲、可叹……但是，从某种意义上说，阿疏帮了大金国的忙，因为每次完颜阿骨打攻打辽国，都会把归还阿疏作为最大借口。再说，杀死阿疏，对已经崛起的大金国来说，已经没有任何意义了。

于是完颜斜也没有下令杀死阿疏，而是象征性地命手下士兵将阿疏摁倒，用木棒打了几十下，草草了事。

阿疏以为这回一定没命了。多少年来，女真人一直口口声声地要讨回他治罪，现在抓住了他，却只是打了他一顿，一时不敢相信。如蒙大赦的阿疏一瘸一拐地走出完颜斜也的大帐，这时一队护卫走了过来，看到他畏首畏尾、狼狈不堪的样子，于是上前盘问："你是谁，是干什么的？"

龇牙咧嘴的阿疏捂着被打烂的屁股，向盘问的辽军做了一个鬼脸，结结巴巴地说："我是谁？我……我我是破辽鬼！"

# 第二十二章　篡立北辽

## 一

天祚帝在金军的追击下，一路狂奔，躲进了夹山之中。

当初天祚帝从南京出逃时，命宰相张琳、李处温等官员，与魏王耶律淳一起守卫南京。而今却逃进夹山，数月间音信皆无，生死不知。

正值辽国群龙无首之际，李处温觉得自己大干事业的机会来了，于是率先提议，由在大臣中非常有威望的魏王耶律淳继任辽国皇帝，继续与金国对抗。

李处温是析津人。他的父亲李俨，大康初年入仕，曾任参知政事，被封为漆水郡王，平日里与萧奉先来往颇多，二人互相引为知己。李俨为官十余年，善于逢迎邀宠，受到了天祚帝的宠信。李俨死后，萧奉先力荐李俨的儿子李处温出任宰相，因此李处温感恩戴德，倾心依附萧奉先来巩固他宰相地位，他的品行低劣，大肆行贪污之风，凡经他推荐为官的，大多都是小人。

从表面上看，李处温是为辽国的前途和命运着想，实际上李处温和萧奉先是一路货色。他急于拥立耶律淳，无非是为自己捞取政治资本，将来可以以开国元勋自居，说不定还可以把持朝政，权倾朝野。

虽然李处温有着不可告人的秘密，但这个提议在当时是挽救辽国的唯一办法。

李处温的借口冠冕堂皇：国不可一日无君。

李处温也不是不知道谋立皇帝的罪过，耶律章奴就曾因谋立耶律淳，而被腰斩。但是现在时局已变，今非昔比，天祚帝逃进夹山，被金军吓得不敢出来，他拥立皇帝不但不会被杀，反而还会有功。

李处温自知自己一个人站出来还不够，于是他联络宰相张琳，希望得到他的响应。张琳是个文人，天生胆小怕事，这种随便更换皇帝的大事他哪敢做主？按他的想法是天祚帝生死未卜，最好让耶律淳担任摄政王，等有了天祚帝的准确消息再说。

张琳的暧昧态度可把李处温急坏了，得不到大臣们的支持，他的计划就无法实现。关键时刻，一个出身辽国皇室的青年人坚决支持李处温的提议，此人就是耶律大石。

耶律大石，字重德，辽太祖耶律阿保机八代孙，生于大安三年。他幼年时受过良好的契丹族传统骑射训练和文化教育，又接受过汉族的文化教育。天庆五年考中进士，取得殿试第一名，授翰林院编修一职。不久，又因其才思敏捷，鞍马精熟，箭术过人，晋升为翰林承旨。契丹语把翰林称为林牙，所以人们称他为大石林牙，或林牙大石。耶律大石踏上仕途之时，正是辽国即将覆没的时候：天庆六年金军占领辽东京，耶律大石出任泰州刺史，后又调任祥州刺史；天庆十年辽失上京，中京陷入危机，此时北宋也想趁机收复燕云十六州，在这危难之际，耶律大石调任辽兴军节度使，守卫南京道。

辉煌二百年的辽帝国轰然倒塌，面对兄弟之国的背约，下属部落的反叛，以天祚帝为代表的辽帝国末代统治者大都苟且偷安，但也有一些人在顽强地抗争，其中最优秀的代表就是耶律大石。

看到辽国在和金国的对抗中节节败退，耶律大石万分悲痛。如今皇帝不知所踪，整个国家群龙无首，已经处在亡国的边缘，耶律大石决定挺身而出。他决心用自己的力量去拯救整个国家的命运。

有了皇室成员的支持，成功的概率大增，同时奚六部大王，兼总知东路兵马事回离保也站出来积极响应。

　　除了这几个人外，李处温还密邀了儿子李奭、弟弟李处能，经过一番密谋后，于保大二年三月十七日，与耶律大石、回离保等人，召集左企弓、虞仲文等番汉百官诸军，并僧道父老数万人，到魏王府以唐肃宗故事，劝耶律淳登基继位。

　　到了魏王府，李处温才将他的打算告诉了宰相张琳。

　　张琳小心翼翼地说：“现在天祚帝下落不明，依本人之见，由魏王摄政即可，但万万不可私篡皇位。”

　　李处温却独断专行地说：“立魏王耶律淳为帝，此乃天意，人心所向，难道仅因宰相之言便随意更改吗？”说完，他瞪着眼睛巡视两边站立的百官，杀气腾腾，众人唯唯不敢多言。

　　魏王耶律淳听到府上有人吵嚷，便从后堂走出来，李处温上前将早已准备好的龙袍披到他的身上，并令在场的官军跪在地上，山呼万岁。

　　没有任何思想准备的魏王耶律淳坚决不从。

　　因为上次耶律章奴想立他当皇帝，他就吃尽了苦头，要不是他及时把自己的外甥和小舅子都杀了，那么死的就是他了。时至今天，他一直心有余悸。现在他都已经六十岁了，活不几天了，还当什么皇帝？

　　耶律淳守南京十二年，颇得人心，因当时南京亦称燕京，所以耶律淳亦称燕王。耶律淳一生没有惊天动地的作为，唯一的优点就是一生谨慎罢了。因为他是兴宗皇帝的嫡系曾孙，血管里流着正统的皇家血液。在天祚帝下落不明的情况下，耶律淳毫无疑问地成了新皇帝的人选。

　　李处温上前劝道：“今我主天祚帝蒙尘，中原扰攘，金军紧逼，若不立王，百姓归于何人？大辽社稷将托付于何人？”

　　耶律淳仍然拒绝。

　　宰相张琳见生米做成熟饭，也只好强颜欢笑，假惺惺地劝道：“现在大辽正在蒙受灾难，请魏王以国家大计，暂时驾临皇位，力挽狂澜，收拾残局，待天祚皇帝有了下落，再另作计议。"

耶律大石也劝道："请魏王效唐代灵武故事，以救我大辽于危难之中。"

唐代灵武故事，就是在唐玄宗时期发生安史之乱，唐玄宗被迫南逃到四川的山中，留在关中的大臣们便在灵武拥立太子李亨继皇帝之位，是为肃宗。

耶律淳百般推辞不得，只好称帝继位，封其妻萧普贤女为德妃。百官尊其为天锡皇帝。改元建福，改怨军为常胜军，以郭药师为都统，常胜军成了北辽的主要军事力量。

天锡皇帝耶律淳大赦天下，并封李处温为守太尉，回离保为知北院枢密使事，张琳为守太师，李处能当值枢密院，左企弓为守司徒，曹勇义为知枢密院事，虞仲文为参知政事，而所有的统军之事则委托给耶律大石。

李奭、陈秘等十余人也因参与拥立大计，各以定策功授予不同的官职，并赐进士及第。

此时，燕中百姓来告，随驾内库都点检刘彦良，本是奸佞之人，诱引天祚帝做了不少的失德之事，国人呼之为"肉拄杖"。刘彦良的妻子云奇，行为不检，当天祚帝在南京时，日夕出入于天祚帝的宫禁之中，以谐谑淫荡为乐。夫妇二人均为国家的祸首，请天锡皇帝下令诛杀。当天，天锡皇帝耶律淳下诏杀刘彦良夫妇，于集市枭首示众。

天锡皇帝耶律淳下诏降封天祚帝为湘阴王。诏文为："大道既隐，不行揖逊之风；皇天无私，自有废兴之数。事贵得效，人难力为。朕幼保青宫，长归朱邸，虽曰人情之久系，谁云神器之可求，欲避周公之嫌，未忘季札之节。奈何一旦之无主，至使四海之求君，推戴四从，讴歌百和，不敢坠祖宗之业，勉与揽帝王之权，实惧篡图之为难，尚思复辟之可待。近得群臣之奏，概陈前主之非，所谓愎谏矜能，比顽弃德，躁动靡常节，平居无话言。室家之杼柚尽空，更资淫费；宗庙之衣冠见毁，不辍常败。汉子之戮实无名，佞妻之乱孰可忍！加以权臣壅隔，政事纠纷，左右离心，

301

遐迩解体，讫无悛悟，以至播迁，伊戚自贻，大势已去。是谓辜四海之望，安得冒一人之称，宜削徽名，用昭否德。方朕心之牵爱，尚不忍从；奈群议之大公，正复见请。勉循故事，用降新封，可降封为湘阴王。呜呼，命不予常，事非得已，岂予小子，敢专位号之尊！盖狥众心，以为社稷之计。凡在闻听，体予至怀。"

从此燕、云、平等州及辽西路、上京路、中京路等地为耶律淳所控制，史称"北辽"。

天祚帝在夹山，势力范围只限于辽国西北和西南路边地的诸藩部族。

## 二

耶律淳继位后，耶律大石为了摆脱宋金两面夹击的困境，向天赐皇帝提出了与宋朝和好、向金国称臣的策略。

耶律大石说："与宋和，则两利；分则两败。"

耶律淳缓缓地说道："但愿宋徽宗能知晓这个道理，与我和平相处，若女直来攻，我们也可消除了后顾之忧，一心对付金军。"

耶律大石又说道："女直军马骁勇，远在我契丹之上。完颜阿骨打一代天骄，缔创大金，锐不可当。其子侄完颜宗干、完颜宗弼、完颜宗翰、完颜宗望等人俱为稀世名将，当年湘阴王亲征，七十万大军尚且不敌，何况目前我幽燕区区一旅呢？"

耶律淳微微颔首："是啊，彼弱我强之时，尚不能胜，何况今日强弱易势呢。"

耶律大石说："陛下所言极是。契丹抗金绝非我幽燕一地之事，当今之计，必须与完颜阿骨打握手言和，卧薪尝胆，休养生息，以待兵强马壮之日，再图谋大业不迟！"

天赐皇帝立即派遣知宣徽南院事萧挞勃也、枢密副承旨王居元到宋朝，表示两国结好，免去宋朝每年进贡的银两。但是宋徽宗见辽国危难，急于想收复燕云十六州，断然拒绝了北辽的请求。

耶律淳又派遣使者向金国送去了降书顺表，乞为附庸。金太祖完颜阿骨打自然不会放过辽国的残余势力，坚决不同意耶律淳称帝。

按照"海上之盟"的约定，南京应该由北宋负责攻打，但是金国按照盟约规定攻下了中京和上京，西京也已经投降，但是北宋却丝毫没有出兵的迹象。原来北宋一直与西夏作战，而后方腊又在江南叛乱，童贯只好带兵去平叛。等到金军攻克西京后，童贯终于将十五万陕西军和数万藏、羌军集结于雄州，准备出兵伐辽。但是北宋朝廷内外一片哗然，文武百官多有反对。

保静军节度使、都统制种师道是宋神宗时的名将种谔的侄子，陕西军名将，他言辞激烈地指出："我们与北辽，犹如世代友好的邻居一般，现在我们趁北辽有大金压境之危，前去攻击，就像是强盗进了邻居家里，我们不但坐视不救，反而却要一起去瓜分，实非仁义之举！"

但是童贯、蔡京反复怂恿徽宗伐辽。

宇文虚中也说："辽国虽为女真所败，但北辽尚存，不能以几人之言而制造事端，以误朝廷！"

更多的人站出来反对攻打北辽。

朝散郎宋昭一针见血地指出："辽不可灭，金不可邻！他日金国必然违背盟约，成为大宋的祸患！"并要求诛杀王黼、童贯、赵良嗣等主战人员。

北辽使臣则跪在地上，向宋徽宗哭诉："今大宋图一时之利，弃百年之好，结豺狼之邦，他日必有大祸！请陛下再三斟酌，再作计议不迟！"

宇文虚中说："邻人失火，不相救助，自然便会殃及自身！救灾恤邻为古今大义，才是我大宋应当做的啊！"

宋昭说："哪有邻人失火，坐视不救，反而却要火上加薪，真是岂有此理！"

宇文虚中说："我与辽国，犹如唇齿，陛下难道不知唇亡而齿寒吗？"

宋徽宗却听信蔡京、童贯、王黼、赵良嗣等人之言，命太师童贯为陕西、河北、河东路宣抚使，统领大军，驻于雄州。童贯分东西两路大军，以种师道为主将，以王禀、杨唯忠、种师中、王平、赵明、王志为副将，率领东路军，屯兵白沟；以忠州防御使辛兴宗为主将，以杨可世、王渊、焦安节、刘光国、光世、冀景、曲奇、王育、吴子厚为副将，率领西路军，屯兵范村。

童贯以为，北辽面临灭亡，只要宋兵一到，南京就会投降。于是派人张榜招谕南京百姓归附，并派张宪进入南京劝降。可是事与愿违，此时北辽初建，君臣同心，哀兵必胜，耶律淳将张宪斩首示众，以耶律大石、萧曷鲁为西南面都统，率领一千五百人，在涿州新城驻防；派回离保率奚兵在范村防守。

耶律淳派王介儒去宋营，面见童贯说："如果休战还可以做好邻居，否则便刀兵相见，要和便和，要战便战，大暑之中不要徒自苦了众军士！"童贯派杨可世率领轻骑出兵，与耶律大石所率的辽军大战，辽军国破家亡，人人只求殉国，忘死血战；宋军则消极怠战，斗志全无，遭到了迎头痛击。辛兴宗所率的西路军也被回离保打得大败而逃。

这时，耶律淳却身患重病一病不起，北辽处境尴尬，外有北宋、金两面夹击，内部又矛盾重重，大臣争权夺利，钩心斗角。宋军大败的消息没有给病入膏肓的耶律淳带来多大的起色。而此时，天祚帝听说耶律淳居然在南京自立为皇帝，建立了自己的小朝廷，勃然大怒，集合五万精兵，传檄天德军及云内、朔、武、应、蔚等州，约定在八月进攻南京，命各州做好接应的准备。同时，西夏国王李乾顺接到传檄后，立即派三万西夏兵跨过草原前来支援。

耶律淳惊慌失措，召南、北面臣僚商议对策。李处温、萧斡提出了"迎秦拒湘"之策，就是迎立天祚帝的儿子秦王耶律定入京为帝，而拒湘阴王耶律延禧入南京。

南面行营都部署耶律宁不同意，据理力争："天祚皇帝若能以诸藩之兵，大举夺取南京，则是天数未尽，岂能拒之？再说，天祚帝与秦王耶律定是父子，若拒皆拒，哪有迎子而拒父之理？"

李处温大怒，厉声喝问："耶律宁口出狂言，妖言惑众，来人呀，将这狂徒拉出去斩首！"

耶律淳手摁枕头，强撑病体，长叹一声说："耶律宁乃忠臣也。如果天祚帝来到南京，我只有一死而已，有何面目与他相见？"

耶律淳自知病势严重，难以支撑，下密诏封李处温为番汉马步军都元帅，向他交代了自己的遗嘱：立天祚帝的儿子秦王耶律定为自己的接班人，其妻萧普贤女为皇太后，主持军事。

事实证明，李处温这种人是不能委以重任的，因为他见北辽岌岌可危，便暗自为自己谋后路。

原来，李处温见涿州留守郭药师率所部八千人，献出涿、易二州，投归大宋后，被宋徽宗封为恩州观察使，故此也有意降宋。

且说赵良嗣听说北辽是李处温在执掌朝政，不禁喜形于色，入见童贯说："我兵不血刃，便可夺回南京！"童贯一听，急问有何良策。赵良嗣说："良嗣旧时在大辽，与李处温结为莫逆之交，曾经在一起谈论天祚帝失德之事，并于北极庙拈香为盟，相约一同南奔大宋，共图灭契丹大业。今北极庙中之约必不虚设。若良嗣书到，李处温必以内应。"

童贯一听，当即命赵良嗣投书给李处温，密约投宋灭辽之事。

赵良嗣遂写信一封："窃以天厌契丹，自取颠覆，兵连祸结，今旧君未还，新主孤立。当年你我于北极庙中洒酒祭天，以归宋灭辽为誓，倏忽十年，未能如愿。天下扰攘，女真势锐如摧枯拉朽，契丹五京已亡四京，区区弱燕，焉能自保？而今女真乘全胜之势，对南京孤城虎视眈眈，为之奈何？此正乃契丹运尽天亡之时也。今幸我北宋朝廷遣大臣领兵百万将临南京，伐罪吊民。当下之计，莫若劝诱新君以全燕之地来献于朝廷，以安自身且保骨肉之上策也。如新君执迷不悟，及左右用事之人不明于祸福，请阁下密结豪杰拘囚首虏，箪食壶浆开门迎降，使阁下世享富贵，长守全燕，以伸前日之志。此千载难逢之良机，不可坐失也。"

李处温一见，正中下怀，急忙令儿子李奭回帛书一封："自别以来，与君不得相见，每到宴饮之时，则必思之！当年北极庙之誓，犹历历在目也。今幽燕孤危将亡，甚于累卵，无计可解其纷难也。夙夜不寐，遂怀履薄临深之惧。今蒙先生好意，当虏皇太后萧普贤女等人，挟南京百姓，以完燕之地归于大宋，吾于此地为内应，只待王师一到，便开门迎降。此时，你我亦得相见也。"

李处温派易州的赵履仁前往北宋，与赵良嗣联络，并以金帛回赠。同时为了两全之计，又与北面的金兵私通，欲为金兵的内应。

二十四日，耶律淳的病情越来越重。回离保与耶律大石假称皇帝有诏，命众臣到病床前侍疾，想在李处温奉命前来时将其擒获。狡猾的李处温自知不妙，拒不奉诏，并偷偷地聚集两千名武勇军，说自己是奉密旨以防他变。当天夜间耶律淳病死，回离保、耶律大石等人决定秘不发丧，却先集合三千人马，全副武装，列阵于广场之上，然后召集众大臣，议立萧普贤女为皇太后，主持军国大事，然后迎秦王耶律定为帝。同意的，皆要签字画押，大臣们见周围布满了杀气腾腾的士兵，哪有敢反对的！萧普贤女遂继位于耶律淳的灵柩前，改元德兴。

萧普贤女僭位，李处温没有积极拥立，萧普贤女非常不满，因当时乃多难之秋，只好赦了他的死罪。回离保拥立萧普贤女有功，受到重用。回离保遂以萧普贤女之命，从李处温的手中追回了番汉马步军都元帅的大印，削了他的兵权。并大肆排挤李处温的同党。其弟李处能感觉到大祸临头，害怕祸及自身，为了自保性命，到龙云寺落发为僧去了。

不久，永清人傅遵说被辽兵擒获，他为了保住自己的性命，举报了李处温父子派遣赵履仁阴谋通宋之事。

李处温父子被擒入狱。

李处温对萧普贤女辩解说："臣父子对天锡皇帝有定策之功，即使有罪，宜数世宽宥。此番之祸，皆是回离保嫉贤妒能，指使他人诬陷微臣，臣不应因谗获罪。请皇太后明察。"

萧普贤女说："本来天锡皇帝可以像周公一样，永享亲贤之名于后世！而今却白白担了一个任人不贤的恶名。影响天锡皇帝声誉的，都是你父子二人之过也。"

李处温默然不语，半晌才说："臣即使无功于社稷，但也不至于有过啊！请皇太后免臣一死。"

萧普贤女厉声骂道："你有数罪，却如此厚颜无耻地妄言自己无罪。天祚帝避难夹山，你身为辽国重臣，却不去迎回圣驾，此一罪也；竭力劝皇叔耶律淳僭号立国，此二罪也；诋讦君父，降封天祚帝为湘阴王，此三罪也；天祚帝传来檄书，你却主张"迎秦拒湘"，此四罪也；不谋守燕而阴谋降宋，此五罪也；不顾民族大义，暗通金国，此六罪也；任人唯亲，常怀一己之私，此七罪也；大肆收受贿赂，此八罪也。罪状条条属实，罪不容赦！"

李处温无言以对，遂被赐死，他的儿子李奭被凌迟处斩。并籍没其全部家产，得金钱十万余贯，金银珠玉无数，这些财产，都是李处温在当太傅几个月的时间里，收受贿赂所得。

当初，李处温劝立魏王僭号，以图恩宠。及魏王死后，又恐辽国将亡，故此北通金国，南结童贯，愿挟萧普贤女献城而降，李处温本为自身所谋，而今却反为其害，此乃投机之人的可悲下场。


三


得到耶律淳的死讯，童贯和蔡京再一次怂恿宋徽宗出兵北辽，于是组织各路大军二十万，九月于三关会齐。北宋对北辽发动了第二次进攻，童贯仍然是主帅，主将却换成了刘延庆。

刘延庆，北宋保安军人。出身将帅之家，雄豪勇猛，跟随童贯镇压

307

方腊起义，多次立有战功，曾任相州观察使、龙神卫都指挥使、鄜延路总管。宣和四年，被委任为宣抚都统制。

刘延庆出身名将世家，长年在西北一带同西夏人作战，后跟随童贯镇压方腊起义，可以说是一员猛将。但此人的缺点是骄横自大，治军不严。

第二次征辽比较顺利，没有遇到北辽顽强的抵抗，最让童贯高兴的是，北辽的涿州留守郭药师居然主动投降了。

郭药师就是我们前面所说的怨军首领。郭药师是个战场上的赌徒，在前几年，他将赌注压在了耶律淳身上，被任命为涿州留守；而目前赌桌上的局面发生了根本性的变化，作为三国对弈的一方，辽国败局已定，不可能再有获胜的机会了，郭药师决心更换主人，卖国求荣，不想成为北辽的殉葬品。

耶律淳僭位之初，汉军多而契丹军少，因此，萧普贤女与回离保等人唯恐汉人尤其是常胜军发生叛乱，一直对他们加以防备。郭药师见得不到他们的信任，此时恰好宋军来攻，便鼓动手下士兵投降，士兵无不响应。所以还没等北宋大军发动进攻，郭药师便囚禁了监军萧余庆等人，派遣团练使赵鹤寿率领八千精兵、五百铁骑，主动向北宋献出了涿州城和易州城。

童贯大喜，立即表奏朝廷，宋徽宗降诏授郭药师为恩州节度使，令其部归刘延庆节制。同降的易州守将王琮，常胜军首领张令徽、刘舜仁、甄五臣、赵鹤寿等也逐一被加官晋爵。

萧普贤女见易州守将王琮、涿州留守郭药师投降，与手下大臣商议："事已至此，我们该何去何从？"有的大臣建议去归顺女真，有的则称与大宋百年欢好，可以倚靠。经文武百官的商议，萧德妃迫不得已向宋、金同时奉表称臣，以维持苟延残喘的局面。

萧普贤女派萧容、韩昉到宋营中奉表称臣，甚至忍辱负重，将原来的兄弟之国降为叔侄之国。宋朝接到北辽的降表后，宋徽宗认为收复燕京在即，迫不及待地改燕京为幽州燕山府，以尚书左丞王安中为燕山府路宣抚使兼知燕山府，并促令刘延庆从速进军。

北宋大军长驱直入，刘延庆的士兵军纪不整，行军毫无戒备，刚刚投降的郭药师为了讨好自己的新主子，向刘延庆献策说："我观大军只顾盲目前进，而不设防，若辽军设伏袭击，我军则首尾不能相应，将会导致一败涂地。"

谁知刘延庆却对此置之不理。

郭药师自告奋勇当前导，率领自己的五千常胜军进攻南京。

但是南京城内的北辽残余势力并不甘心束手就擒，萧普贤女虽是个女性，但她还是贯彻了耶律淳一贯的宗旨，那就是在军事上完全信任耶律大石和回离保二人。

闻听北宋乘着自己新生刚刚死去，就立即派兵前来挑衅，耶律大石非常恼怒，他决定再次教训一下无耻的宋人，于是他命令回离保率兵出战。

宋辽双方的大军再次于良乡发生激战，此时北辽由于刚刚失去了新主，士兵们的士气受到了一定的影响，战斗力明显不如第一次。但是所谓的北宋精锐部队的战斗力却是惊人的差劲儿，居然再一次败在了辽兵手下。刘延庆是第一次同辽兵作战，以往神气活现的大将军此时变成了缩头乌龟，再也不敢出战了。

跟随刘延庆一同作战的郭药师看到宋军的窝囊表现后，又气又急，他没想到宋军的战力居然是如此低下，他有点后悔自己可能压错了庄家。但事已至此，他还得想办法帮助北宋，否则他的赌注将血本无归，于是他来到刘延庆的营中，献上自己的破敌良策。

郭药师对刘延庆说："耶律大石所带的兵不过一万多人，现在正全力对付我们，南京一定防守空虚，我愿带奇兵五千，取道直袭南京。"

郭药师为了赌赢这盘棋，不惜充当宋军的炮灰。

刘延庆因郭药师的"忠心"深受感动，立即批准了郭药师的请求，命高世宣一同前去攻城，同时命自己的儿子刘光世率领一部分军队作为援军，准备随后接应。

一切安排就绪，郭药师率领着六千精兵，乘着夜色偷偷渡过了永定河，第二天早晨到达南京城外。郭药师派熟悉南京内情的数十士兵夹杂在入城的城郊居民之中，从而夺取了迎春门。守南京城的辽军大多是老弱病残之流，郭药师便率领六千多人攻入了南京城内。

这是宋朝军队一百多年后首次来到南京城内，许多士兵为了泄恨，大肆屠杀城中的契丹人、奚人。并且北宋官兵纪律紊乱，到处酗酒抢劫，引起了强烈反抗。

郭药师派出了使者要求萧普贤女立即投降。萧普贤女在关键时候毫不慌乱，一边假装答应郭药师的劝降，一边派人飞速通知耶律大石，火速回援南京。

郭药师被萧普贤女的假投降迷惑了，以为北辽彻底完蛋了，便放松了警惕，在南京城内日夜饮酒作乐，等待刘光世的到来。

然而，没等到刘光世，却等来了急速回援的耶律大石大军。

这下郭药师傻眼了，只好带着不足五千人迎击耶律大石的辽军主力。结果宋军大败，宋将高世宣当场被射死，护粮将王渊被生擒，郭药差点儿被射死，最后只带了几十名残兵逃出南京城。而此时所谓的刘光世的援军却还没有出现。

偷袭南京失败带来的后果则更严重，远在良乡的刘延庆大军得知郭药师失败的消息，军心大乱，无心作战。

耶律大石又施一计，他将捉到的两名宋军押在自己的帐中，蒙住双眼，半夜时分，这两名宋军听到耶律大石在帐外与手下将领商量说："现在宋二十万大军压境，数倍我师，我军当以精兵组成中军，前去袭击，左、右翼互相呼应，则能全歼宋军。"

这两名宋军以为听到了辽军的重要情报，其中一名宋军乘隙逃回宋营报告。实际上，这是耶律大石让手下士兵故意放松警惕，好让他回去送假情报的。

第二天，耶律大石令人在军营中点起大火，刘延庆认为这是辽军发动总攻的信号，连忙烧营而逃，自相践踏，死者无数。耶律大石和回离保率领辽军在后穷追猛打。自雄州之南、莫州之北、塘泊之间及雄州之西保州、真定一带，宋军死尸相互枕藉，不可胜数，二十万大军几乎全军覆灭，所有的军需物资毁于此役。

这些军需物资都是自神宗朝王安石变法以来的全部所储，结果被彻底葬送。

童贯得知刘延庆大败，直急得满屋乱转，他对蔡攸说："我军大败，如何向皇上复命呢？"

蔡攸是蔡京的儿子，与其父一样的阴险狡诈。

蔡攸道："太师不要着急，在下还有一计：只遣人去约金国助攻南京就成功了。辽人一向非常惧怕金人，对于那些亡命之徒来说，攻下南京城不费吹灰之力，等到攻下南京后，我们可以给金国一些钱作为补偿。我大宋反正有的是钱！"

童贯一听，拍手叫好："此计甚妙！"马上就派遣使臣前往大金，向完颜阿骨打求援。

# 第二十三章　金太祖殒位

一

完颜阿骨打感觉到身体的不适，常常地，莫名其妙地袭来一股沉沉的倦意，困扰着他以往无比活跃的神经。长年征战的疲惫，日夜对治国大计的冥思苦想，致使完颜阿骨打突然生出一种对睡眠的强烈渴望。

自己老了，真的老了。完颜阿骨打在心中慨然长叹。

岁月不饶人，即使是完颜阿骨打这样的盖世豪杰，也无法抗拒或扭转这种残酷的自然规律。

身体虚弱的完颜阿骨打扶着床，透过帐门，痴呆呆地望着外面一片狭小的天空。太小了，他感觉到一种强烈的局促与不适。

一声长长的鹰唳从遥远的天际传来，在完颜阿骨打的心中引起了强烈的悸动，他的内心生出强烈的渴望。

自己不能继续与床做伴，生为大金皇帝，应当像海东青一样翱翔长空，搏击万里。即使是死，也要死在马背上。

完颜阿骨打希望自己还像当年那样，沐浴着长白山上浩浩荡荡的万里雄风，壮志饥餐辽人肉，笑谈渴饮契丹血。

辽国已被金攻陷四京，只有南京还在北辽的掌握之中。而天祚帝逃进夹山，一直还没有被擒住，"辽主未获，则兵不能已"，完颜阿骨打一再

312

催促前方的将士主动出击。

想起未竟的事业，完颜阿骨打就觉得血脉偾张，五脏六腑中都充溢着一股英雄之气。

完颜阿骨打在心里喃喃自语，不能再等了，自己已经是来日无多。

完颜撒改已经死了。就在耶律余睹率兵来降时，身为国论勃极烈的完颜撒改却病逝了。作为缔造大金国的元老之一，完颜撒改为完颜阿骨打的登基称帝立下了汗马功劳；在金国建立后，特别是完颜阿骨打在外征战时，完颜撒改协同吴乞买，任劳任怨、忠贞无贰地在朝中主持金国的内政，为大金对辽作战提供了一个稳定、和平的后方。

而如今，这样一个优秀的政治人物去世了，对完颜阿骨打来说是个沉重的打击。

从完颜撒改的撒手西去，完颜阿骨打看到了日益迫近的死亡，他似乎嗅到了死亡的气息。

不能再等了，完颜阿骨打要在有限的时间里，完成他的终生宏愿，他要在有生之年看到辽国的灭亡，他要给他的子侄后代留下一个丰饶壮阔的秀美江山。

他必须尽快结束这场由自己一手发动的反辽灭辽战争。

他要率领金国的大军席卷整个辽国大地。

这时，完颜斜也把完颜阿骨打的二儿子完颜宗望派回来，向完颜阿骨打汇报说西京刚刚归附，人心不稳，而南京还在北辽的掌控之中，天祚帝尚未被抓到，所以希望完颜阿骨打亲自临阵指挥。这一请求，正中完颜阿骨打的下怀。同时，童贯派人从易州前来拜见，请求完颜阿骨打出兵帮他们攻打南京城，双方出兵夹攻南京，彼此兵马不得侵越松亭古北、榆关之南，以免金宋两军相交，起不测纷争。条件是每年给金国增加岁币，这对建国还不到十年的金国来说，绝对是一笔宝贵的财富。为了自己利益的考虑，也为了帮助北宋消灭共同的敌人——辽国，完颜阿骨打决心出兵，与北宋一起攻打南京。

北宋的动作太慢，金国在攻打辽国上京之前，和他们订下了"海上之盟"，双方约定：1121年农历九月，宋出兵南京，金出兵中京，夹击辽国。至于西京，谁打下就归谁。可是北宋却迟迟不出兵，完颜阿骨打等到第二年正月，深觉再等下去不是办法。何况，多年的军旅经验使他相信金兵可以单独击败大辽。他终于吹响了灭辽的号角，直取中京、西京。而现在金国把上京、东京、中京、西京都打下来了，北宋才刚刚出兵，却连续两次被奄奄一息的"北辽"击败，北宋的战斗力实在是一塌糊涂。

听说南京城出了两个能打仗的契丹人，一个是耶律大石，一个叫回离保，这激发了完颜阿骨打的血性，他要去会一会这二人。

完颜阿骨打决定御驾亲征，他命谙班勃极烈吴乞买监国。

吴乞买是他最信任的兄弟，这些年，随着对辽作战的深入，吴乞买彻底地成熟了。他的政治头脑、定国之策、用人之道，与完颜阿骨打相比，丝毫也不逊色。

完颜阿骨打率大军从上京出发，并传檄未降的辽国各地："朕顺应天意，讨伐辽国，已连克四京，但是辽主未获，则大军征讨不止。今朕带兵亲征，诏令辽国先降后叛而逃入险阻者，主动自首，以往罪过全部赦免。若继续抗命不从，则杀无赦。"

为了避免延误军务，完颜阿骨打严令前线与辽作战的将士，不必恭迎圣驾，均以灭辽、追捕天祚帝为第一要事。

八月己丑，完颜阿骨打率军来到鸳鸯泺。都统完颜斜也率众将前来拜见，汇报了前方战况和追击天祚帝的结果。原来几次追击天祚帝，都被他侥幸逃脱，天祚帝打了二十多年的猎，对哪儿都熟悉，逃跑找路是专家。

完颜阿骨打抚慰众将，并告诫说："你等攻略辽地，千万不要侵扰百姓；曾经投降而又叛逃者，无论其罪大小，一律全免。如有能率众归附的，则授予官爵；若有奴婢先于其主降者，则除去他的奴婢地位。如此，便可分化敌人，使大金获得最后胜利。"

完颜阿骨打这种瓦解敌人的政策，得到了辽国残余势力的响应，不久，归化州、奉圣州、得里得满部纷纷献城来降。

听说天祚帝还在西边，完颜阿骨打亲率大军追到了大鱼泺。然后命完颜宗望和蒲家奴为先锋，领兵四千，昼夜兼行，在石辇驿追上了天祚帝。此时辽军有两万五千人，而追上来的金军还不足一千人，敌我悬殊，并且金军长期奔袭，人困马乏，因此金军诸将认为不能前去交战。而完颜宗望却说，今天终于追上了天祚帝，如果轻易让他走脱，那么今后再想抓住他就更难了。他果断指挥金军发起进攻。而此时，辽副统军萧特烈以君臣大义激励辽兵，由此辽兵殊死奋战，将完颜宗望及金军团团包围。

天祚帝认为金军人少，胜券在握，就带着宠妃们登高观望，吩咐侍卫带着麾盖，免得太阳把皮肤晒黑了。完颜宗望看见天祚帝的麾盖，知道天祚帝就在那里，于是率领诸将向天祚帝的所在方向拼命猛冲。天祚帝如惊弓之鸟，看见这群人玩命似的朝自己冲过来，顿生怯意，立即抱头逃窜。辽军士气崩溃，完颜宗望反败为胜，一直追击到鄂勒哲图，将萧特烈的侄子萧撒古生擒活捉。

金天辅六年十一月，完颜阿骨打对南京发动进攻，诏谕南京军民："辽朝疆土为我大金攻陷十之八九，王师所至，缴械降服者一概赦免，平民百姓安居乐业，为官吏者一切如旧；倘若执迷不悟，负隅顽抗，必将严惩不贷。切望南京官民周知。"

萧普贤女处死李处温等人后，派遣使者向宋朝求援，遭到北宋的拒绝。金兵攻到奉圣州，萧普贤女又向金上表，请求立秦王耶律定为皇帝，完颜阿骨打坚决不允。萧普贤女无奈，只好决心死守。

十二月，阿骨打命令完颜宗望为先锋，率领七千人马和迪古乃攻打得胜口，派完颜银术可率领另一路大军，以完颜娄室为左翼，婆卢火为右翼，攻打居庸关，两面夹击攻打南京城。

南京城内的常胜军虽然两次打败了宋军的进攻，但自身的伤亡也相当严重，南边北宋的威胁虽然已经不复存在，但来自北边金国的威胁却使北辽君臣惶恐不安。"女直满万不可敌"，几乎每个辽国士兵都不想与金兵

315

作战。所以，金军的先头部队刚攻克居庸关，就有辽国将士投降了。十二月底，完颜银术可的部队已经攻到了南京城南门下，北辽大势已去。

大兵压境，南京城内的北辽官员已无力组织起对金军的有效防御。十二月六日，皇太后萧普贤女听说金军的先头部队已经攻克居庸关，遂于夜半之际，与回离保等人以率兵迎战为名出城，实为弃城而逃。左企弓等大臣到城门送行，萧普贤女假意安慰他们说："当今国难临头，我亲率大军出城为社稷一战，如果取胜，还有与卿等相见之日，否则将为国捐躯。卿等要死力保护城中百姓，以免他们被无辜杀戮。"说罢，泪如雨下。

皇太后萧普贤女出城还不到五十里，大金的先头部队已杀到南京城下。左企弓等人还没有准备好守城的器具，忽然有兵丁来报，统军萧乙信已打开城门向金军投降，金国的前军已进入南京城内。左企弓见大势已去，遂与其他的守城将领计议，决定献城降金。

刚刚建立了九个多月的北辽，正式宣告灭亡。

完颜阿骨打率军从南京南门进入，并命完颜银术可、完颜娄室列兵于城头之上。待控制了南京的整个局势后，完颜阿骨打率众将大臣进入了南京的南城。北辽官员知枢密院左企弓、虞仲文，枢密使曹勇义，副使张彦忠，参知政事康公弼，签书刘彦宗等一班大小官员跪在丹凤门内，等待完颜阿骨打的受降接见。

年过半百的完颜阿骨打一身戎装，威风凛凛地来到丹凤门，一时间鼓乐大作，女真将士欢呼雀跃，完颜阿骨打威严地坐在丹凤门前面。辽国降将跪在地上不敢抬头，一个个面如土色。为首的左企弓向完颜阿骨打呈上降书。完颜阿骨打接过降书，边看边说道："朕进城时，看见城头上铁炮上面的竹席和麻绳，都不曾被人动过，看来你们确实无意抵抗，诚心降服我大金。我大军兵不血刃进入南京，尔等听从朕之命令，朕宣布赦免尔等无罪，官职如旧。"

左企弓等北辽官员跪在地上，叩头请罪、山呼万岁的声音响彻南京上空。

次日，稍事休整的完颜阿骨打在德胜殿接受群臣的称贺，命左企弓等诸大臣各守职责，抚定南京诸州县。

南京宫内府库中的珍宝都是辽国二百多年所积，全部被完颜阿骨打悉数收下。同时遍寻民间美女，并命北辽大小官员将家中妙龄女子全部献出。辽国五京，至此全部为大金所有，得意万分的完颜阿骨打纵情挥霍，沉溺于酒色无度的享乐之中。

二

公元1123年1月，也就是金兵攻克南京城一个月以后，为了尽快要回梦寐以求的南京城，实现宋朝一百多年来最伟大的扩疆目标，宋徽宗派出了以赵良嗣为主的使团，商谈收回燕、云十六州的有关事宜。蔡京、王黼、童贯等人更是异想天开，命赵良嗣除了索要燕、云十六州外，还要额外索取平州、滦州、营州，这三州是唐朝末年卢龙节度使刘仁恭送给大辽的。

作为出使的北宋代表，赵良嗣此刻的心情非常复杂，联金抗辽的主意是他首先提出来的，现在辽国是被打倒了，但是作为同盟的一方，北宋居然连续两次被辽国打败，最后还要依靠自己的盟国来收复失地，这对赵良嗣来说简直就是一种奇耻大辱，但事已至此，也无可奈何，他也只有尽力为北宋讨回南京。

关于归还南京城的问题，在金国内部有相当大的争议，大部分金国大臣认为根本不用理睬北宋，因为北宋在夺取南京城的过程中，没有出一分力，根本没有资格来谈收回南京城的事。南京这块地盘是金国士兵们浴血奋战得来的，连完颜阿骨打都亲自领兵出战了。

赵良嗣心里忐忑不安：完颜阿骨打能如约将燕、云十六州交付给宋朝吗？他无法去揣测完颜阿骨打的心理活动。

而此时的金军统帅内部，也正为此事争论不休。

317

完颜宗望指出，燕、云十六州是大金国的兵将们浴血奋战，从辽人手中夺得的，别说是十六州，就是一州一县也不能轻易地拱手送给北宋。原定由北宋出兵自取南京，可是他们是一群乌合之众，根本就没有能力拿下南京，所以他们才请大金国出兵，为他们收复了失去多年的故地。他们不费一兵一卒，就想得到燕、云之地，这是不劳而获。

辽国的降将左企弓也劝完颜阿骨打珍惜用士兵宝贵的生命换来的南京，左企弓说："君王莫听捐燕议，一寸山河一寸金。"

完颜希尹咄咄逼人地对赵良嗣说："居庸关、古北口内外，早就居住着很多契丹、奚族等部落，自该本朝占有。今特将古北口还与贵朝，已是格外开恩了。其松亭关，本朝屯戍，更不消说。"

因为完颜希尹太清楚古北口的战略地位了。古北口地势十分险要，历来是兵家必争之地。古北口重峦叠嶂，中有五关，只有居庸可以行大车，而松亭、金坡、古北口等关只能行人马，不可行车。外有十八小路，皆是兔径鸟道，只能通人，不能行马。由此可见，只要凭此设卡，便可一夫当关，万夫莫开。

而完颜宗翰则提出一个更为大胆的设想：乘着北宋防御松懈，发动突然袭击，彻底灭掉北宋。完颜宗翰此言一出，立即得到了完颜阇母、完颜希尹等人的大声喝彩。

完颜阿骨打对北宋当然是更加恼火。当初约定两国共同发兵，夹击大辽。但是金国连克上京、东京、中京、西京，北宋还在缩手缩脚地观战。后来，当辽国灭亡已成定势，北宋才向南京发兵，可是北宋的战斗力实在是太差了，竟然被奄奄一息的北辽军队打得连吃败仗，最后只好请求金国出兵。

现在北宋竟然厚颜无耻地讨要大金兵将们的胜利果实了。

完颜阿骨打最恨的就是北宋的背信弃义。其实，他的心中早就酝酿着与北宋刀兵相见了。

但是，完颜阿骨打的心里很清楚，现在还不是对北宋出兵的最佳时机。现在，天祚帝还逃在夹山里，时刻都有出来作乱的可能，辽国毕竟有着二百年的根基；另外天祚帝还有好几个儿子，如果他们其中的一个站出来，登高一呼，四散的辽人聚集到一起，复辽抗金，也是完颜阿骨打深深忧虑的心腹之患。再者，还有虎视眈眈、坐山观虎斗的西夏，一旦北宋与西夏联手，天祚帝再复出夹山，大金就危在旦夕了。

他在等，因为最凶猛的老虎，在狩猎时，总是小心翼翼地寻找最佳的时机。

完颜阿骨打经过深思熟虑，做出了正确的抉择，他决定只将南京和燕、云地区的涿州、易州、檀州、顺州、景州、蓟州交给北宋。但是，这是有条件的。北宋每年除了向大金国交纳五十万的岁币外，还要交纳一百万贯的燕京租税，史称"燕京代租税"。

完颜阿骨打是一个杰出的军事家，同时也是一个有着清醒头脑和敏锐眼光的政治家。刚刚建国又连年征战的大金国，需要有大量的银子来建设他们的家园。

赵良嗣的心情非常复杂。要不回失去的故地，回到宋朝，当然交不了差，他的脑袋就会搬家，因为他是"海上之盟"的主要参与者。

听到完颜阿骨打的答复，赵良嗣的心里凉了半截。完颜阿骨打的借口冠冕堂皇：金军取下南京付出了血的代价，血不能白流！他的儿子完颜宗雄，已经在与辽的作战中战死了。原定确实是北宋分得燕、云十六州，前提是北宋派兵自己夺回，而结果呢？

想起两次攻打南京，赵良嗣不禁为自己国家的拙劣表现而感到脸红。

宋徽宗和童贯收复祖辈失去的疆土的愿望太迫切了，他们同意拿银子来换土地。

完颜宗翰大毁南京及诸州要害之地，就连城上的门楼亦被拆毁，民宅寺院、金银钱物一扫而空。

公元1123年4月，完颜阿骨打按照宋金两国的约定撤出了南京城。但是，他在临走时却下令将南京城内的妇孺老幼及所有的财物全部劫走，整个南京城形同一片废墟。

完颜阿骨打这样做的借口是北宋有言在先：外据诸邑，及贵朝举兵之后，溃散到彼余处人户，不在收复之数。北宋的目的很明确，只要土地，不要百姓。曾经花团锦簇、人马喧嚣的南京城，现在一片荒凉，只能听见鸡鸣狗叫了。

尽管北宋接手的是一座荒凉不堪的空城，但童贯和蔡京等人却毫不在意，他们率领"胜利之师"迫不及待地进入了这座已经脱离中原王朝统治近二百年的古城。

## 三

完颜阿骨打率领大军，从南京出发，夜以继日地赶回会宁。他隐隐有一种预感，他的大限已近。

完颜阿骨打以完颜宗翰为西北、西南两路都统，命令他领兵继续追击辽天祚帝。

鸳鸯泺这个水草丰美、百兽出没的胜地，是历代辽国皇帝的捺钵之所。但是完颜阿骨打丝毫没有一点儿心情去欣赏周围的大好风光。他病了，但是他一直坚持着，他要回到会宁。

从来流河起兵到现在，九年的戎马倥偬、南征北战，他无暇去顾及自己的身体。此时此刻，他真的已经疲惫不堪了。

完颜阿骨打匹马一麾，用兵如神，攻无不克，战无不胜，斥地万里，经营四方，当世无敌，未尝有过片刻的休息，不到十年而奠定大金百年基业，他实在是太累了。

但是，他不愿意就这样倒下，他要亲眼看到大辽的彻底灭亡。想起大辽国曾经对他及其子民的种种欺侮，他的内心里便是一阵不可遏止的剧痛。这剧痛，让他揭竿而起，率先向辽发难。今天，他离最后的成功只有一步之遥。但是，天祚帝还没有抓到，他真的不甘心就这样匆忙地闭上眼呀。

320

他的心中隐隐约约有一种不祥的预感，人生的大限已离他越来越近。他勉强支撑到了部堵泺行宫时，便令人急召他的弟弟吴乞买前来觐见。

他急于把金国的后事托付给吴乞买——当今大金国的谙班勃极烈。

吴乞买率宗室内戚和文武百官，日夜兼程赶到哥哥的身边。当他第一眼看到完颜阿骨打，竟然吃了一惊。哥哥的病情比他想象的要严重得多。原来那个膂力过人、声如洪钟、矫健如虎的完颜阿骨打已经不见了，说话声细若蚊，走路需人搀扶，还时常地大口大口地喘气，大部分的时间都躺在咕噜行进的战车上。不过几个月的时间，简直是判若两人。

吴乞买扑到完颜阿骨打的床头，紧紧地握住他那枯瘦如柴的手，声泪俱下。

兄弟俩的手，在这荒凉偏僻的部堵泺西行宫牢牢地握在了一起。

吴乞买痛哭流涕，心肝俱裂，如同刀绞。哥哥太累了，他为了大金国的事业，一生都在戎马倥偬之中度过。每一次的冲锋陷阵，使他的体力严重透支；每一次的运筹帷幄，又耗费了他的多少心血呀！吴乞买想到这些，悲恸得几欲晕厥。

其实，吴乞买哪里知道，自攻下南京后，完颜阿骨打便一改往日不近女色的习惯，整日沉湎在过度的酒色之中。每天酒宴过后，必有绝代佳人侍寝过夜。至高无上的皇权，不仅让朝廷文武百官想方设法地为他遍寻中原美色，此次从南京还挑选了数千美女，准备护送到会宁，供他们的皇上享乐；就连辽国的降臣们，也将家中的那些倩女姝姬尽献给他，这些婀娜多姿、妩媚动人的美女，令骤然跌进温柔乡里的完颜阿骨打贪得无厌，以致元气大伤。

寒风卷地，连天朔雪。从举兵反辽以来，连年征战，烽火连天，当年的女真少年如今已是霜染黑发。晚年的完颜阿骨打要拼命抓住这稍纵即逝的最后时光，来补偿过去的岁月里忽视的一切。

完颜阿骨打嘱咐吴乞买：“朕起兵至今，立马白山黑水，虎视中原，身经百战，艰苦备尝，救民于水火之中，故所到之处，民心归服。大辽气数已尽，天祚帝纵然拼命挣扎，已是无力回天。而今天下归附者日益增多，但毕竟时间尚浅，现时至暖春，农事将兴，所以当晓谕三军，不得纵容军士惊扰百姓，影响农业耕种。我已命完颜宗翰等人率兵备边。朕亲巡已久，功亦大就，所以决定还都。”

吴乞买含泪连连点头。完颜阿骨打喘了一阵粗气，接着吃力地说：“所攻下的郡县都已抚定，对那些逃散未降的兵丁，已下诏赦免其罪。其中有非凡才能者，当择优录用为官。若有衣食不足者，须开仓赈饥。”

跪在地上的完颜宗翰、完颜宗干、纳兰飞雪等人，听到完颜阿骨打在病重垂危之际，还不忘叮嘱国事，顿时哭成一片。

完颜阿骨打握住吴乞买的手，对跪在地上的子侄们说：“朕死后，由谙班勃极烈继位，你等要如同待朕一样，尽心辅佐，完成朕的遗愿。”

完颜宗翰等人连连点头。

完颜阿骨打留恋的目光，在每个人的脸上扫视着，这些人是他的兄弟子侄，也是随他一起出生入死的爱将。

完颜阿骨打憔悴的脸上现出一丝笑容，他指着纳兰飞雪、完颜宗翰、完颜宗干、完颜宗弼、完颜希尹、挞懒等人，对吴乞买说：“可惜的是朕就要离你而去了，可是朕却给你留下了忠勇无比的他们，请你一定要善用他们，一同创建一个强盛的大金！他们可是我大金国能征善战的勇士！”油尽灯枯的完颜阿骨打喘息片刻，突然提高声音，铿锵有力地对所有人下了最后一道军令：“大辽灭亡已成……已成定局，准备攻宋！你……你们别忘了……攻宋！”

宋金结盟，首先极大地改变了金辽的力量对比。虽然无能的北宋在夹攻辽国的战争中没有发挥多大的作用，但是宋金结盟鼓舞了金人的士气，坚定了金人灭辽的决心，促使正在进行的辽金议和迅速走向破裂。其次，宋金结盟对于日薄西山的辽国来说是致命的打击，牵制了一部分辽军，并且在瓦解辽军的斗志方面起到了很大的作用，对于加速辽国的灭亡无疑起到了催化的作用。北宋尽管收回了五代十国以来丢失给辽国的部分土地，但是完颜阿骨打在北宋对辽的战争中，彻底窥出了北宋的腐朽无能，于是，他在临终之际，为大金国制订了下一个攻占目标。三年后，金兵南下，向曾经的盟友——北宋发动大举进攻，掠徽、钦二帝为囚，北宋覆亡，史称"靖康之难"。

吴乞买声泪俱下地喊道："陛下不会死，陛下一定活下来！"

完颜阿骨打闭上了眼睛，眼角流出了一滴硕大的泪珠。

是呀，他也不想死，他也想活下去，去完成他未竟的灭辽大计！

完颜阿骨打的脑海里呈现出他深爱的白山黑水，呈现出与他深情相伴的妻子儿女，呈现出昔日冰刀霜剑、风雨交加的峥嵘岁月。忆往昔，鹰群聚首，苍狼望月。自己挥师横扫大辽，攻无不克；鏖战燕、云，男儿肝胆，意气风发。而今天祚帝犹在，残辽未灭；心中憾，何时竭？迷迷糊糊中，他似乎听到了战马"咴儿咴儿"的叫声，他知道，那是与他生死相依的坐骑在呼唤他，他多么渴望像过去一样，飒爽英姿地骑着战马，踏遍万里江山。他多么渴望像过去一样，豪情万丈地站在时代的风口浪尖，双手紧握住日夜流转的岁月，去创建太平美满的人间！

恍惚中，有一双大手在轻轻地抚摸他的头发，他诧异地睁开眼睛，迎接他的是一双充满期待与慈爱的目光，啊，是父亲呀！完颜阿骨打努力睁大了眼睛，确实是父亲劾里钵，父亲还是像他小时候一样抚摸着他的头发，嘴里喃喃地说："儿呀，是你了结了我女真与契丹的百年仇怨！你是我骄傲的儿子，是我完颜家族无比光荣的子孙！是白山黑水上空永远飞翔、搏击千里的海东青！"

是啊，多少年来，完颜阿骨打以征服契丹、振兴女真为己任，一匹宝马，一把钢刀，一直随他南征北战，东挡西杀，从未与他有过片刻的疏离！从而换来了女真的崛起与强大！父亲呀，叔叔、大哥，你们满意吗？九年前，我接下你们未竟的事业，与骑在我女真头上作威作福、霸道凶蛮的辽人展开了不屈不挠的斗争。八年前，起兵伐辽，宁江州大战、出河店大战、达鲁古城大战、护步达岗大战、黄龙府大战，我大金以少胜多，出奇制胜，多次击败辽军的主力，就连天祚帝亲征也没奈我何！我照样一鼓作气、毫不留情地把他打败了，把他撵得屁滚尿流。辽国的上京、东京、中京、西京、南京，轻而易举地成了我女真的国土，往日踩在我们头上的辽国皇帝，如今犹如丧家之犬，逃进夹山里就像缩头的乌龟，再也不敢露面了。所有的胜利，都是你们在天之灵保佑的呀！父亲呀，儿子马上就要去见您了。再见了，魂牵梦萦的白山黑水！家乡的黑土地呀，誓师的来流河，儿时比武射箭的山岗，我就要与你们永别了！

父亲那双慈爱的眼睛渐渐隐去了，取而代之的是一双阴鸷毒辣的小眼睛，完颜阿骨打浑身一颤，这不是天祚帝吗？还记得在头鱼宴上，他就是这样瞅着自己，周围的酋长们都吓坏了。那时，天祚帝是多么风光呀！现在却像惶惶不可终日的丧家之犬，等我抓到了你，你还敢这样看着我吗？完颜阿骨打心中不禁喟然长叹，可惜呀，要是我能活下去，我一定会把你抓住的！一定会的！

完颜阿骨打发出一阵剧烈的咳嗽。活着真好！完颜阿骨打在心里凄然长叹，苍天啊，你能不能让我再活五十年？你能不能让我再活五十年？

完颜阿骨打的嘴唇嚅动着。

吴乞买俯过头去，把耳朵贴在他的嘴边，只听到完颜阿骨打喃喃自语：“……五十年……五十年！”

公元1123年8月28日，金国的开国皇帝完颜阿骨打在部堵泺西行宫驾崩，终年五十六岁。

完颜阿骨打生前没有明确自己死后的葬身之处，他的弟弟吴乞买及臣下在会宁府选择了一个树木葱郁、昂然屹立、气势凛然，龙翔凤翥，符合堪舆学原理的宝地。九月初三，尸体被运回上京，九月初五下葬。

在完颜阿骨打的陵寝之上，堆积了一个又高又大的土阜，土阜之上，建了一座宁神殿，雕有完颜阿骨打的塑像，供后人祭奠瞻仰。

# 四

作为金国的第一任皇帝，完颜阿骨打继承了女真祖先们"兄终弟及"的传统，没有将皇位传给自己的儿子，而是传给了自己的弟弟吴乞买。

虽然完颜阿骨打的儿子们各个都是英雄豪杰，长子完颜宗干、次子完颜宗望、四子完颜宗弼哪个不是理想的接班人，但为了金国的长远利益和整体利益考虑，完颜阿骨打选定了吴乞买为金国的接班人。

早在公元1115年，刚刚称帝的完颜阿骨打就任命吴乞买为金国的谙班勃极烈。

从此每逢完颜阿骨打出征辽国，总是任命吴乞买为大本营的留守，负责金国后方的朝政大事。从这些可以看出，吴乞买在金国建立的那一天起，就被完颜阿骨打认定是金国第二任皇帝的最佳人选。

此时，吴乞买却推辞说："太祖的儿子中，有好多均有大器之材，我焉能擅继皇位？"

完颜宗干则上前劝说："皇叔现在为本朝的谙班勃极烈，况且皇位继承皆为兄终弟及，请皇叔以江山社稷为重，速速继承皇位，我等奉太祖遗命，不敢有二。"

完颜宗干率领各位弟弟及宗室百官，强行将皇袍披在了吴乞买的身上，并把玉玺放到他的怀中。

吴乞买这才半推半就地登上皇位，改年号为天会，为金太宗。

吴乞买身材魁梧，力大无穷，而且更令人奇怪的是，曾经有一年，吴乞买出使北宋，北宋官员竟然发现他长得与赵匡胤一模一样。于是民间就有一个生动有趣的传说：公元961年，即赵匡胤登上皇位的第二年，皇太后杜氏得了重病，即将去世。临终前，曾召见赵匡胤与宰相赵普入宫。当时杜氏问赵匡胤："你知道这个天下是怎样得来的吗？"赵匡胤恭恭敬敬地回答："儿子知道，都是祖宗和太后的功德。"杜氏说："不对。这是柴氏让幼儿主天下的缘故。如果后周世宗柴荣逝世前，传位给一位有名望而且是年长的后裔当君主，你怎么能得到皇帝的位置呢？所以，你百年后，应当传位给光义，然后光义传光美，光美再传给你的儿子德昭。四海至广，能立年长的君主，是社稷的福气。"

赵匡胤为了安抚母心，当即表示一定遵从母命。杜太后就让赵普当场在榻前记下这些话作为誓书，藏之宝匮，由谨慎可靠的宫人掌管，此事称为"金匮之盟"。十五年后，赵匡胤遵太后杜氏的遗嘱，病逝后传位给赵光义。

后来的文人杜撰了一件"烛影斧声"的千古疑案。说是在公元976年，赵匡胤驾幸西沼，与一位早年相识的相士于岸边树荫下相遇，这个相士善卜人之祸福，并能知晓人的寿命长短。赵匡胤将他密召到后苑，二人像以前赵匡胤没当皇帝一样，对坐饮酒。酒至半酣，赵匡胤问相士："朕早就想见你，请你为朕算一件事，其实也不是什么大事，只不过想请你算一下朕到底还有多少阳寿？"相士说："今年十月二十日夜，如果天气大晴，陛下则可以再活十二年；不然的话，陛下则当马上筹措好后事，定好皇位的人选。"

喝完酒后，赵匡胤盛情挽留，让这个相士在后苑歇息，并命侍从好生款待。谁知奉命侍奉的人有时看见相士竟然宿于树上的鸟巢之中，数日后不见踪影。赵匡胤将相士的话牢记于心，到了十月二十日晚上，重病之中的赵匡胤登上太清阁，放眼四望，果然天气大晴，星斗明灿，赵匡胤一见心中大喜。不想顷刻之间，空中突然阴霾四起，天气陡变，雪雹骤降。赵匡胤急忙走下太清阁，马上召见弟弟赵光义。等到赵光义赶到时，赵匡胤已是呼吸困难，二人见面后酌酒对饮。身边的侍从皆被屏退，太监们在门外远处站着，只见二人在殿内似乎在说什么话，声音隐约，时断时续，难以听清。过了一会儿，遥见殿内烛光摇曳着映在墙上，时明时暗，像是赵光义在躲闪着什么。接着有斧子戳地的声响，继而，赵匡胤激动异常地大声说："你好好去做！你好好去做！"

此时，已是三更天，大殿外的雪已厚达数寸。

赵匡胤说完便解带就寝，眨眼间鼻息如雷，呼噜震天。由于天色已晚，酒劲上涌的赵光义也在宫里睡下。太监们不敢打扰，一直就在宋太祖的寝室外待着，也不知道里面究竟发生了什么事，约到五更时分，忽然听不见皇帝的呼噜声了。这时，赵光义跑到门口命太监速去请皇后、皇子前来。皇后、皇子连忙赶来，发现赵匡胤已经猝死驾崩了。近臣们瞻仰圣体时，却见玉色温莹，如同刚淋浴过的一样。

第二天，赵光义就继位于灵柩之前。这就是"烛影斧声"的故事。

民间坚定不移地认为，赵光义的皇位来路不正，遥想烛光斧影，那一定是赵光义暗害了哥哥，篡夺了他的万里河山。

据此，后人有许多猜疑，有一种香艳的说法是赵光义进殿后，趁太祖赵匡胤昏睡时去调戏在旁陪侍的太祖妃子。太祖醒来，见状大怒，抛出斧子去打赵光义，赵光义闪开，斧子戳地，又惊又怕的赵光义谋杀了太祖。有的说太祖的背上生了一个痈疽，痛苦异常。当赵光义进屋后，突然发现有一个女鬼在给哥哥捶背，赵光义抄起斧子向女鬼砍去，女鬼闪开，却反落在赵匡胤的背上，因此赵匡胤被砍死。

至今这烛影斧声仍为千古疑案。

赵光义继位后，却违背了盟约，借故治弟弟赵光美的罪，逼迫赵匡胤的儿子赵德昭横剑自刎，而赵匡胤的另一个儿子赵德芳，却是神秘"睡死"。于是皇位便在赵光义的子孙中传承。因此，在阴间的赵匡胤阴魂不散，转世成吴乞买，投胎到大金，回来向赵光义的后人清算血债。

此上皆为民间盛传的传说而已。

吴乞买继位不久，就发动了对北宋的战争。公元1125年，即宋宣和七年，也就是金太宗天会三年，金军分兵两路南下，西路军由完颜宗翰率领，由云中府进攻太原府；东路军由完颜宗望率领，由平州进攻燕山府。两路约定攻下太原、燕山府后，西路军进出潼关北上洛阳与南渡黄河直向东京的东路军会师于开封城下。西路军在太原城遭到宋将王禀率领的宋朝军民的顽强抵抗，一直久攻不下；东路军到达燕山府，宋朝守将郭药师投降，金兵遂长驱直入，马踏黄河，直逼东京城下。

宋靖康元年、金天会四年十一月二十五日，北宋都城东京被金军攻破，共俘虏皇子、后妃、公主三千余人，民间美女三千余人，以及大臣、宗室家属数千人。

靖康二年正月，金军先后把宋徽宗、宋钦宗拘留在金营，二月六日吴乞买下诏废宋徽宗、宋钦宗为庶人，另立同金朝勾结的原宋朝宰相张邦昌为"伪楚"皇帝。四月一日金军俘虏徽、钦二帝和后妃、皇子、宗室等六千多人北撤。宋朝皇室的宝玺、舆服、法物、礼器、浑天仪等也被搜罗一空满载而归。北宋宣告灭亡，这就是所谓的"靖康之难"，也称"靖康之耻"。据史料记载，被金兵押解的第一批有"妇女三千四百余人"，三月二十七日"自青城国相寨起程，四月二十七日抵燕山，存妇女一千九百余人"。因金人的无情蹂躏，一个月内就死了近一半。活下来的人是幸运的，但等待她们的仍是悲惨的命运。五月二十三日，赵构之母韦后、妻妃邢氏等宋俘终于到达金上京。六月初七，金国皇帝接见韦后等人，随后赐赵构母韦后、赵构妻子邢秉懿和姜醉媚、柔福帝姬赵嬛嬛等十八人居住在浣衣院。其实浣衣院并不主浣衣之事，实乃军妓营。韦后等十八名贵妇第一批入院。到徽宗抵上京后，这浣衣院热闹非凡。据《呻吟语》记载："妃嫔王妃帝姬宗室妇女均露上体，披羊裘。"可见此时这些宋朝的皇室女子已经沦落为娼。

赵匡胤转世成吴乞买报仇的说法，在北宋传的是举国上下，议论纷纷，当时有人私下骇传：只有将皇位归还赵匡胤的子嗣，天下方安。恰巧赵光义的孙子赵构当上皇帝后，原来的唯一的儿子不幸夭折，后来再无子嗣。公元1132年，赵构从赵匡胤的子嗣中选定赵伯琮继承皇位，不长时间后，远在万里之外的金太宗吴乞买瞑目而死。从此，宋金战争由原来的金强宋弱转为金宋对峙状态，金没有再大规模伐宋。

# 第二十四章　张觉降宋

## 一

金国在前方大获全胜，后院却起了火。就在完颜阿骨打去世不久，金军的主力刚刚从燕、云一带撤离，金国的南京留守张觉率部发动叛乱，投靠了北宋。

张觉是辽国平州人，进士及第，官居辽兴军节度使。在辽国外有金军进攻，内有各部谋反的最后几年，平州的民众也爆发了叛乱，杀死了平州节度使萧谛里及全家二百多口，抢劫财产数十万。危急关头，张觉带兵平定了叛乱，因此暂时管理平州事务。

不久，刚当皇帝没几天的耶律淳一命呜呼，南京在金、宋的夹击之下，岌岌可危。张觉看到辽国气数已尽，于是把州内所有的青壮男子抓来入伍，得五万兵丁，战马一千余匹，由此拥兵自重。萧普贤女曾派太子少保时立爱去平州任平州留守，无奈张觉手中握有重兵，不能相容，时立爱只好蛰居于留守府中称病不出，所有一切事宜，无论大小，均由张觉一人做主，俨然一方诸侯。

金军攻下南京后，一面就所谓的燕、云十六州与北宋进行谈判，一面密切关注平州的归属问题。因为平州境内的榆关（山海关）是金军从辽东通往中原的咽喉要道。榆关雄关高耸，在历史上被称为"天下第一关"，素有"京师屏翰、辽左咽喉"之称，完颜宗翰从战略角度来考虑，非常关注平州的一举一动。

完颜宗翰向降金的南京北辽旧臣康公弼打听张觉的底细。康公弼说："张觉为人狂妄，勇而无谋，虽拥兵数万，但都是没有上过战场的乡野草寇，装备不整，粮草缺乏，不会有什么作为！将军只需设法稳住他，然后再慢慢找机会收拾他。"

为了安抚张觉，完颜宗翰将原来的平州留守时立爱召到军中，任命张觉为临海军节度使，仍旧管理平州一切事务。张觉高兴万分，因为这个官终于名正言顺了。殊不知，为了尽快解决平州问题，在暗地里，敢于打硬仗的完颜宗翰已经制订一个大胆的计划：就是在押解原来的辽国南京的百姓途经平州时，派遣两千精骑出其不意，一举袭取平州，擒住张觉，彻底解决平州这个心腹之患。

左企弓等人都认为此计可行，唯独康公弼坚决反对这个计划，他说："此计切不可行，金军挟南京旧民过境时，张觉必有严密的防范，很难出奇制胜，一旦双方兵戎相见，则会促使张觉投靠宋朝，使金军面临进退两难的局面。张觉曾经是我的部下，我愿意去平州一探虚实，而后伺机招降他。"

完颜宗翰沉吟良久，最终还是采纳康公弼的意见，并命康公弼携天子金牌，立即前往平州招降张觉。

对于刚刚投降金国的康公弼来说，他准备把招降张觉作为自己降金后的"投名状"，以此得到金国的另眼相看，殊不知此举却召来了祸端，不但邀功请赏不成，反误了卿卿性命！

康公弼到了平州后，张觉当然知道他的来意，所以对其盛情款待，并以重金大加贿赂。

张觉言辞恳切地表明态度："如今大辽土地几乎全部落入金人之手，只有平州一地，我岂能以区区弹丸之地，来对抗势不可当的金军？我之所以没有及时放下武器，投降金国，是因为防范辽国的残余势力伺机反扑而已。"

康公弼看到张觉愿意投降，于是兴高采烈地返回金营向完颜宗翰复命请赏。

完颜宗翰遂改平州为南京，命张觉为新南京的留守，并加封为中书门下平章。不久，完颜宗翰接到完颜阿骨打病危的凶讯，于是带着大军，急忙回去奔丧。

降金的原辽国南京大臣左企弓、康公弼、虞仲文等文武百官，按照金太宗的旨意，押解着被掳掠的南京旧地的燕民，经平州的榆关，准备迁移到辽东。这些燕民被兵士们驱赶着，背井离乡，扶老携幼，颠沛流离，不胜其苦，到了平州后，他们无论如何都不想再往前走了。

燕民知道此时的平州留守张觉原系辽将，他的军队没有被金兵改编，此时正在卫戍平州，且平州境内无金军驻扎。燕民们派出代表找到张觉，对他哭诉："宰相左企弓等人不守南京，让我们这些老百姓流离失所，无处安身。将军你把守平州重镇，手握重兵，如能尽忠辽朝，必然能使我们复归乡土。燕京百姓把全部希望都寄托在将军一人的身上了。"

此时，金军已全部撤走，北宋的军队进入残破不堪的南京，并大张旗鼓地宣传收复祖宗基业的"不世之功"。这一形势的巨大变化，使本来降金就是权宜之计的张觉不禁怦然心动。

面对金军主力已经撤走，北宋接管南京的"大好局面"，身为辽国汉人的张觉不甘金人驱役，于是召集手下诸将商议。

张觉手下的部将张谦说："最近听说天祚帝重振旗鼓，出没于松漠之南，金军之所以全军从南京撤走，就是因为害怕背后受敌，急忙发往西京。若您能率天下正义之师，奉迎天祚帝，以图兴复大业，一旦大业可成，将军您则有复国之功。"

张觉也早有此意，只是不知手下将领是怎么想的，所以隐而不发，想窥探一下手下人是什么打算。

张谦见张觉沉默不语，又说道："将军以叛降之罪，诱杀左企弓等

331

人，将燕地旧民全部放回，则宋朝必全部接纳，由此平州便成为宋朝的屏藩重镇，将军便成为宋朝天子倚重的功臣，假如金国前来兴师问罪，内有平州之兵，外有宋朝之援，又有什么畏惧的呢？"

张觉犹豫不决地说："此事事关重大，不可草率行事，翰林学士李石足智多谋，不妨请他来为我们做个决断！"

李石的意见竟与大家不谋而合。

李石怂恿说："现在将军尽管是金国的平州留守，但是金人恃强傲慢，目中无人，目前将军寸功未立，岂能得到金人的恩宠？若将军投靠宋朝，携数万大军，献平州、营州、滦州三地，则会得到宋朝皇帝的龙恩浩荡。如此，将军自会懂得如何取舍。再者，将军岂不闻'宁做鸡头，不做凤尾'之言吗？"

次日，张觉以平州留守的名义，邀请康公弼、左企弓、曹勇义、虞仲文等人到滦河西岸见面。康公弼以为张觉念旧日同僚之情，要设宴款待他们，不禁沾沾自喜，于是带着诸位欣然前往。却不料早有张谦率领着五百骑兵埋伏于此，他们一到，马上就被拿下，一个个五花大绑。

张觉派议事官赵能前去宣读了他们的罪状："你等身为辽国之臣，身负十条大罪。一、天祚帝逃难夹山，你等不前去随军护驾；二、劝皇叔耶律淳僭篡大辽；三、诋讦君父，降封天祚帝为湘阴王；四、天祚帝曾派遣王有庆前来计议大事，你等却将其杀害；五、天祚帝传来檄书，你等却有"迎秦拒湘"之议；六、身为辽国南京守将，不能死守南京而纳城投降；七、不顾大义廉耻，屈身事金；八、搜括南京财物，尽献金人，用以献媚取悦；九、驱燕民欲投金国，使燕民饱受流徙失业之苦；十、向金主献计先下平州。你等所犯皆死罪也，按律当斩！"

康公弼、左企弓等人无言以对，遂被缢杀，尸体被抛进了滦河。

就在这时，面对平州之乱，北宋君臣却犯下了一桩弥天大错，给金国攻宋留下了口实。

# 二

张觉一不做，二不休，公开在平州改用辽国国号，张榜告谕燕民各复其业，归还他们的土地。这些燕民饱受迁移转徙之苦，今日得以重回家乡，自是对张觉感恩戴德。

张觉决定率兵勤王，奉迎天祚帝，以图大辽复兴。于是命人绘制了天祚帝的画像，挂于府堂之上，早晚一炉香，一天三叩首，一有事情，则要到天祚帝的画像前禀报，来表示他对故主的忠心。

但是，拥兵自重的张觉怕金军来攻，便以李石、高党为使者，带着平州、营州、滦州三州的地图赴燕山府，以献土为名，向北宋求援。

李石、高党到了燕山府，向守卫燕山府的大宋官员王安中游说。

李石说："平州自古以来，方圆数百里，兵甲十余万，乃兵家必争之地。张觉乃文武全才，若为宋朝所用，必能成为朝廷防御大金的屏藩。如不然，张觉一旦西迎天祚帝，北通回离保，将为宋朝心腹之患。"

高党则在一旁煽风点火："金人恃虎狼之强，强行迁徙燕京富家巨室，只留一座空城，来敷衍与贵朝当年之盟。想贵朝实属不得已而为之。今燕地旧民怨声载道，张觉将军存仁厚之心，违金主之命，一为生灵免遭流徙涂炭之苦，得复父母之邦；二可以为贵朝做守御之备，良苦用心，请贵朝明察。"

王安中对此深信不疑，上奏朝廷，愿以身家性命担保，并命李石、高党前去汴京，亲自向宋徽宗请降。

宋徽宗和童贯、蔡京、王黼等亲信大臣们面对突如其来的张觉请降颇费了一番脑筋。

如果拒绝了张觉，那么不但背负了不义的罪名，冷了天下英雄的归附之心，而且还让金国产生北宋软弱可欺的错觉。如果接受了张觉，将会导致燕、云一带的宋金军事力量对比出现倒转，由金强宋弱转向宋强金弱，而且振奋民心士气，重振大宋国威，但是最大的顾虑是金军会不会以此为借口，向北宋发动战争。如果金太宗一声令下，金国的虎狼之师直扑而来，到那时，北宋可要面临亡国之灾啊！

可是，北宋自从接受了辽国的郭药师投降后，大大地尝到了甜头。而今，张觉占据平州重镇，而且手中还握有一支数量庞大的军队，对于这种天上掉馅饼的好事，北宋君臣自然是喜出望外。

但是，郭药师与张觉是有区别的。郭药师是辽国的将领，与金国没有任何瓜葛，充其量只是一个辽国的叛徒；而张觉的情况与郭药师完全不同，他是先投降了金国，目前身份是金国的官员，如果接纳张觉，等于是违反了宋金之间的同盟协议。

但是，北宋宰相王黼与童贯等人认为不用一兵一卒，就能得到平州，这是自古以来从没有过的好事，所以力劝宋徽宗接纳张觉。

他们甚至天真地认为，如果惹恼了金国，金军来攻，那么依靠张觉就可对付金国的军队。

而宋徽宗有他自己的想法。平州、营州、滦州三州乃后唐末期，为辽太祖耶律阿保机所获的州城，并不属澶渊之盟时石敬瑭割让的燕、云十六州之地。除了收复南京之外，现在又能收回本不该属于自己的土地，这可是光宗耀祖的千秋大业，如果真能成功，自己可以和秦皇汉武媲美。宋徽宗非常高兴，欣然同意张觉归附宋朝。

有一个人却上表坚决反对。

"我朝与金结盟以来，两国南北夹击辽国，以使我朝得复祖宗旧地，而今若背信弃义，则会破坏两国之盟，一旦金人来攻，敌强我弱，必招亡国之祸！故此，当杀辽国使者，以明我朝立场。"赵良嗣可不是那种鼠目寸光的人，作为宋金"海上之盟"的重要参与者，赵良嗣深知金军强大的战斗力和北宋军队的无能，两国既然明确禁止在对方境内招降纳叛，如今违背盟约，强大的金朝一定会和北宋刀兵相见。

因为收复了南京等地，赵良嗣被宋徽宗封为光禄大夫。

攻打南京，北宋两次惨败，最后只好借金国的兵力才得到了南京，而且金国遵守盟约，将南京城和幽、云地区的其他六州慷慨地交付给北宋。尽管与"海上之盟"的约定相比，北宋好像吃了亏，但是毕竟没有付出那么惨重的代价。

如今金国大军刚撤走，北宋居然擅自接纳金国的叛徒，这种行为绝对不是大国所为，简直就是无耻小人的卑劣行径。

对于宋徽宗这个引火烧身之举，北宋朝内的其他大臣，只知逢迎皇上的心意，一味随声附和。宋徽宗不但不听赵良嗣的劝谏，反而认为他是金国的奸细，将其臭骂一顿，并夺去他的光禄大夫一职。

赵良嗣的噩运来了，几年后，随着北宋的灭亡，赵良嗣被列为"六贼"之一，宋钦宗继位后就派人到郴州，将贬谪于此地的赵良嗣杀死。

于是宋徽宗对张觉厚加安抚，决定改平州为泰宁军，任命张觉为泰宁军节度使，总领三州兵马，并免除平州、营州、滦州三年的租赋。

张觉高兴万分，日夜在平州大摆酒席，饮酒作乐。宋徽宗封他为泰宁军节度使，只是口头上的册封，所以他在等候宋徽宗的御笔诏书。

谁知，诏书没等到，却等到了他断头的末日。

三

完颜阿骨打新丧，金太宗吴乞买忙于料理后事，听说张觉降宋，只好先派完颜阇母率三千骑兵前来讨伐。

金军将领对北宋的背信弃义行为深恶痛绝，因为自从与宋结盟以来，金国一直坚守盟约。当年订立"海上之盟"，赵良嗣返回汴京，走到半路被金兵追回，回到完颜阿骨打的驻地，赵良嗣才知道金国出现了牛马疫情，金国恐怕在约定的时间难以出兵。因为双方约定在八月九日共同出兵，所以完颜阿骨打急忙派人把赵良嗣追了回来，待到明年再约攻辽。

金国如此遵守约定，而北宋却一再违约，现在又竟然敢公开接纳金国的叛徒，是可忍，孰不可忍！

张觉听说金军来攻，自己率两万大军，在营州安营扎寨，准备抵抗金军。完颜阇母带着三千人马，来到营州城下，见防守森严，敌军势众，自觉不敌，遂命人在营州城门上写上了"夏热且去，今冬再来"几个字，然后掩兵而退。

张觉一见大喜，便上书宋徽宗，吹嘘自己大败金军。宋徽宗信以为真，命人带着数万赏银和任命张觉为泰宁军节度使的诏书，前来慰问。张觉手下的李石、高党、张均、张谦、张敦固等人亦被封官。

不战而回的完颜阇母遭到了金太宗的严厉训斥，而讨伐张觉的重任则落在了能征善战的完颜宗望的肩上。完颜宗望多年随完颜阿骨打出兵征战，作战勇猛，颇有计谋，他和完颜宗翰等人，是完颜阿骨打的得力大将。

张觉听说宋徽宗的使者前来，非常高兴，立即组织全体官员远远地出城迎接。不想，完颜宗望早就得到了这个消息，率精骑一千余人对营州发动突然袭击，猝不及防的张觉来不及回援，如同丧家犬一般逃进北宋镇守的南京城中。

而张觉留在营州的母亲、弟弟等人均成了金军的俘虏。

完颜宗望率大军围攻平州，数月后便被攻破。平州城内有数千州民不愿为金军所俘，死命突破金军的包围，夺路而逃。

金军攻进平州城内，宋徽宗封赏张觉的诏书和来往信件均落入金军的手中，成了北宋接纳张觉的铁证。

完颜宗望怒不可遏，派人向王安中索要张觉。此时王安中将张觉藏在北宋的军营中，诡称不知张觉的下落，而完颜宗望却不依不饶，不抓到张觉誓不罢休。王安中经不起金军的再三索要，无奈之下，只好在城中找了一个长相与张觉特别相似的兵士，割下他的首级，献给金军，妄图蒙混过关。

但是这一拙劣把戏被完颜宗望识破。愤怒的完颜宗望投书王安中，声称张觉就躲藏在军械仓库里，如果宋军不交出人来，那么自己亲自带兵去捉。言外之意，便是要与北宋刀兵相见。这下可把宋徽宗吓坏了，他再也不管什么"君臣之谊"，密令王安中将张觉杀死，并将他的首级浸泡在水银中，专程派人恭恭敬敬地送到驻扎在平州的金营。

张觉万万没想到自己竟然落了一个身首异处的下场，临死时破口大骂，但是为时已晚。

在北宋营中，那些归顺投降的辽国官员听说张觉被杀，担心自己也会成为"张觉第二"，不免兔死狐悲，怆然泪下。他们心灰意冷，埋怨北宋寡恩薄情，过河拆桥。

郭药师气冲冲地质问燕京知府王安中："金人索要张觉的人头，你就杀了他把人头送去；假使有朝一日，金人也索要在下的人头，难道你也把在下的人头送去吗？"

王安中无言以对。

## 四

杀了张觉，总算出了一口恶气。但是，完颜宗望还不解恨，向金太宗提出了一个新的战略目标：攻打北宋。此次张觉事件，完全暴露了北宋的心态。并且完颜宗望得到可靠消息，童贯和郭药师在燕京地区招兵买马，大有阴谋攻金之势。

"我们有张觉与宋徽宗来往的信件在手，这是北宋背叛盟约的铁证，我们以此兴师问罪，只待战局一开，我女真大军挥兵南下，北宋如同绵羊一般不堪一击，不费吹灰之力，便可尽得中原。"完颜宗望胜券在握。

而完颜宗翰的想法更加直接，那就是不必兴师问罪，干脆发动突然袭击，乘着北宋防御松懈，直取汴京。

但是金太宗始终没有表态。

北宋趁大哥完颜阿骨打新丧，不顾两国之盟，引发了张觉事件，给新继位的金太宗带来了很大的麻烦，所以在他的心里，比谁都恨北宋。再说，北宋答应给金国二十万石军粮，现在还没有影儿，这不是戏弄金国吗？

可是，作为一国之君，金太宗清醒地认识到，消灭北宋还不到最佳时机，他要忍！

因为目前还没有捉到天祚帝，他一天不除，就是新兴的大金国的心腹之患。

金太宗为了早日完成大哥完颜阿骨打的遗愿，决心先消灭辽国，至于北宋，完全可以先放在一边，等消灭了天祚帝，再作计议不迟。

但要彻底消灭辽国，金太宗还要解决一个问题，就是位于西北地区的西夏。当金军进攻辽国的南京、西京时，天祚帝兵败逃亡到夹山，西夏皇帝李乾顺派将军李良辅率三万骑兵到夹山接应，结果在宜水被完颜宗望所率的金军打败，只好退到阴山以北，观望时局。尽管西夏一再出兵助辽抗金，但完颜阿骨打生前为了集中兵力对付辽国，没有大举进攻西夏，而是主动与西夏议和。吴乞买继位后，完全贯彻完颜阿骨打的政治方针，他决定对西夏采取联合的方针，要求西夏的李乾顺向金国称藩，不再帮助辽国。

因为，西夏王李乾顺是一个比较有作为的皇帝，他自四岁登基，到十七岁时，设计除掉了垂帘听政的梁太后而亲政，从此西夏开始走上更加强盛的道路。

如果此时金国同西夏开战，那么得利的只有天祚帝和北宋。金国完全没有必要在这种关键时刻去招惹强大的西夏。精明的金太宗吴乞买深谙"鹬蚌相争，渔人得利"之理。

于是，金太宗吴乞买决定与西夏做一笔交易。交易的条件是西夏对金国称藩，不再帮助辽国；而西夏则可得到下寨以北、阴山以南的辽国土地。

李乾顺也是个聪明人，他认真分析金、辽双方的形势，清楚地看出辽国大势已去，金国锐不可当。为了西夏的利益，李乾顺答应了金国的要求。公元1124年（金国天会二年）3月，李乾顺向金太宗吴乞买上誓表，愿意对金国称藩，并且配合金国的抗辽战争。

　　李乾顺表示，只要天祚帝逃到西夏，就会立即执送金国。

　　金太宗吴乞买非常高明，此举不但使天祚帝陷入孤军奋战的境地，而且在辽国出兵攻打北宋时，彻底消除了后顾之忧。

　　金国在西北边境的隐患终于消除了，现在可以专心来对付天祚帝了。

　　此时的天祚帝又在忙些什么呢？

# 第二十五章　西辽崛起

## 一

且说皇太后萧普贤女率领南京的残余人马，逃出南京城，跑到了松亭关歇息。此时有探马来报，完颜阿骨打已经率军攻克南京，萧普贤女闻报大惊，她本打算出来躲藏几天，如此看来，南京是回不去了。萧普贤女召集众将，讨论到何处去安身。

回离保是奚人，自然想到奚地去，所以他提出："请皇太后到奚王府立国，然后与金国分庭抗礼，以待东山再起。"

耶律大石当然不肯听从回离保的意见。他说："现在辽国之地，几乎尽为金国所有，我们势单力薄，无论走了哪里，都无法躲避金兵的追击。目前最英明之计，应当去投奔天祚皇帝，两军合到一处，即可重振军威，以图他日重振大辽。"

此时耶律淳的女婿、驸马都尉萧勃迭却说："我们是太祖的子孙，确实应当去投奔天祚皇帝，然而因我们另立过天锡皇帝，此去有何面目与天祚皇帝相见？"

萧勃迭此言一出，自然引起了一些大臣的随声附和。萧普贤女犹豫不决。耶律大石见状，喝令左右军士将萧勃迭拉出去斩首，并传令全军，有敢不从者，与萧勃迭同罪，杀无赦。

耶律大石对萧普贤女说："现在我们已立秦王耶律定为皇帝，所以天祚帝怎么会降罪于你我呢？"

回离保坚决不同意，他率领手下的奚军与耶律大石率领的契丹军列阵而对，双方剑拔弩张，杀气腾腾。萧普贤女思忖片刻，决定同耶律大石一起向西奔夹山，去投靠天祚帝。而回离保则率奚军去了箭笴山，并自立为王，僭号为神圣皇帝，国号大奚，改元天兴。

回离保称帝后，天祚帝远在夹山，时刻都有金军追赶，所以只能发了一篇讨伐令，却不敢率军前来讨伐。

回离保遇到的第一个难题就是军中严重缺粮。为了解决这个问题，1123年6月，回离保率军出卢龙岭，攻破景州。又在石门镇打败已经降宋的常胜军张令徽、刘舜仁部，攻陷蓟州。当时形势十分危急，童贯从京师派遣来使，严厉斥责燕山知府王安中和郭药师，并命二人火速发兵，征剿回离保。

郭药师上次带兵攻打南京失败后，宋徽宗不但没有处分他，反而对他恩宠有加，由武泰军节度使提升为检校少保，同知燕山府。六月，回离保带兵攻陷景州、蓟州，前方形势危急，宋徽宗急召郭药师入京，赐给宅第姬妾，命贵戚大臣轮番设宴款待，因而郭药师尽见北宋奢侈之风。

而后，宋徽宗又在后苑延春殿亲自召见了郭药师。

因当时正值盛夏，大殿上特设两大金盆，内贮冰块，用来降温。

郭药师跪在堂下，感动得潸然泪下："臣在辽时，闻陛下如在天上，不想今日有幸得见龙颜，万分荣幸！臣马上即死犹可瞑目了。"

宋徽宗对他自是一番褒奖，并委以边界防御之事。

郭药师跪在地上，说："请陛下放心，臣一定效力死战，击败回离保，以保燕山百姓。"

宋徽宗见郭药师一副出兵必胜的样子，便笑着对他说："朕想再托你办一件事！"

郭药师叩头说："臣乃一介草莽，今日有幸得蒙陛下大恩，立誓效忠陛下，即使赴汤蹈火，身冒斧钺利刃，粉身碎骨，也在所不辞！不知陛下欲命臣所办何事？"

宋徽宗说："你打败回离保后，然后挥师夹山抓住天祚帝，以绝辽人复国之望。"

郭药师却脸色大变，说："天祚帝乃臣故主也，因故国为金所灭，才仓皇出走夹山，臣方得以投降陛下。臣事陛下，犹事故主也。今陛下命臣发兵去打故主，臣万死也不敢答应！"

郭药师说到此处，涕泪如雨。

郭药师的这番表演，宋徽宗深受感动，于是赐给郭药师两个金盆及一件御珠袍，并官加检校太傅。

郭药师返回燕山府。

七月，郭药师与回离保大战于腰铺，大败回离保，一直乘胜追过卢龙岭，将回离保所率的奚军杀死过半。并生擒阿鲁太师，获耶律德光宝剑、金印等物。

此役奚军损失惨重，将士上下离心，回离保的部下耶律阿古哲见势不妙，与外甥耶律乙室八斤合谋，乘机杀死了回离保，并割下回离保的首级，投降了北宋。

大奚国在历史上昙花一现，回离保刚做了几个月的皇帝就被手下杀死了。

自此，郭药师因有战功在身，又自恃徽宗恩宠，为所欲为，飞扬跋扈。凡是郭药师向朝廷所要的兵械、甲仗、马匹、粮草等，朝廷都会保证如数供给。郭药师派遣部下到宋朝境内的各州做生意，强买强卖，大发不义之财。同时，郭药师召集天祚帝旧时的工匠制造各种珍奇之物，多以玉带、玛瑙、金丝等物贿赂北宋朝中权贵。此时，郭药师手下的常胜军已发展到五万多人，他招募的乡兵号称三十万。而北宋的戍兵只有九千人，却常因为粮饷供应不足，经常衣食不保。最后连他的上司燕山知府王安中也不敢惹他，一味曲意逢迎，姑息养奸。

王安中是蔡京的得意门生，像他的老师一样，王安中也经常以吟诗作赋为能，而且贪财腐化，根本就不会行军打仗。作为武将的郭药师哪里看得起王安中这种弱不禁风的文人，因此根本不听王安中的指挥，在燕山府中我行我素，二人貌合神离。

郭药师与其部下仍穿辽国的服装，因此有人暗中将他比作北宋的"安禄山"。

北宋只好将王安中召回，派蔡靖前去当燕山知府。蔡靖比王安中有些手段，但终不能完全控制他。蔡靖暗中上表朝廷，言称："药师瞻视不常，性情凶残狡黠，怙宠恃功，日肆暴虐，渐露逆心，将来必背负朝廷，兴祸不远，望朝廷宜早图之，一旦势成，则不能制也！"

北宋朝廷的有识之士对这种局面非常忧虑，力劝宋徽宗早日解除郭药师的兵权，于是宋徽宗下诏任他为太尉，回朝就职。

郭药师自从北宋君臣杀掉张觉后，就开始对朝廷怀有戒心。此时见宋徽宗召他入朝任职，明为升官，手中却无一兵一卒，实则暗降！郭药师窥出北宋的用意，自恃手中拥有重兵，以各种理由拒不到任，北宋朝廷也拿他没有办法。

宋徽宗命童贯以巡边为名，前去燕京，实去观察郭药师是否有谋反之心，并且授权，必要时可借机除掉他。

听说童贯要来巡边，狡诈的郭药师只率数名骑兵，远远地迎到易州，一见到童贯就马上跪倒在地。童贯却赶紧避开了，假惺惺地说："现在你已官至太尉，级别与我一般大，焉能行此大礼？"

郭药师却叩头不止，不知廉耻地说："您就是我的再生父母，药师此拜是拜父亲，却不是拜太尉！"

童贯非常高兴，也就大模大样地接受郭药师的跪拜了。

郭药师带着数队人马，邀请童贯来到野外阅兵，四周却空无一人，童贯心中生疑。却见郭药师下马后，一挥手中令旗，只见四周的山谷中伏兵骤出，盔甲耀日，数不胜数，童贯见状大惊失色。

又见郭药师一挥令旗，兵士全部消失在山谷之中。

童贯连声夸赞郭药师治军有方。

郭药师见童贯眉开眼笑，不失时机地献上了一份厚礼。

童贯上表宋徽宗，称郭药师忠义有为，必不负国，且治军严整，将来只有他才能对抗金军。

宋徽宗从此对郭药师深信不疑。

后来，完颜宗望率领东路军向北宋悍然发起进攻，与完颜宗翰率领的西路军形成钳形攻势。完颜宗望所率的东路军进军神速，相继攻克榆关、檀州、蓟州等重镇。就在北宋危亡之时，就是这个颇受宋徽宗恩宠倚重的郭药师却临阵率部发动兵变，劫持了蔡靖等北宋官员投降了大金，并为前师，向北宋发起了进攻，从而导致了"靖康之难"。


天祚帝见萧普贤女、耶律大石率人来归，勃然大怒，他咬牙切齿地骂萧普贤女道："有朕在，你算得上是哪一门的皇太后？你与耶律淳借朕蒙难之际，僭越皇位，来人呀，拉出去砍啦！"

辽兵一拥而上，将萧普贤女拉出去斩首示众。

天祚帝犹不解恨，下诏降耶律淳为庶人，除去他的族籍，并且为了告诫他人，向在场的人历数耶律淳的罪过："九族之内，耶律淳拥叔父之尊；百官之中，又有人臣之重，趋朝不拜，文印不名，朕亦曾赐其金券。如此隆恩，众所共知。及外寇侵犯，却不顾大义，任用李处温父子等逆臣小人，僭称帝号。耶律淳大为不道，弃义背恩，获戾祖宗，朕不敢赦，其所授官爵封号尽行削夺，并妻萧氏亦降为庶人，改姓虺氏。呜呼，仰观天意，俯徇舆情，勉而行之，朕亦不忍。此为乱臣贼子的下场，为臣子者当深戒之！"

随后，天祚帝便痛斥耶律大石："朕还健在，你怎么敢拥立耶律淳为帝，难道你不怕死吗？"

而耶律大石毫不畏惧，慷慨陈词地说："陛下以全国之力，却不能抗拒金兵，弃国远遁夹山，使大辽黎民尽遭涂炭之苦。臣所拥立的耶律淳，也是太祖的子孙，岂不远胜于向金人摇尾乞命？陛下要杀则杀，臣死于陛下之手，死而无憾！"

天祚帝哑口无言，现在身处绝境，正是用人之际，他再也不敢滥杀忠臣了。

于是，天祚帝赦耶律大石无罪，并设酒宴为他接风。

二

在夹山的日子，没有了往日的歌台舞榭，没有了昔日的莺歌燕舞，天祚帝倍感乏味，他决心要夺回曾经属于他的一切，包括金钱、美女和土地。

天祚帝命耶律大石率兵攻打圣州。

尽管耶律大石心有不愿，但是刚刚来到天祚帝的身边，又蒙皇恩赦免了死罪，耶律大石只好仓促带兵向守在圣州的金军开战。

金国都统斡鲁古听说耶律大石率兵攻打圣州，便派遣完颜娄室、马和尚等人率兵前来救援。耶律大石是辽国能征善战之将，曾经两次打败宋朝的军队，但是这次他遇到的是大金国的常胜将军完颜娄室，况且他的手下又是一群乌合之众，所以刚与金军交锋，便一触即溃，耶律大石被生擒活捉，成了金军的俘虏。

金军抓到了耶律大石这个重量级的人物，如获至宝。他们对耶律大石威胁利诱，赐给他一个美女做老婆，逼迫他带路去偷袭夹山泥淖中天祚帝的行营。此时，天祚帝的几个儿子带着一批人马正屯兵于青冢寨。耶律大石自思，青冢寨的辽军在风声鹤唳之际，肯定是戒备森严，若自己将金军带到那里，不但自己能够获救，而且还能俘获随同前去的辽将。

可是，当五花大绑的耶律大石带着完颜宗望的大军偷偷地来到青冢寨时，令耶律大石万万没有想到的是，这里却是防守松弛。因此，秦王耶律定、许王耶律宁、诸王妃公主及从臣被金军俘虏，并缴获大量辎重。只有梁王耶律雅里在太保耶律特母哥的保护下，从小路逃回了夹山辽军的大本营。

耶律雅里，天祚帝的第二儿子，字撒鸾，补封为梁王。

这时，耶律雅里听说天祚帝在云中失利，带兵驰援。当时，他的扈从有一千余人，比天祚帝的多。天祚帝恐与耶律雅里同去的耶律特母哥谋反，遂以护卫不当之罪，欲斩耶律雅里。众臣跪地求情，天祚帝才赦免耶律雅里无罪。

天祚帝拿着宝剑，恶狠狠地问儿子耶律雅里："耶律特母哥此次同你前来，打算要干什么？是要你篡逆皇位吗？"

耶律雅里委屈地说："冤枉啊，儿臣实在没有这种打算。"

自己的儿子、嫔妃被金军抓走了，为了报仇，天祚帝带着手下的辽兵，在白水泺偷袭金军，结果再次被击溃。

天祚帝决意渡河投奔西夏，从臣力谏不听，人心惶惧，不知所终。副统军耶律敌烈私下对耶律特母哥说："事已至此，民众离心，天祚帝颓废，国将不国，因此正是我辈效力建功之时，你我不如为社稷再立新君！"

太保耶律特母哥也早有此意，二人商议后，劫持了梁王耶律雅里，逃到西北沙岭，在行进中，见有一条蛇横道而过，众人皆以为不祥之兆。三日后，拥立耶律雅里为帝，改元"神历"，国号仍为大辽。

耶律敌烈自封为枢密使。耶律特母哥为副枢密使。

耶律雅里性情宽大，不愿杀人。抓住那些逃走的人，只不过是命人鞭打一番而已。有自愿前来归附的，即加官晋爵。随从的人不解，耶律雅里说："想要归附的就归附，不想归附的尽管离去，何必要威逼强迫呢？"因此，乌古部节度使纠哲、迭烈部统军挞不也、都监突里不等人各率部卒前来归附。自此前来投奔的人很多，耶律雅里却日渐懈怠，喜好以击鞠为乐。耶律特母哥直言劝谏，耶律雅里才不击鞠了。

十月，耶律雅里在查剌山打猎，一天之内就打死了四十只黄羊、二十一只狼。耶律雅里因来往奔逐，劳累过度而病倒，不几天死去。年仅三十岁，在位仅五个月。

耶律雅里死后，耶律特母哥称耶律术烈德才兼备，又是兴宗皇帝之孙，所以又僭立耶律术烈为帝；十一月，耶律敌烈的部下发动兵变杀死了耶律敌烈，耶律术烈也为乱兵所杀，在位仅二十多天。

由于带领金军偷袭天祚帝的行营，耶律大石彻底得到了金人的信任，被任命为金军的都统，随金人一起去讨伐天祚帝。但是耶律大石不是耶律余睹，他身在金营，却时时盼望能逃回夹山。一天，他与完颜宗翰一起下双陆棋，耶律大石尤善此道，当时他喝了不少的酒，所以不知礼让，完颜宗翰连连输棋，心中愤恨，生出杀死耶律大石之心，却不露声色。善于察言观色的耶律大石瞧出了端倪，吓出了一身冷汗，酒一下子醒了八分，心中万分惧怕，于是赶忙对完颜宗翰恭敬有加。

晚上回到营帐后，耶律大石带上他的五个儿子连夜逃走。第二天，完颜宗翰准备好兵丁，欲杀耶律大石。但是天近中午也不见耶律大石的踪影，完颜宗翰便派人来问，耶律大石的妻子说："昨晚大石因饮酒过多忤逆了大人，回来后畏罪潜逃了。"

完颜宗翰大怒，将她许配给军中地位最卑贱者，耶律大石的妻子不肯屈服，张口大声谩骂，完颜宗翰下令将其乱箭射死。

一心报国的耶律大石在被抓四个月后，率领七千余名骑兵，重新回到了夹山。

## 三

在夹山逃亡的天祚帝听说完颜阿骨打病死了，兴奋异常。"哈哈，他到死也没有抓到我。"天祚帝心里甭提多高兴啦。

天祚帝长期处于逃跑的状态，可以说经常做有氧运动，身体就是比南征北战的完颜阿骨打好。

天祚帝因耶律大石率军来归，又得到阴山室韦谟葛失发来的援军，以为是上天助辽复兴，于是决定出兵收复燕、云失地。此时，耶律大石吸取上次的教训，极力劝阻："当年金人初陷长春、辽阳，陛下不积极准备迎战，却逃到中京；金人攻陷上京，陛下又逃到燕京；中京沦陷后，陛下则逃到西京；最后西京落入金人之手，陛下则逃到夹山。陛下一向不以全国之兵以拒金贼，从而使全国大半疆土尽为金人所有。现在陛下只剩夹山一隅之地，国势衰微，应当休养生息，养精蓄锐，待军强马壮再相机而动，故此千万不要再轻举妄动。"

刚愎自用的天祚帝勃然大怒："朕看你是一朝被蛇咬，十年怕井绳。金主完颜阿骨打已死，金兵军心不稳，恰是我大辽出兵重掌天下之机，你若贪生怕死，朕愿一人去讨伐金贼，以雪亡国之恨！"

耶律大石说："若此时草草出兵，则是自寻死路。"

耶律大石文武双全、有胆有识，空有一腔爱国热情，却遇上耶律延禧这么一个皇帝。

天祚帝拒不接受耶律大石的建议，坚持出兵，君臣矛盾激化，不欢而散。

耶律大石作为人臣却很难容于君主。他知道天祚帝常有杀他之心，所以心中惴惴不安。回到营中，想到大漠西北一些边远的部落还是辽国旧地，若能笼络西北诸部，便有复兴辽国的可能。但是昏庸无道的天祚帝报仇心切，实在不可与之共谋大计。于是，耶律大石召来手下的几个亲信将领，将自己的打算和盘托出，得到了他们的一致赞同。

耶律大石率领属下的二百多名忠心效命的将士，乘夜间偷偷离营。这一天的夜晚，月明星稀，凉风刺骨，不时传来猫头鹰"嘎嘎"的叫声。突然前方有一队人马拦住去路，原来是北院枢密使萧乙薛和部将坡里括正带着人马在此巡逻。

萧乙薛见是耶律大石，狐疑地问道："大石将军此去有何公干？夜间出营，是否有陛下的令牌？"

耶律大石见无法隐瞒，便直言说道："陛下不听我的劝告，执意东征，我只好另去西北，为手下将士谋一条生路。将来若能东山再起，便可复兴大辽，也不枉为太祖的子孙。"

萧乙薛冷笑说："如此说来，你是要叛逆陛下了？"

耶律大石说："良禽择木而栖，忠臣择明君而事。今日之举，实出无奈。若你有意，则可同行，将来共图大业。"

萧乙薛则怪笑不已："自古有言，忠臣不事二主，我乃堂堂枢密使，岂能与你等鼠辈小人为伍？"

耶律大石见状，大手一挥，手下二百多名将士一拥而上，将萧乙薛、坡里括等人杀死。耶律大石立即率人连夜逃走。所过之处皆为平沙广漠，寸草不生，大风袭来，扬尘弥漫，对面不辨颜色。连绵的沙丘，根本没有水源，误入此地的人多被渴死。耶律大石率领着手下人马，苦熬了三天三夜，九死一生，才度过这片死亡之地。

耶律大石带领人马涉过黑水后，白达达详稳床古儿来到军中，献马四百匹，驼二十只，羊若干。然后一直向西行到镇州可敦城，镇州是辽西北路招讨司所在地。

耶律大石于北庭都护府驻军，并召集威武、崇德、会蕃、新、大林、紫河、驼等七州及大黄室韦、敌剌、王纪剌、茶赤剌、也喜、鼻骨德、尼剌、达剌乖、达密里、密儿纪、合主、乌古里、阻卜、普速完、唐古、忽母思、奚的、纠而毕等十八部大王，号召他们同心协力，共同抵御金军，遂得精兵万余。

耶律大石对他们说："我祖宗艰难创业，历世九主，历年二百。金以臣属，逼我国家，残我黎庶，屠剪我州邑，使我天祚皇帝蒙尘于外，我日夜痛心疾首。我今仗义而西，欲借力诸番，剪我仇敌，复我疆域。唯尔众亦有珍我国家，忧我社稷，思共救君父，济生民于难者。"

镇州周围地区，有水草丰美的牧场，有辽代屯军开垦的农田，耶律大石亦农亦牧，实力迅速发展。他一面联合西夏，一面与南宋沟通，成为抗金复辽的一面旗帜。金太宗继位之初，不敢贸然出兵征讨，只敕令西南、西北路将领严防死守，防止耶律大石与西夏联合。金天会七年，耶律大石结束休整，开始向外发展，攻占了金朝北部二营，并将天祚帝在西部群牧的数十万匹御马据为己有。

耶律大石的壮大引起了金朝的重视。泰州都统婆卢火向朝廷报告："耶律大石已得北部二营，恐其军势强大，应当屯兵驻守，或派兵征讨，以绝后患！"

金天会八年，金太宗遣降将耶律余睹、石家奴、拔离速等前来追讨，进至乌纳水，不战而还。

耶律大石清醒地认识到，新兴的大金国在政治、经济、军事上都处于上升时期，实力大大超过了他们，金军的进攻虽然半途而返，但不等于他们失败，更不等于他们没有防御能力。然而，当时中亚的情况恰好相反，高昌回鹘王朝、哈喇汗王朝经过几个世纪的发展，已进入衰落时期。耶律大石决定先向西发展，扩大疆域，建立更为雄厚的物质基础，然后再来征服金朝，收复大辽疆域。

耶律大石以可敦城、古回鹘城为中心，向西北谦河地区推进，遭到当地黠戛斯人的抵抗。于是他又向西发展，越过阿尔泰山，进入额尔齐斯河，在叶密立（今新疆额敏县）修筑城池，招抚当地部族，前来投靠者已有四万户之多，这当中有一些是为哈喇汗国守边的辽国人。第二年二月，耶律大石以青牛白马祭天地、祖宗，整军继续向西而行，进军哈喇汗国。行前，他致书高昌回鹘国的国王毕勒哥，追述契丹与回鹘先世之好，表明了借道西进的意图，受到了回鹘国王毕勒哥的欢迎。毕勒哥亲自将耶律大石迎到他的府邸，大宴三日。临别时，毕勒哥献马六百匹，驼一百匹，羊三万只，一直送到回鹘国的境外。并愿意以子孙为质，世代为耶律大石的附庸。

耶律大石行兵万里，所过之处，敌者胜之，降者安之。归者数国，军势日盛，锐气百倍。并获驼、马、牛、羊、财物，不可胜数。

金天会九年，耶律大石在东西两线同时与金国和哈喇汗国交战，东线取得胜利，保卫了漠北；西线没有取得进展，但却牢牢地控制了叶密立。

二月五日，文武百官在起儿漫拥立耶律大石为帝，号葛儿汗。尊号为天祐皇帝，改元延庆。重建大辽政权，史称西辽，阿拉伯史学家称为哈喇契丹。

此时耶律大石年方三十八岁，追祖父为嗣元皇帝，祖母为宣义皇后，册元妃萧氏为昭德皇后。耶律大石对百官说："朕与卿等行三万里，跋涉沙漠，夙夜艰勤。赖祖宗之福，卿等之力，冒登大位。尔祖尔父宜加恤典，共享尊荣。"

耶律大石在起儿漫巩固地位之后，两次率军南下，高昌回鹘投降了西辽，成了一个附庸。耶律大石随后陈兵哈喇汗国边境。此时东哈喇汗国的大汗是易卜拉欣，此人软弱无能，竟派使者去邀请耶律大石到他的都城八剌沙衮，以助其抵御葛逻禄和康里的侵扰。这对东哈喇汗国来说，无疑是引狼入室。当外敌被击退后，耶律大石将易卜拉欣降封为"土库曼王"，只把喀什噶尔与和田一带留给东哈喇汗国，使之成为西辽的附庸，而将八剌沙衮据为己有。

八剌沙衮位于楚河谷地，左山右川，广袤千里，土地肥沃，宜于农耕；水源充沛，农桑发达，瓜果繁多，盛产葡萄美酒。于是耶律大石决定定都于八剌沙衮，别称虎思斡鲁朵，意为"强有力的宫帐"。又逐渐向周围的城邑派遣了官员，改延庆三年为康国元年。

从此，西辽一直定都在虎思斡鲁朵。

在这块土地上站稳脚跟后，经过充分的休养生息，耶律大石想起了十年前故土沦丧时的景象。为了实现"中兴"，实现恢复契丹帝国宏伟大业的夙愿，耶律大石以六院司大王萧斡里剌为兵马都元帅，敌剌部前同知枢密院事萧查剌阿不为副元帅，茶赤剌部秃鲁耶律燕山为都部署，护卫耶律铁哥为都监，率七万铁骑东征，准备为辽国复仇。

耶律大石以青牛、白马祭天，竖旗以誓，组织众人誓师说："我大辽自太祖、太宗艰难而成帝业，其后嗣君耽乐无厌，不恤国政，盗贼蜂起，天下土崩。朕率尔众，远至朔漠，期复大业，以光中兴。"

耶律大石对元帅萧斡里剌说："今汝其往，信赏必罚，与士卒同甘苦，择善水草以立营，量敌而进，毋自取祸败也。"

西辽军进军到喀什噶尔，这里原有契丹帝国的汉军和契丹军驻扎，西辽军一来，马上就相继归附，西辽军进而征服了和田。但是在继续进军中，西辽军在辽阔的沙漠上行进了万余里，路遇风雪，牛马损失大半，却连一名金兵也没有遇到。东征大军已是疲惫不堪，主帅萧斡里剌放弃了东征的计划，勒兵而还。

耶律大石筹备了十年的复国之梦就这样破裂了，在虎思斡鲁朵等待捷报的耶律大石仰天长叹："这是上天不让我讨伐金国，天数啊！"

东征失利后，耶律大石暂时放弃了收复故土的念头，对西辽进行了有效的统治，数年间，百业兴旺，牲畜肥壮，国富民强。1137年，西辽开始了第二阶段的向外扩张，它首先进入费尔干纳谷地，继续向西推进，打败了西哈喇汗国的军队，大汗马赫穆默德逃回撒马尔罕。

三年后，西哈喇汗国与葛逻禄人发生冲突，马赫穆默德向塞尔柱王朝国王苏丹桑贾尔请求支援，苏丹桑贾尔组织其他各国，集合十万多骑兵，渡过阿姆河，开进河中地区，向葛逻禄人发起进攻，葛逻禄人向耶律大石求援。耶律大石给驻扎在撒马尔罕的苏丹桑贾尔写信，为葛逻禄人求情。然而苏丹桑贾尔不但不接受说情，反而写信让耶律大石接受伊斯兰教，否则就用武力解决。

耶律大石率领西辽军进军撒马尔罕。1141年9月9日，两军在卡特万草原相遇，相距二里许。

耶律大石仔细观察了对方的行军布阵，晓谕全军将士："西域军虽多，但有勇无谋，我军一举攻之，其必首尾不能相救，我师必胜。"于是派六院司大王萧斡里剌、招讨副使耶律松山率领两千五百人从右发起进攻；枢密副使萧剌阿不、招讨使耶律术薛率领两千五百人从左发起进攻；耶律大石亲率大军直接从正面进攻。三军一起进发，苏丹桑贾尔的部队大败，尸横遍野。西吉斯坦国王和苏丹桑贾尔的宰相、妻子被俘，苏丹桑贾尔带着残兵侥幸夺路而逃。

此役后，苏丹桑贾尔一蹶不振，几年后被叛军囚禁，曾经纵横中亚的塞尔柱王朝就此灭亡。

卡特万会战，是中亚史上一次著名的战役。耶律大石以少胜多，成功地征服了西哈喇汗国，完成了他一生事业的巅峰绝唱。

耶律大石乘胜出兵，屠杀人民，洗劫村庄，逼迫花剌子模国向西辽朝贡臣服。

耶律大石在西北建立的西辽政权，是辽朝的延续，前后历九十多年。西辽的疆域东起哈密，西至咸海，北达叶尼塞河上游，南抵阿姆河，一时成为中亚一个强大帝国。当时的西辽，仍采用中原传统的汉文尊号、年号、庙号；宫廷和官府使用的是契丹文和汉文；钱币上铸印汉文年号；官制也分北面官和南面官；对待属国，仍沿用中原王朝的惯例，实行不驻军队，不索质子的"羁縻"政策。西辽统治下的楚河流域，农业水利灌溉和城镇的手工商业也有一定程度的发展。由于西辽的立国纲纪、典章制度，泱泱有中华之风，所以，金元以来的史家都把西辽与中原诸王朝并列，从不视为异域外邦。

西辽康国十年，戎马一生的耶律大石走到了人生尽头，在八剌沙衮的宫帐中去世，终年五十六岁。在位二十年，庙号德宗。

# 第二十六章　辽国灭亡

## 一

听到耶律大石率军叛逃而去的消息，天祚帝大怒，抽出宝剑，传令手下人备马，要亲自把耶律大石抓回来。

护卫太保耶律术者走上前，婉言劝道："陛下息怒，叛将耶律大石已经走了数个时辰，追赶恐怕来不及了。耶律大石乃盖世枭雄，能征善战，手下二百多名死党都是亡命之徒，即使追上，你我君臣也不是他们的对手。"

天祚帝呆立了半天，然后垂头丧气地跌坐在地上，徒然一声长叹。

天祚帝在心里愤愤不平：耶律大石有拥立耶律淳之罪，而朕却未加罪于他，他为何弃朕而去？天祚帝大惑不解。

耶律术者接着劝道："他们所去之地，是浩瀚无际的沙漠，荒无人烟，尸骨遍地，连猛禽都无法飞越，素有'死亡沙漠'之称。我们不如纵他前去，只消在身后假做攻击之状，让叛贼自入绝地，如此不伤一兵一卒，便可让耶律大石等人死于沙漠之中。"

耶律大石，朕待你不薄，是你负了朕啊！天祚帝一声痛苦地长叹。

耶律术者一闪而过的眼神里，蕴含着无尽的怜惜：是呀，皇上活得可怜啊！皇后皇子、妃嫔婢女死的死，亡的亡，活着的也成了金军的俘虏，现在，就连他一再赦免的耶律大石也离他而去了。

天祚帝强烈地感到自己真的成了孤家寡人。

天祚帝辗转反侧，因为没有了女人的陪伴，夜晚显得非同寻常的漫长和孤寂。天祚帝第一次尝到了没有女人的滋味。

这样活着，还不如干脆去死！

平生不知苦滋味，刚知道，便熬不下去了。

喝酒，让酒精去麻醉忧愁的神经，去消解未尽的亡国之恨。一个人喝不过瘾，天祚帝便喊来那些随他亡命天涯的大臣一起来喝。他们也想念曾经的故国，他们也有七情六欲，那么就一起在酒中忘记亡国离乡、抛妻别子的惆怅吧！

在尽情大醉的日子里，天祚帝竟然有了意外的收获。

在部将耶律讹哥的营帐里喝酒时，大醉的天祚帝发现了一个婀娜多姿、妩媚动人的美女，天祚帝的眼睛瞪得都要裂开了，天呀，就在这拼命逃亡的大营里，竟然还有如此漂亮的女人！

天祚帝看得痴了，眼睛紧盯着这个女人，他不顾周围的目光，呆呆地站了起来，嘴里流着口水，竟然浑然不觉。

回到营帐里，天祚帝痛苦万分，因为这个美女是耶律讹哥的妻子诸葛。

君占臣妻，好说不好听啊！

天祚帝开始彻夜失眠，自从看到了漂亮的诸葛，他再也睡不着觉了。诸葛丰满性感的腰肢、秋波荡漾的眼神在他的眼前晃动着，天祚帝久旷的身体燥热不安。

难受了一阵子，天祚帝醒过神来了：自己是皇帝啊，是至高无上、无所不能的大辽天子，普天之下，莫非王土；率土之滨，莫非王臣啊。天下的万物，都是朕的，何况一女子乎？

那么耶律讹哥怎么办呢？天祚帝想了一会儿，独自笑了，耶律讹哥跟着自己东奔西跑，不就是为了能加官晋爵吗？那么朕马上让他如愿。天祚帝敲了敲晕乎乎的脑袋，眉开眼笑地说："太聪明了！"

天祚帝一骨碌从床上爬了起来，他对着帐外大声地喊道："来人啊，传朕的旨意，封耶律讹哥为突吕不部节度使。"

## 二

又传来了坏消息，部将昭古牙率领自己的人马投降了金国。这是继耶律大石叛离之后，辽军内部的又一次分裂。

已经记不清有多少人与天祚帝分道扬镳了。

部将们跟着天祚帝东奔西跑，企望着有一天能重振大辽。可是天祚帝却不思复国，在亡命天涯的苦日子里，竟然还有闲心抢自己部下的女人。昭古牙对荒淫无度的天祚帝彻底失去了信心。

什么，昭古牙逃走了？愿意逃就逃吧！天祚帝听了后，只是麻木地摇了摇头！

天祚帝沉溺在温柔乡里不能自拔。

大汗淋漓的天祚帝在与女人肉体的搏杀中，找到了消解国恨家仇的便捷渠道。

完颜阿骨打虽然死了，但是完颜宗翰还在，天祚帝从中京逃到夹山，其间有好几次，完颜宗翰的部下们差点把他生擒活捉了。天祚帝对完颜宗翰惧怕万分。

完颜宗翰，这个天祚帝的死对头，他太凶悍霸道了。

还是藏在老巢里，老实地待着吧。一出去，就会成了完颜宗翰的刀下之鬼！

以官爵换女人，这是天祚帝的发明，却引起了更多士兵的强烈不满。他们为了大辽的复兴，夙兴夜寐，无时无刻不在筹划着打回上京。但是他们忠心拥戴的皇帝却是如此昏庸。在这国破家亡、流离失所的时候，他还不忘记寻欢作乐，这样的皇帝还值得辅佐吗？昭古牙带人降金的一个月后，夹山大营里再一次发生了兵乱。

天祚帝慌了神，幸亏护卫太保耶律术者、舍利详稳耶律牙不里率亲军平息了兵变。

天祚帝终于停止了对女人肉体的疯狂攫取。自从得到了谙葛，他便不知疲倦地在床上征伐。征伐，与女人有关，更与失去故国的心情有关。

谙葛始终面无表情，自从来到天祚帝的帐帷里，她失去了曾经的娇俏婉转，和令人销魂荡魄的万种风情。

丈夫毫不犹豫将她送给了天祚帝，用她换得了梦寐以求的官职。谙葛的心碎了，她知道丈夫无法违背皇帝的旨意，但是她从丈夫的脸上没有看到对她的一丝留恋。

从那一刻起，她的心就死了，爱情也死了，肉体也彻底死了。

一天，天祚帝从谙葛的身上爬起来，鼻子一耸一耸地，抽咽着，竟然像孩子似的哭了。

天祚帝泪流满面，可怜兮兮地对谙葛说："朕苦呀！"谙葛一言不发，面无表情，形同死人。

天祚帝抽咽着说："国破家亡，朕枉为太祖的子孙，辜负了千万子民，朕有苦难言啊！"

眼泪从谙葛的眼角悄悄地滑了下来。以前，天祚帝在她的身上又啃又咬，近乎一个性虐待狂，尽管如此，谙葛都是默默地承受着，因为她的心死了。

这时，她却哭了，她感受到天祚帝内心里无人感知的痛苦。

天祚帝不哭了，他愣住了。从霸占了谙葛的那一天起，他就没听见谙葛说过一句话。她的表情如同一泓死水，窥不出一丝的喜怒哀乐。

天祚帝抓住谙葛的手，问："你怎么哭了，你笑给朕看呀！"

谙葛哭了起来，却是无声的。无声的眼泪却是让人肝肠寸断！

天祚帝摇着她的手，近乎哀求地："你说话呀？你说话呀？"

谙葛终于张口说话了："陛下，发兵吧！"

天祚帝竟一时愣住了。

谙葛神情镇定地说："灭我契丹者，非女真也。陛下荒淫，委政后族，惑于萧奉先之欺蒙，头鱼宴上，完颜阿骨打当杀而不杀之；晋王贤德，不当害而害之，因此有夹山之祸！"

天祚帝更愣了：一个女人，竟敢说出这样莽撞无礼的话，难道她不怕死吗？

天祚帝愣了半晌，却一反常态，捶胸顿足地说："奸佞误国，朕悔之已晚！朕要发兵……发兵……复我大辽二百年的基业！"

## 三

天祚帝率领大军出了夹山，他听探马来报，完颜宗翰被金太宗吴乞买召回了金国，留下了完颜希尹守西京。其实他不知，这是完颜希尹故意放出的风声，因为只有天祚帝从夹山里出来，才有机会抓住他。

天祚帝所带的辽军一路杀来，先后向丰州、东胜、宁边、云内等州发起了进攻，转而南下武州，在奄遏下水与完颜希尹所率的金军相遇。完颜希尹率没有战斗经验的乡兵为前锋，诱骗由室韦谟葛失率领的辽兵追到山谷之中，突然，一千多名精悍的女真骑兵从山上杀出，辽军见中了埋伏，大惊失色，争相奔逃。

完颜希尹派纳兰飞雪率数千精兵在后穷追猛打，大有宜将剩勇追穷寇之势。

天祚帝一路狂奔，逃到了山金司，此时只剩下一千多随从。天祚帝打算去投奔北宋，但想到以前对北宋剥削日久，恐其不能以礼相待。正在犹豫不决之际，纳兰飞雪所率的追兵在半夜里杀来，杀声震天，惊慌失措的天祚帝大惊失色，来不及穿戴整齐，便慌忙从帐中跑出，因过于紧张，竟然几次都跨不上马背。这时近侍从后面追上来，递上他遗落在大帐里的通天冠，天祚帝此时哪有心思戴，便将通天冠摔在了地上，在数十名亲兵的护卫下，慌忙骑马逃走。金兵追上来，双方混战一起，纳兰飞雪看准了天祚帝的坐骑，老远就张弓射箭，正中马的臀部，天祚帝被掀翻在地。在这万分紧要的关头，侍卫总领张仁贵及时冲过来，将天祚帝拽上他的战马，二人打马冲出重围。

天祚帝光着头，一口气跑出了数十里，方敢放下心来缓口气。他回头看看身后的随兵，不过二十余人。

天祚帝悲从中来，不禁放声大哭。

因逃命心切，天祚帝随身携带的一尊六尺多高用精金铸造的金佛，也被丢弃在大帐里，其他珍宝亦数不胜数，皆为金军所获。

不巧天降大雪，纳兰飞雪率领轻骑沿着马蹄印和车辙紧追不放。

天祚帝逃到天德军，准备到西夏避难。连日大雪不停，狂风怒号，没有多余的御寒衣服，耶律术者只好将自己的貂裘左衽上衣献给天祚帝；大雪天，金军一路追得急，哪里去寻粮食充饥，天祚帝又困又饿，耶律术者只好将兜里仅剩下的几颗枣送给他，天祚帝吃了后，不再饥肠辘辘；困意袭来，耶律术者见状，急忙跪伏在冰雪之中，天祚帝坐在他的身上小睡了一会儿便被冻醒，蒙眬中抬头四望，只见二十余随从正在雪地中以冰雪充饥。

《系辞传》中记载："天垂象，见吉凶。"日月星辰，风雨霜雹雷霆，皆能明天道、验人事。天祚帝自继位以来，阴阳愆违，天象错连。今日天降大雪，连日不停，此乃上天绝辽国之兆。

天祚帝见状，心中大悲，哭着对随从们说道："我大辽自开创以来，已有二百多年。万没料到在朕的手中，则国衰家破。你等抛家弃子，披坚执锐，拼死力战，与朕同患灾难，可以称得上是忠臣了。今日金国追兵将至，朕心恤你等家有老小，令你等各自逃命去吧。"

耶律术者、张仁贵等人急忙跪在地上："臣等愿与陛下一同奔往西夏，共图复国大计。"

天祚帝伤心地说："误辽国者，朕也。朕为皇帝数十年，亲近佞臣，以致国家分崩离析，亲人骨肉分离。可惜的是祖宗传祚百年的基业，至我而绝，朕与自古荒淫暴乱之君，又有何异哉？"

张仁贵劝道："知耻者近乎勇。既然陛下已知过错，将来辽国中兴之际，也好以此为鉴！"

天祚帝长叹一声，心灰意冷地说："朕知道金兵马上就要追来，朕的劫数已到！亡国之君往往为人囚禁，或辱于阶庭，或幽禁于空谷。朕必不至于此。朕当以血报国，以血洒我大辽土地，亦不失为我祖宗之子孙，纵死也做忠孝之鬼。"

说罢，天祚帝抽出剑来就要自刎。

耶律术者忙上前拦住说："陛下要保重自己，留得万金之躯，以图来日东山再起。"

天祚帝气急败坏地说："你等不必拦朕，朕意已决。朕不愿死于金人之手，否则九泉之下，亦无脸与祖宗相见！"

正在此时，一名巡逻放哨的骑兵急驰过来，说金国的追兵已离此不远了。

张仁贵将天祚帝挟持到马上，二十余骑残兵拥着天祚帝仓皇逃去。一直跑到晚上，也不知逃到了什么地方，只见遥远的雪地上现出一间草屋。耶律术者忙上前将门敲开，半天从屋内蹒跚地走出一个老者，耶律术者不敢说出实话，便撒谎说是辽国的侦察骑兵，要求在此借宿一夜。老者点头同意。

不想天祚帝在下马时，露出了里面的黄色龙袍，老者猜出他就是逃难的皇上，急忙叩头拜见，痛哭不止。

天祚帝等人在此偷偷地住了几天后，拜别老者而去。天祚帝感念老者的忠心，封老者为节度使。于是朝西夏方向而去，当逃到应州东六十里的余睹谷时，人马又累又饿，刚刚下马歇息，陡然间，喊声大作，天祚帝跳起来一看，只见纳兰飞雪率领五百轻骑，已经从谷口冲过来了。天祚帝自知末日已到，便仰天大呼："天亡我也，不想朕竟丧命于此！"

近旁有一佛寺，寺内一老僧闻声而出。天祚帝急忙上前探问吉凶祸福，请求指点迷津。

老僧笑着说："自古以来没有不亡之国！想我大辽初兴之时，乃天下第一强国。太祖、太宗威制中国，天下来归者甚多，以至辽国延续二百余年。而今陛下施以虐政，以暴易仁，秕政日多，民力浸竭，盛极衰始。及至完颜阿骨打起兵以来，国内更是纪纲大坏，自速土崩，亡征已见。区区生聚，图存于亡，力尽乃毙，实无回天之力！"

天祚帝悲伤地说："想我大辽，皇帝曾一日饭僧三十六万，对佛不可谓不仁；也曾一日剃度僧尼三千人，对佛不可谓不恭；舍钱财，捐土地，在全国大修庙宇，对佛不可谓不虔诚，但佛为何不保佑我大辽？"

老僧手捻佛珠："善有善报，恶有恶报，既造孽因，便有孽果。你造孽在先，今日乃上天所报。"

天祚帝凄然道："想我大辽与一小小女直交战，以致生灵涂炭，丢城失地，更可悲的是朕竟流离失所，仓皇逃遁如丧家之犬，诚可悲也！"

老僧说："你失德离心，今日亡国，非女真之能，实属你咎由自取。不如早早投降，省得伤了他人性命！"

凶暴的张仁贵拔出刀来，上前将老僧拦腰砍死。

纳兰飞雪率领着五百骑兵追到了近前。

上空，盘旋着一只白色的海东青，是"艾尼尔"。

纳兰飞雪骑着一匹快马，飞驰而来，直取天祚帝。

自从萧瑟瑟死后，纳兰飞雪心中忧愤万分，他发誓要捉住天祚帝，将其生吞活剥，以解心头之恨。所以一直率军从后面紧紧追赶，撵得天祚帝没有喘息之机。此时一见天祚帝，仇人相见，分外眼红，他催马扬刀，恨不得将他碎尸万段。

张仁贵挡在天祚帝的马前，手中横刀，截住了砍向天祚帝的冷艳夺魂刀，只听两刀交错铿然之声，在冷寂的雪野上煞是刺耳。

二人不由分说，便战在了一起，刀光错落，在瞬间二人便拆了二十余招。

近身搏杀时，纳兰飞雪猛然看见张仁贵的脸上有一条又深又重的刀疤，从右侧的嘴角向耳后斜伸而去，顿时心中一愣：面前的这个黑脸大汉，不就是杀害父亲、妹妹的凶手吗？

多少年来，无数个不眠之夜，纳兰飞雪的脑海里始终牢牢地记着这张狰狞的脸。

多少次在战场上，纳兰飞雪都在苦苦寻觅仇人，他要报杀父血仇！

纳兰飞雪一声怒吼，把一把冷艳夺魂刀舞得呼呼风响，向张仁贵连连用力砍去。张仁贵一见他这种以死相拼的架势，心中早惧了几分，左闪右躲，避开纳兰飞雪的急攻。

纳兰飞雪见张仁贵躲避，欺身近前，"唰唰唰"连砍三刀，张仁贵急退，只躲过两刀，第三刀砍来，已是避之不及，他急忙缩头闪身，然后用力猛挡。两把宝刀碰撞在一起，只听得叮当悦耳之声，火花四溅，张仁贵心中大骇，若不是自己躲得快，恐怕早已成了纳兰飞雪的刀下之鬼。

看到张仁贵忙而不乱，纳兰飞雪心中暗自想到，对方也是一个久历杀场的高手。

突然传来几声凄厉的叫声，纳兰飞雪心中一凛，转脸去看，却是耶律术者见金军追来，张仁贵被纳兰飞雪缠住不得脱身，于是护着天祚帝，欲寻机逃走，可是数百名金军哪容得他得逞，上前提拿，耶律术者挺刀而上，没几个回合，便被金军砍翻在地，耶律术者身受重伤，所以发出一阵狂号。

张仁贵瞅准时机，朝纳兰飞雪突袭，正刺中他的左肩。纳兰飞雪捂住喷溅而出的鲜血。张仁贵猛扑上来，又立即挥刀，径直砍向纳兰飞雪的脑袋。

纳兰飞雪只觉寒光点点，冷气森森，张仁贵的大刀砍到了眼前，已是避之不及。

只见半空中划过一条白色的电光，直袭张仁贵的面门。张仁贵还没反

362

应过来，便被一双爪抓瞎了左眼。原来是"艾尼尔"从高空中直扑而下，快若流星赶月，令张仁贵无法躲避。

纳兰飞雪趁势躲开。

张仁贵负疼不过，连声怪叫，手中的一把刀在空中狂舞。

"艾尼尔"被砍中，空中羽毛纷飞，鲜血四溅。

纳兰飞雪扑上前去，一刀将张仁贵砍倒在地。

地上，张仁贵身首异处。不远处，落着"艾尼尔"的残骸，这只海东青一直跟随纳兰飞雪，在危急关头，以身殉主。

纳兰飞雪抬起头来，吹落了刀上的鲜血，鲜血飘飘摇摇地落下来，溅得雪地上一片艳红。

天祚帝站在雪地上瑟瑟发抖。

纳兰飞雪持刀走上前去，天祚帝惊恐万状地向后退去。

天祚帝的身后，数百名金国的骑兵团团地围了上来。

纳兰飞雪向远方望去，只见大雪纷纷扬扬地落下来，辽阔的山野全被覆盖起来，大地白茫茫一片。

隐现于乌云后的太阳渐渐向西坠去，它仿佛在极力地扭动着、挣扎着，最后像油尽灯枯的灯花一样，无力地跳动了几下，便跌没于遥远的地平线。

天边的黑暗铺天盖地而来。

夜晚真正地来临了。

# 附　录

## 附录 1　辽代京城

上京临潢府：今内蒙古赤峰市巴林左旗南波罗城。辽太祖神册三年（公元918年）所筑的"西楼"，当时定为皇都。太宗会同元年（公元938年）改为上京临潢府。城分南北，北城为皇城，南城为汉城，也是商业区。

东京辽阳府：今辽宁省辽阳市。神册四年（公元919年）在辽阳故城基础上重建，会同元年改为东京。

中京大定府：今内蒙古赤峰市宁城县西南的大名城。圣宗统和二十五年（公元1007年）建。

南京幽州府：今北京市。太宗天显十年（公元936年）得燕、云十六州后，建号南京，亦称燕京。

西京大同府：今山西省大同市。兴宗重熙十三年（公元1044年）升云州为大同府，建号西京。

地方行政区划分，以五京为中心将全国划分五道，即上京道、东京道、中京道、南京道、西京道。

## 附录 2　斡鲁朵制度

斡鲁朵原意为君主或酋长的天幕，即宫殿行帐之意。辽代皇帝都有自己的宫卫骑军，这些宫卫骑军是以宫户为核心组成的。宫卫以近侍卫从的身份侍奉皇上，战时编为皇上的亲军——宫卫骑军。分布在以五个京城为主的要地。宫卫骑军又是一支兵甲犀利、教练完习的天下精锐。

斡鲁朵有自己直属的军队、户民、奴隶和州县，构成一个独立的社会单位。

如道宗耶律洪基的斡鲁朵称为阿思斡鲁朵（阿思，契丹语为宽大），是为太和宫，宫在好水泺，有宫户三万，出骑军一万五千人。

## 附录 3　南北面官制度

辽统治者依据游牧民族和农耕民族不同的生产和生活方式的需要，采取因俗而治的统治方针，"以国制治契丹，以汉制待汉人"，在中央行政机构中实行北面官和南面官的两面官制。契丹有拜日的习俗，皇帝的宫帐是坐西朝东，在皇帝左侧的官衙为北面官，在皇帝右侧的官衙为南面官。

北面官：治宫帐、部族、属国之政，侧重调动、指挥契丹部族。

南面官：治汉人知州县租赋、军马之事，侧重于检查州县。

## 附录 4　捺钵

捺钵：辽国皇帝四时出行所在之地及政治中心，与汉语的"行在"相近似。这种制度，对辽国皇帝和贵族们不弃鞍马，保持游牧渔猎习俗，密切和契丹各部的关系有着重要作用。主要地点在北方草原地区。

捺钵的随行官员：契丹大小内外臣僚并应役次人，及汉人宣徽院所属官员都必从行。汉人枢密院、中书省等南面臣僚则只有一二人相从，其余宰相以下在京都居守，处理公务。

## 附录5　辽代官职名称与主要权力

夷离堇：契丹族各部军事首领之称。其后权力逐渐增大，成为部族的政治、军事首领。

于越：总知军国事，地位仅次于可汗，可以由可汗任命。军国大政实权的拥有者。大于越府在一定的历史时期是拥有很高权力的部门。

宰相：直接听命于皇上的高级官员，地位在群臣之上，有率群臣上尊号的权力。与契丹部族关系密切，隶属于北府宰相的部族：迭剌部、品部、乌隗部、涅剌部、突吕不部等。迭剌部是中心。隶属于南府宰相的部族：乙室部、楮特部、突举部等。乙室部是中心。

迭剌部：是辽朝北面朝官系统北大王院和南大王院的前身。

迭剌部夷离堇：掌兵马大权。

惕隐："典族属官"，管理皇族事务。

林牙：官名。辽代置大林牙院，掌文翰，为北面官。

枢密院：汉人枢密院，契丹南枢密院，契丹北枢密院。

契丹北枢密院：作为辽代的一个重要军政机构，主要负责包括兵机、武铨、牧群以及行政、经济、文化、司法和对宋朝等周边政权的交往在内的各类事务，而且侧重于对上述事务的提出、商讨、决策。契丹北枢密院在辽代所起的是军政核心作用。

契丹南枢密院：主管行政事务和有关经济事务，南面官的人事权、辽朝的人口、赋税等等。

汉人枢密院：占领幽、云十六州后设置，统幽、云十六州汉人军马，隶属南院大王。

北宰相府：是辽代中央政权的一个重要部门，其主要职官有北府左宰相、北府右宰相、总知军国事、知国事。

北宰相府掌管的具体事务：

1. 掌管一部分契丹部族和北方地区降服于契丹政权的各种事务，并在契丹北枢密院的领导下通过方面性军政机构佐理军务。

2. 辽代北府宰相在重要礼仪活动中占有重要地位，既是参与者又是某些事务的指挥者。

3. 北宰相府承担有关军政事务。

南宰相府：是"掌佐理军国大政"的部门。其职能在大的原则方面与北府宰相没有什么区别。

南宰相府掌管的具体事务：

1. 掌管一部分部族以及降服于契丹政权的其他各族的各种事务。

2. 佐理军务，在战事活动中担任军队指挥的角色。

3. 在重要礼仪活动中，与北府宰相担任相同的角色。

中书省：又曰政事省，同中书门下属南面朝官系统，是中央一级的统治机构。中书省内设大丞相、中书令、同中书门下平章事、参知政事。

大丞相：列于中书令之前，集南面官系统军政大权于一身。

中书令：佐天子执大政，参加重大国事的商讨和决策，起着相当于唐代宰相的作用。

同中书门下平章事：具有南面官以及系统宰相级的名誉和地位，协调北、南面官以及中央与地方官之间的统领关系，使任职者比较方便地行使权力。

参知政事：列于平章事之后，有参与政事的可能性，不及宋朝官职中的副宰相。

翰林院：是辽代南面官系统的重要机构。下设三个从属部门：翰林画院、翰林医官院、翰林国史院。

翰林院的职能：

1. 随从皇上出巡或出征，以备咨询。

2. 为皇上掌管重要的文书事务。为皇上起草诏书、赦书、册命，为皇帝、后妃、贵族以及各级高官撰写墓志铭、碑，记录皇上起居，整理、撰修"国史"和"实录"。

3. 参加重大的礼仪活动，并于其中担任重要角色。

4. 参与其他事务。

大林牙院：大林牙院设于北面朝官系统。执掌"文翰之事"。

官职设置：北面都林牙、北面林牙承旨、北面林牙、左林牙、右林牙等。

辽代以大林牙院和翰林院为核心构成了一个知识阶层，在很大程度上代表了辽代的文化发展水平。

南北大王院：属于北面朝官系统中的第三类机构，是仅次于北南宰相府的辽代中央政权的组成部分。主管官是南院大王和北院大王。

南院大王和北院大王：既是中央官又是地方官。皇帝四时巡狩时要相随，有参与重大国事商讨的资格，又要在部族驻牧地处理部族事务。

夷离毕院：是北面朝官系统的一个部门。是作为掌刑狱的部门而存在的，这个部门的官员也曾负责一些军务和政务。是北面朝官系统的一个执法部门。

宣徽院：宣徽南院的级别高于北院。辽代宣徽使的主要作用体现在带有礼仪性的活动中，是各类礼仪活动的主持。

大惕隐司：掌皇族之政教（接受和采用封建传统礼仪对皇族进行教化）。

## 附录6　辽代皇帝与皇后

| 庙号、汉名 | 继位年（公元） | 在位时间 | 皇后 |
|---|---|---|---|
| 太祖耶律阿保机 | 907 | 20 | 述律平 |
| 太宗耶律德光 | 926 | 21 | 萧温 |
| 世宗耶律阮 | 947 | 4 | 萧撒葛只 |
| 穆宗耶律璟 | 951 | 18 | 萧皇后 |
| 景宗耶律贤 | 969 | 14 | 萧绰 |
| 圣宗耶律隆绪 | 982 | 48 | 萧菩萨哥 |
| 兴宗耶律宗真 | 1031 | 24 | 萧挞里 |
| 道宗耶律洪基 | 1055 | 47 | 萧观音 |
| 天祚帝耶律延禧 | 1101 | 24 | 萧夺里懒 |

参考书目：《辽史》、《契丹国志》、《走进辽王朝》、《辽金生活掠影》、《辽史简编》。

# 青牛白马，激荡在家乡大地上的一阕悲歌

在我的家乡赤峰市，流传着一个美丽动人的传说：

上千年前，古老的赤峰大地有两条河流，一条是发源于巫间山的老哈河，一条是发源于大兴安岭南端的西拉木伦河。两条河一路奔腾，从高山大川倾泻而出，最终在木叶山合二为一，共同孕育出一片水草丰美的草原。

一位骑着白马的神人被眼前的美景陶醉，信马由缰，从老哈河上游沿河东行；一位年轻美丽的天女，驾着青牛车，从"平地松林"沿西拉木伦河顺流而下，二人于两河交汇处的木叶山相遇，一见钟情，于是在这片美丽的草原上定居下来，共同生育了八个儿子，八个儿子长大后娶妻繁衍，最终发展壮大成契丹的八个部落。青牛白马的传说，成为契丹人传奇般的起源，经过世世代代的流传，融入了契丹族人的血液，后来被整理成文字写进了《契丹国志》，成为这个民族最重要的精神信仰。

公元916年，耶律阿保机于唐亡后的乱世中建立起契丹帝国，其子耶律德光曾一度改国号为辽，故而契丹帝国也称辽国。契丹帝国的疆域，以今天的赤峰地区为中心，雄跨长城内外，极盛时的版图为北至色楞格河流域，南至河北中部和山西西部，西至阿尔泰山以西，东临大海，东北到外兴安岭和鄂霍次克海。"契丹"译成汉语是"镔铁"的意思，顾名思义，这是个有着钢铁般意志的民族，曾经叱咤蒙古草原前后长达800年，长期控扼丝绸古道，以至欧亚大陆中西部的国家误认为整个中国都在其统治

370

之下，"契丹"因此成为中国的代名词。契丹建国半个世纪后，中国历史上被尊为"正统"的北宋王朝才在南边诞生，其所控制的领土面积，还不到契丹帝国的一半。由此可见，历史上真实的契丹帝国，绝不是一个渺小的存在，它疆域辽阔，民族众多，通过军事征服的手段，把分散的北方民族，先后置于自己的直接统治之下，并设官置府，建立了完备的行政制度。如果说，现在中国的版图是在清帝国时期最后确定下来的，那么完全可以说，我国北方和东北这部分轮廓，则是由契丹帝国勾画出来的。

契丹帝国为了巩固自己的统治，在广阔的领土上设置了五个都城，分别为：上京、中京、东京、南京、西京。其中上京、中京就设置在现在的赤峰市。上京位于赤峰市巴林左旗林东镇，是契丹帝国的皇都，成为契丹帝国初期的政治、经济、文化中心。中京位于赤峰市宁城县境内，这里较上京偏南，是北部草原与南部农耕区的交接地带，既便于契丹帝国统治两种不同生活方式的居民，又便于与北宋交通往来。由此可见，历史上的赤峰市一直都是契丹帝国的活动中心。另据学者考证，神人天女相遇的木叶山，就是赤峰市翁牛特旗境内的海金山。

从此，青牛白马的传说，在家乡广袤辽阔的大地上，流传了下来，并且随着历史的变迁和兵家的征伐，演变成一阕哀婉动人的悲歌。

然而，就是这样一个曾经令北宋、高丽、西夏等国臣服进贡的庞大帝国，在雄踞中国北方称帝九世之后，于公元12世纪远走他乡，在伊朗高原建立起了最后一个帝国政权——起儿漫王朝（即西辽）。随后，在黄沙弥漫的异国他乡悄无声息地淡出了人们的视野。一个强大的民族，竟如过眼烟云般在天边的地平线上消失得无影无踪！

契丹，一个在800年前远逝的民族，像她的文字一样神秘、遥远……

从此，曾经在中国历史上独领风骚的契丹帝国的历史及其创造的许许多多的辉煌，被无情的岁月尘封了……

一段被史书遗忘的历史洪流，一个离奇失踪的国度；一个个性格迥异的君王，一段段凄婉悲怨的情感纠葛……都藏在历史的深处，等待着世人去揭开谜底。

在泱泱中华实现伟大复兴之际，我们追溯历史，缅怀先人，不禁要问：契丹，你究竟从哪里来？又到哪里去了呢？

为了完整、系统地反映契丹帝国从兴到衰的史实，填补中华民族文化史上的这段空白，有关方面决定出版《消失的草原帝国》丛书。我有幸担任其中长篇小说《大辽残照》的写作任务。作为一个生于赤峰长于赤峰的作者，我认为自己有责任去还原这段历史的本来面貌，为弘扬家乡的历史文化尽一份微薄之力。

长篇小说《大辽残照》主要写辽与金对峙，并最终走向灭亡的这段历史。我在接到创作任务后，经过一段时间的准备，于2008年5月11日返回故乡克旗经棚镇，次日驱车来到热水，住进一个朋友提供的房间里，摒弃了与外界的所有联系，开始了高强度的写作。也就是在这天的14时28分，四川汶川发生里氏8.0级地震。因为关闭了电视，在封闭的房间里，我对这场灾难却浑然不知。

写作累了的时候，我常将目光投向窗外楼下那刚刚绽放的鲜花，这种花粉红色，灼灼然类似桃花。我刚来的时候，它们正在纷繁地盛开着，可是短短几天的光景，它们就要凋谢了，一阵风吹来，萎缩凋谢的花瓣便纷纷扬扬，零落一地。当它花期正茂盛的时候，粉红色的花朵多么像女人青春的脸庞。越是艳丽的花，花期就越是短促。女人的生命不也正是如此吗？让我想起了小说中萧观音、萧瑟瑟等女主人公的悲惨命运。

有人说一个作家的第一部长篇小说往往是无法超越的，因为作家本人投入了全部的激情和真情，因为是自己和自己的同谋。我不敢说我的这部长篇小说有多么好，但是我确实投入了丰富的情感和艰苦的劳动。写作是一种劳动，而且是包含脑力与体力在内的双重劳动。尤其对于长篇小说的写作而言，我切身感觉到写作作为一种劳动的艰巨性；繁重的体力付出给肉体带来的痛苦，让人感到对于一个作家而言，毅力和韧劲比激情和才华更重要。由于长期伏案创作，经常腰椎疼痛难忍，在捶打之余，心中更增添了对那些长期从事长篇小说创作的文友的无限敬重！

在《大辽残照》的创作中，我耐心地查阅了《辽史》、《金史》、《宋史》、《契丹国志》、《北征纪实》、《松漠纪闻》、《三朝北盟会编》、《中国古籍全录》等数十种史学巨著，力求清晰、真实、完整地再现小说中契丹帝国那段辉煌而悲痛的历史。一个国家，其兴也忽焉，其亡也勃焉。历朝历代，其兴与亡，总是惊人的相似。无数个灯光摇曳的夜晚，我仿佛听到了萧瑟瑟、萧观音等人凄婉的叹息，看到了天祚帝在面临亡国之际时无奈忧伤的目光。

一位作家，一定要争做民族文化忠实的记录者、传播者。遥想当年，女真人崛起于白山黑水之间，以"海东青"搏击长空啄杀天鹅之势，一举剪灭了强大于女真数倍的契丹帝国，问鼎中原，开辟了一个幅员万里的辽阔疆域，其势是何等锐不可当！在写作过程中，我了解到好多女真人的历史知识，我是满族，作为一个女真人的后代，弘扬本民族的历史文化，书写祖先的辉煌业绩，是我义不容辞的责任与使命！

感谢在创作的过程中，时光赐予我施施然的眼神。感谢妻子和女儿对我文学事业的支持。感谢朋友们对我的鼓励，感谢文友们对书稿的细心校对，在此不一一说出他们的名字，但是，我会在心中永远铭记！

寒风凛冽的冬天，在一间破旧的土房里，一个孩子在昏暗的煤油灯下，念着一本不知名的小说，身边围坐着邻居家的叔叔大爷们，他们抽着烟，在静静地听着这个孩子磕磕碰碰的朗读。这是三十年前的一个久远的画面了，这个孩子就是我。当我走出农村，在许多年之后，这个画面却时常涌入我的脑海，促使我萌生一个念头，那就是为家乡的父老乡亲们写一本书，一本关于本民族历史文化方面的书，今天，我完成了这个在心中埋藏已久的夙愿。在以后的日子里，我还会写下去！

代为后记。